Ella Fields

Pretty Venom

Ella Fields

Pretty Venom

Roman

Aus dem Amerikanischen
von Nina Bader

FOREVER

Forever by Ullstein
forever.ullstein.de

MIX
Papier
FSC® C083411

Deutsche Erstausgabe bei Forever
Forever ist ein Verlag der Ullstein Buchverlage GmbH, Berlin
November 2019

1. Auflage 2019

Titel der amerikanischen Originalausgabe: Pretty Venom
Umschlaggestaltung: zero-media.net, München
Titelabbildung: © FinePic®
Übersetzung: Nina Bader
Autorenfoto: © privat
Innengestaltung: deblik Berlin
Gesetzt aus der Quadraat Pro powered by pepyrus.com
Druck- und Bindearbeiten: CPI books GmbH, Leck

ISBN 978-3-95818-457-2

Für die Königinnen, die andere Kronen geraderücken

Wenn du jemanden zu deiner ganzen Welt machst, beschwer dich nicht, wenn der Boden unter deinen Füßen bröckelt.

Erstes Kapitel

Renee

Vierzehn Jahre alt

»Du siehst damit absolut blöd aus.« Seine Oberlippe kräuselte sich zu einem spöttischen Grinsen, von dem ich wünschte, es würde ihn weniger anziehend erscheinen lassen. Aber es ließ nur seine braunen Augen glänzen, als sie sich verdunkelten und bewirkten, dass sich mein Magen zusammenzog. »Mit der Schleife«, fügte er hinzu, als wäre mir die Art nicht aufgefallen, wie seine Augen in den letzten zehn Minuten immer wieder daran hängen geblieben waren.

»Wenn du das meinst.« Mein Lächeln und meine Stimme blieben auch dann noch zuckersüß, als meine nächsten Worte auf meiner Zunge brannten. »Zu schade, dass du keinen Grund hast, selbst so blöd auszusehen, wie du es tust. Das liegt daran ...« Meine Hand löste sich von meinem Schoß, und ich streckte meine übereinandergeschlagenen Füße vor mir auf dem Boden aus und ließ sie von einer Seite zur anderen schwingen. Dann machte ich eine halbherzige Geste, bevor ich die Hand wieder auf meinen Schoß fallen ließ, als wäre er wirklich nicht die Mühe wert. »Dass du einfach so bist.«

Sein Kiefer spannte sich an, ansonsten blieb sein Gesicht ausdruckslos.

Die Standuhr am anderen Ende des langen Flurs tickte, als wir ein stummes Blickduell austrugen.

Wir saßen in einer kleinen Nische in dem Gang vor dem Fernsehzimmer seiner Familie, wo sich unsere Eltern hinter der nur angelehnten Tür unterhielten.

Schon als wir ankamen, keimte Ärger in mir auf. Warum mussten wir uns mit dem besten Freund meines Vaters vom College treffen? War es nicht schon schlimm genug, dass er uns gezwungen hatte, von New York in dieses winzige Nest von einer Stadt zu ziehen?

Nein, offenbar nicht.

Offenbar musste ich auch noch mit ihnen zu Abend essen. Was sich als stinklangweilig erwies. Ich hielt die ganze Zeit den Blick gesenkt, während mir Bilder meiner neuen Nähmaschine durch den Kopf gingen.

Sie war ein Bestechungsgeschenk. Ich erkannte so was, wenn ich eins sah. Seit ich fünf war, war ich darin geschult worden, zu erkennen, wenn mir jemand etwas vormachen wollte. Aber ich hatte mir diese Maschine gewünscht, seit sie sechs Monate vor unserem Umzug nach Trellara, der kleinen Stadt, die an Gray Springs grenzte, auf den Markt gekommen war.

Zusammen mit der Nähmaschine hatte ich einen halben Schrank voll neuer Stoffe bekommen. Meine Eltern fühlten sich schuldig, weil sie mich von meinen Schulfreunden trennten, die ich seit dem Kindergarten kannte. Meine Freunde zurückzulassen wäre nur dann wirklich schlimm für mich gewesen, wenn es sich um echte Freunde gehandelt hätte. Aber ich hatte die Rolle des leidenden Kindes gespielt und bekommen, was ich wollte. Der Theaterkurs, für den mich meine Mutter vor Jahren angemeldet hatte, half, obwohl meine schauspielerischen Fähigkeiten bestenfalls mittelmäßig waren. Selbst in meinem Alter erkannte ich Oberflächlichkeit, wenn sie mir begegnete. Man soll nicht von sich auf andere schließen und all das, aber ich konnte so oberflächlich sein wie nur wer, und ich stritt es nie ab. Kein Vorspielen falscher Tatsachen, keine Hintergedanken. Wenn ich etwas wollte, wollte ich es, und wenn ich bekam, was ich wollte, entlockten mir diese Dinge ein Lächeln. Schleifen, Rüschen, Kleider, Make-up – all das waren für mich nicht einfach nur Sachen. Ich hatte Freude daran. Mir wurde vor Zufriedenheit warm ums Herz, wenn ich sie trug.

Ich liebte, was ich liebte, und ich würde mich bei niemandem dafür entschuldigen. Schon gar nicht bei Mr Ständig-schlecht-gelaunt, der mir gegenübersaß.

Ich verkrampfte mich vor Unbehagen, und vielleicht war das seine Schuld. Oder vielleicht lag es daran, dass mich an diesem Abend, als wir die lange, von großen, gebogenen Weiden gesäumte Auffahrt hochfuhren, ein ungutes Gefühl überkam. Es verstärkte sich, als meine Eltern mich aus dem Auto und die Stufen des museumsgroßen alten cremefarbenen Hauses im Kolonialstil hochscheuchten.

Und es war nicht verflogen.

» ... mit seinen markanten Wangenknochen und, Himmel, diesem Kiefer. Genau wie die von Kian.« Die hohe, exaltierte und dank zwei Flaschen Rotwein zum Dinner leicht nuschelnde Stimme meiner Mutter tat mir in den Ohren weh.

Callums Augen weiteten sich leicht, und ich konnte mir ein Lächeln nicht verkneifen, als ihm dämmerte, worüber sie redeten.

»Warum sitzt du hier draußen und lauschst?«, fragte ich schließlich.

Er verlagerte seine Position auf dem langen, mit Samt bezogenen Sofa, auf dem er lag, sodass ein Bein mit einem dumpfen Laut auf dem Boden aufschlug. »Warum machst du dasselbe?« Sein Tonfall vermittelte Langeweile und Gleichgültigkeit, aber er hätte nicht gefragt, wenn er keine Antwort gewollt hätte.

Eines stand, was diesen merkwürdigen, wortkargen Typen betraf, fest: Er gehörte zu der neugierigen Sorte.

»Nicht mein Haus. Wäre es dir lieber, ich würde hier ziellos herumstreifen?«

Drinnen im Raum klirrten Gläser. » ... wenn sie Kinder hätten, hätten sie Renees wunderschöne Meerjungfrauenhaare.«

Callum schnaubte. »Meerjungfrauenhaare?« Diese dunklen Augen schweiften einmal mehr darüber hinweg. »Eher Hagrid-Haare.«

»Harry-Potter-Fan?«, fragte ich, dabei klatschte ich in gespielter Aufregung leise in die Hände.

Zur Antwort erhielt ich nur einen Blick. Einen Blick, der besagte, dass er bereit war, irgendetwas nach mir zu werfen oder wegzugehen.

Zum Glück entschied er sich für Letzteres, setzte sich auf und streckte langsam seinen hochgewachsenen, schlanken Körper, um aufzustehen.

Eine Welle der Erleichterung überrollte mich. Nichts war schlimmer als gezwungen zu sein, etwas zu ertragen, was man nicht wollte, aber es war noch zehn Mal schlimmer, Gleichgültigkeit vortäuschen zu müssen, während jemand versuchte, einen mit den Blicken zu erdolchen.

Die Unterhaltung unserer Eltern plätscherte weiter. Ich sah nicht hin, als Callum davonging, hörte aber zu, wie seine abgehackten Schritte am Ende des Flurs verklangen.

Einen langen Moment dachte ich, er wäre fort, daher wäre ich beinahe zusammengezuckt, als seine leise, tiefe, gerade gebrochene Stimme an mein Ohr drang. »Sie können wegen Babypartys, Namen und Heiratsanträgen total aus dem Häuschen geraten, aber lass dir das keine Sekunde lang zu Kopf steigen.«

Ich hielt den Blick auf die hohe Decke mit den schicken Deckenleisten gerichtet und seufzte, bevor ich den Kopf drehte, um ihn anzusehen. »Sollte die Hochzeit nicht vor den Kindern kommen? Oder ist das deine Vorstellung von Rebellion?«

Callum wirkte sogar trotz des Abstands zwischen uns kurz geschockt, zögerte und kam dann ein paar Schritte näher. »Lass uns eins klarstellen, Minnie Maus. Unsere Mütter sind vollkommen von sich eingenommen. Du tätest gut daran, sie zu ignorieren, und wenn du schon mal dabei bist, ignorier mich ebenfalls. Du kennst mich nicht, und ich möchte dich nicht kennenlernen. Sprich mich in der Schule nicht an, zum Teufel, schau mich noch nicht einmal an.«

Meine Augen wurden schmal. Kleine Teilchen fügten sich in meinem Kopf zusammen. »Oh, verstehe.«

Er wollte mir den Triumph nicht gönnen, zu warten, aber ich

wusste, dass er mich hören konnte. Meine Stimme wehte ihm hinterher. »Du hast eine Freundin? Keine Sorge.« Ich lachte leicht. »Das interessiert mich wirklich nicht.«

Er tauchte hinter der Ecke auf. Da ich hörte, dass sich meine Eltern verabschiedeten, stand ich langsam auf und lächelte Callum an.

»Es interessiert dich nicht?«, wiederholte er gedehnt, hörbar ungläubig.

»Es. Interessiert. Mich. Nicht.« Strahlend zupfte ich meine hellblaue Caprihose zurecht, die farblich zu der Schleife in meinen Haaren passte. »Ich würde dich nicht mit der Kneifzange anfassen, selbst wenn du der letzte Mann in dieser scheißlangweiligen Stadt wärst.«

»Ach ja?«

»Ja«, bestätigte ich.

Er zog eine Braue hoch. »Ich werde dich nicht fragen, warum, weil es mir völlig egal ist.«

»Ist es nicht, und ich werde dir auch sagen, warum.« Ich stemmte die Hände in die Hüften. »Du bist ein unhöflicher, eingebildeter Mistkerl, der entweder irgendetwas überkompensiert oder ernsthafte Daddyprobleme hat. Oh, und ich stehe nur auf Blonde.« Um dem Nachdruck zu verleihen hob ich eine Braue in Richtung seines schönen dunklen Haarschopfs.

Die Tür zu dem Fernsehzimmer schwang auf, und unsere Eltern kamen heraus.

»Da bist du ja. Ich meinte doch, deine Stimme gehört zu haben.« Mein Dad grinste. Der Duft von teurem Whisky flutete über mich hinweg, als er einen schweren Arm um meine Schultern legte. »Abmarschbereit?«

Ich lächelte zu ihm hoch. »Ich bin bereit, wenn du es bist, Daddy.«

Zweites Kapitel

Renee

Der einzige Unterschied zwischen meiner alten Schule und der Trellara Prep bestand darin, dass die Leute aus Angst vor Strafe weniger geneigt waren, das zu tun, was ihnen wirklich gefiel. Die Dinge, von denen sie glaubten, dass sie ihnen hinterher auf der sozialen Leiter im Weg waren. Es war eine Entdeckung, die ich beunruhigend fand, als ich mich für den Theaterkurs anmeldete und nur eine Handvoll Namen auf der Liste sah.

Hilda war die Erste, mit der ich mich anfreundete, nachdem wir in der Aula in der Schlange gestanden und über die Vorzüge von Chiffon, Seide, Lippenbalsam mit Sorbetgeschmack, *Sailor Moon* und *Harry Potter* diskutiert hatten. Seitdem pflegten wir eine oberflächliche Freundschaft, die für uns beide funktionierte.

Hilda war Halbasiatin mit seidigen schwarzen Haaren, die ihr über den Rücken flossen und ihr herzförmiges Gesicht umrahmten. Ihre leicht schräg stehenden Augen zogen die Leute an, ihre vollen rosigen Lippen und die kleine Nase verliehen ihr eine Aura der Unschuld, von der ich mir nicht sicher war, dass sie sie verdiente. Eine wilde Art von Schönheit, das war es, was mir durch den Kopf ging, als mein Blick zum ersten Mal über ihre kleine, schmale Gestalt wanderte. Ihre Augen waren haselnussfarben. Eine Mischung aus Braun und Grün, das manchmal glitzerte, wenn sie lächelte, und stumpf wurde, wenn sie verärgert war.

»Sie wollen um vier noch einmal proben«, teilte Hilda mir mit, als wir zu unseren Spinden gingen.

»Um vier?« Ich seufzte; verdaute die Information, bis mein Spind aufsprang. »Da kann ich nicht. Mein Dad hat einen wichtigen Gast zum Essen eingeladen.«

Mein Vater war der Hauptgeschäftsführer von Grant Holdings, und obwohl wir hergezogen waren, um seine Firma mit der von Callums Vater zusammenzulegen und einen »ruhigeren, friedlicheren Lebensstil« zu pflegen, liebten er und meine Mutter es immer noch, Gäste zu bewirten – vielleicht sogar noch mehr als damals in New York. Es war lästig, aber das Essen entschädigte immer dafür. »Und? Komm einfach nur kurz vorbei, damit du morgen von Clarke keine bitterbösen Blicke erntest.«

Clarke warf jedem, der nicht zur Probe erschien, böse Blicke zu, obwohl er es nicht für nötig erachtete, uns zu bestrafen, da die meisten von uns freiwillig Mitglieder der Theater-AG waren. Und da die Gruppe so klein war, konnte er es sich nicht leisten, Leute zu vergraulen.

Ich ordnete den Inhalt meines Spindes neu, tauschte mein Geschichtsbuch mit dem Roman, den ich an diesem Morgen mit zur Schule genommen hatte, und schloss dann die Tür. »Kann ich nicht. Wenn ich nicht zur vereinbarten Zeit zu Hause bin, werden sie mir so lange die Hölle heißmachen, bis ich komme, und dann muss ich während des Essens die bitterbösen Blicke meiner *Mutter* erdulden.« Ich zog vielsagend die Brauen hoch. »Vor denen ich mehr Angst habe als vor denen von Clarke.«

Meine Mutter mochte in der Tat nicht die fürsorglichste sein, aber sie war da, und ich wusste von der Beobachtung anderer mit ähnlichen Familien, dass ich mich glücklich schätzen konnte, sie zu haben. Unsere Beziehung grenzte an Freundschaft, und niemand wollte eine Freundin enttäuschen. Außerdem konnte Valery Grants kalte Schulter Wundbrand auslösen, wenn man nicht vorsichtig war.

Draußen verabschiedeten wir uns. Ich setzte mich auf die Stufen, sah zu, wie Hilda zum Parkplatz ging, und klappte dann mein Buch auf.

Es wurde mir aus der Hand gerissen, noch bevor ich das Lesezeichen herausnehmen konnte. »*Der Baron und seine sinnliche Eroberung*?« Callum blinzelte das Cover an, als ich hochschoss. »Bist du nicht ein bisschen zu jung, um solchen Schweinkram zu lesen?«

Ich entriss ihm das Buch wieder und weigerte mich, rot zu werden, als ich es in meiner Tasche verstaute. »Bist du nicht ein bisschen zu jung, um solchen Schweinkram im wirklichen Leben zu machen?« Er entgegnete nichts, seine Lippe verzog sich nach rechts, als in seinen dunklen Augen Funken zu tanzen begannen. »Und kümmere dich um deine eigenen Angelegenheiten. Ich kann lesen, was ich will.« Ich stieg die Stufen hinunter, sah mich um und konnte meine Fahrerin Annie nirgendwo entdecken.

»Welches sind deine Lieblingsstellen?«, fragte Callum hinter mir. Sein warmer Atem blies meine Haare zur Seite und verursachte mir eine Gänsehaut. »Rettet er eine holde Maid vor einem Drachen, nur um sie dann in seine Burg zu verschleppen und sein gut ausgestattetes bestes Stück in ihre warme,
feuchte ...«

»Cal«, drang Taras Stimme an meine brennenden Ohren, und obwohl er nicht mehr weitersprach, wofür ich dankbar war, wich er nur langsam ein Stück zurück. »Was machst du da?«

Ich drehte mich um, als Taras blaue Augen zwischen uns hin und her schossen. Das Lächeln der Cheerleaderin erstarb, während sie auf eine Antwort von ihrem Freund wartete.

Callum blickte auf mich hinunter. Seine Brauen schossen in die Höhe, als er sich über die Unterlippe leckte. Ich hielt seinem Blick stand, obwohl er in meinem Magen gefährliche Dinge auslöste. »Ich habe Renee hier bei der Lektüre von etwas ... Schlüpfrigem ertappt.«

»Schlüpfrig?« Tara kicherte. »Oh, so etwas wie einen Liebesroman?«

Callum sah sie immer noch nicht an. »Mmhm.«

»Wen interessiert das schon. Können wir gehen?«

Callum kniff die Augen zusammen und sah dann endlich zu seiner Freundin hinüber. »Ich weiß nicht, ich halte es nicht unbedingt für eine gute Idee, dass eine Minderjährige solche Sachen liest. Nicht hier in Trellara. Das könnte Ärger geben.«

Ein Blick zu Tara verriet mir, dass sie verwirrt war, sie presste die Lippen zusammen und runzelte die Stirn. »Ich lese andauernd die Bücher meiner Mom. Und, hey, was wir machen, ist auch nicht gerade jugendfrei.« Ihre Wangen färbten sich rot, gefolgt von einem Füßescharren.

Etwas setzte sich in meiner Kehle fest, aber ich versuchte, es hinunterzuschlucken.

Callums Blick heftete sich wieder auf mich. Seine Augen waren unergründlich, als er sagte: »Ja, aber da ihre Eltern die besten Freunde meiner Eltern sind, gehört sie praktisch zur Familie. Ich denke, es wäre in ihrem Interesse, dafür zu sorgen, dass sie über die nicht zum Lehrplan gehörenden Aktivitäten ihrer Tochter Bescheid wissen. Vor allem in Anbetracht der Tatsache, dass sie nicht gerade altersgemäß sind.«

Meine Mom hatte selbst vorgeschlagen, dass ich das Buch lesen sollte, daher hob ich nur eine Braue und ließ mir meinen Ärger nicht anmerken. »Nette Doppelmoral.«

Tara lachte. »Hör auf. Ernsthaft, wen kümmert das schon? Kommst du vorbei? Mom ist immer noch nicht wieder in der Stadt.«

Callums perfekte Zähne glitten über seine Unterlippe, sein Blick ruhte unverwandt auf mir. »Ja. Bis später, Minnie Maus.«

Annie kam erst eine geschlagene Minute später. Und als ich zusah, wie Tara und Callum zu dem Auto ihres Chauffeurs gingen, um dahinter herumzuknutschen, bevor sie einstiegen, entpuppte sich diese Minute als die längste, die ich je durchlebt hatte.

• • •

Am nächsten Morgen wurde ich prompt in Direktorin Farleys Büro gerufen.

Ich stand von meinem Platz im Klassenzimmer auf, ohne auf das Kichern und Tuscheln ringsum zu achten, zupfte meinen grauen Blazer zurecht und griff nach meinem Rucksack.

Bis auf ein paar Nachzügler, die an mir und den Reihen dunkelblauer Spinde vorbeihuschten, lagen die Gänge verlassen da. Meine Schritte hallten auf dem glänzenden cremefarbenen Boden, meine schwarzen Ballerinas tappten im Rhythmus meines sich verlangsamenden Herzschlags darüber.

Ich hatte keine Ahnung, was ich verbrochen hatte, und verbrachte die nächsten zwölf Minuten auf einem Stuhl im Wartebereich, starrte die vergoldete Uhr an der Wand an und versuchte mir zusammenzureimen, worum es gehen könnte. Vielleicht um den Theaterkurs. Obwohl das Verpassen einer Probe, bei der die Teilnahme auf Freiwilligkeit beruhte, nicht unbedingt ein Grund war, um zur Direktorin ...

Callum.

Trotz unserer nicht so erfreulich verlaufenen ersten Begegnung Ende des Sommers hatte er in dem kurzen Monat, den ich jetzt hier war, Abstand zu mir gewahrt. Warum er sich jetzt die Mühe machte, mich in Schwierigkeiten zu bringen, überstieg mein Begriffsvermögen.

»Miss Grant?«

Beim Anblick der Direktorin stand ich auf. Ihre Haare waren zu einem festen Knoten geschlungen, ihre hellblaue Brille saß auf der Spitze ihrer hübschen kleinen Nase. Ihr Lächeln war warm, trug aber nicht dazu bei, meine strapazierten Nerven zu beruhigen. »Kommen Sie herein.«

Ich gehorchte und ließ meinen Rucksack zwischen meine Füße fallen, als ich mich auf den Stuhl ihr gegenüber an den großen Eichenholzschreibtisch setzte.

»Es ist mir zugetragen worden, dass Sie vielleicht nicht nur etwas nicht Altersgemäßes lesen, sondern das auch noch während der Schulzeit tun.«

Meine Verlegenheit glich einem sich aufblähenden Heißluftballon; meine Wangen begannen so heftig zu glühen, dass ich meinte, sie würden gleich platzen oder Feuer fangen. »Äh ...«

Sie nahm ihre Brille ab und lächelte leicht, als sie sich über ihren Schreibtisch lehnte. Ihre Kaschmirbluse klaffte am Hals weit auf, und ich dachte, dass es eigentlich lächerlich war, dass ich wegen eines Liebesromans zur Rede gestellt wurde, während die Direktorin einer der renommiertesten privaten Vorbereitungsschulen im Staat sich wie eine sexy Bibliothekarin kleidete.

Ich meine, es sah klasse aus, aber es erschien mir nicht gerade fair.

Sie verschränkte die manikürten Hände, und ich sah ihr in die Augen, als sie sagte: »Ich persönlich lese gerne einen guten Liebesroman.« Sie bedachte mich mit etwas, das ich für ein Zwinkern hielt, aber ich wusste nicht recht, ob sie versuchte, mir einen zarten Wink zu geben, oder ob ihr das gerade misslungen war. »Es gibt jedoch immer eine richtige Zeit und einen richtigen Ort dafür, und dieser Ort ist nicht die Schule.«

»Ich habe es nicht hier gelesen, ich schwöre es.« Ich schlug die Knöchel übereinander, um zu verhindern, dass meine Füße zuckten, und zog die Schultern so nach hinten, wie meine Mutter es mir immer einschärfte. »Ich habe es auf dem Weg zur Schule gelesen und es sicher in meinem Spind eingeschlossen, bis ich nach Hause gegangen bin.«

Das entsprach nicht ganz der Wahrheit. Ich hatte während des Englischunterrichts darin geschmökert, statt mich mit dem Material zu beschäftigen, das für uns bereitlag, aber ich hielt es nicht für ratsam, das zu erwähnen. Zu meiner Verteidigung konnte ich allerdings sagen, dass ich *Wer die Nachtigall stört* schon mit zehn und dann noch einmal mit zwölf gelesen hatte.

Direktorin Farley nickte und lehnte sich in ihrem Stuhl zurück. »Sie sind mit der Familie Welsh befreundet, nicht wahr?«

»Ja. Unsere Väter arbeiten zusammen.«

Ihre rosigen Lippen verzogen sich nachdenklich. »Interessant. Und Sie und Callum, Sie verstehen sich nicht?«

»Ich wusste es«, zischte ich, bevor ich mich zurückhalten konnte.

Direktorin Farley lächelte nur. »Ich habe nicht gesagt, dass *er* derjenige war, der mich darüber informiert hat.«

»Das brauchen Sie auch gar nicht«, grollte ich, dabei blickte ich zu dem großen Bücherregal mit ihren Diplomen und den dicken Rücken alter Bücher hinüber.

»Renee, wo haben Sie dieses Buch her?«

»Es ist nicht so schlimm, wie er wahrscheinlich behauptet hat.« Ich richtete meine Aufmerksamkeit wieder auf sie.

»Nach dem Köder schnappe ich nicht.« Sie lächelte; sah aus, als würde sie kichern wollten. »Ich bin nur neugierig, aber Sie müssen es mir nicht erzählen, wenn es Ihnen unangenehm ist. Es ist nur ein ... sonderbarer Lesestoff für eine Vierzehnjährige.«

»Ich bin kein Kind mehr«, gab ich so trotzig wie die Vierzehnjährige zurück, die ich war.

Ein weiteres Lächeln.

Ich stieß den Atem aus und versuchte, mich nicht in dem Lederstuhl zu lümmeln. »Meine Mutter hat es mir empfohlen. Wir lesen oft dieselben Bücher.«

Direktorin Farleys dünn gezupfte Brauen schossen hoch. »Oh?«

Ich nickte nur.

»Interessant. Nun, es liegt mir fern, Ihnen zu sagen, was Sie tun sollen, wenn Ihre Mutter so ... sagen wir, nachsichtig ist.«

Ich verkniff es mir, die Augen zu verdrehen. In manchen Dingen traf das zu, aber meistens war sie ganz sicher nicht nachsichtig, es sei denn, es passte ihr in den Kram. »Es ist nur ein Buch. Ich hatte bis jetzt ja noch nicht einmal einen Freund.« Aus irgendeinem Grund fühlte ich mich bemüßigt, das Handeln meiner Mutter zu verteidigen. Aber es stimmte. Trotz all ihrer Fehler vertraute meine Mutter mir.

Jetzt lachte Direktorin Farley. Ein freundliches, melodisches Geräusch. »Das wird sich bald ändern.«

»Unwahrscheinlich«, brummte ich verhalten. Ich hatte kein Interesse an Jungen. Die meisten rochen schlecht, waren laut oder einfach gemein und eingebildet. Und ein bestimmter Junge, der mir in den Sinn kam, war einfach nur ein Oberarschloch. »Vorerst halte ich mich an reife Männer in Büchern. Kann ich jetzt bitte zum Unterricht gehen?«

Direktorin Farley lachte noch einmal und stand dann auf, um mich nach draußen zu begleiten.

Bevor sie in ihr Büro zurückging, flüsterte sie mir zu: »Lesen Sie mal *Die verbotene Frucht des Highlanders*, es ist ihr bislang bester Roman.«

Verwirrt sah ich ihr nach, als sie den kurzen Gang hinunterschritt, und lächelte dann auf dem ganzen Weg zum Klassenzimmer.

Da hast du ein dickes fettes Eigentor geschossen, Callum.

Drittes Kapitel

Callum

Fünfzehn Jahre alt

Das Problem dabei, jemanden nicht zu mögen, war, dass einen das regelrecht auffressen konnte.

Es nagte am Verstand wie ein Parasit, der nicht totzukriegen war, egal auf welche Weise man versuchte, ihn zu zerquetschen.

Ich saß an dem großen Esstisch im Stil des 17. Jahrhunderts unter einem Kronleuchter, der Lichtflecken durch den Raum tanzen ließ, und wartete.

Wir aßen das Drei-Gänge-Menü, das unsere Köchin Wanda jeden Freitagabend zubereitete, und beim zweiten Gang ließ mein Vater sich lang und breit über die Vorzüge der Neugestaltung seines Büros aus. Er hatte es erst letztes Frühjahr komplett umbauen lassen.

Meine Mutter war nur am Nicken und Lächeln, ihre Augen wanderten zwischen denen meines Vaters hin und her, während sie mit ihrer Gabel geistesabwesend in dem Matsch herumrührte, den sie aus ihrem Currygemüse fabriziert hatte.

Als das Dessert serviert wurde, wusste ich, dass ich aus dem Schneider war.

»Spielst du nächstes Wochenende gegen Chesterton?«, erkundigte sich mein Vater, lehnte sich in seinem Stuhl zurück und tätschelte seinen Bauch.

Verdammt. Ich hob den Kopf, sah ihn an und nickte.

»Interessiert sich Renee für Football?«, warf meine Mutter ein. »Du solltest sie zu dem Spiel einladen.«

»Sie macht sich nichts aus Football.« Mein Vater runzelte angesichts meiner hastigen Antwort die Stirn, und ich räusperte mich. »Ich meine, sie kommt mir nicht wie der Typ Footballfan vor.« Nein, sie hatte es mit Prinzessinnen und Schleifen und stand offensichtlich auf dominante Männer in Liebesromanen.

Das Lächeln meiner Mutter veranlasste mich, die Hände fester um mein Besteck zu schließen. »Ich werde mit Valery sprechen. Vielleicht können wir einen Wochenendausflug daraus machen.«

Ich konnte nur mühsam ein Stöhnen unterdrücken und bedachte meinen Vater mit einem Blick, der ihn dazu bewog, zu sagen: »Nein, Schatz. Ich habe den Oswalds gesagt, ich würde dich zu unserer Dinnerverabredung mitbringen, damit du Erin wiedersehen kannst.«

Meine Mutter winkte ab und sackte fast in ihrem Stuhl nach hinten. »Muss das sein? Erin ist sterbenslangweilig.«

Ich schaltete ab und starrte die mit staubigrosanen Hortensien gefüllte Kristallvase an, während mein Vater meine Mutter an die Vorteile erinnerte, die es mit sich brachte, wenn man die richtigen Freundschaften unterhielt.

»Kann ich aufstehen?«, fragte ich, sowie mein Vater innehielt, um einen Schluck von seinem Whisky zu trinken.

Auf sein Nicken hin schob ich meinen Stuhl zurück und schob ihn unter den Tisch, bevor ich mich in mein Zimmer zurückzog.

Die Mahagonitreppe schimmerte, als ich mit der Handfläche über das Geländer strich und meine Füße mich nach oben trugen. Mein Zimmer lag ganz am Ende des ersten Stocks, Gott sei Dank weit von dem meiner Eltern entfernt, das oben an der Treppe lag. Kunstvolle Schnitzereien zierten das Holz der geöffneten Türen.

Die Tür meines Zimmers sah genauso aus, nur dass es nur eine gab. Der Raum selbst war noch nicht einmal halb so groß wie der meiner Eltern, was in Anbetracht der Tatsache, dass ihr Zimmer einen guten Teil des ersten Stocks einnahm, vollkommen in Ordnung war.

Bevor wir eingezogen waren, als ich ein Kind war, hatte es in diesem Stock acht Schlafzimmer sowie verschiedene Wohnzimmer und Bäder gegeben. Einige der Räume waren als Gästezimmer erhalten geblieben, aber meine Eltern beschlossen, sich für sich selbst eine Art Miniaturhaus zu schaffen, indem sie Wände einreißen und ihre Hälfte des Stockwerks komplett umbauen ließen.

Der Dachboden und Wandas Zimmer befanden sich im zweiten Stock, wo es noch einen weiteren, mit den zahlreichen aufgegebenen Projekten meiner Mutter aus vergangenen Jahren vollgestopften Raum gab.

Für eine Vorzeigefrau versuchte sie wirklich, ihre Zeit sinnvoll zu nutzen, statt müßig dabeizusitzen, während mein Vater die Tausende anderer Leute in Millionen verwandelte. Zu schade, dass ihre Bemühungen immer irgendwie lustlos waren und sie nie durchhielt.

Nachdem ich geduscht hatte, ließ ich mich auf mein großes Bett fallen und zappte mich durch die Kanäle meines Flachbildschirmfernsehers.

Aber sosehr ich auch versuchte, mich von irgendetwas Geistlosem ablenken zu lassen, mein Kopf bestand darauf, immer dieselben Fragen zu wiederholen. *Warum hatte Renee es niemandem erzählt? Warum hatte sie es ihren Eltern nicht gesagt?*

Ich konnte es mir nicht erklären. Es hatte sich in der ganzen Schule herumgesprochen – ihr Literaturgeschmack und der Umstand, dass er ihr einen Abstecher in das Büro der Direktorin eingetragen hatte.

Ich hatte sie beim Lunch beobachtet, als sie mit ihren Theaterclubkumpels auf der anderen Seite der Cafeteria saß, aber sie hatte kein einziges Mal zu mir herübergeschaut.

Vergiss sie. Ich musste sie vergessen. Keine Ahnung, warum es mich kümmerte oder warum ich überhaupt einen Gedanken an sie verschwendete. Irgendetwas an ihr reizte mich bis aufs Blut und brachte mich dazu, die Fäuste zu ballen. Ihre albernen Schleifen, die schicken

Strumpfhosen und ihre Weigerung, sich etwas daraus zu machen, was andere von ihr dachten, brachten mich zur Weißglut.

Ich beugte mich vor und nahm mein Telefon vom Nachtschränkchen, um Tara anzurufen. Ich konnte ein bisschen Dirty Talk brauchen. Das würde meine Laune definitiv bessern.

Trotzdem wollte mein Finger sich nicht rühren. Er schwebte über ihrem Namen, kreiste darum wie eine Hummel um eine Blume.

Fluchend ließ ich das Telefon fallen, überprüfte, ob die Tür abgeschlossen war, und schob dann eine Hand in meine Hose.

• • •

Schüler schlurften vorbei, und ich lehnte den Kopf gegen meinen Spind.

»Und diese eine Szene, wo er sagt ...«

Renee hörte nicht auf zu lächeln, während Tara die Details aus dem dämlichen Buch weitergab, das sie gelesen hatte.

Dem dämlichen Buch, das Renee hätte peinlich sein sollen, stattdessen aber sämtliche Schülerinnen zu einem Buchclubtreffen auf den Gängen der Schule anzulocken schien.

Ja, die Leute hatten während der letzten Wochen Witze darüber gerissen, aber sie hatte sie wirkungslos an sich abprallen lassen. Als bestünde sie aus glitzerndem Stein, und alles andere wäre Wasser, das über sie hinweg oder um sie herum spülte, während sie davon unberührt blieb. Schön. Unverändert.

»Hey.« Mike blieb neben mir stehen, um seinen Spind zu öffnen. »Kommst du heute Nachmittag zur Teambesprechung?«

»Vermutlich.«

»Vermutlich?« Mike schob ein Buch hinein und griff nach seinem Telefon und seinem Portemonnaie, bevor er die Tür zuknallte. »Was ist los mit dir?« Als ich fortfuhr, Renee finster anzufunkeln, folgte mir sein Blick. »Oh. Mann, die ist heiß.«

»So, wie sie mit ihren Rüschensocken und mit den lächerlichen Schleifen herumstolziert, sieht sie aus wie ein verdammter Pfau.«

Mike erwiderte nichts, also schielte ich zu ihm und stellte fest, dass seine Augen unverwandt auf Renee ruhten. Ich knirschte mit den Zähnen.

»Schon, aber sie weiß, wie man die Sachen trägt.«

»Was bist du? Die Modepolizei?«

Er lachte. »Halt die Klappe.« Er musterte mich kurz von Kopf bis Fuß, dann hob er die Brauen. »Moment. Gefällt sie dir oder so?«

Ich straffte mich und zwang mich, laut zu lachen. »Fuck, nein. Sie geht mir tierisch auf den Geist.«

»Warum?«

»Warum?«, wiederholte ich, als hätte er mir die dümmste Frage der Welt gestellt.

»Ja, warum?« Er zuckte mit den Achseln und lockerte seine Krawatte. »Normalerweise gibt es einen Grund dafür, jemanden nicht zu mögen.«

»Ich brauche keinen Grund«, schnappte ich.

Mike murmelte etwas, das wie »Bullshit« klang, und schob sein Portemonnaie in seine Hose.

»Meine Eltern haben damit angefangen«, gestand ich leise. Ich wusste, dass er, wenn ich ihm nicht ein paar Brocken hinwarf, vermuten würde, was er wollte. Das konnte ich nicht zulassen.

»Deine Eltern?«

Mit einem Nicken erklärte ich: »Unsere Moms. Sie scheinen es für eine tolle Idee zu halten, uns zu verkuppeln.«

»Woher weißt du das?«, fragte er.

Ich begann Richtung Cafeteria zu gehen. Wenn Tara hier herumhängen und über irgendein bescheuertes Buch quasseln wollte, von mir aus. Mike ging neben mir her. »Abgesehen davon, dass mich meine Mutter mindestens einmal am Tag nach Renee fragt, habe ich Ende des Sommers gehört, wie sie im Fernsehzimmer getrunken und sich darüber unterhalten haben wie Teenagermädchen.«

Mike lachte. »Sie haben vermutlich kein Wort ernst gemeint.«

Er kannte Valery Grant und Lucinda Welsh nicht. Diese beiden

Frauen waren Weltmeisterinnen darin, das zu bekommen, was sie wollten. »Oh doch. Unsere Väter planen eine Fusion ihrer Firmen.«

»Ach du Scheiße«, sagte Mike, als wir uns in die Schlange einreihten. »Steckt Welsh Holding in Schwierigkeiten?«

»Soweit ich weiß, nein. Aber ich habe sie am Telefon darüber sprechen gehört. Anscheinend besteht der Plan schon seit letztem Jahr. Ist vermutlich lukrativer. Sie wollen nächstes Frühjahr internationale Büros in Peking und Deutschland einrichten.«

Mike pfiff durch die Zähne. »Das wäre für mich wahrscheinlich auch ein Grund, mir Sorgen zu machen.«

Wir bestellten und trugen unsere Tabletts in die hintere Ecke, wo das Team saß. Ein strenger Blick von mir warnte Mike, über diese Angelegenheit kein weiteres Wort zu verlieren.

Was er zum Glück auch nicht tat.

Ich hörte mit halbem Ohr zu, wie die Jungs über irgendeine neue Spielekonsole diskutierten, während ich in mein Sandwich biss, als hätte es mich persönlich beleidigt.

Schwarze Ballerinas mit kleinen Schleifen auf den Spitzen stachen mir ins Auge, als ich zu Boden starrte, nachdem ich einen Schluck aus meiner Wasserflasche genommen hatte.

Ich dachte nicht nach, sondern reagierte nur.

Wasser spritzte aus meinem Mund und ergoss sich über Renees weiße Bluse, woraufhin sie einen Jammerlaut ausstieß.

»Alter.« Josh, einer meiner Teamkameraden, lachte. »Krass.«

Ich ignorierte ihn und blickte von dem weißen BH, der jetzt für die gesamte Cafeteria deutlich sichtbar war, zu diesen grünen Augen hoch. Schmerz flackerte darin auf, aber nur einen Moment lang, und dann kippte Renee mir das, was auf ihrem Tablett stand, auf den Schoß.

»Fuck!« Ich sprang auf und versuchte hektisch, die heißen Makkaroni von meiner Hose zu schieben, wobei ich mir die Finger verbrannte.

Die Cafeteria verstummte. Meine Atemzüge wurden zu einem lauten, monströsen Geräusch, von dem ich fürchtete, dass es durch den Raum hallte, als würde ein Mikrofon an meinem Shirt stecken.

»Ups, sorry. Ist mir weggerutscht«, erklärte Renee trocken und steuerte mit ihren Freunden vom Theaterkurs auf einen Tisch auf der anderen Seite zu.

»Hat sie eben …?«, fragte Mike.

»Jesus.« Ich blickte auf den verschmierten Käse und die Nudeln überall auf meiner Hose hinunter. »Ich muss unbedingt …«

»Miss Grant und Mr Welsh. Nach draußen. Sofort.« Mrs Benningtons Stimme übertönte das Gekicher und Geflüster.

Mit einem Blick zu den Jungs zuckte ich mit den Achseln, dann schnappte ich mir die andere Hälfte meines Sandwiches und mein Wasser, bevor ich mich nach draußen begab.

»Was hat das zu bedeuten?« Mrs Bennington dämpfte ihre Stimme zu einem leisen Zischen, als Renee herauskam und die Tür der Cafeteria hinter sich schloss.

Als wir beide schwiegen, seufzte sie und zwickte sich in den Nasenrücken, bevor sie den Arm an ihrer Seite herabfallen ließ. »Nachsitzen diesen Nachmittag.«

»Ich habe eine Teambesprechung«, protestierte ich.

»Nicht mein Problem. Und gehen Sie zur Fundstelle, und besorgen Sie sich angemessene Kleidung. Sie bekommen deswegen keine Freistunde.« Ihre Absätze klackten auf dem Boden, als sie davonrauschte.

Ich funkelte Renee mit zusammengebissenen Zähnen an, aber sie lächelte nur. »Du hast angefangen.«

»Ein wirklich reifes Verhalten.«

Sie lachte, und bei dem Klang blieb mir der Mund offen stehen. Rau und süß zugleich. »Du willst jetzt über reifes Verhalten reden? Schön. Nur zu.«

»Lieber nicht.« Ich löste mich von der Stelle, wo ich an der Wand gelehnt hatte.

»Erst das Buch, und jetzt das. Was habe ich dir eigentlich getan?« Sie senkte ihre Stimme um ein paar Dezibel. Verletzlichkeit schwang darin mit.

Ohne auf das Ziehen in meinem Magen zu achten, platzte ich mit der Wahrheit heraus. »Du existierst.«

Sie schüttelte den Kopf und wandte sich zum Gehen, als ich hinzufügte: »Aber du hast schöne Titten. Immerhin.«

Ihre Hand flog hoch, um mir den Vogel zu zeigen.

Und für einen Moment, nur einen Moment vergaß ich, dass ich sie so sehr hasste.

Viertes Kapitel

Renee

Fünfzehn Jahre alt

Meiner Mutter in allen Einzelheiten zu berichten, dass ihr Traummann für mich in Wirklichkeit in jeglicher Hinsicht ein Monster war, würde wahrscheinlich nicht gut gehen. Ich war versucht, aber ich wusste, egal, was ich sagte oder wie ich es ausdrückte, sie würde es falsch auslegen.

Insgeheim fragte ich mich, ob er mich mochte und ob all die Sticheleien und Schikanen vielleicht seine Art waren, sich dagegen aufzulehnen.

Diese innere Stimme war nun zum Schweigen gebracht worden. Von der offensichtlichen Feindseligkeit erstickt, von der ich mich weigerte, die Augen vor ihr zu verschließen.

Mich mit Wasser vollzuspritzen war schon schlimm genug, aber eine Stunde in einem leeren Klassenzimmer zu verbringen, wo er mit dem Sportlehrer, der das Nachsitzen überwachte, endlos über Football diskutierte, besiegelte das Ganze. Callum sagte kein Wort zu mir. Beide ignorierten mich, aber das war okay.

Doch als ich gehen wollte, bemerkte ich, dass jemand einen frischen Kaugummi auf den Sitz meines Stuhls geklebt hatte, bevor ich mich daraufgesetzt hatte.

»Du solltest immer aufpassen, wo du dieses große Teil parkst«, riet mir Callum und grinste mich über seine Schulter hinweg höhnisch an, als er aus dem Raum marschierte.

Es war grässlich, sein Kaugummi so weit von meinem Hinterteil zu entfernen, dass ich den Plastikstuhl zurückschieben und nach Hause gehen konnte.

Genug. Mir reichte es.

Er konnte machen, was er wollte. Ich würde nicht klein beigeben, aber ich würde es ihm auch nicht mehr heimzahlen. Sein Arschlochverhalten hatte einen Querschlägereffekt. Es beeinflusste andere Dinge in meinem Leben, Stück für Stück.

Hilda war tagelang sauer auf mich, weil ich wieder Proben verpasst hatte, auch wenn ich mir alle Mühe gab, es ihr zu erklären. In dieser Woche reichte ich meine Hausarbeit zwei Tage zu spät ein, und ich musste meine Periode als peinliche Entschuldigung für den Umstand benutzen, dass mein Schulrock ruiniert und in den Müll geworfen worden war, bevor jemand ihn sah. Ganz zu schweigen davon, dass ich, seit er mit seinen Schikanen begonnen hatte, nicht mehr genäht hatte.

Es war jetzt zwei Wochen her, und ich hatte es geschafft, weitere Zusammenstöße mit dem Arschloch zu vermeiden. Hoffentlich fand er einen anderen, an dem er seine schlechte Laune auslassen konnte.

Ich starrte meine mit dem Stoff von meiner letzten und jetzt verworfenen Idee umgebene Nähmaschine sehnsüchtig an. Ein von Cinderella inspiriertes Kleid für eine Wohltätigkeitsgala, die nächsten Monat anstand.

»Klopf, klopf«, zwitscherte meine Mutter.

Ich blickte zur Tür hinüber und lächelte, als sie mit zwei Tüten am Arm hereinkam. Sie stellte sie auf meine pfirsichfarbene Bettdecke und setzte sich dann neben mich. »Herzlichen Glückwunsch zum Geburtstag, Liebling.«

»Danke.« Ich nahm ihr eine der Tüten ab und fand Stoffbahnen darin vor.

»Aus Indonesien.« Sie lächelte stolz, als ich die Seide vorsichtig auf meinem Schoß ausbreitete und dann zu ihr hochschaute.

»Das hättest du nicht tun sollen«, keuchte ich, während meine Finger unablässig den Stoff glatt strichen. Er war so weich, so zart. Ich glaubte nicht, dass ich je zuvor in meinem Leben etwas so Edles berührt hatte.

»Ach was.« Sie gab mir die andere Tüte und klatschte in die Hände, als ich sie entgegennahm.

Sie enthielt lauter Bücher. Erstausgaben. Von Jane Austen bis Nora Roberts. »Was …?« Ich klaubte ganz unten einen kleinen Karton heraus, öffnete ihn und starrte eine glänzende Amex-Karte an.

Meine Mutter quiekte. Ihre blutroten Haare fielen hinter ihrem Ohr hervor. »Du willst gar nicht wissen, was ich tun musste, damit dein Vater hiermit einverstanden war.« Sie schnappte sich den Karton und nahm die Karte heraus.

Ich rümpfte die Nase. »Nein, das will ich bestimmt nicht wissen.«

Sie lachte. »Jetzt musst du nie mehr die Ausgaben von deinem Girokonto strikt kontrollieren.«

Das stimmte, aber es kam selten vor, dass ich so viel ausgab, um das Limit der Karte zu erreichen.

»Danke«, sagte ich noch einmal und beugte mich zu ihr, um sie zu umarmen.

»Gern geschehen«, murmelte Mom und wiegte mich hin und her, bevor sie mich freigab und ihre Haare wieder in Ordnung brachte. »Ich wünschte allerdings, du hättest einer Party zugestimmt. Es wäre eine großartige Gelegenheit für mich gewesen, alle deine neuen Freunde kennenzulernen.«

»Ich habe nicht viele neue Freunde.«

Sie lachte, als hätte ich einen Witz gemacht, aber ich ließ es ihr durchgehen. »Schultern nach hinten.« Sie tippte gegen eine davon und hob meine Haare an, um sie über meinen Rücken fallen zu lassen. »Nur weil du zu Hause bist und Geburtstag hast, heißt das noch lange nicht, dass du krumm sitzen darfst.« Sie stand vom Bett auf. »Dein Vater wird früh da sein. Wir haben die Welshs zum Dinner eingeladen.«

Meine Augen quollen aus ihren Höhlen. »Was? Nein.« Das war der

Hauptgrund dafür, dass ich mich überhaupt gegen eine Party gesträubt hatte.

»Verdirb mir nicht die Laune, Schatz.«

Frustriert und panikerfüllt winselte ich: »Mom, ich wollte gar nichts veranstalten.«

»Ich weiß, aber das ist zum Teil Geschäft, zum Teil Vergnügen. Also lass es uns einfach durchziehen, okay?« Sie blieb auf der Türschwelle stehen. »Ich wünsche dir einen wunderschönen Tag.« Sie warf mir eine Kusshand zu. »Küsschen!«

Mit einem lauten Wimmern ließ ich den Kopf sinken und die Schultern hängen.

• • •

»Gib mir bitte die Soße, Liebes.« Mein Dad streckte die Hand aus, als Mom nach der Porzellanschale griff und sie ihm reichte.

»Du warst heute nicht in der Schule?«, fragte Dad, nachdem er Soße über sein Fleisch gelöffelt hatte.

»Sie hat Geburtstag, Damon. Sie musste nicht gehen.«

Er bedachte Mom mit einem Blick, den sie in gleicher Manier zurückgab. Seufzend widmete er sich wieder seinem Essen, als Lucinda ihr Besteck weglegte.

»Callum hat ein Geschenk für dich.« Sie betupfte sich mit ihrer Serviette behutsam den Mund.

Das ließ mich stutzen. Callum hatte mich seit ihrer Ankunft kaum eines Blickes gewürdigt.

Fast hätte ich gehustet. »Bitte?«

Callum grinste, dann griff er in die Brusttasche seines Jacketts, zog ein kleines Kästchen heraus und schob es über den Tisch.

Ich blinzelte es an; wusste nicht, was für ein Spiel er jetzt wieder spielte.

»Komm schon.« Meine Mom stieß mich mit dem Ellbogen an. »Sei nicht unhöflich. Mach es auf.«

Langsam griff ich über den Tisch hinweg nach dem Kästchen und öffnete es.

Darin lag ein Medaillon. Meine Mutter schnappte nach Luft. Ihre Hand wanderte zu ihrer Brust, als ich es aus dem Kästchen herausnahm.

»Du solltest das Medaillon später aufmachen.« Callum nahm seine Gabel und spießte etwas Gemüse auf. »Wenn du alleine bist, weißt du.«

Unsere Mütter gaben beide Laute von sich, als würden sie in Ohnmacht fallen.

Mit zitternder Hand verstaute ich die Kette nebst Medaillon wieder in dem Kästchen und schob es beiseite.

»Wie süß«, schluchzte meine Mom fast.

»Ich weiß.« Lucinda lächelte. Ihre braunen Augen legten sich an den Winkeln in feine Fältchen. »Vielleicht habe ich ihm ein bisschen geholfen, aber was darin ist, nun, das war seine Idee.«

»Hast du immer noch diese Freundin?«, fragte Mom Callum geradeheraus.

Mein Dad lachte. »Valery, lass den Jungen in Ruhe.«

»Er hat sie noch«, erwiderte Lucinda, wobei sie die Augen verdrehte, nach ihrem Weinglas griff und einen kräftigen Schluck nahm. »Ich finde aber, sie sollten beide ein bisschen Spaß haben, bevor sie lebenslang aneinandergekettet sind.«

Unsere Mütter keckerten wie zwei alte Weiber, unsere Väter lächelten, als wäre die Aussicht auf eine arrangierte Ehe ein ganz normales Gesprächsthema beim Essen.

Ein Blick zu Callum hatte zur Folge, dass mein Magen sich zusammenzog. Er hielt den Kopf gesenkt und starrte sein Essen an, während seine Gabel zweifellos Abdrücke auf dem Inneren seiner Faust hinterließ.

»Callum, guck doch nicht so verdrossen.« Lucinda ließ ihren Wein im Glas kreisen und trank einen weiteren Schluck. »Man könnte denken, du hättest keine Augen im Kopf. Renee ist einfach umwerfend.«

»Luce«, mahnte Kian mit einem strengen und zugleich belustigten Unterton in der Stimme.

Lucinda winkte ihrem Mann mit der Hand zu. »Du warst derjenige, der auch meinte, es wäre das Beste für unsere Familien.«

Kian hob eine Schulter. »Stimmt, aber lass das jetzt. Du jagst ihnen wahrscheinlich Angst ein.«

Ohne auf ihn zu achten, lächelte meine Mom Lucinda an und flüsterte nicht allzu leise: »Arrangierte Ehen sind wieder total im Kommen. Hast du das von dem Everton-Jungen gehört? Er hat diese Kleine geheiratet …«

»Hast du das Angebot schon fertig?«, fragte Kian, Callums Vater, meinen, wobei er die Stimmen unserer Mütter wirkungsvoll übertönte.

»Ja, es liegt in meinem Büro. Aber wir müssen da noch ein paar Kleinigkeiten ausbügeln.«

Das Gespräch wandte sich geschäftlichen Angelegenheiten zu, unsere Mütter verstummten und spielten die pflichtbewussten Ehefrauen, bis sie sich entschuldigen konnten, um sich in den Salon zurückzuziehen, noch mehr Wein zu trinken und ungestört zu lachen.

Bevor es dazu kam, erschien Rosa mit einer Torte, stellte sie auf den Tisch und räumte dann ein paar Teller ab.

Mein Vater nahm das Feuerzeug, das sie ihm hingelegt hatte, und zündete alle fünfzehn Kerzen an, während ich Callums glühende Blicke auf meinem Profil spürte.

»Erdbeerkäsekuchen?«, fragte Kian, der den Kuchen inspizierte, als mein Vater sich wieder setzte.

Meine Mom lächelte. »Den mag sie am liebsten, seit sie alt genug ist, um danach zu quengeln.«

Das stimmte, doch nach einem raschen Blick zu Callum, der seine Zunge in seine Wange bohrte, während er mit den Augen Löcher in mein Gesicht brannte, fürchtete ich, alles, was ich heute Abend hinuntergewürgt hatte, wieder von mir zu geben, wenn ich auch nur einen Bissen davon aß.

Meine Mutter und Lucinda begannen zu singen, und ich setzte ein

Lächeln auf, gleichzeitig knetete ich unter dem Tisch den Saum meines Kleides mit den Fingern. Zum Glück waren alle so in ihre Unterhaltung vertieft, dass sie nicht auf mich und den Umstand achteten, dass ich mein Stück Käsekuchen nicht anrührte.

Mit Ausnahme von Callum, der sich etwas Creme von der Oberlippe leckte, bevor er sich entschuldigte.

Bald darauf nahm ich das kleine Kästchen und folgte seinem Beispiel. Callum war nirgends zu sehen, als ich den Flur hinunter auf die Treppe zuging. Leider fand ich ihn oben in meinem Zimmer vor, wo er mit den Händen über den Stoff auf meinem Schreibtisch strich. »Du nähst?«

Ich ließ die Tür offen, trat ein, betrachtete mein Zimmer und versuchte zu sehen, was er sah, als er sich umblickte. Mein hohes weißes Bücherregal, das eine ganze Wand einnahm und auf dem sich Bücher stapelten. Ein pfirsichfarbener Plüschteppich unter einem kleinen Tisch, auf dem Handarbeits- und Modezeitschriften lagen und neben dem ein weißer Sessel stand.

Mein Bett stand auf einem niedrigen Podest, die vier weißen Pfosten waren von Moskitonetzschleiern umhüllt – nicht um mich vor Mücken zu schützen, sondern weil es mir so gefiel. Von diesen hellen Vorhängen umgeben fühlte ich mich wie eine Prinzessin, und das erhöhte Bett bot mir einen atemberaubenden Blick auf den dichten grünen Wald hinter meinem von der Decke bis zum Boden reichenden Fenster.

»Ja«, sagte ich schließlich; dachte, dass das auf der Hand lag, und fragte mich, was er wollte.

Callum nahm den Deckel von einem Glas voller Knöpfe in verschiedenen Farben, Formen und Größen.

Ich verfolgte mit offenem Mund, wie er das Glas umdrehte und die Knöpfe über Schreibtisch und Boden regnen ließ. »Hoppla.«

Böse Worte formten sich hinter meinen Zähnen, als ich mich vor Wut verkrampfte. Ich schluckte sie hinunter und fragte entschieden zu ruhig: »Was ist dein Problem?«

Er stellte das leere Glas weg. Ein paar einzelne Knöpfe rollten über die Dielen, um sich hinter dem Schreibtisch zu verstecken.

Ohne sie oder mich eines Blickes zu würdigen, trat er zu den Bücherregalen. Ich hörte ein leises Kichern, als er einen meiner Comics herauszog.

»*Sailor Moon*?« Er zog die Brauen hoch, als er mich ansah. »Wirklich?«

Zähneknirschend konzentrierte ich mich darauf, langsam durch die Nase zu atmen. Ich würde mich nicht von ihm in Stücke reißen lassen.

»Du kommst mir nicht wie der Comictyp vor«, murmelte er, als er das Buch nachlässig auf das Regal zurückwarf. Ich erstarrte; hoffte, dass es nicht herausrutschen und auf den Boden fallen würde.

»Du kommst mir auch nicht wie der Smalltalktyp vor. Was willst du?«

Etwas, was ich nicht deuten konnte, verzerrte seine Züge, bevor er sich wieder in der Gewalt hatte. Er trat näher, und ich hielt die Augen unverwandt auf ihn geheftet. »Hast du das Medaillon schon aufgemacht?«

»Nein, und ich will es auch nicht haben.« Da ich die angespannte Atmosphäre und seine irritierende Gegenwart
satthatte, marschierte ich auf ihn zu und drückte das Kästchen in meiner Hand gegen seine Brust. »Hier, nimm es zurück. Ich weiß sowieso, dass das auf dem Mist deiner Mutter gewachsen ist.«

»Stimmt«, erwiderte er mit einem alles andere als beruhigenden Lächeln. »Das ist aber kein Grund, grob zu werden. Das Ding ist vermutlich wirklich wertvoll. Ein Familienerbstück.« Mit einem weiteren flüchtigen Rundblick durch mein Zimmer fügte er hinzu: »Und wie es aussieht, hast du eine Vorliebe für teure Sachen.«

»Du etwa nicht?« Meine Hand, die immer noch das Medaillon umschloss, fiel an meiner Seite hinunter, als er zurückwich und ohne mir zu antworten zur Tür ging.

»Nenn es ein Friedensangebot.« Er deutete auf das Schmuckstück. »Ich bin es leid, Spielchen zu spielen, Renee. Sorg dafür, dass deine

Mutter Ruhe gibt, dann brauchst du dir wegen mir nie wieder Gedanken zu machen.«

Ich schnaubte. »Ich habe sie bestimmt nicht ermutigt.«

Er zog eine Braue hoch.

»Du glaubst mir nicht?«

Jetzt zuckte er mit den Achseln. »Ich glaube dir, wenn ich nichts mehr von all ihren lächerlichen Plänen höre.«

Ich lehnte mich gegen meinen Schreibtisch und starrte auf das Medaillon hinunter. Ich konnte sagen oder tun, was ich wollte, er würde mir doch nicht glauben. »Dein Ego kennt keine Grenzen. Ich bin nicht an dir interessiert.«

Er blieb stumm, aber ich konnte immer noch spüren, dass er auf der anderen Seite des Raums an der Tür stand, als ich das silberne Kästchen ansah.

Seufzend klappte ich es auf, nahm das Medaillon von seinem weichen Kissen und betrachtete die kunstvollen Silbergravuren auf der Außenseite. Gegen meinen Willen entrang sich mir ein leises Keuchen. »Es ist wirklich schön.«

Callum gab einen zustimmenden Laut von sich. »Von meiner Urgroßmutter.«

Jetzt blickte ich zu ihm hinüber. Tatsächlich ein Familienerbstück. »Ich muss es nicht annehmen.«

Er kratzte sich am Kopf. »Ich denke, wenn du das nicht tust, würdest du bei unseren Müttern ein Drama heraufbeschwören.«

Wie wahr. Ich schob den Nagel unter den kleinen Haken und klappte ihn hoch.

Dann schrie ich auf. Das Medaillon flog mir aus der Hand, als sich eine schwarze Spinne auseinanderfaltete und auf meine Brust sprang. Panikerfüllt fegte ich sie zu Boden. Mein Herz raste, und mein Atem geriet ins Stocken, als ich zurückstolperte und versuchte, einen Bogen um meinen Schreibtisch zu schlagen.

Die Spinne krabbelte davon, auf meinen Schrank zu, als hinter mir ein lautes Krachen ertönte. Ich drehte mich um und sah meine neue

Nähmaschine auf dem Boden liegen. »Nein!« Ich kniete mich daneben, untersuchte das zerbrochene Gehäuse und den verbogenen Nadelarm. »Nein, nein. Die hat mir meine Mom geschenkt, als wir hierher gezogen sind. Ich habe ewig darauf gewartet.«

Callum fluchte. Wutentbrannt spähte ich über meine Schulter und sah, dass ein geschockter, verkniffener Ausdruck auf seinem Gesicht lag. »Das habe ich nicht ...«

»Du hast was nicht? Das mit Absicht gemacht?« Ich lachte und rang nach Atem, als sich mein Blickfeld trübte. »Raus!«

»Renee ...«

»Nein«, unterbrach ich, stand auf und fuhr herum, als die Wut die Tränen trocknete, die mir in die Augen gestiegen waren. »Bist du nie, nicht eine einzige verdammte Minute lang auf die Idee gekommen, dass ich tatsächlich nichts mit dir zu tun haben wollen könnte? Dass all deine dummen Spielchen, deine Quälereien und die hasserfüllten Blicke vollkommen grundlos gewesen sein könnten?«

Er sagte kein Wort, sondern starrte mich nur an, als hätte ich ihn geohrfeigt.

»Scher dich aus meinem Zimmer, meinem Haus und meinem gottverdammten Leben. *Jetzt*. Bevor ich das ganze Haus zusammenschreie und meinen Eltern erzähle, was du getan hast.«

Seine Lippen öffneten sich, und seine Hand fuhr in seine dichten braunen Haare, bevor er sich endlich abwandte und zur Tür hinausstürmte.

Ich schloss sie hinter ihm ab, ließ mich dann
dagegensinken und starrte mit in Fetzen gerissenem Herzen auf die Überreste meiner Nähmaschine.

Fünftes Kapitel

Callum

Sechzehn Jahre alt

»Renee und ihre Eltern werden bald hier sein«, rief meine Mutter den Flur entlang in Richtung meines Zimmers, wo ich mir ein Shirt über den Kopf zog.

»Fuck.« Ich spie das Wort leise aus.

Ich hatte Renee oft in und außerhalb der Schule gesehen, aber in den letzten elf Monaten hatten wir kein Wort miteinander gewechselt. Kein einziges verdammtes Wort.

Nicht, seit ich sie am Abend ihres fünfzehnten Geburtstags wegen einer Nähmaschine todunglücklich in ihrem Zimmer zurückgelassen hatte.

So etwas hätte mich normalerweise zum Lachen gebracht, aber als ich zusah, wie das Entsetzen auf ihrem Gesicht nackter Verzweiflung wich, konnte ich nichts tun außer sie stumm anstarren. Ich erinnerte mich an alles, als wäre es gestern passiert. Warum, wusste ich nicht recht, aber es lief oft hinter meinen geschlossenen Lidern ab und verfolgte mich in den Gängen und Klassenräumen der Schule, wann immer ich sie sah.

Sie sah mich nie an, noch nicht einmal bitterböse. Noch nicht einmal bei den Treffen unserer Familien, wo sie sich pflichtgetreu wie die gute Tochter verhielt und das fortgesetzte Schelten unserer Mütter einfach mit einem Lachen abtat.

Ich existierte nicht. Auch dann nicht, als mein Name in der ganzen Schule in aller Munde war, nachdem ich zwei Wochen nach Renees Geburtstag mit Tara Schluss gemacht hatte. Auch nicht, wenn sich die Mädchen über mein Flirten auf Partys die Mäuler zerrissen. Und auch dann nicht, als mir bei jedem unserer Spiele ein torreifer Pass nach dem anderen gelang.

Ich war ein Geist.

Was in Ordnung ging, weil es das war, was ich wollte. Ich wollte in Ruhe gelassen werden, um mein eigenes Leben zu leben und nicht den albernen Vorstellungen meiner Mutter von Ehe und zwei bis fünf Kindern gerecht werden zu müssen, bevor ich in der Firma meines Vaters die Zügel in die Hand nahm.

Es war eine Sache, dass mein Vater meine Karriere kontrollierte, aber eine ganz andere, wenn er auch noch mein Privatleben kontrollieren wollte. Im Nachhinein weiß ich, dass ich wahrscheinlich überreagiert hatte, aber ich wollte professionell Football spielen. Und Ehe? Ehe war nichts, worüber ein Fünfzehnjähriger nachdenken, geschweige denn sich hineindrängen lassen wollte.

Der hintere Garten war mit blinkenden Lichtern geschmückt, und die Band, die mein Vater engagiert hatte, wärmte sich auf der provisorischen Bühne neben dem Pool auf. Als ich ein paar Stühle in der Ecke in der Nähe des Zauns entdeckte, machte ich es mir in einem davon bequem und zog mein Telefon hervor, um mich bei den sozialen Netzwerken einzuloggen.

Die Neuigkeit von der Party war in der ganzen Schule herum. Ich glaubte nicht, dass meine Eltern genau wussten, auf was sie sich einließen, als sie beschlossen, für meinen Sechzehnten eine große Sause für mich zu veranstalten.

Meine Teamkameraden kamen als Erste und lachten und pfiffen, als sie meine Mutter beobachteten, die sich über den Pool beugte, um eine heruntergefallene Lichterkette neu zu befestigen.

»Ihr Kerle seid bekloppt«, knurrte ich, als sie mir auf den Rücken schlugen und zum Geburtstag gratulierten.

»Es gibt vieles, was ich dazu sagen könnte.« Mike lachte, als er sich neben mich setzte. »Aber sie ist eine MILF.«

»Stimmt, ist sie.« Die Stimme meines Dad ließ uns alle vier erstarren und gleichzeitig aufblicken. Er grinste und sah uns nacheinander an. »Glaubt nicht, ich hätte vergessen, wie es ist, ein Teenager zu sein. Ich war kaum erwachsen, als du zur Welt gekommen bist.« Er deutete mit seinem Whisky auf mich.

Er liebte es, mich daran zu erinnern. Wie er es geschafft hatte, das College zu beenden, meine Mom zu unterstützen, als sie mich in ihrem vorletzten Studienjahr bekam, und sich gleichzeitig in der Firma hochzuarbeiten, die einmal meinem Großvater gehört hatte.

»Haben Sie davon noch einen übrig, Mr Welsh?«, meldete sich Steve mit dem Blick auf seinen Drink zu Wort.

Das Grinsen meines Dad erstarb. »Netter Versuch.«

Er schlenderte zu meiner Mutter hinüber, die sich mit einem der Bandmitglieder unterhielt, ihre Haare zurückwarf, lachte und völlig überrumpelt war, als mein Dad einen Arm um sie legte und sie an sich zog.

Ich stöhnte. »Himmel, muss das sein?«

Die Jungs kicherten, und Mike lenkte mich zum Glück mit der Frage danach ab, was ich für ein Auto bekommen würde.

»Dad sagt, er kauft mir keins, bevor ich siebzehn bin.«

»Warum nicht?« Mike nahm sich eine Limonade aus der Kühlbox.

»Weiß der Teufel. Er sagte etwas davon, dass ich dann verantwortungsbewusster wäre.«

Steve prustete. »Wie viel kann sich denn in einem Jahr ernsthaft ändern?«

In diesem Moment kamen Renees Eltern nach draußen. Renee folgte ihnen langsam und blieb zwischen den offenen Glastüren stehen.

»Viel, schätze ich«, murmelte Mike, den Blick auf Renee geheftet, die ihr smaragdgrünes Cocktailkleid zurechtzupfte. Dazu trug sie eine schwarze Strumpfhose und weiße hochhackige Schuhe.

Wer zum Teufel trug weiße Schuhe und eine schwarze Strumpfhose?

Renee. Die weiße Schleife auf ihren roten Haaren zog unsere Blicke auf sich, sie bewegte sich keinen Millimeter, als wäre sie festgeklebt.

Sie sah zu uns herüber und dann sofort wieder weg.

»Sagt irgendeiner Hi?«, fragte Mike.

Als keiner von uns antwortete, ich, weil ich nicht konnte, schüttelte er den Kopf und steuerte auf Renee zu. Meine Hand schloss sich um meine Getränkedose, ohne dass ich das metallische Klicken bewusst registrierte, als sie zu Mike hochlächelte.

Mike. Seit wann lächelte sie Mike an?

Die Band begann zu spielen, und weitere Gäste trafen ein. Nachdem wir eine einstündige Unterhaltung mit Freunden meiner Eltern und verschiedenen Leuten von der Schule durchgestanden hatten, gelang es uns, uns mit der Flasche Wodka, die Wanda unter der Küchenspüle versteckt hielt, in mein Zimmer zu schleichen.

»Tara datet jetzt Jed, wusstest du das?«

Ich trank einen Schluck aus der Flasche und reichte sie mit einem kaum merklichen Schulterzucken an Mike weiter. »Interessiert mich nicht sonderlich. Wir haben uns vor einer halben Ewigkeit getrennt.«

Steve rülpste. »Ja, aber sie hat seit einer halben Ewigkeit niemanden mehr gedatet.«

»Mmm«, stimmte Mike zu. »Ihr wart die Ersten füreinander und so. Da wäre es wohl verständlich, wenn du noch etwas für sie empfinden würdest.«

»Wir können ihn Montag nach der Schule deswegen ein bisschen zurechtstutzen«, sagte Pat gleichgültig, während er die Comics auf dem Bücherregal inspizierte.

»Nicht nötig.« Ich setzte mich auf meinem Bett auf und blickte aus dem Fenster auf den Pool unter mir hinunter.

Wir waren die Ersten füreinander gewesen. Irgendwie, vermutete ich. Tara war cool, aber ich hatte schon Monate vor unserer endgültigen Trennung nichts mehr für sie empfunden.

»Ist Mandy hier?«, fragte Steve. Er lag auf dem Teppich, warf einen Football in die Luft und fing ihn mit geschlossenen Augen wieder auf.

»Mandy?«, erkundigte sich Pat verwirrt.

»Sie ist in unserem Jahrgang. Kennst du sie wirklich nicht?«, wollte Mike wissen.

»Nö«, erwiderte Pat entschieden.

Es interessierte mich einen Scheißdreck, wer hier war. Mein Kopf fühlte sich ein bisschen schwer an. Wir waren daran gewöhnt, ab und an zu trinken, aber keinen puren Wodka. Ich musste pinkeln. Und brauchte etwas Wasser.

Draußen auf dem Flur versuchte der Partylärm die dicken Wände und alten Bogenfenster zu durchdringen.

Ich ging zum Klo und dann in die Küche hinunter.

Weiß und Rot stach mir ins Auge, und ich blieb am Fuß der Treppe stehen, spähte darum herum und sah Renee auf der dahintergeschobenen Bank sitzen. Sie nähte irgendetwas.

»Hast du jemals deine Nähmaschine reparieren lassen?« Ich verschluckte mich an den letzten Worten und rieb mir die Augen, als sie innehielt, um zu mir hochzublicken.

Da hinten war es dunkler, aber ich konnte sie trotzdem sehen. Eine Sekunde, nur eine Sekunde lang glühten ihre grünen Augen eine Spur dunkler, passten zu dem Smaragdton ihres Kleides, bevor sie eine unbeteiligte Miene aufsetzte.

»Ja.«

»Was hast du letztendlich deiner Mom erzählt?« Ich ließ mich auf das andere Ende der Bank fallen. Mein Durst war vergessen.

»Dass ich eine Spinne gesehen und die Maschine versehentlich vom Tisch gestoßen habe.«

Die Art, wie sie mir frei und offen antwortete, entlockte mir ein Lächeln. »Du clevere kleine Lügnerin.«

»Es ist doch keine Lüge, oder?« Sie sah einen Moment lang zu mir herüber, ließ mich die Wirkung ihres Blicks voll spüren. Ihre rosigen Lippen, von denen die untere voller war als die obere, öffneten sich. Als sie wieder aufeinandertrafen, bildeten sie einen perfekten Bogen.

»Was?« Ich kratzte mich an der Brust. Meine Haut oder vielleicht mein Shirt juckte.

Sie zog die Brauen zusammen. »Du bist betrunken.«

Es war keine Frage, also gab ich auch keine Antwort.

Sie schüttelte den Kopf und widmete sich wieder ihrem ... »Was ist das?«

»Ein Kreuzstich. Was, hast du noch nie einen gesehen?« Sie stach die Nadel unten in den runden Rahmen und zog sie auf der anderen Seite wieder heraus.

Ich kicherte und hickste wieder. »Jetzt schon.«

Ich sah zu, wie ihre schlanken Finger in dem Rahmen herumhuschten, bis ich einen Umriss ausmachen konnte. »Rosen. Würde nicht eher deine Großmutter so etwas machen?«

»Meine Großmutter ist auf den Bahamas, betrinkt sich am Pool mit Männern, die halb so alt sind wie sie, und geht abends in die Clubs. Also nein, sie würde so etwas ganz bestimmt nicht machen.«

Das brachte mich wieder zum Kichern. Ich kippte zur Seite und fast gegen ihre Schulter, als ich versuchte, mich aufzurichten. »Mein Großvater ist vor zwei Jahren gestorben.« Ich würgte die Worte hervor. »Meine Grandma hat ihn schon Jahre davor wegen eines jüngeren Kerls verlassen.«

Anscheinend leicht verwirrt murmelte Renee: »Oh, tut mir leid.«

»Muss es nicht. Er war ein Langeweiler und hatte nicht viel Geduld mit mir.«

»Was ist mit den Eltern deiner Mom?«, fragte sie.

Ich schob die Unterlippe vor und wiegte den Kopf von einer Seite zur anderen. »Die sind okay. Sie besuchen uns nicht oft, aber wenn, dann bringen sie tolle Geschenke mit.«

Renee sah mich an. Ihre Lippen kräuselten sich leicht. Sie wollte lächeln, ich wusste es, sie wusste es, aber sie tat es nicht. »Meine Grandma ist genauso.«

»Die, die auf den Bahamas Party macht?«

Sie nickte. »Die Eltern meiner Mom sehen wir nie. Sie waren mit ihrer Heirat nicht einverstanden, also spricht sie nicht mehr mit ihnen.«

Ich verzog das Gesicht. »Schöne Scheiße.«

Renee schwieg einen langen Moment, dann sagte sie: »Lass dich lieber nicht von deinen Eltern erwischen. Du stinkst nach Alkohol.«

Ich zwinkerte und wischte mir mit der Hand über das Gesicht. »Da hast du recht.«

Aber ich rührte mich nicht von der Stelle. Stattdessen sah ich zu, wie sie unablässig die Nadel durch den Stoff zog.

»Ich habe eine große Comicbuchsammlung«, sagte ich ohne nachzudenken.

Renee erwiderte nichts darauf, hielt aber mit ihrer Tätigkeit inne, weil sie sich zweifellos daran erinnerte, wie ich letztes Jahr ihre *Sailor Moon*-Bände entdeckt hatte.

»*DC*, *Batman* und vor allem der *Joker* sind meine erklärten Lieblinge«, fuhr ich fort und lachte dann in mich hinein, als sie schwieg. »Wenn du meinst, dir einen Spaß daraus machen zu müssen, das überall herumzuerzählen, nur zu. Du solltest inzwischen wissen, dass mir das scheißegal ist.«

Sie stieß ärgerlich den Atem aus. Ihre Augen klebten an ihrer Arbeit. »Mir ebenso.«

Ich starrte ihre kleinen Hände finster an, war durcheinander, aber zu betrunken und zu müde, um das Problem zu lösen.

Endlich begannen die Leute zu gehen, Gelächter und Musik ebbten zu einem leisen Summen ab, als ich mich aufsetzte. Auf eine seltsame Weise faszinierten mich die geschickten Bewegungen dieser Finger, die Konzentration auf ihrem Gesicht, die ihre entspannte Haltung Lügen strafte, und die Art, wie ihre Zunge hervorlugte, wenn sie die Nadel fester handhaben musste.

Schritte kamen um die Ecke, und Renees Eltern riefen ihren Namen.

Sie verstaute ihre Stickerei in einer kleinen Tasche, die neben ihr stand, und zog den Reißverschluss zu, während sie mich beobachtete.

Ich richtete mich auf, dabei fragte ich mich, wie es dazu gekommen war, dass ich die letzte Hälfte meiner eigenen Geburtstagsparty damit verbracht hatte, ein Mädchen, das ich nicht mochte, bei einem Hobby für ältere Damen zu beobachten.

Ein Anflug von Panik ließ mich die ersten Worte hervorsprudeln, die mir in den Sinn kamen, als Renee aufstand. »Willst du mir noch nicht einmal zum Geburtstag gratulieren, Minnie Maus?«

Sie starrte ein paar Atemzüge lang auf mich hinunter, dann ging sie ohne ein Wort davon.

Sechstes Kapitel

Renee

Sechzehn Jahre alt

Dank einer Grippe kam ich um eine Party anlässlich meines sechzehnten Geburtstags herum.

Und wenn ich ehrlich war, war ich in meinem ganzen Leben nie so dankbar für einen Virus gewesen. Ich wollte einerseits kein großes Theater um Leute machen müssen, die vorgaben, meine Freunde zu sein, nur um eine Einladung herauszuschlagen, sondern ich wollte andererseits auch *ihn* nicht sehen.

Merkwürdig war das einzige Wort, das meinem erschöpften Hirn einfallen wollte, um die paar Stunden zu beschreiben, die er an seinem eigenen sechzehnten Geburtstag mit mir zusammengesessen hatte. Aber das Merkwürdigste war, dass er seitdem versuchte, mich in den Gängen der Schule und in der Schlange in der Cafeteria anzulächeln oder während des Unterrichts meine Aufmerksamkeit auf sich zu lenken, indem er gegen meinen Stuhl trat oder mich mit Papierkügelchen bewarf.

Was ich alles ignorierte.

Allerdings war es ein Jammer, dass ich seinen Freund nicht auch ignorieren konnte, der sich in den letzten paar Wochen angewöhnt hatte, mich nach dem Unterricht abzufangen und mich mit allem Möglichen vollzuquatschen.

»Ich wusste noch nicht einmal, dass man Apfelmus dazu essen kann. Komisch, nicht?«, sagte Mike. Ein süßes Lächeln ließ seine blauen Augen leuchten.

»Mmhm.« Ich erwiderte das Lächeln, war aber nicht sicher, wovon er redete. Ich war damit beschäftigt, das Manuskript für die Probe morgen Nachmittag zu lesen. Ich hatte die Rolle der bösen Hexe in Clarkes verdrehter Neufassung von *Schneewittchen* bekommen. Er versuchte, das Stück ohne die Zwerge zu inszenieren, weil wir nur acht in der Gruppe waren. Von denen einige nicht immer zu den Proben erschienen.

Schneewittchen ohne die Zwerge ging gar nicht, aber egal, wie oft wir ihm das sagten und andere Vorschläge machten, er hielt eisern an seiner Entscheidung fest, etwas Einzigartiges auf die Bühne zu bringen. Hilda war die Rolle des Schneewittchens zugeteilt worden, was naheliegend war, und sie stürzte sich mit Feuereifer hinein; diskutierte über all die Möglichkeiten, wie ich das typische Schneewittchenkostüm für sie neu designen könnte. Zugegebenermaßen war ich deswegen aufgeregter als wegen des Stückes selbst.

» ... und du hörst mir gar nicht richtig zu, stimmt´s?«

Ich ließ das Manuskript sinken und lächelte verlegen. »Sorry, aber ich habe nur noch ein paar Tage, um den Text zu lernen, und ...«

»Und außerdem steht sie einfach nicht auf dich«, warf Callum ein und legte Mike einen Arm um die Schulter. Mike sah ihn böse an und schob den Arm weg.

Beschämt wusste ich nicht, was ich sagen sollte, aber Callum gab mir sowieso nicht die Zeit, irgendetwas zu antworten. »Sie steht mehr auf die markanten Typen. Vor allem auf blonde. Nicht wahr, Minnie Maus?«

»Woher zum Teufel willst du wissen, worauf ich stehe?«

Callums Oberlippe kräuselte sich und ließ weiße Zähne aufblitzen. »Du hast es einmal erwähnt. Das, und, na ja, ich hab dich einfach in diese Schublade gesteckt.«

Ich lachte. »Nein. Ganz sicher nicht.«

Sein Stirnrunzeln brachte mich zum Lächeln, bis Mike sich einmischte. »Also ich bin jetzt weg. Ich sehe dich morgen beim Training.« Ein schüchternes Lächeln galt mir. »Bye, Renee.«

»Bye, Mike.« Ich winkte leicht.

»Mach dir nichts draus. Besser, er erfährt es jetzt als später.«

Ich ging zu meinem Auto. Callum folgte mir und pfiff, als er mit der Hand über den schwarzen Lack strich.

»Schick. Wie viele Lügen musstest du erfinden, um den hier zu kriegen?«

Bemüht, nicht die Augen zu verdrehen, öffnete ich die Tür und warf das Manuskript und meinen Rucksack auf den Beifahrersitz. »Geh nach Hause, Callum.«

»Minnie Maus.« Seine Stimme war entschieden zu nah. Erschrocken fuhr ich herum und legte den Kopf in den Nacken, als er über mir aufragte und die dunklen Augen vor Schelm funkelten. »Warum ignorierst du mich immer?«

»Muss ich dir das wirklich erklären?«

Seine Brauen zogen sich zusammen. »Das wäre wirklich nett von dir.«

»Okay, schön. Wie wäre es mit der Tatsache, dass du mir, wenn ich dich auf irgendeine Weise zur Kenntnis nehme, entweder das Leben zur Hölle machst oder mich beschuldigst, ich würde versuchen, dein zukünftiges Vorzeigefrauchen zu werden? Oh, und vergessen wir nicht ...« Ich stach mit einem Finger in Richtung seiner Brust, als er zu lachen begann. »Dass. Ich. Dich. Nicht. Leiden. Kann.«

Er hörte auf zu lachen, seine Nasenflügel bebten, als seine tiefe Stimme leiser wurde. »Ich gebe zu, dass ich vielleicht zu weit gegangen bin, und ja, ich habe ein paar krasse Sachen gemacht, aber ...«

Ich schüttelte den Schauer ab, der mich zu überlaufen drohte, und straffte die Schultern. »Das ist mir egal. Geh mir aus dem Weg, damit ich losfahren kann.«

Einen Moment lang lag etwas zwischen uns in der Luft, als seine Augen über mein Gesicht wanderten und an der Schleife hängen blieben, mit der ich heute Morgen hastig meine Haare seitlich festgesteckt hatte. »Du bist wirklich außergewöhnlich, aber ich schätze, dass weißt du schon selbst, nicht?«

»Ernsthaft«, quetschte ich hervor. »Sagst du jemals etwas, ohne dass dem zumindest ein kleiner Giftstachel anhaftet?«

Er schnalzte mit der Zunge. »Wenn ich mich recht erinnere, habe ich vor zwei Minuten von dir auch ein paar davon abbekommen.«

»Stimmt nicht. Ich habe nur gesagt …« Ich brach ab, als sein Grinsen zwei Nummern breiter wurde, wobei sich seine Grübchen vertieften und seine ausgeprägten Wangenknochen stärker hervortraten. Leise stöhnend schloss ich die Augen. »Grr. Du bringst mich zur Weißglut.«

Wärme wehte über meine Wangen, als ich spürte, wie sein Körper näher an meinen rückte. »Könnte zu heißer Chemie zwischen uns führen.« Ich wollte ihn wegstoßen, als seine Lippen meine Haut streiften. »Du riechst nach Pfirsich.«

»Und du riechst nach Arschloch. Geh weg.«

Er trat erneut lachend einen Schritt zurück. »Bis später, Minnie Maus.«

Mit kochendem Blut stieg ich in mein Auto, schloss die Tür und sah ihm nach, als er über den Parkplatz zu einer wartenden Limousine ging.

• • •

»Das stimmt so aber nicht«, sagte Hilda mit angespannten Schultern und verkniffenem Mund.

»Das macht nichts.« Clarke winkte ab. »Improvisier. Mit bloßer Nachahmung kommst du nicht weit.«

Hilda funkelte Tyson an, der den Prinzen spielte, jetzt aber beschlossen hatte, lieber der Jäger sein zu wollen. »*World of Warcraft*-Stil«, schlug er mit einem Grinsen vor, das bedrohlich wirken sollte. »Lasst uns das Ganze ein bisschen blutig machen.«

»Blutig heißt, dass wir uns mehr Beutel Theaterblut besorgen müssten, und unser Budget ist ohnehin knapp.«

»Sollte es aber nicht sein.« Tyson blickte zu der Stelle hinüber, wo ich in der Seitenkulisse stand. »Renee macht die meisten Kostüme selbst.«

»Trotzdem verfügen wir nicht über die notwendigen Mittel«, beharrte Clarke. »Also lasst uns auf dem Teppich bleiben, wenn ihr nicht Mommy oder Daddy fragen wollt.«

Mir war während meiner Zeit auf der Trellara Prep aufgefallen, dass diese Leute sich nie an ein gut geschriebenes Drehbuch hielten. Zuerst hatte mich das genervt, aber nachdem ich als makellos gekleideter Baum letztes Jahr die Aufführung von *Jack und Jill* verfolgt hatte, musste ich zugeben, dass ihre Fähigkeit, eine traditionelle Geschichte total auf den Kopf zu stellen, zu einer wesentlich unterhaltsameren Show führte.

Wir machten zehn Minuten später Schluss, aber ich blieb noch etwas. Mein Nähzeug lag neben mir, während ich Knöpfe ersetzte und den Saum eines abgetragenen Kleides flickte.

»Kommst du?« Hildas Frage ließ mich aufblicken. Sie schulterte gerade ihren Rucksack.

»Wohin?«

Sie verdrehte die Augen. »Zu *Bits and Burgers*. Wir wollten alle einen Shake trinken, schon vergessen?«

Ich wusste, dass Clarke noch wenigstens eine Stunde bleiben würde, daher schüttelte ich den Kopf. »Ich muss das hier für Alissa fertig machen, und dann muss ich nach Hause, ich bin mit der Mathehausaufgabe noch nicht fertig, die morgen fällig ist.« Ich zog etwas kupferfarbenes Garn durch die Nadel und schnitt es ab, als Hildas Füße vor mir stehen blieben. »Was ist?«, fragte ich.

»Du unternimmst in der letzten Zeit nach der Schule gar nichts mehr mit uns.«

»Ihr wollt doch diese Kostüme haben, richtig?« Ich bemühte mich, meine Stimme nicht scharf klingen zu lassen, und scheiterte.

Hilda schnaubte. »Ernsthaft, Renee. Langweilig.«

Dann war sie weg, und ich blickte auf meine Hände, auf das staubige Kleid auf meinem Schoß und seufzte.

»Sie klingt wirklich reizend«, bemerkte Callum gedehnt und jagte mir damit einen Heidenschreck ein.

Er löste sich von der Wand, an der er im Schatten gelehnt hatte, kam zu mir herüber und setzte sich neben mir auf den Boden. Seine Haare waren feucht, und er hielt eine Trinkflasche in der Hand.

Ich zwinkerte ein paar Mal. »Was machst du denn hier?«

»Der Trainer hat uns die doppelte Zeit trainieren lassen. Dachte, ich sage kurz Hallo, bevor ich nach Hause gehe.«

Erst gestern hatte er meine Versuche abgeblockt, ihm nach der Schule zu entkommen. »Na, dann sag Hallo, und sieh zu, dass du weiterkommst.«

»Hallo, und Nein, danke. Mir gefällt es hier ganz gut.« Sein Blick folgte jeder meiner Bewegungen, als ich das Kleid heranzog und mit dem Saum anfing.

Lass ihn doch zuschauen, dachte ich. Was kann das schon schaden?

»Ist das dein Kostüm?«, fragte er nach ein paar Minuten.

Wieder verrückte ich es auf meinem Schoß und strich den Saum mit dem Finger glatt. »Nein, es ist für Alissa.«

»Alissa«, wiederholte Callum. »Kenne ich nicht.«

Ich verkniff mir ein Schnauben. Natürlich tat er das nicht. Sie stand in der Hierarchie zu weit unter ihm. »Du solltest dir die Zeit nehmen, deine Mitschüler besser kennenzulernen.«

»Ich bin hier bei dir, oder?«, gab er sanft zurück.

»Das habe ich nicht gemeint. Du kennst mich gut genug, und ich lege keinen Wert darauf, dich besser kennenzulernen.«

»Falsch und falsch.«

Meine Hand zuckte und rutschte ab, als Frustration in mir aufwallte. »Scheiße«, zischte ich und hob meinen Finger, als sich ein Blutstropfen auf der Haut bildete.

Bevor ich irgendetwas dagegen tun konnte, packte Callum meinen Finger und schob ihn sich in den Mund. Ich riss die Augen auf; die Schnelligkeit der Aktion und meine Überraschung lähmten mich, als seine warme Zunge meine Fingerkuppe umspielte. Etwas krampfte sich in meinem Magen zusammen, meine Zehen krümmten sich in meinen Schuhen, als sich seine glitzernden Augen in meine verwirrten bohrten.

Mit einem lauten, schmatzenden Geräusch gab er den Finger wieder frei. Seine Finger strichen über mein Handgelenk, als er meine Hand behutsam auf meinen Schoß zurücklegte.

»Warum machst du die Kostüme?«, fragte er, als hätte er nicht gerade wie ein Vampir mein Blut gesaugt und mir das Vorspiel zu etwas verschafft, was auf einen gewaltigen Orgasmus hindeutete.

»Äh …« Nachdem ich meinen Finger inspiziert hatte, der aussah, als wäre nichts passiert, strich ich mir ein paar Haarsträhnen hinter die Ohren, bevor ich nach Kleid und Nadel griff. »Es macht mir Spaß.«

»Für so viele Leute?«

»Ich muss nur drei nähen und ein paar andere flicken.« Ich hob das Kleid ein Stück hoch. »Wie das hier.«

»Und während du arbeitest, sind alle anderen unterwegs, um sich den Bauch vollzuschlagen.«

»Ich bin hier, weil ich es so will.« Was stimmte. »Aber du musst nicht hier sein, also kannst du jetzt gehen.«

»Ich bin auch hier, weil ich hier sein will.« Er sagte es ganz beiläufig, ohne eine Spur von Spott in seinem tiefen Bariton. »Wusstest du, dass du deine Nase rümpfst, wenn du dich konzentrierst?«

Ich hob eine Braue, ignorierte ihn ansonsten aber und arbeitete an dem Kleid weiter.

Er ließ nicht locker. »Was macht dir denn am Nähen so viel Spaß?«

»Die Ruhe.« Schuldgefühle schnürten mir die Brust zu, sowie das unverblümte Wort zwischen uns in der Luft hing, also fuhr ich fort: »Abgesehen davon, dass es eine dringend benötigte Auszeit darstellt, kann ich auch, wenn ich etwas möchte und es nicht finde, es selber machen.«

Callum summte nachdenklich. Das tiefe Geräusch löste in meinem Bauch ein Flattern aus.

Nach einem sich in die Länge ziehenden Schweigen sprach er weiter. »Ich will die Firma nicht übernehmen.«

Das wusste ich. Oh, Mann, das wusste ich. »Dann lass es doch.«

Er lachte ohne jede Spur von Humor. »So einfach ist das nicht. Dad betrachtet Football nicht als Karriere, aber er versteht, dass es mir etwas Geld einbringen kann, bis ich bereit bin, seine Nachfolge anzutreten.«

»Sprich mit ihm darüber«, riet ich, obwohl ich eigentlich sagen wollte: *Sprich nicht mit mir darüber.* Aber ich konnte es nicht. Seine tiefe, sonore Stimme klang sanfter, weicher. Und mir wurde klar, dass das daher rührte, dass er in diesem Moment er selbst war. Es lag mir fern, jemanden daran zu hindern, er selbst zu sein.

»Er hört mir nicht zu. Sagt, ich wäre jetzt noch zu jung, um es zu verstehen, und dass ich eines Tages ganz seiner Meinung sein würde.«

»Möglich. Und reiß mir nicht den Kopf ab, weil ich das sage, aber vielleicht hat er recht.«

»Das ist mir egal«, fauchte er.

Ich lächelte auf den braunen und goldenen Stoff hinunter. »Okay. Und du hast das Thema zur Sprache gebracht, weil …«

Er schlug die Knöchel übereinander. Seine Sneakers quietschten auf dem alten Holzfußboden. »Weil mein Privatleben mir gehört. Ich habe Angst, dass sie versuchen, das auch noch zu kontrollieren.«

»Sie?« Meine Schultern verkrampften sich.

»Du weißt, wen ich meine. Unsere Eltern.«

Die Sekunden tröpfelten dahin wie Regen, während ich über seine Worte nachdachte. Schließlich murmelte ich: »Verständlich.«

Wir saßen in einträchtigem Schweigen, und als ich das Kleid fertig hatte, blickte ich zu ihm hinüber und sah, dass sein mir zugewandter Kopf gegen die Wand sackte, als würde er gleich einschlafen.

»Du solltest nach Hause und früh ins Bett gehen.«

»Kommst du mit?«, fragte er mit einem benommenen Lächeln.

»Träum weiter.« Ich faltete das Kleid zusammen und räumte mein Nähzeug weg.

»Bleib«, sagte er, was mich dazu brachte, seufzend gegen die Wand zurückzusinken.

Seit Callum aufgekreuzt war, hatte ich von Clarke nichts gesehen oder gehört. Das schwache Licht über der Bühne tauchte Callums Gesicht in Halbschatten und betonte die Form seines Kiefers und seiner Wangenknochen.

Ein gut aussehender Junge. Attraktiv, aber wie ein Wolf. Er würde mich umgarnen, mit schönen Worten und bis ins Mark dringenden Blicken einwickeln und dann halb tot auf dem harten Boden liegen lassen.

Ich wusste es, und trotzdem konnte ich nicht aufhören, ihn anzustarren. Meine Faszination von der Gefahr wurde wie eine Droge, die ich nie angerührt hatte, zu einer atemraubenden Sache zwischen uns, die bewirkte, dass sich meine Brust hastig hob und senkte.

»Warum?«, fragte ich endlich.

Ohne den Blick von mir abzuwenden, hob er eine Hand. Seine Zähne kratzten über seine volle Unterlippe, als seine warme Haut auf meine Wange traf und sein Daumen sie streichelte.

Sein Kopf neigte sich nach vorne. »Damit ich das hier tun kann«, atmete er in meinen Mund. Dann lagen seine Lippen auf meinen. Weich, vorsichtig und regungslos.

Ich schloss die Augen. Mein Herz stand kurz still, bevor es in einen Galopp verfiel, als Callums Lippen mit meinen verschmolzen, erst mit sanftem Druck, dann fordernder, während seine Hand immer noch mein Gesicht festhielt und sein Atem hervorwehte, als er die Lippen öffnete. Seine Zunge glitt gerade so weit in meinen Mund, dass er über meine Oberlippe lecken konnte. Mir entrang sich ein ersticktes Keuchen, als er stöhnte, ich schob ihn weg und rutschte nach hinten.

Mein Gesicht glich einem lodernden Feuer und sein Grinsen dem Öl, das hineingegossen wurde, als er sich träge gegen die Wand lehnte.

»Was ... was ...?«, stotterte ich, blinzelte und wusste nicht, was ich mit meinen Händen, meinem Körper und meinen prickelnden Lippen anfangen sollte.

Callum stand auf. »Du schmeckst auch nach Pfirsich.«

Ich konnte meinen eigenen Herzschlag nicht kontrollieren, als ich mich mit unsicheren Beinen erhob. Seine Worte ließen nackte Wut in mir aufwallen, und meine Hände hämmerten gegen seine Brust, als ich ihn mit Obszönitäten überschüttete. »Du egozentrisches Arschloch. Wie kannst du es wagen?«

»Was?« Er versuchte lachend meine Hände zu packen.

»Du stiehlst mir nicht einfach so meinen ersten Kuss. Ich will ihn zurück.« Noch ein Schlag auf seine Brust. »Jetzt.«

Er hörte auf zu lachen und umfasste meine Handgelenke, während sein Gesicht allmählich lang wurde. »Das war dein erster Kuss?«

Ich hatte nicht die Absicht, mich zu schämen, nicht, wenn ich wegen dem, was er mir gestohlen hatte, so außer mir war. »Ja«, knirschte ich mit zusammengebissenen Zähnen. Tränen brannten in meinen Augen.

Er lockerte seinen Griff, ließ mich aber nicht los. Der Humor wich aus seinen Augen, sein Gesichtsausdruck veränderte sich zu etwas, was ich nicht deuten konnte. »Das wusste ich nicht.«

»Natürlich nicht«, stieß ich hervor. »Weil du nicht gefragt hast. Du fragst nie. Du setzt nur immer voraus, dass du alles weißt.«

»Du musst doch gewusst haben, dass ich dich küssen würde«, erwiderte er mit gefurchter Stirn.

Ich schluckte und zog meine Hände zurück. »Ich habe nicht …« Ich hielt inne, erinnerte mich an das, was in diesen Momenten davor passiert war. Auch wenn ich es nicht direkt gewusst hatte, hatte ein Teil von mir es vermutlich kommen sehen. Hatte sogar darauf gehofft.

»Vergiss es«, flüsterte ich verlegen.

Ich wollte meine Sachen zusammenpacken, aber er hielt meine Hand zurück. »Ich weiß, dass es helfen würde, wenn dem so wäre, aber es tut mir nicht leid.«

Ich lachte schnaubend und wischte mir die Nase mit dem Ärmel meines Blazers ab. Ich hatte gar nicht gemerkt, dass ich geweint hatte.

»Ich wollte dich küssen, seit ich dich kennengelernt habe.«

Ich prustete. »Du hast mich gehasst, seit du mich kennengelernt hast.«

Er zog mich an sich und musterte mich eindringlich, als er die Hände auf meine Hüften legte. Ich ließ es zu, ohne zu wissen, warum, ohne in diesem Moment überhaupt etwas zu wissen. »Ich kannte dich nicht«, sagte er. »Aber du bist mir trotzdem unter die Haut gegangen.«

»Du kennst mich immer noch nicht«, flüsterte ich mit gepresster Stimme.

Er nahm mein Kinn in die Hand und senkte den Kopf. »Ich weiß genug, um zu wissen, dass ich ein Idiot war, und alles, was ich sonst noch über dich herausfinde, ist ein Bonus.«

Mein Schutzwall zerbröckelte weiter, und dann war es an mir, den ersten Zug zu machen. Ich sank gegen ihn, schlang die Arme um seinen Hals und presste die Lippen auf seine.

»Minnie Maus.« Er lachte in meinen Mund, seine Hand glitt an meinem Rücken hoch und grub sich in meine Haare.

Mich selbst hassend, als mich Erregung durchströmte, zischte ich: »Küss mich einfach.«

Siebtes Kapitel

Callum

Flure, geschlossene Klotüren und nach hinten geklappte Autositze.

Dank gieriger Lippen und Zungen waren unsere Münder permanent gerötet. Wir konnten nicht genug bekommen. Ich jedenfalls nicht, und ich glaubte auch nicht, dass sich daran je etwas ändern würde.

Doch natürlich wurde überall die Problemfrage aufgeworfen. Was ging da vor?

»Das Spiel ist verschoben worden«, teilte Mike mir am nächsten Freitagnachmittag auf dem Weg zum Erdkundeunterricht mit. Eine Woche. Es war eine ganze Woche her, seit mein Mund zum ersten Mal ihren erforscht hatte, und ich hatte Mühe, an etwas anderes zu denken als an das nächste Mal.

»Okay.«

»Okay?«, wiederholte Mike ungläubig. »Mann, was ist los mit dir?«

Wir nahmen unsere Plätze hinten im Klassenraum ein, und ich reihte meine Stifte geistesabwesend auf meinem Tisch auf, als ich erwiderte: »Nichts. Das Wetter hat verrückt gespielt, daher wusste ich, dass wir nicht spielen würden.«

Mike sagte nichts.

Rence kam herein und lächelte kurz schmallippig in meine Richtung, bevor sie sich neben eine Blondine in die erste Reihe setzte. Ich bedachte ihr schimmerndes rotes Haar mit einem Stirnrunzeln, während Mr Benson neben dem Whiteboard seinen Vortrag herunterleierte.

Als die Glocke zur Lunchpause läutete, fing ich sie draußen ab, da ich wusste, dass sie als eine der Letzten gehen würde. Renee war nicht der Typ, der schubste und drängelte. Sie wartete, bis der Weg frei war, und setzte sich dann in Bewegung.

»Hi.« Sie drückte ihre Bücher an ihre Brust.

»Hi.« Ich passte mich ihren langsameren Schritten an. Mein Blick wanderte zu den Schülern, die rings um uns herum bei ihren Spinden standen. »Setzen wir uns gleich zusammen?«

Sie gab mir keine Antwort, als sie an ihrem Spind stehen blieb, ihre Bücher hineinfallen ließ und die Tür schloss. »Renee«, zischte ich.

»Callum«, konterte sie mit gekräuselten Lippen.

Ich stieß vernehmlich den Atem aus und fragte mich, was die ganze Woche in mir gebrodelt hatte. »Wie kommt es, dass du mir in der Öffentlichkeit aus dem Weg zu gehen scheinst?«

Sie blinzelte. Ihre langen Wimpern flatterten, und der Knoten in meiner Brust löste sich ein wenig.

»Wir ... ich weiß nicht. Schätze, ich dachte, es wäre keine gute Idee, jeden wissen zu lassen, was wir getan haben.«

»Rumgemacht«, stellte ich klar. »Uns berührt. Uns geküsst. Sag es ruhig.«

Sie wich gegen ihren Spind zurück, als ich näher rückte. Scheiß auf das, was sie wollte, das hier war kein schmutziges Geheimnis. »Callum, du kannst nicht von mir erwarten, dass ich einfach ...« Sie blickte sich um, schluckte und drängte sich dann um mich herum. »Hör zu, wir reden nach der Schule.«

Ich sah ihr nach, als sie davonging, dann beobachtete ich sie von dort aus, wo ich mit den Jungs in der Cafeteria saß, wobei ich den Kiefer kaum weit genug bewegen konnte, um mein verdammtes Mittagessen zu essen.

»Du siehst aus, als wolltest du gleich jemanden verprügeln«, bemerkte Steve und zerdrückte grinsend seine Getränkedose.

»Wahrscheinlich muss er nur mal wieder eine ordentliche Nummer schieben«, meinte Mike.

Ohne sie zu beachten, sah ich zu, wie Renee mit ihren Freunden lachte. Mit jeder verstreichenden Minute erhöhte sich mein Puls.

Dann schob ich mein Tablett weg, trank einen Schluck Wasser und stand auf. »Bis später.«

Als ich an ihrem Tisch stehen blieb, blickten Renees Freunde mit identischen verwirrten Mienen erst zu mir hoch und dann zu ihr.

»Callum«, sagte Renee gedämpft.

»Können wir kurz reden?«

Mit einem argwöhnischen Blick zu ihren Freunden nickte sie und folgte mir nach draußen.

»Wo wollen Sie hin, Mr Welsh?«, fragte der Aufsicht führende Lehrer, als wir auf die Türen zugingen.

»Zum Büro der Krankenschwester«, gab ich knapp zurück und stieß die Türen auf, während der Lehrer hinter uns weiter Einwände erhob.

»Callum«, flüsterte Renee, als ich nach ihrer Hand griff. »Was hast du vor?«

Ich blieb vor einem leeren Klassenraum stehen und spähte durch das kleine Fenster in der Tür, bevor ich sie öffnete und Renee in den Raum zog. Dann schlug ich die Tür zu, schloss sie ab und drückte Renee dagegen.

»Das ist idiotisch«, knurrte ich und registrierte, dass ihre Augen groß wurden. »Was ist dein Problem?«

Renee lachte kurz auf. »Mein Problem? Mein Problem ist das.« Sie wedelte mit der Hand zwischen uns hin und her. »Du bist so … so …«

»So *was?*«, grollte ich.

»Herrisch! Ich lasse mich nicht öffentlich zu deinem Spielzeug degradieren.«

Ich trat zurück, kam mir vor, als hätte sie mich gerade geohrfeigt. »Spielzeug?«

»Ja.« Das harte, gezischte Wort drang über so hübsche Lippen. »Es ist eine Sache, wenn du mit mir herummachen willst, aber ich werde das nicht auch noch überall bekannt machen. Weil wir beide wissen, dass du, wenn du mit mir fertig bist …«

»Fertig mit dir?«, fragte ich eine Spur zu laut und konnte kaum glauben, was sie da sagte.

»Ja.« Sie atmete schwer, ihre Brust hob und senkte sich, ihre Brüste pressten sich gegen ihre weiße Bluse. »Jeder weiß, dass du seit der Trennung von Tara eine ganze Menge ...« Sie winkte ab. »Wie dem auch sei, ich möchte das nicht vertiefen. Ich möchte nur nicht zur Quelle der Unterhaltung für all die Klatschmäuler hier werden. Wozu praktisch alle gehören, falls du es noch nicht bemerkt hast.«

Ich wich weiter zurück, kratzte an den Bartstoppeln auf meinem Kinn, ging vor dem Lehrerpult auf und ab und versuchte zu überlegen, was ich sagen sollte, um ihr begreiflich zu machen, dass ihre Ängste unbegründet waren.

Renee löste sich von der Tür und kam weiter in den Raum hinein, als jemand draußen vorbeiging. Nach ein paar Minuten folgte ich ihr. »Ich habe nie ...«

Renees Brauen schossen in die Höhe, als sie den Kopf schief legte. »Nie was?«

Ich schüttelte den Kopf und lachte leise. »Ich habe noch nie Sex gehabt.«

Renee erstarrte und ließ sich auf einen Stuhl sinken. »Aber du hattest ... Tara, die anderen Mädchen ...«

»Ja, ich habe so ziemlich alles andere gemacht«, entgegnete ich, was sie bewog, die Stirn zu runzeln. »Nur das nicht.«

»Warum nicht?«, fragte sie.

»Warum hast du nicht?«

Sie nickte verstehend. »Schon gut.«

Die Uhr tickte hinter uns. Renee fuhr sich mit der Hand durch die Haare, als sie den Atem ausstieß. »Es tut mir leid.«

»Was denn?« Ich ging zu ihr hinüber.

»Dass ich ganz selbstverständlich davon ausgegangen bin.« Ihr entfuhr ein trockenes Lachen. »Aber du musst zugeben, dass die Beweise vorhanden waren.«

»Ich weiß«, sagte ich. »Deswegen bin ich auch nicht sauer. Es gab Gründe.«

Ich nahm ihre Hand, deren Haut sich an meiner schwieligen Handfläche weich anfühlte, und zog sie auf die Füße. »Ich möchte nicht verletzt werden«, sagte sie so leise, dass ich sie nur wie durch ein Wunder hören konnte.

»Ich auch nicht«, gab ich zu. »Aber das hindert mich nicht daran, so oft mit dir zusammen sein zu wollen, wie ich nur kann.«

Ihre Hand zog an meiner, ihre Zähne schnappten spielerisch nach meinen Lippen, als ich meine Hand zurückzog, um ihr Gesicht zu umfassen. »Du kannst wirklich süß sein«, sagte sie. »Manchmal.«

Mein Mund verschmolz mit ihrem, ihr Duft stieg mir in die Nase und ließ die Situation in meiner Hose zu einem echten Problem werden. Ihre Hand glitt nach unten, strich darüber und bewirkte, dass meine Knie weich wurden. »Maus«, stöhnte ich.

Ihre Lippen schwebten über meinen. »Wir werden zusammen hier herausgehen.«

»Fuck, ja.« Ich nahm ihre Unterlippe in den Mund und griff nach oben, um ihre Brust zu umschließen.

»Und so bleibt es dann auch.«

»Das steht außer Frage«, stieß ich hervor, verlagerte meinen Mund zu ihrem Hals und zog mit meiner in ihren Haaren vergrabenen Faust ihren Kopf nach hinten. »Wenn ich in dieser Angelegenheit etwas zu sagen hätte, was definitiv der Fall ist, wird es immer so bleiben.«

• • •

Den meisten Leuten zufolge, die in der letzten Woche mit gedämpften, aufgeregten Stimmen davon gesprochen hatten, sollte die Mitternachtskirmes gruselig sein. Obwohl allem, was um Mitternacht veranstaltet wurde, ein Gruselfaktor anhaftete, war und blieb es letztendlich dasselbe wie eine normale Kirmes, wenn man mich fragte. Sie fand bei dem kleinen See statt; graue und schwarze Zelte säumten den langen

Grasstreifen, der über dem Sand wuchs, und dazwischen befanden sich Verkaufsbuden und Fahrgeschäfte.

»Ich schlottere in meinen Stiefeln«, flüsterte ich Renee zu, woraufhin sie kicherte und mit einem Arm meinen umklammerte.

»Hör auf.« Ihre Hand schob mein Gesicht weg, als ich versuchte, es an ihrem Hals zu vergraben. »Und ich wünschte, du würdest öfter Stiefel tragen.«

»Wirklich?« Ich schnaubte. »Warum?«

Ihr Schweigen veranlasste mich, auf sie hinunterzuschauen. Sie blickte zu mir hoch, ihre pfirsichfarben glänzenden Lippen verzogen sich zu einem verschämten Lächeln. »Weil es mir eine fantastische Zeit für mich selbst verschaffen würde, deine Jeans zerknüllt auf eben diese Stiefel hinuntergeschoben zu sehen.«

»Zeit für dich selbst?«

Renee sah zu einer Gruppe von ihren Freundinnen aus der Schule hinüber und winkte. Ein paar winkten zurück, und Hilda, die Schwarzhaarige, lächelte leicht, bevor sie sich zu ihrer Freundin drehte. Mein Kiefer mahlte, als ich sah, wie sie miteinander tuschelten, und ich verstärkte meinen Griff um Renees Arm.

»Mädchenzeit. Findet oft privat unter Bettdecken statt.«

Obwohl sich mein Schwanz regte, würde sie auf keinen Fall davonkommen, ohne mir mehr über diese ganz spezielle Zeit zu erzählen. Ich räusperte mich. »Und denkst du immer an mich, wenn du dir diese ... Zeit für dich nimmst?«

Ihr heiseres Lachen erreichte alle richtigen Stellen. »Natürlich.«

Ich grinste selbstgefällig. Dann bemerkte ich das Glitzern in ihren Augen. »Verdammt. Du lügst.«

Ich hielt sie vor dem Eingang zum Kirmesplatz fest, drehte sie zu mir und umfasste ihr Gesicht.

»Lass mich los, Arschloch.«

»Keine Chance. An wen denkst du sonst noch?« *Wen muss ich spurlos verschwinden lassen?*

»Channing«, flüsterte sie. »Kit, Jason ...«

Ich ließ die Hände fallen. »Was, verdammt ...?«

Sie lachte erneut, diesmal lauter. Ihre Augen tränten, als sie zur Seite trat, um darüberzuwischen. Ich wusste nicht, was sie so komisch fand. Sie hatte gerade offen zugegeben, dass ihre Gedanken noch um andere Kerle kreisten ...

»Es sind Schauspieler. Alle.«

Meine Schultern lockerten sich. Ein bisschen. »Unbedingt erleichtert fühle ich mich jetzt nicht.«

»Tja.« Sie rückte näher und strich mit einem langen, gelb lackierten Fingernagel an meiner Wange hinunter. »Wenn wir hier wieder raus sind, helfe ich nach.«

Ich schnaubte trotzig durch die Nase.

»Callum«, mahnte sie.

»Mmm, lass uns gehen.« Ich drehte mich zu dem Tickethäuschen um. Die Sterne funkelten neben einem schwachen Halbmond.

»Ich musste nicht mehr an sie denken, seit du mich zum ersten Mal geküsst hast.«

Ich blieb stehen. »Wirklich?«

Sie schlang von hinten die Arme um meine Taille. »Wirklich. Also hast du nun vor, ein Einhorn für mich zu gewinnen, oder gedenkst du weiterzuschmollen?«

»Anspruchsvolle Maus.« Ich wandte mich zu ihr und hob ihr Kinn, um ihre Lippen mit meinen zu streifen.

»Hey«, unterbrach uns Mikes Stimme. Ich trat zurück und sah ihn mit Pat und ein paar von den anderen Jungs im Schlepptau zu uns herüberkommen. »Wirkt auf mich gar nicht unheimlich.«

»Ja, oder?« Renee spähte an ihnen vorbei zu den Zelten.

Steve schüttelte den Kopf. »Nö. Aber als ich Kind war, war dieser Platz scheißgruselig.«

Nachdem wir den Eintritt bezahlt hatten, schlängelten wir uns durch die Menge. Nebel aus einer Maschine waberte in rauchigen Schwaden über das Gras.

Mike trennte sich von uns, um sich zusammen mit den anderen Hotdogs zu besorgen, und ich spürte, wie ein Zittern durch Renees Hand lief.

»Was ist los?«

Wir blieben vor einem kleinen schwarzen Zelt stehen. Es war vorne zu der vorbeidrängelnden Menge hin geöffnet, aber innen dunkel, nur von ein paar brennenden Kerzen erleuchtet. »Für zehn Dollar sage ich dir die Zukunft voraus«, erklang eine Altweiberstimme.

»Nein«, lehnte Renee ab. »Danke.«

Ich versuchte sie weiterzuziehen, als die Frau sagte: »Für dich mache ich es um die Hälfte billiger, Liebes. Du willst dir doch nicht entgehen lassen, was die Mutter für dich bereithält?«

Die Mutter? Ich grinste spöttisch und sah dann Renee an, deren Gesicht angespannt wirkte. »Achte nicht auf sie, lass uns gehen.«

Ihr Körper war verkrampft, als wir weiterschlenderten.

»Glaubst du, ich sollte zurückgehen?«, fragte Renee, sowie wir das Zelt des Zauberers erreicht hatten.

»Nur, wenn du zehn Minuten deines Lebens einbüßen willst, die nur dazu führen werden, dass du über Zeug nachgrübelst, das frei erfunden ist.«

»Du meinst nicht, dass da ein Körnchen Wahrheit dran sein könnte?«

Ich nahm lachend ihr Gesicht zwischen die Hände. »Sie ist wahrscheinlich nur eine alte Frau, die in dem Apartment über der Garage ihres Kindes lebt und den ganzen Tag Karten spielt, während sie *Glücksrad* schaut.«

»Reizend.« Renee saugte an ihrer Unterlippe, als ihr Gesicht wieder Farbe bekam. »Aber ich weiß nicht, ich habe eine Gänsehaut bekommen.«

»Es ist ziemlich kalt hier.« Ich musterte ihren flauschigen Cardigan. »Vielleicht sollten wir gehen.«

»Nein. Nicht ohne das Einhorn, das du mir versprochen hast.«

Das verdammte Einhorn kostete mich fünfzig Dollar und zwölf Runden Hammerschläge, bis ich es gewonnen hatte. Inzwischen hatten

Mike und Pat uns gefunden, und Mike hatte Renee Zuckerwatte gekauft. Arschloch.

Ich beobachtete, wie sie ihm zum Dank zulächelte, während der Budenbesitzer mir das riesige regenbogenfarbene Einhorn reichte. Sein Schnurrbart zuckte, als er registrierte, dass ich Mike mit einem, wie ich selbst wusste, ungesunden Maß an Groll anblitzte. »Weißt du, du hättest mir auch einen Fünfziger in die Hand schieben können, und ich hätte dir das Ding so gegeben«, sagte er.

Ich hob eine Braue und nahm es ihm ziemlich unsanft ab, bevor ich zu Renee hinüberging. Sein heiseres Lachen folgte mir und reizte mich noch mehr.

»Hier.« Ich hielt ihr das Vieh hin.

Sie riss den Blick von Mike los. Ihre Zuckerwatte fiel zu Boden, als sie nach Luft schnappte und das Einhorn, das fast halb so groß war wie sie, an sich drückte. »Ich liebe es. Oh mein Gott.«

Mike grinste sie an, hob ihre Zuckerwatte auf und warf sie in einen Mülleimer in der Nähe.

»Lass uns noch ein bisschen im Auto knutschen, bevor wir fahren.« Meine Stimme hatte genau den Effekt, den ich beabsichtigt hatte.

Mikes Lächeln schwankte, bevor er uns zunickte. »Ich sehe euch dann am Montag.«

»Tschüss, Mike«, sagte Renee abwesend, dabei streichelte sie die flauschige Mähne des Einhorns.

Ich sah ihm nach, als er sich wieder zu unseren Freunden gesellte und mit ihnen in der spärlicher werdenden Menge verschwand, dann legte ich Renee einen Arm um die Schultern und führte sie den Gang zwischen den Zelten und Verkaufsbuden zurück. Als wir den Parkplatz fast erreicht hatten, erlosch plötzlich jedes Licht auf dem Gelände, und alles wurde in pechschwarze Finsternis getaucht.

Ein paar Leute kreischten, während andere nach Atem rangen und nervös lachten. Ich fischte mein Telefon aus meiner Tasche und schaltete die Lampe ein, als eine Gruppe Clowns den Gang hinunterzukommen begann.

Renee krallte die Finger in mein Shirt und lehnte sich schwer gegen mich. »Was zum Teufel?«

Was zum Teufel traf es genau. Ich blinzelte kaum, sondern starrte die verzerrten zombieähnlichen Masken, die die Clowns trugen, mit weit aufgerissenen Augen an. Sie hatten Waffen bei sich, der Stahl von Keulen und Dolchen glänzte im Mondlicht. Einige standen auf Stelzen, andere ohne Waffen jonglierten mit etwas, das wie Feuerkugeln aussah.

»Sind das echte Waffen?«, flüsterte Renee.

»Das bezweifle ich.« Die Clowns schritten schweigend durch das Meer von Leuten, von denen einige davonliefen, während andere so wie wir am Rand standen und sie mit offenem Mund anglotzten.

Sie schienen an uns vorbeizuschweben; gespenstische Erscheinungen in langen schwarzen Umhängen oder zerschlissenen Capes. Als sie an uns vorbei waren, atmete ich langsam aus.

Einer drehte sich um, und als er uns durch seine Maske hindurch zuzwinkerte, sog Renee geräuschvoll den Atem ein. »Können wir bitte gehen.«

Es war keine Frage, aber ich würde nicht widersprechen.

Sie hielt meinen Arm fest, bis wir das Auto erreichten. Ich half ihr beim Einsteigen, bevor ich darum herumging. Sowie ich auf dem Fahrersitz saß und die Zündung eingeschaltet hatte, blickte ich genau in dem Moment zu den Zelten hinüber, wo die Lichter wieder angingen.

Kein Zeichen mehr von den Clowns.

Die Uhr am Armaturenbrett verriet mir, dass es fast zwei Uhr morgens war, aber ich war überhaupt nicht müde. »Das war ein gelungener Gruseltrick.«

»Hmm.« Renee schnallte sich mit dem Einhorn auf dem Schoß an. »Die waren absolut unheimlich.«

Ich schnaubte, setzte rückwärts aus der Parklücke heraus und wartete hinter einem anderen Auto, bevor ich auf die Straße abbog.

»Nur ein Haufen Typen, die nichts Besseres zu tun haben als in Kostümen herumzustolzieren, und den Umstand, dass sie Loser sind, dadurch kaschieren, dass sie anderen Angst einjagen.«

»Idiotisch.« Sie schnalzte missbilligend mit der Zunge. »Was glauben deine Eltern, wo du bist?«

»Auf der Kirmes und dann über Nacht bei irgendwem. Willst du mich in dein Zimmer schmuggeln?«

»Klar«, erwiderte sie ohne zu zögern und blickte aus dem Fenster zu den ineinander verschwimmenden Bäumen und Häusern, an denen wir vorbeifuhren.

Ich parkte ihren Rover vor der dreitürigen Garage, die ich lieber nicht öffnen wollte, weil das jemanden wecken könnte. Oben kicherte Renee, als ich behutsam ihre Schlafzimmertür schloss. »Entspann dich. Sie werden dich nicht hören.«

»Wir müssen mit dieser Heimlichtuerei aufhören«, brummte ich, schleuderte meine Schuhe weg und schloss ihre Tür ab. »Es wird langweilig.«

Sie schaltete mit einem zustimmenden Summen ihre Lampe ein, setzte das Einhorn auf ihr Bett und verschwand im Bad. Ich zog meine Jeans aus und ließ sie zu Boden fallen, dabei inspizierte ich ihr Bücherregal.

»Ich komme immer noch nicht darüber hinweg, dass du so eine Vorliebe für *Sailor Moon* hast«, sagte ich zu ihr, als sie zurückkam. Sie hatte sich das Gesicht gewaschen und zog sich jetzt ihr Kleid über den Kopf.

Als sie in ihrem bonbonrosa BH und passendem Höschen vor mir stand, streifte ich mein Shirt ab und pirschte mich an sie heran, um in dem Minzduft zu ertrinken, der an ihren Lippen haftete.

Sie schob mich weg und trat zum Bett. »Behalt deine Boxershorts an, nur für den Fall eines Falles.« Ich tat, wie mir geheißen, kroch unter den Berg rüschenverzierter Kissen und Decken auf ihrem Bett und zog sie dann an mich. »Und *Sailor Moon* ist fantastisch, also finde dich damit ab.«

»Es ist eine furchtbare Serie über ein weinerliches Schulmädchen.«

Ihre Finger trommelten sacht auf meiner Brust herum. »Aha. Schon allein die Tatsache, dass du dir die Mühe gemacht hast, dir so viel davon anzuschauen, beweist, dass dir etwas daran gefallen hat.«

»Hat es nicht.« Ich bedachte die um ihr Bett hängenden Stoffmassen mit einem finsteren Blick.

»Es lief in den Neunzigern, weißt du.« Ihr Seufzer wärmte meine Brust, und ich spürte, wie sich die Muskeln nacheinander lockerten. »Wir sind ein Jahrzehnt zu spät geboren.«

»Damit kann ich gut leben. Heute können wir alles auf Abruf gucken.«

Ein leises Lachen. »Stimmt. Aber komm schon, eine magische Brosche? Ich hätte so gerne eine.«

Das Mondlicht floss über den Boden zum Bett und betonte die Art, wie ihre Wimpern über ihren hohen Wangenknochen ruhten. Ich strich ihr eine Haarsträhne aus dem Gesicht. »Du hast ungefähr zwanzig Broschen, die viele Leute als magisch betrachten würden.«

»Schsch. Bring keine Realität in meine Traumwelt.«

»Du hast so ein hartes Leben, Prinzessin.«

Sie lächelte mit noch immer geschlossenen Augen. »Gib es zu.«

»Was soll ich zugeben?«

Sie schmiegte sich enger an mich, ihr Arm legte sich fester um meine Taille. »Dass es dir gefallen hat. Du hast ja offensichtlich genug davon gesehen.«

Meine Finger wanderten von ihrem Rücken zu ihren Haaren und spielten mit den weichen Strähnen. »Eine Folge oder zwei.« Ich verschwieg, dass ich das erst getan hatte, nachdem ich die Comics zum ersten Mal in ihrem Zimmer entdeckt hatte. »Mehr braucht man sich nicht anzuschauen, um zu erkennen, wie tollpatschig und albern diese Figur ist.«

Renee schnappte nach Luft und riss die Augen auf. »Sie ist nicht albern.« Ich verrenkte den Hals, um sie mit hochgezogenen Brauen anzusehen. »Okay«, räumte sie ein. »Manchmal ist sie wirklich tollpatschig. Aber wenn es darauf ankommt, verwandelte sie sich in diese tolle Verbrechen bekämpfende Kriegerin. Und die Handschuhe …« Ein weiteres flattriges Seufzen. »Von den Handschuhen brauchen wir gar nicht erst anzufangen.« Ich grinste spöttisch, und sie pikste mich in die Brust. »Was?«

»Du. Bei deinem ganzen Fangirling kriege ich einen Ständer.«

Auf ihr Lachen folgte ein: »Wirklich?«

»Wirklich, also sei still, wenn wir deswegen nichts unternehmen werden.«

Sie griff nach hinten und zog das regenbogenfarbene Einhorn näher an ihren Rücken, bevor sie es sich wieder bequem machte. »Danke für mein Einhorn.«

»Gern geschehen, Maus.«

Schweigen breitete sich im Raum aus. Meine Augen fielen zu, als ich mich an sie kuschelte und sie an meine Brust drückte.

»Ich frage mich, was die Wahrsagerin mir wohl vorhergesagt hätte«, flüsterte sie mit schlaftrunkener Stimme.

Ich schnaubte; versuchte die Erinnerung an die alte Vettel heraufzubeschwören, um dem Erschlaffen meiner Latte nachzuhelfen. »Einen frei erfundenen Haufen Scheiße.«

Renee machte ein zustimmendes Geräusch, bevor ihre Atemzüge sich verlangsamten und sie einschlief.

• • •

Die Wochen verstrichen, und das Getuschel über uns und unsere plötzliche Beziehung hörte auf, aber das mit uns nicht. Renee wurde ein fester Bestandteil meines Lebens, und es wurde Zeit, unsere Eltern einzuweihen.

Nach der Schule wartete ich darauf, dass sie mit ihrer Probe fertig war, um mich nach Hause fahren zu lassen.

»Wann kaufen deine Eltern dir ein Auto?«

»In genau fünf Monaten und dreiundzwanzig Tagen.«

Renee lachte und fuhr vom Parkplatz herunter. »Zu deinem Siebzehnten?«

»Süß von dir, dich an meinen Geburtstag zu erinnern.«

Sie verdrehte hinter ihrer Sonnenbrille die Augen. »Als ob ich den vergessen könnte. Nicht mit unseren dauerquasselnden Müttern und deinem grandiosen Sechzehnten.«

»Bringst du zu meinem Siebzehnten ein paar Stricknadeln mit?«

Ein Schnauben. »Wenn du willst.«

Ich griff nach ihr, drückte ihren Oberschenkel und kroch mit der Hand höher, als sie durch die ruhigen Vorortstraßen fuhr, die Trellara von Gray Springs trennten. »Und ob ich das will.«

»Stricken kann ich aber nicht so gut.«

»Natürlich nicht.« Ich ertastete den Spitzensaum ihres Höschens, und sie verriss das Lenkrad.

»Callum«, knurrte sie.

»Fahr rechts ran.«

»Nein.« Sie schob meine Hand weg, und ich sackte in den Ledersitz zurück.

»Na gut. Wie sieht denn dein Plan aus, Maus?«

Obwohl der Spitzname aus der Zeit stammte, als ich sie schikaniert hatte, schien Renee nichts dagegen zu haben. Ehrlich gesagt glaubte ich, dass sie begonnen hatte, ihn zu mögen. Vor allem, wenn er heiß in ihr Ohr geflüstert wurde.

Ihre Miene verfinsterte sich. »Ich dachte, du hättest einen.«

Ich kicherte. »Ich wollte dich vor aller Augen bis zur Besinnungslosigkeit küssen.«

Sie verzog die Lippen, lächelte dann aber ihr durchtriebenes Lächeln. »Die Vorstellung ist mir gar nicht so verhasst.«

Renee war nicht immer lieb und nett, sie war ein in Zuckerguss verpacktes hübsches Gift. Trügerisch und ehrlich zugleich. Unter ihrer süßen Hülle lagen zahlreiche Schichten, die sie der Außenwelt nicht oft zeigte.

»Dann ziehen wir das jetzt durch. Vielleicht lassen sie uns ja abwechselnd bei einem von uns übernachten.«

Renee lachte, als sie in die lange Auffahrt zu unserem Haus einbog, Schotter aufspritzend an den hohen Bäumen vorbei zu dem Springbrunnen in der Mitte bretterte und den Wagen wendete, bevor sie mit Karacho den Parkgang einlegte.

»Wart mal eine Minute.« Sie hielt mich am Arm fest, als ich aus dem Wagen springen wollte.

»Was ist?«

Ihre Zähne kratzten über ihre Lippe, als sie erst zum Haus und dann wieder zu mir blickte. »Du bist nicht sauer, weil wir ihnen geben, was sie wollen?«

»Nicht, wenn es das ist, was ich auch will«, erwiderte ich. Da sie das nicht beschwichtigte, schob ich den Finger unter ihr Kinn und flüsterte: »Maus, ich war vierzehn, voller Misstrauen und tobender Hormone. Ich will das mit uns, und zwar unabhängig davon, was sie wollen.«

Sie beugte sich zu mir und presste ihre Lippen auf meine. »Okay.«

Ich stieg aus und trabte um den Rover herum, um Renee herauszuhelfen, woraufhin sie mir ein Lächeln schenkte. Sie lehnte die Hilfe nie ab, obwohl wir beide wussten, dass sie absolut keine benötigte. Anscheinend mochte sie es, wenn ihr Türen aufgehalten und sie zum Essen eingeladen wurde – all solche Dinge -, solange ich derjenige war, der das für sie tat.

»Deine Schleife sitzt schief.« Ich zwickte sie in den Po, bevor ich ihr die Tür öffnete und sie eintreten ließ.

Sie blieb vor dem Spiegel im Eingangsbereich stehen, neigte den Kopf, um die Stelle zu betrachten, wo die Schleife über ihrem tief angesetzten Pferdeschwanz steckte, und funkelte mich an, als sie feststellte, dass alles perfekt saß.

Ich zuckte mit den Achseln und lachte, als sie mir den Finger zeigte.

Da es Dienstagnachmittag war, waren unsere Mütter wie erwartet hier. Sie verbrachten die Dienstage gemeinsam im Einkaufszentrum, dann folgten Erfrischungen bei einer von ihnen zu Haus, bis es Zeit war, zum Essen nach Hause zu gehen.

»Hi, Mom.« Renee trat auf die riesige Terrasse, die auf unseren großen Pool und den Rasen dahinter hinausging.

»Schätzchen!« Valery stellte ihr Martiniglas ab und lächelte strahlend, als sie sie in die Arme zog und angedeutete Küsse auf ihre Wange hauchte, bevor sie dasselbe bei mir tat. »Was für eine schöne Überraschung.«

»Setzt euch, ihr zwei.« Meine eigene Mutter deutete auf die weißen Korbsessel gegenüber von ihnen. »Ich werde Wanda Eistee bringen lassen.«

»Nicht nötig«, sagte ich zur selben Zeit wie Renee, die sich neben mich setzte und eine kleine Lücke zwischen unseren Körpern ließ.

Ich schloss sie, als meine Mutter die kleine Glocke neben ihren Martini auf den Glastisch stellte. Sie und Valery blickten von uns zueinander und tauschten ein kleines Lächeln.

»Nun, was verschafft uns an diesem herrlichen Nachmittag das Vergnügen eurer Gesellschaft?«, fragte Valery und nippte geziert an ihrem Martini.

Meine Mutter lehnte sich in ihrem Korbsessel zurück und tippte mit ihren rot lackierten Fingernägeln auf der Lehne herum.

»Äh, ja …«, begann Renee.

Als würde man ein Pflaster abreißen. Ich verhakte eine Hand mit Renees zitternder und platzte heraus: »Wir sind zusammen.«

Ihr Lachen ließ uns beide zusammenzucken, und ein Vogelschwarm flüchtete von der Weide hinter dem Pool. Valery schlug sich auf die Oberschenkel, meine Mutter wischte sich mit dem Finger über die Haut unter ihren Augen. Renee starrte sie mit demselben verwirrten Ausdruck an, den ich wahrscheinlich zur Schau trug. »Was ist denn daran so komisch?«, fragte sie die beiden.

»Oh Gott.« Meine Mutter schluchzte, dabei wedelte sie mit einer Hand vor ihrem Gesicht herum.

»Du schuldest mir einen Riesen«, sagte Valery zwischen Schnaufern.

Unsere Handflächen wurden klamm, während wir darauf warteten, dass sie aufhörten zu lachen.

»Würdet ihr uns verraten, was ihr so lustig findet?«, fragte ich.

»Hmm?« Valery grinste. »Oh, richtig. Nein, wir wussten schon Bescheid.«

Ich sah meine Mom an, die nickte und einen kräftigen Schluck von ihrem Martini nahm. »Du wusstest es schon?«

Beide prusteten erneut los. »Entschuldigt, wir hatten ein paar mehr als sonst.« Valery winkte zu den leeren Martinigläsern auf dem Tisch hinüber und hätte sie dabei fast auf den Boden gefegt. »Aber ja, wir wussten es schon.«

»Woher?« Renee straffte sich und funkelte die beiden angeschickerten Frauen böse an.

»Nenn es mütterliche Intuition«, sagte meine Mutter. »Wir wussten, dass ihr letztendlich ein Paar werden würdet.«

Renee fauchte: »Nein. Ihr habt euch bloß gewünscht, dass es so kommen würde.«

»Ja, das auch. Aber nur, weil wir einfach wussten, dass es letztendlich zwischen euch funken würde. Und, lieber Gott ...« Valery lächelte, ihre Augen wurden warm, als sie zwischen uns beiden hin und her blickte. »Schaut euch zwei doch nur an.«

Meine Mutter nickte und lachte übertrieben auf. »So perfekt, wie wir es uns vorgestellt haben.«

Als sie sich abklatschten, stand ich auf und zog Renee zu den Glastüren.

»Übrigens, deine Krawatte in Renees Auto liegen zu lassen war nicht deine beste Idee.«

Wir blieben auf der Schwelle stehen, und ich rief über meine Schulter: »Die könnte jedem gehört haben.«

»Aber sicher«, erwiderte Valery gedehnt. »Weil meine Tochter ja *jeden* nach der Schule in ihr Auto steigen lässt. Münder sind nicht nur zum Küssen da, mein Lieber.« Als sie lächelte, wusste ich, wo Renee es herhatte, dieses sorgfältig verschleierte Gift. »Sie reden auch viel.«

Wir überließen sie ihrem Gekicher und gingen nach oben in mein Zimmer, wo ich die Tür mit einem Schwall leiser Flüche schloss.

Renee krümmte sich am Fenster und gab Lachsalven von sich, die mich voll in die Brust trafen. »Himmel, sie sind einfach unglaublich.«

Prompt verflog mein Ärger. Ich drehte den Schlüssel im Schloss und ging selbst lachend zu ihr hinüber. »Jetzt verstehst du, warum ich vor ein paar Jahren so nervös war, stimmt´s?«

Sie schlang die Arme um meinen Hals. Ihre Lippen wanderten daran hoch und verharrten in der Nähe meines Ohrs. »Mache ich dich nervös?« Mein Schwanz regte sich, und ich grub die Hände in ihre Hüften.

»Du machst mich vieles, aber nervös gehört nicht dazu.« Ich küsste ihre Nasenspitze. »Weißt du, dass, wenn du lachst, wenn du wirklich lachst, jeder in deiner Nähe stehen bleibt und dich anstarrt?«

»Wirklich?« Ihre Zähne und ihre Zunge umspielten mein Ohrläppchen, woraufhin ich die Augen fast bis zum Anschlag verdrehte. »Das ist gut und schön, aber ich möchte mehr hiervon.«

»Nicht hier«, konnte ich gerade noch krächzen, als sie mein Schulhemd aus der Hose zog und mit den Nägeln über meinen Rücken strich.

»Warum nicht?«

»Scheiß drauf«, brummte ich und stieß sie fast zum Bett, wo ich mich über sie rollte.

»Callum?« Meine Mom klopfte an die Tür. »Wenn du etwas brauchst …« Sie brach ab, ihr Lachen drang durch das Holz. Ich ließ den Kopf stöhnend gegen Renees Hals sinken. »Egal was. Sag uns einfach Bescheid.«

»Oh mein Gott«, entfuhr es Renee, die ihr Lachen mit meiner Schulter dämpfte.

»Deswegen«, knurrte ich.

Achtes Kapitel

Callum

Siebzehn Jahre alt

»Warum bezeichnet man sie als Träume?«, fragte Renee. »Das Wort kommt mir so, ich weiß nicht, unberührbar vor. Als ob das Konzept uns nur dazu herausfordert, zu versuchen, danach zu greifen.«

»Ich glaube, Ziele wäre das bessere Wort.«

»Warum?«

Träge blinzelnd verfolgte ich, wie kleine Kugeln ersterbenden Lichts über die Decke schlingerten. »Weil Ziele erreichbar sind, wenn du dich genug anstrengst. Und wenn du sie nicht erreichst, stehst du auf und versuchst es noch einmal.«

»Ist Football das für dich? Ein Ziel?«

»Ja. Nicht nur ein Traum. Ein Ziel.«

»Ein sehr erreichbares Ziel, wie ich hinzufügen möchte.« Renees Lächeln schwang deutlich hörbar in ihrer Stimme mit. Sie schwieg einen Moment, dann fragte sie: »Warum genau liegt dir so viel daran?«

Ich lächelte. Ihr auf meinem Bauch ruhender Kopf hob sich, als ich seufzte. »Es ist … aufregend. Egal, ob man gewinnt oder verliert, jedes Spiel ist eine Leistung. Du kommst fortwährend vorwärts, selbst wenn du mit dem Gefühl vom Feld gehst, versagt zu haben. Du hast etwas geleistet.«

Renee sah zu mir auf. Ihre Brauen zogen sich zusammen. »Was hast du denn geleistet, wenn du versagt hast?«

»Du hast an Erfahrung gewonnen.«

Ihr Lächeln war eine Versuchung für sich, ihre rot geschminkten Lippen eine Waffe. »Und die Erfahrung verleiht dir beim nächsten Mal die Kraft, mehr zu leisten.«

Ich strich mit dem Finger über ihren Nasenrücken. »Weise kleine Maus.« Sie faszinierte mich ständig, ohne dass sie etwas sagen oder tun musste. Sogar nach all dieser Zeit musste ich sie kennenlernen. Jeden geheimen, verborgenen Teil, der in ihr wohnte. »Wenn du etwas auf der Welt sein könntest, was unerreichbar ist, was wäre das?«

Sie dachte eine Minute lang über meine Frage nach. »Tja, was ich mir aussuchen würde, ist nicht von dieser Welt. Oder irgendeiner anderen, um genau zu sein.«

»Erzähl es mir.«

»Eine Meerjungfrau«, erwiderte sie ohne zu zögern, den träumerischen Blick auf die Decke geheftet.

»Eine Meerjungfrau?« Ich konnte die Ungläubigkeit in meiner Stimme nicht ganz verbergen und erinnerte mich daran, wie wir mit vierzehn vor dem Fernsehzimmer gesessen und zugehört hatten, wie unsere Mütter über ihr Meerjungfrauenhaar redeten.

»Eine Meerjungfrau«, bestätigte sie.

»Kannst du mir das erklären?«

»Nun, wenn du mit Haien schwimmen musst, tust du das am besten als das schönste, klügste Geschöpf des Meeres.«

»Hier in der realen Welt gibt es mehr als genug Haie.«

Sie schnaubte. »Genau. Du kannst ihnen nie wirklich entkommen. Also musst du sie übertreffen.«

Mein Schwanz stand kurz davor, meine Hose zu sprengen und sich in ihren Hintern zu bohren, so steinhart war er. Ich zog sie zu mir herüber und presste die Lippen auf ihre.

Renee kam mir bereitwillig entgegen, ihre Zunge war ebenso gierig danach, meine zu umspielen, wie umgekehrt. Ich drehte sie auf den Rücken, und dann schob sie mich weg. »Warte, du hast mir noch nicht geantwortet.«

Ich runzelte die Stirn. Mein Atem ging schwer. »Ich würde nichts sein wollen, was nicht die Fähigkeit hat, das hier zu tun. Ich bin ein ganz einfacher Typ.«

»Ja, ja.« Sie schnaubte leise. »Ein ganz einfacher Typ mit teurem Geschmack und einem Verhalten, das von einer Sekunde zur anderen von nett zu gleichgültig umschlagen kann.«

»Falsch.«

»Ach ja?«

»Du hast vergessen, meine stählerne Entschlossenheit zu erwähnen ... zwischen diese weichen Schenkel zu gelangen.« Ich senkte den Kopf und streifte mit den Zähnen ihr Ohrläppchen. »Ein erreichbares, quälendes Ziel.«

»Ein Fuchs«, keuchte Renee.

Während ich ihre Bluse aufknöpfte, wanderte mein Mund von ihrem Kinn zu ihrem Hals hinunter. Ich spürte ihren Puls an meiner Zunge hämmern. »Hmm?«

»Du wärst ein Fuchs.«

Ich lachte. »Komm nie dem Fuchs in die Quere.«

Ihr Lachen war Musik, die mein Mund raubte.

Mein in meinem Rucksack klingelndes Telefon unterbrach uns. Ich stöhnte, als mir klar wurde, dass ich es nicht ignorieren konnte, weil es nicht verstummen wollte.

»Wer ist das?«, fragte Renee, knöpfte ihre Bluse zu und zog ihre knielangen Socken hoch, während ich das Display anstarrte. »Sag ihnen, sie wären unhöflich, und stell das Ding dann auf stumm.«

»Mike«, sagte ich. »Teambesprechung in zwanzig Minuten.«

»Wie bitte?«

»Der Spielplan ist geändert worden, und der Trainer will uns informieren, bevor wir morgen Abend spielen.«

Renee stand vom Bett auf und fuhr sich mit den Fingern durch ihre blutroten Locken, als sie zu dem Spiegel in meinem begehbaren Kleiderschrank hinüberging. »Soll ich später wiederkommen?«

»Nein, du kommst mit mir.«

»Nein danke, langweilig«, sang sie. »Ich werde dich morgen Abend in all deiner Pracht bewundern.« Sie neigte mein Kinn nach unten, öffnete meine Lippen mit ihren, grub die Zähne in meine Unterlippe und zog sie mit sich, als sie einen Schritt zurücktrat. »Bei mir ist ein Geschichtsreferat fällig. Schick mir später eine Nachricht.«

Ich sah ihr nach, als sie ging, und umfasste dann meinen steifen Schwanz, wohl wissend, dass die nächste Stunde die schmerzhafteste meines Lebens werden würde, wenn ich mir nicht einen runterholte, bevor ich ging.

Also tat ich genau das.

• • •

Ich stellte meine Wasserflasche ab und ließ die Augen über den schwach erleuchteten Parkplatz voller Schüler schweifen.

Bald fanden sie das, was sie suchten, in der Ecke am anderen Ende. Sie stand alleine da, sah aber nichtsdestotrotz aus, als wäre sie die wichtigste Person hier. Schultern gestrafft, rot geschminkte Lippen und in einem grünen Trikot, das ich in den Sommerferien für sie hatte anfertigen lassen. Natürlich hatte sie ihm ihren eigenen Stempel aufgedrückt und es in eine Art Pulloverkleid mit Satinkanten und meiner in Gold glitzernden Nummer auf der Brust umgewandelt. Blickdichte schwarze schenkelhohe Strümpfe sahen unter dem smaragdgrünen Trikot hervor, und schwarze Stiefel mit Absätzen vervollständigten das Outfit.

»Hast du ein Glück, Welsh«, murmelte Pat, als ich an ihm vorbeiging.

Ich warf ihm einen Blick zu, der besagte, dass er den Schotter fressen würde, über den ich lief, wenn er nicht
anderswohin schaute. Er feixte, tat aber zum Glück, was ich wollte, und brüllte einem der Typen hinter mir etwas zu.

»Minnie Maus.« Ich umfasste ihren Hinterkopf und küsste sie auf die Stirn. »Du hast eine ausgesprochen ablenkende Wirkung.« Sie war alles, was ich sehen konnte, während ich spielte, selbst wenn ich nicht zu ihrem Platz auf der Tribüne hinüberschaute.

»Genau wie du. Du hast das Duschen nicht zufällig ausgelassen?« Ich wich zurück und stellte fest, dass sie die Lippen spitzte, nachdem sie tief eingeatmet hatte. »Du weißt, ich mag es, wenn du verschwitzt bist.«

Ich lachte grollend, öffnete die Tür ihres Autos und warf mein Zeug auf die Rückbank. »Lass uns fahren. Wir können bei mir beide ins Schwitzen kommen.«

Die Straßen waren fast leer. Es hätte mich nicht gewundert, wenn die halbe Stadt in der Schule wäre, um sich das Spiel anzusehen. Wir hatten gegen einen unserer größten Rivalen gespielt und nur knapp gewonnen.

»Ich verstehe nicht, wie dieselben beiden Teams öfter als ein Mal gegeneinander spielen können.« Renees Finger schlossen sich um meine, als ich unsere Auffahrt entlangfuhr. Das Haus war dunkel, nur unten glühte ein Licht hinter einem Fenster, und auf der Veranda brannten zu beiden Seiten der Türen zwei Lampen.

»Schon wieder? Das haben wir doch erst letzten Monat durchgekaut.«

Sie stieg vor sich hinknurrend aus, bevor ich ihr helfen konnte. »Du weißt doch, dass ich manchmal ein Gedächtnis wie ein Sieb habe.«

Wir gingen hinein. Der Wind frischte auf und wehte Blätter über die Veranda.

»Du musst nicht alles über Football wissen«, sagte ich auf dem Weg nach oben in mein Zimmer. »Mir ist es scheißegal, ob du das Spiel hasst. Ich nähe auch nicht gern, aber ich bin trotzdem …«

»Trotzdem was?« Ihre Augen funkelten vor unterdrücktem Lachen, als sie ihre Tasche fallen ließ, und ich schob sie auf das Bett zu.

Dann ließ ich mich über ihr auf die Matratze sinken. »Ich bin trotzdem sehr an dir interessiert.«

Sie schloss kurz die Augen, dann blickte sie zum Fenster hinüber, gegen das die Zweige mit jedem Windstoß gnadenlos schlugen.

»Wusstest du, dass du immer nach Fenstern suchst, aus denen du starren kannst, wenn du schlecht drauf bist?«

Sie richtete ihre schönen großen Augen wieder auf mich. »Wirklich?«

Ich nickte und fragte dann: »Was ist los?«

»Ich möchte keine Schauspielerin werden«, gestand sie.

»Ich weiß.«

»Ich kann es meiner Mom nicht sagen.«

»Warum nicht?« Ich ließ den Finger sinken, um den ich gerade eine Strähne ihrer Haare wickelte.

»Weil ... ich glaube nicht, dass ihr die Art von Karriere für mich vorschwebt, wo ich den Stars helfe, statt selber ein Star zu sein.« Sie blickte zu mir hoch. Die langen roten Haarsträhnen fielen wie Bänder über mein Kissen.

Ich strich ein paar Haare von ihren Lippen, beugte mich über sie und stützte mich auf einen Arm. »Du könntest dich irren.«

»Glaubst du das wirklich?« Sie zog eine Braue hoch.

Nachdem ich darüber nachgegrübelt hatte, wie Valery das aufnehmen könnte, räumte ich ein: »Okay, vielleicht nicht. Aber sie unterstützt deine Design-Begabung.«

»Das ja«, stimmte sie zu. »Aber sie meint, ich sollte Design als Nebenfach und Schauspiel und Theaterwissenschaften als Hauptfächer nehmen.«

»Das heißt nicht, dass du nicht trotzdem tun kannst, was du willst.«

»Sagt jemand, der sich wahrscheinlich auf ein Rechtswissenschaftsstudium vorbereiten oder BWL als Hauptfach belegen muss.« Sie zuckte zusammen und fügte hastig hinzu: »Tut mir leid.«

Ich grinste. »Muss es nicht.«

Sie starrte zu mir hoch, forschte in meinen Augen.

Ich wusste, worauf Renee wartete – worauf ich ebenfalls wartete -, aber ich konnte mich noch nicht dazu überwinden, es zu sagen oder zu tun. Unsere Mütter mochten gesellschaftliche Parias sein, aber seit wir vor über sechs Monaten die Terrasse verlassen hatten, hatten sie es sich zur Gewohnheit gemacht, zu wissen, wo wir uns aufhielten, und zu Hause zu sein, wenn wir es waren.

»Unsere Eltern fliegen nächsten Freitag nach Peking«, sagte ich.

»Allerdings. Wie hast du dich davor gedrückt, mitkommen zu müssen?«

»Ich habe gesagt, wir müssten am Montag eine Hausarbeit einreichen.«

»Ich auch«, meinte Renee und verdrehte die Augen. »Weil es stimmt.«

»Ich weiß, aber sie wissen nicht, dass wir diese Arbeit gemeinsam erledigen werden.«

Ihre Augen wurden schmal. »Werden wir das?«

»Und ob.«

Jemand klopfte leise an die Tür. »Yo! Callum, mach auf.«

»Es ist offen«, informierte ihn Renee.

Eine Pause trat ein, bevor die Tür geöffnet wurde. »Oh, hey, Renee.«

Renee stützte sich auf die Ellbogen. »Hi.«

Mike stapfte durch den Raum zur Couch und ließ sich mit einem lauten Seufzer darauf sinken.

»Mann, der Scheiß war brutal. Wir kriegen am Montag den Arsch aufgerissen.«

»Hast du heute Abend keine Lust auf Party?«, fragte ich, bemüht, nicht mit den Zähnen zu knirschen.

»Nee, bei Slade zu Hause herrscht Chaos. Niemand will da abhängen, während seine Eltern renovieren. Man kann nirgendwo chillen.« Er nahm sich eine Ausgabe der *Sports Illustrated* vom Tisch und begann sie durchzublättern.

Ich blickte finster zur Decke und zählte von fünf rückwärts, bevor ich ihn wieder ansah.

»Kannst du das nicht bei dir machen?«, fragte ich. Okay, das mit dem Zählen funktionierte also nicht.

Renee versetzte mir einen spielerischen Schlag, woraufhin ich ihre Hand packte und an ihren Fingern knabberte.

»Mom hat den größten Teil des Tages damit verbracht, die Sachen von meinem Dad auf den vorderen Rasen zu werfen, also bin ich nicht allzu scharf darauf, nach Hause zu gehen.«

Fuck.

»Tut mir leid«, sagte Renee.

Mike zuckte mit den Achseln. »Seine eigene Schuld. Sekretärinnen sind nicht zum Vögeln da.«

»Außerdem ist das ein Klischee«, fügte Renee hinzu.

Mike schenkte ihr ein weiches Lächeln. »Sag ich doch.«

»Verlässt sie ihn?«, fragte ich.

»Oh nein.« Mike blätterte eine Seite um und starrte sie an. »Ihr gehört das Haus, die Autos, und sie verdient mehr als er. Sie schmeißt ihn raus.«

Renee stieß einen Pfiff aus. »Gut für sie.« Hastig fügte sie hinzu: »Tut mir trotzdem leid. Beschissene Situation.«

»Schon gut. Es ist, wie es ist. Mein Dad ist ein Arsch, und er hat sie fast während ihrer gesamten Ehe auf sich herumtrampeln lassen. Das musste irgendwann so kommen.«

Ich wagte nicht zu sagen, dass ich mir Mike eines Tages in einer ähnlichen Ehe vorstellte. Sobald er eine Freundin hatte, war er ihr Sklave, Masseur und Lover in einer Person. Er wusste es, und trotzdem ließ er sich von ihnen auf der Nase herumtanzen, bis sie genug von ihm hatten.

»Du kannst gerne hierbleiben. Wir haben jede Menge freier Zimmer.«

Er klappte die Zeitschrift zu und sank auf die Couch zurück, als er sie auf den Tisch warf. »Danke. Vielleicht komme ich darauf zurück.«

»Wir haben nächstes Wochenende allerdings schon etwas vor.« Renee versetzte mir mit den Blicken einen Rippenstoß.

»Was?«, fragte ich sie. »Ach ja, wir haben. Das lasse ich mir von nichts und niemandem ruinieren.«

Mike starrte Renee an, die rot anlief. »Himmel, Callum. Geht es noch krasser?«

»Und ob.«

Mike lachte, verstummte aber, als ich meine Zunge in Renees offenem Mund versenkte. Sie schob mich lachend weg und setzte sich auf, um ihre Haare zu ordnen.

»Du weißt schon, dass deine Mom unten in der Halle sitzt und so tut, als würde sie ein Buch lesen?«, fragte Mike.

»Ja, weiß ich.«

Renee kicherte und kletterte dann vom Bett. »Ich werde sie fragen, was sie liest, und dann nach Hause fahren. Bis später, Mike.«

»Bis später, Renee.« Er beobachtete, wie sie sich in den Hüften wiegte, während sie auf dem Weg zur Tür weiter an ihren Haaren herumzupfte.

Ich warf eine Fernbedienung nach Mikes Kopf und verfehlte ihn nur knapp, weil er sich duckte. »Hör auf zu glotzen.«

»Was?« Er schüttelte den Kopf. »Tue ich doch gar nicht.«

Ich bedeutete ihm, mir die Fernbedienung zuzuwerfen, und schaltete dann den Fernseher ein. »Es ist nicht zu übersehen. Kein Grund, es noch schlimmer zu machen.«

Die Blicke, beiläufig und doch zu sehnsüchtig, und das Lächeln, schüchtern, aber zu oft auf sie gerichtet. Ich hatte es gesehen. Und ich würde dem Thema nicht länger ausweichen.

»Wovon redest du eigentlich?«

»Das weißt du ganz genau.« Kalte, ehrliche Worte, die er nicht abstritt.

»Sie ist hübsch, Cal, aber ich bin …«

»Du bist was?«, fragte ich, die verkörperte Lässigkeit, während ich, die Arme hinter dem Kopf verschränkt, durch die Kanäle zappte. Aber er wäre ein Idiot, wenn er sich einbilden würde, ich würde nicht ausrasten, wenn er nur einen Schritt – einen falschen Schritt – machte oder ein falsches Wort an sie richtete.

»Ich mag Mädchen, und ich schaue sie unweigerlich an. Aber ernsthaft, mehr steckt da nicht dahinter.«

»Gut«, lenkte ich ein, dabei hoffte ich, dass er es so meinte.

Neuntes Kapitel

Renee

Unsere Eltern reisten am frühen Freitagmorgen ab, aber trotz Callums Schmollen und seiner lockenden Berührungen bestand ich darauf, dass wir zur Schule gingen.

»Es geht nichts über einen Anruf wegen Schwänzens, um uns den ganzen Spaß zu verderben«, hatte ich an diesem Morgen vor dem Geschichtsunterricht in sein Ohr geraunt.

Er hatte leise geflucht und mich dann rau geküsst, bevor er den Gang hinunter zu seiner eigenen Klasse gestürmt war.

»Weswegen lächelst du so zufrieden?«, fragte Hilda, als ich mich neben sie setzte.

Ich klappte mein Heft auf und kritzelte das heutige Datum oben auf die Seite. »Ich habe keine Ahnung, was du meinst.«

»Ja, schon klar.«

Mrs Hill schloss die Tür und stellte ihren Kaffee auf den Tisch, um in ihrer Aktentasche herumzukramen.

»Ist sie jemals pünktlich?«, grummelte Hilda.

»Wahrscheinlich nicht«, gab ich zurück.

Hildas Blick brannte sich in mein Profil. »Wir gehen heute Abend zu Tyson. Du kommst doch mit, oder?«

Ich runzelte die Stirn. »Äh, nein.«

»Kein Grund, gleich grob zu werden.«

Ich schüttelte den Kopf. »Bin ich doch gar nicht. Niemand hat mich eingeladen, also habe ich andere Pläne gemacht.«

»Als ob diese anderen Pläne nicht sowieso an erster Stelle kommen würden«, murmelte sie verhalten, aber ich hörte die Worte klar und deutlich.

Ja, Callum nahm einen großen Teil meiner Freizeit in Anspruch, aber ich war trotzdem zu jedem Theatergruppentreffen und jeder Probe gekommen. Langsam zeichnete sich ab, dass ich tun konnte, was ich wollte, Hilda aber immer noch Gründe finden würde, sauer auf mich zu sein, wenn ihr danach war.

Ich hielt während des gesamten Unterrichts den Mund, doch dann wurde meine schwelende Wut so groß, dass ich sie nicht länger in mich hineinfressen wollte.

»Weißt du was?«, fragte ich Hilda, als wir den Raum verließen. »Wo liegt hier das eigentliche Problem? Ich weiß nämlich, dass es nicht daran liegt, dass ich nicht mit zu Tyson gehe, um zuzuschauen, wie sie irgendein dämliches Videospiel spielen.«

Hildas Augen weiteten sich leicht. »Ich wollte nur Zeit mit dir verbringen. Ist das zu viel verlangt?«

»Nein, und wenn das das Problem wäre, würde ich es verstehen. Aber ich weiß, dass es das nicht ist.«

Wir blieben im Gang stehen. Hilda nestelte an ihrem Notizbuch herum. »Vergiss es.«

»Warum? Du hast doch ganz offensichtlich etwas – oh.«

Ihre Wangen färbten sich rosig, als sie zu Boden starrte. »Wir sehen uns später.«

»Hilda, warte.« Sie blieb stehen. »Wie lange stehst du schon auf ihn?«

Sie blickte sich entsetzt um, bevor sie näher zu mir rückte. »Schsch. Was zum Teufel soll das? Ich stehe nicht auf ihn.«

»Es ist okay, wenn es so ist.«

Sie lachte. Es klang bitter, und ihre Wangen röteten sich noch mehr. »Nein, ist es nicht. Und es stimmt nicht. Er ist ein versnobter Footballer und niemand, für den ich mich interessieren könnte. Nimm es mir nicht übel.«

»Es sieht aber ganz so aus, als würde dir unsere Beziehung etwas ausmachen«, flüsterte ich, bemüht, einen sanften Ton anzuschlagen.

Hilda verdrehte die Augen. »Wie auch immer. Wenn du meinst, dir das einreden zu müssen, nur zu.«

Ich nagte an meiner Lippe, als sie weiterging.

• • •

»Ich glaube, meine Freundin ist in dich verknallt.«

»Die asiatische?« Callum parkte seinen Lexus in der Garage, nachdem sich das Tor geöffnet hatte.

»Woher weißt du das?«

»Sie starrt uns immer an, genau wie noch jemand, den ich kenne.« Der letzte Teil wurde knurrend hervorgestoßen.

»Das ist ...« Ich brach ab. »Was? Wer?«

»Unwichtig.« Callum lächelte dieses schiefe Lächeln, bei dem meine Beine zu Wasser wurden. »Es ist schwer, dich nicht zu mögen, Maus.«

»Ja, ich bin unglaublich charmant.«

Er ging ins Haus, warf seine Schlüssel auf den Tisch in der Waschküche und ging dann weiter zur Küche. »Charmant würde ich nicht gerade sagen«, murmelte er. »Etwas zu trinken?«

»Nein, danke.«

Er drängte mich gegen die Theke, strich meine Haare zur Seite und umfasste behutsam meinen Hals, während sein Daumen über meinen Puls strich. »Ich würde sagen: frech, intelligent, witzig, schön und das Eigentum von Callum Welsh.«

Ich pikte ihn lachend in sein Grübchen. »Ich bin das Eigentum von niemandem.«

»Du bist hier, oder?« Heisere, herausfordernde Worte.

Ich richtete mich auf und strich mit den Lippen über seinen Kiefer. »Ich bin hier, weil ich es will, nicht, weil ich dir gehöre.«

Callum rührte sich nicht. Ein langer Atemzug entwich seinen Lungen. »Wollen wir streiten, meine Schöne? Aber du weißt, wie das immer endet.«

Ich erschauerte, gab aber nicht nach. »Ich gehöre *zu* dir, nicht dir.«

»Tatsächlich frech«, murmelte er, presste die Lippen auf meine Stirn, atmete tief ein und hob mich dann auf die Theke. »Ich hatte ein romantisches Dinner geplant. Vielleicht einen Film, du weißt schon, das Übliche.«

»Vergiss das Übliche. Bring mich nach oben.«

Leise kichernd eroberte er meinen Mund mit seinem und tat, was ich gesagt hatte.

Die Treppe verschwamm vor meinen Augen, und Callums Muskeln spannten sich an, als er mich erst bis nach oben und dann den Flur entlang zu seinem Zimmer trug.

Dort gab er mich frei und knöpfte sofort meine Bluse auf, während ich nach seinem Hosenschlitz griff. Sobald wir uns unserer Kleider entledigt hatten, stolperten wir rückwärts auf sein Bett zu, er schob sich über mich, seine Lippen und seine Zunge waren überall, und seine großen Hände kneteten meine Brüste. »Verdammt, ich will dich so sehr.«

»Dann nimm mich.«

»Lass mich erst ein bisschen spielen.«

Er wand sich an meinem Körper hinunter, wobei seine Lippen eine kribbelnde Spur hinterließen und meine Hüften dazu veranlassten, sich ihm entgegenzuheben, als er mich *dort* küsste. »Finger«, keuchte ich. »Ich brauche deine Finger.«

Er schob einen in mich hinein und machte kreisende Bewegungen, während er an mir saugte. Die Deckenleisten verzerrten und bewegten sich über mir, als ich verzweifelt versuchte, die Augen offen zu halten.

»So süß«, krächzte er. »Du kommst gleich, richtig?«

Meine Schenkel zitterten, und mein Magen zog sich zusammen, als er einen weiteren Finger einführte. Ich krallte die Hände in Büschel seiner Haare und rieb mich ohne jegliche Scham an seinem Gesicht. Wir hatten das so oft getan, dass er es gewöhnt war, mir zu geben, was ich wollte, während ich mir nahm, was ich brauchte.

Callum zog seine Finger heraus, strich damit über meinen Bauch und zog feuchte Kreise um meine Nippel, bevor er die verhärteten Spitzen in den Mund nahm. »Du möchtest dich selbst schmecken, oder?«

Noch immer zitternd gab ich ihm keine Antwort, sondern leckte mir nur über die Lippen, was ihm ein Grinsen entlockte, bevor er seine Finger in meinen Mund schob. Ich saugte daran und beobachtete dabei, wie sich seine Pupillen weiteten und seine breiten, glatten Schultern sich krümmten. Ich umspielte seine Finger mit der Zunge, packte seine Handgelenke und zog die Finger dann langsam aus meinem Mund, als er stöhnte.

»Auf den Rücken«, befahl ich.

»Nein, ich will in dich. Ich brauche das.«

Ich stieß ihn auf das Bett, schloss die Hand um seinen langen, dicken Schwanz und fuhr mit der Zunge über die Spitze. »Fuck. Du heimtückische Hexe.«

»Du sagst immer die nettesten Sachen«, lachte ich, dann senkte ich den Kopf und nahm so viel von ihm in den Mund, wie ich konnte. Er bäumte sich auf, was mich kurz würgen ließ, bevor er mich von sich herunter und auf den Rücken rollte.

Als er sich über mir rieb, flatterten seine Lider. »So verdammt nass.«

Ich grinste und bog den Rücken durch. »Daran bist du schuld.«

Das Grinsen, mit dem er mich zur Antwort bedachte, verschlug mir den Atem. Er ließ die Hüften kreisen, woraufhin meine Hände an seinen Armen hochglitten und meine Nägel über seinen Rücken kratzten, als ich seine Brust auf meine zog.

»Bist du sicher, dass du das jetzt willst?« Er knabberte an meinem Hals und stupste mit der Nase gegen meinen hämmernden Puls.

»Machst du Witze?«, fragte ich. »Wir zögern das seit Monaten hinaus. Steck ihn endlich rein.«

Er fiel auf mich und lachte schallend in mein Ohr. Das Geräusch –

tief, melodisch und Lächeln erzeugend – brachte mich ebenfalls zum Lachen.

Als sein Kichern abebbte, flüsterte er: »Ich liebe dich.«

Es kostete ihn eine große Überwindung, etwas zuzugeben, was ich bereits wusste, also kostete ich die Worte aus. Wärmewellen überfluteten mich und trieben mir die Tränen in die Augen. »Ich liebe dich auch.«

Meine auf seinem Rücken ruhenden Hände spürten, wie er langsam den Atem ausstieß, der durch meine Haare wehte. Er stützte sich auf einen Unterarm und schob eine Hand zwischen uns. »Kondom?«, fragte ich.

»Du nimmst die Pille. Ich habe die Packung in deinem Bad gesehen.«

Jetzt war nicht der richtige Zeitpunkt, um ihm wegen seines egozentrischen Verhaltens Vorwürfe zu machen. Stattdessen entschied ich mich für Ehrlichkeit. »Es wird Blut geben.«

Seine Augen, die jetzt eine Spur dunkler wirkten als ihr üblicher Schokoladenton, glühten auf, als er sich zu mir beugte, um die Lippen auf meine zu pressen. Sein großer Schwanz schob sich zwischen meine Schenkel und drang dann vorsichtig in mich ein. »Gut.«

• • •

Nachdem er mich zur Mitte der Tanzfläche geführt hatte, rückte Callum meine Krone zurecht.

Rote, grüne und gelbe Bänder hingen in Schleifen und Wellen von der Decke der gewölbeähnlichen Aula herab, dazwischen fanden sich Ballons in denselben Farben, die auch in Trauben in den Ecken und über den Türen befestigt waren. Die Lichter waren gedimmt, aber nicht so sehr, dass ich das selbstgefällige Grinsen nicht sehen konnte, das schon die ganze Zeit auf seinem Gesicht klebte.

»Hör auf damit«, zischte ich und stieß seine Hand weg.

Er legte sie auf meine Hüfte. »Du musst gewusst haben, dass wir es werden würden.«

»Wir sind beide eitel, aber selbst für dich ist das ein bisschen eingebildet, Callum.«

Seine breiten Schultern neigten sich nach hinten. »Vielleicht, aber ich hab es kommen sehen.«

Das hatte ich nicht, absolut nicht.

»Lächle«, neckte er mich. »Du weißt, dass du das tun möchtest.« Seine Lippen glitten über meine Wange zu meinem Ohr. »Wir wissen beide, dass du insgeheim vor Stolz darauf platzt, diese Plastikkrone auf deinem hübschen Kopf tragen zu dürfen.«

Ich musste unwillkürlich lachen und schlang die Arme fest um seinen Hals. Er machte sich los und sah aus verschleierten Augen auf mich herunter. »Da ist sie.«

Er, die Musik, das Gelächter, das Stimmengewirr und die Freude, die den Raum erfüllte, sickerten in mich ein. Mein Blut, ja, sogar meine Knochen sangen, als ich zu ihm hochstarrte. »Ich liebe dich.«

Er senkte den Kopf, um seinen Mund auf meinen zu pressen. »Ich dich auch. So sehr.«

Mein Mund gab seinen nicht frei, als er versuchte, sich von mir zu lösen. Ich wollte es nicht zulassen und ignorierte die Rufe und Pfiffe ringsum. Nichts anderes existierte für mich. Nichts außer ihm, seinen Händen auf meiner Taille, der Wärme seines Körpers und der Hitze seiner Zunge – nichts anderes.

Die Nacht umklammerte die Zeit mit eiserner Faust und schleuderte sie in einem Wirbel aus Tanz, Küssen, mehr Gelächter und köstlichem Fingerfood wieder von sich.

Hilda stand bei den Türen, als ich mit dem üppigen Tüll meines Kleides kämpfte und ihn mit den Händen raffte, weil mein Magen das Mieder zu sprengen drohte. Zu viel Essen, zu wenig Raum zum Atmen.

Das war es wert, sagte ich mir.

»Hey«, rief ich dann ein bisschen atemlos. »Amüsierst du dich?«

In den Wochen seit unserer kleinen Auseinandersetzung nach dem Unterricht hatten wir nicht viel miteinander gesprochen. Aber angesichts der Tatsache, dass uns von unserem letzten Jahr nur noch ein paar

Monate blieben, und der Stimmung, die mich noch enger einschnürte als das Versace-Kleid, das ich trug, wurde mir klar, dass ich nicht wollte, dass wir uns in diesen Monaten noch mehr entfremdeten. Wir hatten uns nie supernah gestanden, aber sie war eine meiner wenigen Freundinnen. Und ich vermisste sie.

»Vermutlich schon.« Hilda musterte die Krone auf meinem Kopf. »Glückwunsch.«

Das Wort kam trocken heraus, und es traf mich. »Danke.« Ich lächelte, obwohl der Stich in meiner Brust brannte. »Du siehst umwerfend aus.«

Was sie in ihrem lose fallenden grünseidenen Kleid, das ihr mitternachtsschwarzes Haar glühen ließ, auch tat. Die scharf geschnittenen Züge ihres herzförmigen Gesichts bildeten einen eleganten Kontrast dazu. Aber die Augen mit den falschen Wimpern, in denen ein namenloser Gefühlsaufruhr tobte – sie sprühten Feuer.

»Danke«, sagte sie. Das Wort wehte leise unter den Geräuschen der Musik und der Leute hinter uns in der Aula hinweg.

»Party bei Frenchies!«, brüllte Tyson und boxte in die Luft. Seine Krawatte flog über seine Schulter und landete auf dem konfettiübersäten Boden, als er in die Nacht hinausstürmte.

Hilda verdrehte die Augen und stieß sich von der Tür ab. »Ich nehme an, du gehst zu dieser Party.«

»Es findet noch eine statt?«, fragte ich.

Hilda zuckte mit den Achseln, spähte über meine Schulter und schluckte. »Nicht weiter wichtig. Schönen Abend noch.«

»Hilda.« Ich griff draußen nach ihrer Hand. Der Wind wehte mir ein paar Haare in den Mund, sodass ich Hildas Hand loslassen musste, um sie wegzustreichen. »Ich weiß zwar nicht genau, was ich getan habe, aber ... es tut mir leid.«

»Schon gut. So ist das Leben.«

»Allerdings.« Ich runzelte die Stirn. »Aber ich vermisse meine Freundin.«

Ihr Lachen klang verbittert. »Tja, das überrascht mich aber.«

»Was …«

»Du solltest deine Zeit nicht damit verschwenden, etwas zu vermissen, was du überhaupt nicht hattest.«

Als ich sie verwirrt ansah, fuhr Hilda fort: »Du bist genau wie all die anderen. Vielleicht nicht ganz, aber wenn und wo es darauf ankommt, bist du genau wie sie.«

Ich wurde langsam wütend und schob die Schultern nach hinten. »Ich komme nicht ganz mit. Wie wer?«

»Wie der Rest der verwöhnten Gören an dieser dämlichen Schule.«

Ich ließ mein Kleid los und grub die Nägel in meine Handfläche. »Das ist doch lächerlich.«

»Sagt das Mädchen, das einen Linebacker und klassisches amerikanisches Arschloch datet.«

»Hör zu.« Mein Herz raste, und meine Wangen brannten. »Wenn es dich stört, dass wir zusammen sind …«

Hilda zog die Brauen zusammen. »Ach, komm schon.« Sie wich zurück, presste eine Hand auf ihren Bauch und lachte klar und laut in die Gesichter aller rings um uns herum. »Gott, du glaubst«, sie prustete und wischte sich über die Augen. »Du glaubst immer noch ernsthaft, dass ich auf deinen Freund scharf bin? Wie sehr von dir eingenommen bist du eigentlich?«

»Du brauchst nicht gleich zickig zu werden«, murmelte ich.

»Deswegen«, ihre Stimme klang immer noch keuchend, »bin ich auch heilfroh, dass ich mich an einem College in einem anderen Staat beworben habe.«

»Hilda«, versuchte ich es noch einmal, als sie sich zum Gehen wandte.

»Spar es dir«, schäumte sie. »Es interessiert mich nicht. Wirklich nicht. Als Freundin auf Zeit warst du ganz okay.« Der Hauch eines Lächelns zeigte sich, als sie tief Atem holte. »War nett, diese Person gekannt zu haben.«

Ich sah ihr hilflos nach, als sie in die Nacht hinausging, sich mit ein paar Typen von der Theatergruppe traf und dann mit allen in eine am Bordstein parkende Limousine stieg.

Mit brennenden Augen atmete ich mehrmals tief durch; fest entschlossen, die Tränen zurückzuhalten. Ich würde nicht weinen. Nicht, wenn ich nichts getan hatte, um das zu verdienen.

Es war so leicht, vorschnell zu urteilen, etwas von außen zu betrachten und alles anzunehmen, was man wollte.

Das war auch das Problem mit Schaufensterbummeln, man wusste nie, wie etwas wirklich aussah, bis man die Schichten abtrug und für einen Tag in eine neue Haut schlüpfte.

»Sorry, Mike kotzt sich draußen die Seele aus dem Leib. Kann den Bourbon seines Dad immer noch nicht vertragen, egal wie oft er es versucht.«

Ich gab Callum keine Antwort, sondern starrte über den dunklen Parkplatz, wo die Rücklichter der Limousine eben verschwunden waren.

»Hey.« Er nahm mein Kinn zwischen die Finger und zwang mich, zu ihm hochzusehen, als er sich vor mich schob. »Was ist los?«

»Nichts.« Ich schluckte die Ungerechtigkeit hinunter, die sich wie eine feuchte, kalte Decke mitten im Winter anfühlte.

»Bullshit.« Er kniff die Augen zusammen und forschte eindringlich in meinem Gesicht. Nach jahrelangem Schauspielunterricht und mit einer Mutter, die Lügen erschnüffelte wie ein gut abgerichteter Bluthund, sollte man eigentlich meinen, dass ich imstande wäre, alles vor ihm zu verbergen, was ich wollte. Oder vielleicht blickte er einfach tiefer unter die Oberfläche. Im Gegensatz zu so vielen anderen. »Erzähl es mir.«

Er stand gespenstisch still da, als ich ihm die Worte zuflüsterte, sie hinauswürgte, als würde es mich mehr schmerzen, sie auszusprechen als sie zu hören. »Callum.« Ich löste seine Finger von meinem Kinn, als er hinter mich in die Nacht, ins Leere starrte. Verloren in der Wut, die er, wie ich spürte, ausstrahlte wie ein sich zusammenbrauendes Unwetter.

»Lass uns gehen«, sagte er endlich.

Ich ließ mich von ihm zu seinem Auto auf dem Parkplatz führen, ließ ihn mein Kleid um mich herum auf den Beifahrersitz stopfen. Seine Konzentration und Beherrschung zeigten sich in jeder steifen Bewegung und hielten an, als wir in erdrückendem Schweigen die Fahrt nach Hause antraten.

»Es ist schon okay. Es war nur ein Schock, und ich fühle mich ... ich weiß nicht. Irgendwie beschämt.«

»Warum?« Das Wort war kürzer, als es sein sollte.

»Weil ich dachte, sie hätte sich in eine alberne Schwärmerei für dich hineingesteigert oder so. Ich bin gar nicht auf den Gedanken gekommen ...« Ich brach ab. Was ich sagen wollte, hallte klar und deutlich im schwach erleuchteten Wageninneren wider. Es war mir nie in den Sinn gekommen, dass Hilda mich mit anderen Augen sehen könnte als ich mich selbst; dass sie jemanden sah, den sie überhaupt nicht mehr mochte.

Callum seufzte laut, dann griff er nach meiner Hand, zog sie an seine Lippen und rieb damit über meine Haut. Ihre seidige Weichheit war ein lindernder Balsam. Etwas Hartes in meinem Inneren löste sich gerade so weit auf, dass ich leichter atmen konnte.

»Es ist meine Schuld.«

»Deswegen bist du so sauer?« Ich zog meine Hand zurück. »Ist es nicht. Wir können nichts daran ändern, wie andere Menschen uns sehen.«

»Wir können. Ich kann.« Sein Kiefer verspannte sich, als er knirschte: »Und ich habe nichts anderes getan als mir zu nehmen, was ich will, seit ich an diese Jauchegrube von einer Schule gekommen bin.«

»Du hast dich geändert«, erinnerte ich ihn. Und das hatte er auch. Er war nie ein schlechter Mensch gewesen, nur ein verlorener Junge, der versuchte, seinen Platz in einer Welt zu finden, die entschlossen war, ihn irgendwohin zu schieben, wo er nicht sein wollte. Er hatte einen Weg mit einem Kompromiss gefunden, und dieser Kompromiss hatte ihm eine Art von Frieden verschafft.

»Erst als es zu spät war.«

»Du hast nie jemanden verletzt.«

Daraufhin lachte er ohne jede Belustigung. »Ich habe eine Menge Leute verletzt.«

Wahrscheinlich stimmte das, aber ich runzelte trotzdem die Stirn. Ich fühlte mich, als wäre ich ausgeschlossen und in eine Kiste gesperrt worden, die es überhaupt nicht geben sollte.

Wieder kehrte Schweigen ein, bis wir das Haus erreichten. Bis auf eins am Ende des langen Flurs, der zu der breiten Treppe führte, waren alle Lichter aus. Da es nach Mitternacht war, lagen seine Eltern vermutlich schon im Bett, was sich bestätigte, als wir an ihren geschlossenen Türen vorbei und weiter zu Callums Zimmer gingen.

Er streifte seine teuren Lederschuhe ab. Seine Fliege gesellte sich zu ihnen auf den Boden, bevor er sich aus seinem Smokingjackett schlängelte.

Nachdem er es auf den Sessel in der Ecke geworfen hatte, fuhr er sich mit der Hand durch das Haar, sodass die Strähnen nach allen Richtungen abstanden. »Ich war ein Mistkerl. Hier geht es nicht um mich.«

Ich schleuderte meine hochhackigen Pumps weg, hielt wohlweislich den Mund und ließ meine Handtasche auf das kleine Sofa am Fenster fallen, bevor ich ein paar Haarklammern aus meiner Frisur zog.

»Hier.« Er trat hinter mich, als ich über die im Mondlicht schimmernden Tiefen des Pools und die Gärten hinwegblickte, die die Terrasse umgaben. Sanfte Finger zupften geschickt Klammern, die zum Teil noch unter meinen wirren Locken verborgen waren, aus meinen Haaren und strichen sie zur Seite, als er fertig war. Die Krone hatte er nicht angerührt.

Er legte die Haarklammern auf die Fensterbank. Seine Hände trafen sich über meinem Magen, als er einen Kuss auf meinen jetzt frei liegenden Hals drückte. »Du bist schön. Innerlich und äußerlich.«

»Ich weiß, dass ich nicht perfekt bin. Ich kann ein richtig egoistisches Biest sein.«

Er stritt es nicht ab, was meine Lippen zucken ließ. »Ja, aber du bist ehrlich. Du hast dich nicht geändert, du bist erwachsen geworden. Du bist du selbst. Das Schlechte, das Gute und das unbeschreiblich Schöne. Zusammen macht dich das zu etwas, was sich jeder wünschen würde.«

Ich straffte mich bei seinen Worten und verhärtete mein Herz. »Vielleicht war sie gar keine Freundin. Vielleicht war sie nie wirklich eine.«

»Sie verdient dich nicht«, flüsterte er, dabei küsste er die Kurve meiner Schulter und meines Halses. »Jeder, der nicht sehen kann, was ich sehe, zählt nicht.«

Wir standen eine lange Weile so da; seine Lippen fanden die empfindlichsten Teile meines Halses, meine Hände lagen auf seinen auf meinem Bauch, während ich seine und meine eigenen Worte die Wunden heilen ließ, die mich fast umgeworfen hätten.

Er hatte recht. Und ich sollte mich nicht entschuldigen oder mich schuldig fühlen müssen, weil ich so war, wie ich war.

»Bring mich ins Bett«, flüsterte ich und drehte mich zu ihm um, nachdem unzählige Minuten verstrichen waren.

»Mit Vergnügen, aber erst möchte ich dich mit den Zähnen aus diesem Kleid schälen und dann meine Finger in deine
warme ...«

Ich schnitt die vulgären Worte ab, indem ich die Lippen auf seine presste. Worte, die unweigerlich ein so heißes Feuer in mir entzündeten, dass es jeden Teil von mir innerhalb eines donnernden Herzschlags zu verzehren drohte.

Er setzte zwar nicht seine Zähne ein, aber seine Hände glitten rasch über das Mieder meines Kleides. Innerhalb von Sekunden lag es wie eine silberne Pfütze zu meinen Füßen, direkt neben seinem Hemd, das von seinem Leib gerissen worden war.

Das Mondlicht warf schimmernde Wellen über Callums nackten Oberkörper. Er war magisch. Jeder Muskel, jeder harte Zentimeter seiner Bauchdecke und jede glatte Hautfläche – Magie pur. Aber als mein Blick nach oben wanderte und auf seinem Gesicht ruhen blieb, war es sein Herz, das aus seinen Augen leuchtete.

Ein Herz, das Schlag für Schlag im Einklang mit meinem schlug.

Sein Blick glitzerte, als er sich auf meine Haare heftete. »Die Krone bleibt.«

Zehntes Kapitel

Callum

Gläser klirrten, und Gäste drängten sich in unserem Ess- und Wohnzimmer, von denen Letzteres an die Terrasse grenzte.

Ich trat durch die großen Glastüren und stieß auf Renees Mutter, die sie begluckte, während ein kleines Lächeln um ihre roten Lippen spielte. Das Mondlicht fing sich in der silbernen Schleife an der Seite ihres Kopfes, die die Blicke der Vorübergehenden und meinen eigenen eine Sekunde zu lang anzog. Ihr Kleid war schlicht. Elegant. Eine Mischung aus Silber und Dunkelblau, die sich um ihre Kurven schmiegte und ihren Po besonders betonte.

Mein Mund strich über die dunkelblaue Spitze, die den seidigen silbrigen Stoff bedeckte, und Valery hielt mit ihrem Getue inne, um meine Wange zu tätscheln. »Du siehst einfach zu gut aus.« Ein Kellner kam vorbei, und sie folgte ihm und schnappte sich geschickt ein Glas Champagner, ohne dass er es merkte.

»Amüsiert du dich?«, fragte ich Renee, dabei streiften meine Lippen ihre weiche Wange.

Sie strahlte. »Ich langweile mich zu Tode. Wann können wir gehen?«

Wir standen mit dem Rücken zu einem kleinen Garten, und ich drückte mit einer Hand ihre runde Pobacke, woraufhin sie den Atem anhielt. »Erst nach dem Essen. Leider.«

Ihre Hand stahl sich unter meinen Smoking und schloss sich um meine Hüfte, als sie den Kopf unter mein Kinn schob. »Da drüben ist dieser seltsame Typ; der, der der neue Securitychef der Firma werden soll.«

Mein Blick schweifte über die im Garten versammelten Leute und blieben an dem in einen zerknitterten Mantel und abgetragene Hosen, die kaum bis auf seine Stiefel reichten, gekleideten Mann hängen. Unsere Augen trafen sich, und er zwinkerte mir zu.

Geschockt wandte ich mich ab. »Er hat mir zugezwinkert.«

Renee lachte. Das Geräusch wurde von meiner Haut gedämpft, und ich atmete ihren süßen Duft ein und wünschte, wir könnten uns irgendwo anders hin zurückziehen.

»Angeblich hat er was mit Mikes Mom. So hat er es geschafft, sich den Job zu sichern.«

Mikes Mom hatte sich mit vollem Einsatz in die Datingszene gestürzt. Mit etwas zu viel Einsatz, wenn man an den Vater eines unserer Teamkameraden dachte. Er war verheiratet, und der arme Jethro, unser Quarterback, war jetzt in die Schusslinie eines weiteren Trellara-Paares im Kriegszustand geraten.

»Solange er Single ist.«

»Er hat kein Geld.« Renee zog den Kopf zurück, um sich die Partygäste anzusehen. Kunden, Angestellte und Freunde unserer Familien hatten sich allesamt hier eingefunden, um die neuen Auslandsfilialen von Welsh Grant Holdings zu feiern.

»Woher weißt du das?« Ich schlang die Arme um sie und zog ihren Rücken an meine Brust. »Nur weil er herumläuft wie ein ...«

»Wie ein Penner?«, schlug Renee vor.

Ich lachte. »Ja, aber vielleicht interessiert ihn das nicht.«

»Nein, es liegt nicht an seiner Kleidung. Eher an seinem Verhalten.«

Ich erwiderte nichts darauf, sondern wartete, dass sie sich ausführlicher dazu äußerte. Renee war eine gute Beobachterin, manchmal berechnend, aber ab und an brauchte sie etwas Zeit, um ihre Gedanken zu ordnen.

»Er gibt sich locker und entspannt.«

Ich rieb mit den Händen über ihren Bauch. »Mmm.«

Mit einem leichten Schauer fuhr sie fort: »Seine Augen ... sie leuchten. Sein Lächeln wirkt aufrichtig, zeigt sich immer in seinen Augen, so wie man seinem lauten rauen Lachen sein Glück anmerkt.«

»Stimmt. Niemand, der Geld hat, könnte jemals aus vollem Herzen lachen.«

Sie hob den Kopf, um mich böse anzufunkeln. Ich lächelte und küsste sie, bevor sie die Lippen wegziehen konnte.

»Aber eigentlich sind es die alte Schrottkiste von Toyota, die er fährt, sein Staunen über seine neue Umgebung, seit er für unsere Väter arbeitet, und seine Gutscheinsammlung, die ihn verraten.«

Ohne sie ansehen zu müssen, wusste ich, dass sie stolz lächelte. Ich drückte sie fester an mich. »Du fragst dich, warum Mikes Mom sich mit ihm eingelassen hat?«

»Du dich nicht?«

Ihre Stimme klang samtweich, aber ich wusste, dass sie keine Angst hatte, jemand könnte sie hören. Nein, sie versuchte, mich dazu zu bringen, ihr zu sagen, was ich dachte.

»Du willst von mir hören, dass wahre Liebe jeden treffen kann?«, fragte ich. »Denn ich glaube ganz eindeutig schon daran.« Um meinen Worten Nachdruck zu verleihen, drückte ich sie noch einmal sacht.

»Nein«, murmelte sie und löste sich von mir. »Aber ich denke, dass die Lust jeden treffen kann.« Sie nahm meine Hand und führte mich zu dem Außensitzbereich, wo Kellner mit weiteren Getränken und Hors d´oeuvres die Runde zu machen begannen.

Wir setzten uns in die kleine Hollywoodschaukel in der äußersten Ecke der Terrasse, aber wir hätten wissen müssen, dass das nicht ausreichte, um unsere Mütter daran zu hindern, ein großes Gewese um uns zu veranstalten.

Wir hatten die Dankesreden unserer Väter überstanden, bevor sie langsam, mit warmem Lächeln auf den Gesichtern auf uns zukamen und meine Mutter mit einem Messer gegen ihr Champagnerglas schlug. Sie strich sich ein paar blonde Haare hinter die Ohren und rang sich ein Kichern ab, als jemand vom Garten her einen Pfiff in ihre Richtung sandte.

»Auf unsere Männer, die wundervollsten Ehemänner der Welt.« Sie und Valery hoben ihre Gläser, und unzählige andere folgten mit lautem Jubel ihrem Beispiel.

Sowie sie sich wieder gesetzt hatten, sagte Valery: »Und wir wollen unsere Kinder nicht vergessen. Unsere prächtigen, fast erwachsenen Kinder.« Sie schniefte leise, und mein Magen zog sich angesichts des nackten Entsetzens auf Renees Gesicht zusammen.

Sie würden es tun.

Ich schluckte den Rest meiner gefüllten Krabbe hinunter, nahm Renees Hand in meine und drückte sie.

»Renee, Callum«, rief Valery. »Kommt hier rüber, ihr Süßen. Lasst alle eure hübschen Gesichter sehen.«

Ich stand als Erster auf und flüsterte, als Renee sich nicht rührte: »Besser, wir bringen es schnell hinter uns. Ich bin bei dir.«

Mit einer ruckartigen Kopfbewegung erhob sie sich. Ihre Handfläche fühlte sich in meiner bereits klamm an.

Klatschen und Lächeln begrüßte uns, als die versammelte Menge sich auf der großen Terrasse, hinter uns in den Türen und unten auf dem sattgrünen Rasen drängte.

Meine Mom trat neben mich, Valery neben Renee. »Valery und ich haben zugegebenermaßen darüber gewitzelt, nachdem die Grants in die Stadt gezogen sind. Dass wir es zu gerne sehen würden, wenn diese beiden eines Tages zusammenkämen.«

»Gewitzelt, na sicher.« Valery kicherte. »Wir haben zu jedem Modegott gebetet und waren sogar bereit, unsere geliebten Handtaschen dafür zu opfern, wenn es sein musste.«

Gelächter brandete auf, und unsere Mütter, immer für dramatische Effekte zu haben, warteten, bis es erstarb, bevor sie weitersprachen.

Meine Mom hob ihr Glas. »Aber das war nicht nötig. Es scheint, dass die zwei von ganz alleine zueinandergefunden haben.«

»Gott sei Dank.« Valery hob theatralisch den Kopf zum Nachthimmel.

Ich blickte über die Menge hinweg, hielt nach meinem oder Renees Vater Ausschau, den einzigen beiden Menschen, die verhindern konnten, dass sich Renees Wangen vor Verlegenheit noch stärker röteten.

»Wird es eine Hochzeit geben?«, rief jemand.

Mein Vater kam nach draußen und zögerte, als er die ganzen Leute und unsere Mütter sah, die uns zwischen sich einklemmten.

»Wird es eine Hochzeit geben«, spöttelte Valery und trank einen großen, wenig damenhaften Schluck von ihrem Champagner, bevor sie ihr Glas hob und krähte: »Natürlich wird es eine Hochzeit geben.«

Wieder ertönten Rufe und Lachen, und manche applaudierten sogar. Mein Vater kam mit einem betretenen Lächeln näher.

»Die verdammt größte Hochzeit, die diese Stadt je gesehen hat«, dröhnte meine Mom und trat von mir weg, als mein Vater einen Arm um ihre Taille legte.

»Auf den Prinzen und die Prinzessin von Welsh Grant Holdings!«, echote Valery, womit sie einen Sprechgesang auslöste. Die Worte folgten uns, als ich Renee dem Griff ihrer Mutter entwand, sie ins Haus zog und allen halbherzig über die Schulter hinweg zuwinkte.

»Das ist ja Irrsinn«, zischte Renee mir zu, als wir die Treppe hochstiegen.

»Ich weiß«, murmelte ich und lächelte einem der Köche zu, der die Stufen hinunter und an uns vorbeikam. In meinem Zimmer schloss ich die Tür hinter mir ab, und Renee entzog mir ihre Hand, um mit schnellen Schritten auf dem Teppich auf und ab zu marschieren.

Ihre Hände wanderten zu ihren Haaren, zogen die Schleife heraus und warfen sie auf die Kommode, bevor sie die Finger in den roten Wellen vergrub. »Nicht zu fassen.«

Es war definitiv das Schlimmste, was sie je getan hatten, aber ich hielt den Mund und löste meine Fliege, während ich Renee beobachtete.

»Als wäre es vollkommen belanglos, was wir wollen.«

Ich musterte die schwarze Fliege in meinen Händen finster und ließ sie auf den Boden fallen, bevor ich meine Manschettenköpfe abnahm. »Mir war nicht klar, dass die Vorstellung, mich zu heiraten, so schrecklich ist.« Ich hatte es scherzhaft klingen lassen wollen, aber es kam nicht so heraus wie beabsichtigt.

Renee fuhr zu mir herum und blieb in der Mitte des Raums stehen. »So ist das nicht.«

Ich wandte mich verletzt und unfähig, es zu verbergen, von dem Bedauern in ihren Augen ab, ging zu meinem Bett, legte die Manschettenknöpfe auf den Nachttisch und zog mein Smokingjackett aus, um es über den Hocker am Ende des Bettes zu werfen.

»Callum.« Renees Hand glitt um meine Taille.

»Was?«

»Sieh mich an.«

Ich holte tief Luft und stieß sie vorsichtig wieder aus, was die Anspannung in meinen Schultern ein wenig lockerte. Dann drehte ich mich um.

Ihre weichen, sanften Hände griffen nach meinen Wangen, ihre Daumen strichen über die Haut unter meinen Augen. »So lange Wimpern. Ich frage mich, ob unsere Kinder sie wohl erben werden.«

Ich verkniff es mir, die Augen zu verdrehen. »Dir scheint die Idee, mich zu heiraten, nicht zu gefallen, und wenn das der Fall ist, weigere ich mich, dir zu einem Kind zu verhelfen.«

Sie lachte, und das Geräusch ließ meinen Ärger verfliegen. Ich schlang die Arme um sie, barg ihren Kopf an meiner Brust und atmete den süßen Pfirsichduft ein, den ihre Haare verströmten.

»Leg dich hin«, flüsterte sie, dabei drückte sie gegen meine Brust.

Ich ließ mich rücklings auf das Bett fallen. Die Musik und das Gelächter von unten wurden zu einer verblassenden Erinnerung. »Was hast du mit mir vor?«

Ihre Finger nestelten an Knopf und Reißverschluss meiner Hose herum und zogen sie mitsamt den Boxershorts nach unten. »Ich gedenke dich zu vernaschen.«

Ich schürzte die Lippen. »Das könnte dazu führen, dass ich mich besser fühle. Ein bisschen.«

»Oh?« Sie umschloss meinen Schwanz mit der Hand, und ich stieß zischend den Atem zwischen den Zähnen hindurch. Ihre Haare fielen wie Bänder um mein Gesicht, kitzelten und faszinierten mich, als ich ihren Blick auffing. »Und was würde dazu führen, dass du dich wirklich besser fühlst?«

Sie streichelte mich, behutsam zuerst, dann drückte sie fester zu, als ich nicht antwortete, was mir ein Stöhnen entlockte. »Dass du mich heiratest.«

Sie hörte auf, mich zu bearbeiten. Tatsächlich glaubte ich, dass sie aufhörte zu atmen. »Was?«

»Du hast mich gehört«, stieß ich hervor.

»Du meinst es ernst.«

Ich wich ihrem Blick nicht aus. »Ja.«

»Callum.«

»Nein.« Ich schob ihre Hand weg und drehte sie so, dass sie unter mir lag, nur funkelnde grüne Augen und perfekt geformte Brauen. »Du wirst mich heiraten.«

Sie lachte auf. »Oh, werde ich das?«

»Ja«, bestätigte ich.

Ihre Wimpern flatterten verwirrt. »Das möchte ich auch. Ich hoffe, dass wir es eines Tages tun. Aber da gibt es diesen Teil von mir, der ihnen noch nicht geben will, was sie wollen.«

»Eines Tages?«, fragte ich ungläubig.

Ihre Augen weiteten sich, forschten in meinen. »Ich verstehe nicht …«

»Wir sind beide achtzehn. Der Sommer hat begonnen, und bald sind wir hier weg.« Renee lag eine unerträglich lange Zeit, die mein Herz mit jeder Sekunde schneller schlagen ließ, regungslos da. »Sag Ja.«

»Und dann?« Sie lachte. »Brennen wir nach Vegas durch?«

Ich senkte lächelnd die Nase zu ihrer. »Zu klischeehaft.«

Sie stieß zittrig den Atem aus. »Was dann?«

»Wir besorgen uns eine Heiratserlaubnis, fahren so weit aus der Stadt heraus wie möglich und suchen uns eine kleine Kirche. Du kannst dein Kleid selber nähen. Es wird unser Ding. Nur unseres. Niemand sonst, der die Fäden zieht.« Als ich zurückwich, schwammen ihre Augen in Tränen. »Gefällt dir die Idee nicht?«

Sie schüttelte den Kopf, und ich versuchte zu verhindern, dass mein Herzschlag aussetzte. »Nein, nein. Ich liebe diese Idee. Wirklich.«

Erleichtert presste ich die Lippen auf ihre, und unsere Zungen duellierten sich, als sich ihre Hände in meine Haare gruben. Renee machte sich von mir los. »Wir dürfen es ihnen nie erzählen«, flüsterte sie. »Sie würden uns enterben.«

Ich grinste. »Dann behalten wir es für uns.«

Elftes Kapitel

Renee

Zwei Monate später unternahmen wir einen dreistündigen Ausflug in die kleine Stadt Willowmina, wo wir eine winzige alte Kirche und einen Reverend fanden, der mit strenger, wie festgefrorener missbilligender Miene die Trauung vollzog.

Wir störten uns nicht daran. Wir hatten es getan.

Eine Zeremonie nur für uns.

An diesem Morgen schenkte Callum mir eine von *Sailor Moon* inspirierte Brosche, aber in Blau statt in Pink. »Etwas Neues, etwas Blaues. Und das hier ...« Er küsste mich lange und hart. »Etwas Geborgtes, denn ich will ihn wiederhaben. Für den Rest unseres Lebens.«

Ganz alleine war es uns gelungen, eine von Aufregung, Verheißung, einer Menge Furcht und viel Liebe getränkte Erinnerung zu schaffen. Eine, die uns für immer bleiben würde.

»Ich gehöre zu dir, und nur zu dir«, war das einzige Gelübde, das wir ablegten. Aber es sagte alles, was wir brauchten.

Mein Kleid nähte ich in der Abgeschiedenheit meines begehbaren Kleiderschranks, wann immer meine Eltern nicht da waren, und bewahrte es in einem alten Karton auf, bevor es Zeit wurde, es im hinteren Teil von Callums Auto zu verstauen.

Jetzt bewunderte ich im schwindenden Nachmittagslicht auf den Kirchenstufen seine Schönheit. Die geschwungenen Schnörkel aus kunstvoller weißer Spitze, die den elfenbeinfarbenen Seidenrock verzierten. Die weiße Spitze, die nur den Rock bedeckte. Das elfenbeinfarbene Mieder war trägerlos, winzige Perlen ergossen sich in schimmernden Wasserfällen über meine Brust und meinen Bauch.

»Du leuchtest von innen«, bemerkte Callum, als er mit seinen Händen in meinen auf der Stufe unter mir stand, sodass sich unsere Augen, Nasen und Münder auf gleicher Höhe befanden.

»Ich bin ... ich glaube nicht, dass ich je so glücklich war.« Meine Brust fühlte sich übervoll an, so, als würde sie bersten, wenn dieser Tag noch schöner wurde.

»Du liebe Güte!«, rief jemand.

Wir drehten die Köpfe und sahen eine kleine, kurvige Frau mit braunen Haaren unten an der Treppe stehen.

Sie ließ ihre Einkaufstaschen auf den Bürgersteig fallen. »Nicht bewegen!«

Callum erstarrte, als sie in ihre Handtasche griff, und schob sich vor mich. »Ach, Mist. Ich kann es nicht finden. Hier«, sagte sie, als sie sich aufrichtete und zu uns herüberkam. »Geben Sie mir eines Ihrer Telefone, dann mache ich ein Foto von Ihnen.« Sie blickte sich mit einem verstohlenen Lächeln um. »Da Sie ganz offensichtlich alleine hier sind. Sie können nicht auf Bilder verzichten, wenn Sie beide so umwerfend aussehen.«

Ich lächelte sie dankend an, als Callum ihr sein Telefon reichte.

»Nehmen Sie wieder ihre Hände. Ja, genau so.«

Wir posierten, während die Frau ein Foto nach dem anderen machte, und ich war ihr dankbar, als wir wieder bei seinem Auto waren und ich die Bilder durchzusehen begann.

»Wir kennen noch nicht einmal ihren Namen«, meinte ich, dabei zoomte ich ein Foto von Callum und mir heran, auf dem wir uns anlächelten, als er den Motor anließ.

»Ich glaube, das stört sie nicht weiter.« Callum legte den Gang ein und fuhr rückwärts von dem kleinen Schotterparkplatz der Kirche herunter.

Er nahm meine Hand in seine und hielt sie fest, während er durch die Stadt Richtung Highway fuhr.

»Wir müssen uns irgendwo umziehen.«

»Vor morgen sind sie nicht zu Hause«, sagte Callum.

»Ich halte es trotzdem für keine gute Idee, das Risiko einzugehen, dass uns einer der Köche, eine Putzfrau, ein Nachbar oder *irgendwer* so sieht.« Ich zog Klammern aus meinen Haaren, die ich halb aufgesteckt und mit einer elfenbeinfarbenen Schleife am Hinterkopf getragen hatte. Die nahm ich gleichfalls ab und legte alles vorsichtig in Callums Handschuhfach.

»Du hast recht«, gab Callum widerwillig zu.

Ich drückte lächelnd seine Hand. »Du gewöhnst dich besser daran, das oft zu sagen.«

Er verließ den Highway und fuhr ein paar Meilen eine von Bäumen gesäumte Straße entlang, bis wir ein malerisches altes Bed & Breakfast entdeckten.

»Sollen wir stilvolle Flitterwochen verbringen?«, fragte er, dabei hielt er mir die Hand hin, nachdem er meine Tür geöffnet hatte.

Ich legte eine Hand in seine und raffte mit der anderen den Rock meines Kleides. »Wir sollen.«

Wir lachten beide, als er nach der Tasche mit unseren Sachen zum Wechseln griff und über den Parkplatz ging.

Das Bed & Breakfast schien aus einer Kombination aus altem Holz und grauem und schwarzem Stein zu bestehen. Stockwerke und Fenster ragten über uns auf, als wir uns der Vorderfront näherten. Eine kleine Glocke kündigte unsere Ankunft an, und ein großer Mann mit einer Brille mit Drahtgestell kam heraus, notierte unsere Namen und nahm unser Geld entgegen, bevor er uns einen Schlüssel aushändigte.

»Spukt es hier?« Ich konnte mir die Frage nicht verkneifen, als ich mich in der kleinen Eingangshalle umsah. Obwohl sich der Sommer gerade erst dem Ende zuneigte, brannte ein kleines Feuer im Kamin, und ein paar alte Porträts schmückten die grauen Wände.

Eine Katze schoss vorbei und sprang auf die Rezeptionstheke, als der Mann erwiderte: »Nicht mehr als in jedem anderen Gebäude, das seit Generationen in Familienbesitz ist.«

»Wie lange steht dieses Haus schon?«, wollte Callum wissen, als der Mann uns eine wackelige Treppe hochführte, die nach oben hin breiter wurde.

»Seit neunzehnhundertzehn.« Der Mann öffnete eine knarrende Tür, schlurfte in den Raum und stieß hastig die Fensterläden auf.

Er klopfte die Kissen auf. Staubkörnchen tanzten in der Luft, als er sich umblickte und zustimmend nickte. Ob dieses Nicken ihm selbst oder dem Zimmer galt, konnte ich nicht sagen. »Gut, ich bin unten, wenn Sie etwas brauchen.« Er deutete auf einen Klingelzug an der Wand neben dem Bett. »Den können Sie betätigen, wenn Sie Zimmerservice wünschen, aber ich muss Sie warnen, das nicht vor sechs Uhr morgens zu tun. Meine Frau lässt sich nicht gern hetzen.«

Er ging und schloss behutsam die Tür hinter sich.

Callum verlor keine Zeit. Er ließ unsere Taschen und sein Jackett auf das Bett fallen, bevor er mich in die Luft schwang und ins Bad trug, wo eine große Badewanne mit Klauenfüßen auf einem dunkel gefliesten Sockel stand.

Er setzte mich auf dem Rand ab, dann machte er sich daran, die Badezusätze neben dem Waschbecken zu untersuchen, bevor er Wasser einließ. »Ich gehe da nur rein, wenn du mitkommst.«

»Darauf kannst du deinen süßen Arsch verwetten. Steh auf.« Er knöpfte sein weißes Frackhemd auf.

»Kommandierst du mich schon herum? Es ist kaum zwei Stunden her.« Ich stand dennoch auf und grinste ihn spöttisch an, als er mich anfunkelte.

»Fordere mich ruhig heraus. Du weißt, wie scharf mich das macht.«

»Sei still, und zieh mich aus«, befahl ich und drehte mich um, als er näher kam.

Er schnürte geschickt mein Mieder auf und zog es weit genug auseinander, um mit einer raschen Bewegung mein Kleid anzuheben und es mir über den Kopf zu ziehen. »Kein Strumpfband?«

»Du kannst mir stattdessen meinen Slip herunterreißen.«

Mit einem leisen Kichern, bei dem sich meine Schenkel anspannten, drehte er mich um und tat genau das. Er bückte sich, zog das Höschen weit genug nach unten, um einen Finger in mich hineinzuschieben, und ließ ihn dort, während er mir mit der anderen Hand den weißen Spitzenfetzen ganz abstreifte.

»Callum«, keuchte ich, als er den Finger drehte und meine zitternden Beine weiter spreizte.

»Was?« Er blickte zu mir hoch. Schelm glitzerte in seinen Augen.

»Ich will meinen Mann in mir spüren.«

Er zog seinen Finger zurück, befreite mich von meinem trägerlosen BH und verschlang mich mit den Augen, während er Hemd, Gürtel und seine anthrazitgraue Hose auszog.

Er stieg zuerst in die Wanne, dann streckte er die Hände aus und half mir hinein, sodass ich breitbeinig auf ihm zu sitzen kam. Die Wanne war zwar groß, bot aber trotzdem nicht genug Platz, also presste ich ihn zwischen meine Beine und ließ mich auf ihn sinken.

»Immer so ungeduldig.« Callum stieß die Worte zwischen den Zähnen hindurch.

Ich nahm sein Gesicht in die Hände und bewegte die Hüften, bis er mich ganz ausfüllte. »Das wusstest du, bevor du mich geheiratet hast.«

Seine Hand grub sich in meine Hüfte, hob mich an und drückte mich dann nach unten, wobei Wasser über den Rand der Wanne schwappte. Mit der anderen Hand umschloss er meine Wange und zog meinen Kopf zu sich, um mich zu küssen. »Ich würde dich gar nicht anders haben wollen.«

Unsere Münder trafen aufeinander, und mein Herz schwoll angesichts der Tatsache, diesen Mann als Ehemann zu haben, an und geriet in Aufruhr – mein größter Wunsch und größter Feind, in einer Person vereint.

»Ich liebe dich«, krächzte er, dabei knabberte er leicht an meiner Unterlippe.

Das Wasser plätscherte, und der Hahn hinter mir lief immer noch. »Ich liebe dich auch.«

Er drängte uns beide nach vorne. »Dreh ihn ab, damit ich die hier sehen kann.« Er umfasste meine Brüste und ließ die Finger um meine Brustwarzen kreisen.

Ich griff hinter mich und stellte das Wasser ab. Die Bewegung entlockte uns beiden ein Stöhnen.

Seine Arme schlangen sich um mich und zogen mich fest an seine feuchte Brust. »So kannst du sie aber nicht sehen«, zog ich ihn auf.

»Nein.« Sein Lächeln war so anziehend, dass mein Herz zu flattern begann. »Aber ich kann das hier sehen.« Er krallte die Hand hinten in meine Haare, neigte mein Gesicht nach unten und lehnte die Stirn gegen meine. »Ich könnte dich den ganzen Tag anschauen, Tag für Tag, für den Rest meines Lebens, und trotzdem würde mein Herz jedes Mal anfangen zu rasen.«

Der Sauerstoff wurde knapp. »Lügner. Du magst es nur, wenn sich meine Brüste gegen dich pressen.«

Ein Kichern. »Das auch.«

Sein Mund verschmolz mit meinem, und meine Hüften begannen zu kreisen. Seine andere Hand ruhte immer noch darauf; half uns beiden, uns in unseren Gefühlen und ineinander zu verlieren.

Unsere Atemzüge kamen abgehackt, hallten in unseren Mündern wider. Mein Wimmern ließ seine Augen wie schwarze Kohle glühen, als er zusah, wie ich immer höher rutschte. »Ja, Maus. Komm auf dem Schwanz deines Mannes.«

Er erstickte meinen Schrei, als mein Körper über seinem erschauerte, seine Hüften nach oben stießen und mich zur Ekstase trieben, bis er schließlich innehielt. Meine Lippe war zwischen seinen Zähnen gefangen, als er mit einem Knurren kam.

»Ich bereue nichts«, keuchte er. »Gar nichts.«

Ich lachte und quiekte, als er uns herumrollte und mehr Wasser überschwappte und über den Boden rann.

• • •

Meine Finger spielten mit den feinen Härchen auf Callums Brust, und mein Kopf ruhte in seiner Armbeuge, während auf dem kleinen Flachbildfernseher auf der Kommode eine alte Folge von *Top Gear* lief. Es war kurz nach zwölf, und in mir keimte der Verdacht auf, dass Callum gleich einschlafen würde.

Ich war erschöpft, total ausgelaugt, konnte aber trotzdem nicht schlafen. Mein Lächeln wollte einfach nicht verblassen. Diese Art von Glück wollte ich so schnell nicht loslassen.

Aber es schien, dass das auch nicht nötig sein würde.

Mein Lächeln wurde breiter, und ich seufzte. *Ehemann.*

Ein Krachen ließ die Wand erzittern, und meine Augen flogen auf. Noch immer am Rand des Schlafes treibend, brauchte ich eine Sekunde, bis ich mich aufrichten konnte.

Das Geräusch erklang erneut, und diesmal stöhnte Callum und fluchte leise, als er die Augen aufschlug. »Was zur Hölle ist das?«

»Keine Ahnung.« Ich blickte mich in den dunklen Schatten des Zimmers um, das nur vom Fernseher erleuchtet wurde.

Callum zog mich wieder auf seine Brust hinunter und rollte mich so zurecht, dass mein Kopf unter seinem Kinn lag und meine Nase in seiner Halsbeuge vergraben war. »Schlaf. Wahrscheinlich nur die Leute von nebenan.«

Ich versuchte es, aber wegen des Scharrens in der Wand gelang es mir nicht. Vielleicht stammte es von einer Ratte, aber dann folgte ein unheimliches Klopfen, und mir reichte es. »Nein, verdammt.« Ich wälzte mich auf die Seite und knipste die Lampe an.

»Was?«, krächzte Callum, dabei blinzelte er in das plötzliche Licht.

»Schsch, hörst du das denn nicht?« Ich deutete auf die Wand.

Als nichts passierte, warf Callum mir einen Blick zu, der besagte, dass er mich für verrückt hielt, dann griff er nach der Fernbedienung, um den Fernseher auszuschalten.

»Komm wieder her. Dieses Haus ist uralt. Vermutlich wimmelt es von Ungeziefer.«

»Geisterungeziefer?« Ich kroch unter die Decken.

Er kicherte und zog mich wieder an sich. »Ich werde dich beschützen.«

»Wie dem auch sei, ich lasse jedenfalls das Licht an.«

Eine halbe Stunde verstrich. Ich starrte mit weit offenen Augen einen Flecken abblätternder Farbe an der Decke an.

Dann kam von draußen das Geräusch einer Tür, die wiederholt zugeschlagen wurde.

»Heilige Scheiße!«

Callum wachte wieder auf und stieß die Decke zurück, als sich unsere Tür knarrend öffnete. »Zieh dich an, wir machen, dass wir hier wegkommen.«

Mit zitternden Händen schlüpfte ich hastig in meine Jeans und eine rote Bluse. Da ich mich weigerte, mich vom Bett wegzubewegen, schob ich die Füße in meine elfenbeinfarbenen zehenfreien Hochzeitspumps, während Callum ins Bad rannte und mit meinem Kleid und seinen Sachen zurückkam.

Er fischte seine Schlüssel aus der Hosentasche und überprüfte, ob er Telefon und Portemonnaie dabeihatte, während ich den Reißverschluss der Tasche zuzog und mich in dem schwach beleuchteten Zimmer umblickte.

Als es erneut in der Wand raschelte, wurden Callums Augen schmal. »Weg hier.«

Er nahm meine Hand, spähte in den Gang hinaus, bevor er mich aus dem Zimmer und zur Treppe zog. Das Licht in der Halle hatte gebrannt, als wir vor einiger Zeit nach unten gegangen waren, um etwas zu essen zu bestellen, aber jetzt war alles dunkel. Die Katze war nirgendwo zu sehen, als Callum den Zimmerschlüssel auf die Theke warf und die großen alten Türen aufstieß.

Ich war in meinem ganzen Leben noch nie so dankbar gewesen, im Freien zu sein. Heftig nach Atem ringend, stürzte ich zur Beifahrerseite, als er den Wagen aufschloss, und warf meine Tasche auf die Rückbank, wo er unsere Hochzeitskleidung verstaute.

Als er am Steuer saß, fuhr Callum zur Mitte des Parkplatzes und hielt an, um das dunkle Gebäude zu betrachten. Dann stieß er vernehmlich die Luft aus. »Tja, das war wirklich romantisch.«

Wir schwiegen, während er fuhr, und kämpften stumm unsere Panik nieder, bis wir den Stadtrand erreichten und auf den Highway abbogen. Erst jetzt, wo Meile um Meile zwischen uns und dem Bed & Breakfast lag, ebbte die Furcht, die mir durch Mark und Bein drang, etwas ab.

»Ich verlange einen zweiten Versuch«, sagte ich, als mir meine Stimme wieder gehorchte.

Wir lachten beide, und ein befreiender Schauer überlief uns, als wir uns an den Händen fassten.

Zwölftes Kapitel

Callum

»Glaubst du, sie werden uns vermissen?«

Ich schielte zu Renee hinüber und setzte dann den Blinker, um in die Main Street von Gray Springs einzubiegen.

Coffeeshops, Restaurants, ein Waschsalon und eine Eisdiele gehörten zu den Läden, die mir auffielen, bevor ich um die Kurve zu der Apartmenthauskette auf der Verbindungsstraße fuhr.

»Da bin ich mir nicht sicher«, murmelte ich, während ich nach einer Parklücke suchte. Wahrscheinlich waren wir etwas zu spät von zu Hause ausgezogen, aber unsere Familien hatten uns mit zahllosen Abschiedsdinners und Partys auf Trab gehalten. Ungeachtet der Tatsache, dass unser College nur vierzig Minuten entfernt lag, benahmen sie sich, als würden wir in den Krieg ziehen.

Und trotz unserer heimlichen Lächeln und der Panik, die uns in den Tagen nach unserer Hochzeit überkommen hatte, hatten sie es nie herausgefunden.

»Du hast recht. Unsere Moms werden vermutlich aus Langeweile lediglich ihre Kreditkarten noch mehr glühen lassen.« Sie deutete auf unseren Gebäudekomplex. »Park in der Garage.«

»Nein, da ist es zu eng, um alles auszuladen.«

»Besser als zigmal um den Block zu fahren«, flötete sie sarkastisch, als ich aus der Straße abbog, um noch eine Runde zu drehen.

Ich warf ihr einen verärgerten Blick zu, den sie mit einem schadenfrohen Lächeln zurückgab.

»Sag es«, verlangte sie, als wir ein paar Minuten später die Rampe der Tiefgarage des Apartmentgebäudes hinunterfuhren.

»Keine Chance.«

Sie ließ eine Kaugummiblase platzen und kicherte leise, als ich auf einem Besucherplatz parkte und ausstieg. Renee sprang heraus, bevor ich um den Rover herumgehen konnte. »Wann fahren wir zurück, um dein Auto zu holen?«

»Ray bringt es morgen her.« Ich öffnete den Kofferraum und griff nach ein paar der Kartons, die wie Tetrisblöcke hineingequetscht waren.

»Wie kommt er dann wieder nach Hause?«, überlegte sie, zog einen Karton zu sich heran und ließ ihre Handtasche darauffallen, bevor sie ihn hochhob.

»Vorsicht, da ist ein Haufen Klamotten drin.«

Ihr Blick riet mir, den Mund zu halten.

Ich stieß vernehmlich den Atem aus. »Und ich habe keine Ahnung. Vielleicht mit dem Bus.«

»Ich werde ihn fahren.«

Ich lachte, als ich den Kofferraum schloss, die zwei Kartons packte und zum Aufzug ging. »Es wird ihn nicht umbringen, öffentliche Verkehrsmittel zu benutzen.« Wenn überhaupt, würde es ihm etwas zu tun geben. Seit ich ein eigenes Auto hatte, wurde Raymond, der Fahrer meiner Familie, nicht mehr so oft gebraucht. Und er arbeitete nur noch für wenige weitere Familien.

»Ich habe viele Berichte gelesen, die etwas anderes behaupten.«

»Ich wusste doch, dass diese Zeitschriften nicht nur Modetipps und dreckige Sexgeschichten enthalten.«

Renee zog ihre Schlüssel hervor und schloss den Rover ab, bevor sie mittels einer Karte die Aufzugtüren öffnete. »Keine Vorurteile, mein Schatz.«

Wir traten in die verspiegelte Kabine und blickten uns um. »Findest du es nicht komisch, dass wir das Apartment noch nicht einmal vorher besichtigt haben?«

Renee zuckte mit den Achseln und betrachtete im Spiegel ihre Zähne. »Nö.« Sie rieb die Lippen gegeneinander. »Du kennst doch unsere Mütter. Wenn es in der Nähe des Campus noch etwas Besseres gegeben hätte, hätten sie es gefunden.«

Wir fuhren bis ganz nach oben, wo sich die Türen zu der Penthouse-Suite öffneten.

Renee stellte ihren Karton ab, schloss die Türen auf und hielt mir mit einer dramatischen Verbeugung eine davon auf, damit ich vorangehen konnte.

»Du hast Glück, dass ich dich liebe.«

Sie prustete vor Lachen und gab mir einen Klaps auf den Hintern.

Wir stellten die Kartons ab und erkundeten dann den offenen Wohnbereich, die Küche und das Esszimmer. Die Wohnung war vollständig möbliert, mit einer Mischung aus schwarzem Holz und weißem Leder. Die Couches waren schwarz, und neben dem raumhohen Fenster, von dem aus man den Campus und die halbe Stadt überblicken konnte, stand ein weißes Liegesofa. Der Esstisch war so dunkel nachbearbeitet, dass er fast schwarz wirkte, die Stühle mit weißem Leder bezogen, und in der Mitte des Tisches stand eine Vase mit frischen Hortensien.

»Igitt, die habe ich mein ganzes Leben lang sehen müssen. Entsorg sie.«

»Ganz meine Meinung«, stimmte ich zu und griff nach ihrer Hand. »Nachdem wir uns die Schlafzimmer angesehen haben.«

Es gab drei davon, wenn man das Arbeitszimmer mitzählte, das groß genug für ein Schlafzimmer war. In dem einen Raum stand ein riesiges weißes Bett nebst passendem Schrank. Das Hauptschlafzimmer hatte ebenfalls ein raumhohes Fenster und ein schwarzes Lederbett mit einem ebensolchen kleinen Sofa am Ende. Am Kopf der dunkel gemusterten Tagesdecke waren Kissen kunstvoll platziert worden. Auch die

Nachtschränke bestanden aus demselben Leder und hatten Messinggriffe.

»Guter Gott, da haben sie wohl lieber geklotzt als gekleckert, was?«

»Allerdings.« Ich blinzelte heftig, als ich alles in mich aufnahm.

Renee entzog mir ihre Hand und ging durch den Raum. »Das Bad ist fast so groß wie das Arbeitszimmer, mit einem Whirlpool und einer Bank in der Dusche.«

Letzteres bewirkte, dass ich ihr folgte, um mich selbst zu überzeugen. Und tatsächlich, in der Dusche, die geräumig genug war, um eine Orgie darin zu feiern, zog sich eine Marmorbank an der dunkel gekachelten Wand entlang. »Die wird sich als sehr nützlich erweisen.«

Renee lachte laut auf und wirbelte herum, um mir die Hände auf die Brust zu legen.

Ich blickte auf sie hinunter, und dieses Mädchen, diese von Feuer erfüllte junge Frau, schmolz in meinen Armen dahin.

Meine Hände schlossen sich um ihren Po, ich hob sie auf den Toilettentisch und strich mit den Fingern über das Tattoo auf ihrem Oberschenkel. Wir hatten keine Ringe gekauft, weil das zu offensichtlich gewesen wäre, sogar wenn wir sie an einer Kette getragen hätten. Also hatten wir uns kleine Tätowierungen stechen lassen – die Anfangsbuchstaben unserer Namen auf die Seite unserer Oberschenkel.

»Ich kann nicht glauben, dass wir hier sind.« Sie presste die Lippen auf mein Kinn, dann sah sie aus dem Fenster. »Meinst du, wir werden es bereuen, dass wir so nah an zu Hause geblieben sind?«

Wir hatten uns an vielen verschiedenen Colleges beworben, waren aber nur in Gray Springs beide aufgenommen worden, und man hatte mir einen Platz im Footballteam angeboten.

»Keine Sorge, ich habe vor, gleich morgen früh die Schlösser auswechseln zu lassen.«

Wieder lachte sie, dann lagen ihre Lippen auf meinen, und ich ertrank in ihr.

• • •

»Hast du damit gerechnet, dass es dermaßen brutal wird?«, keuchte Toby zwischen Atemzügen, stützte die Hände auf die Knie und beugte sich vor. »Ich todsicher nicht.«

Wir waren kaum zwei Wochen hier, und der Coach hatte uns schon gedrillt, als wäre es ein Monat. »Ich habe erwartet …« Ich brach ab und rang nach Atem, als ich förmlich auf das Gras fiel. »Ich habe erwartet, dass es hart wird, ja. Aber etwas zu erwarten bedeutet einen Scheißdreck, wenn die Lungen kurz vor dem Kollaps stehen.«

»Da hast du verdammt noch mal recht«, stöhnte Paul, der ein Stück entfernt seine Kniesehnen dehnte.

»Höre ich da Gejammer?«, bellte der Trainer und hob sein Klemmbrett, um seine Augen vor den frühen Morgensonnenstrahlen zu schützen. »Was machen wir hier mit Jammerlappen?«

»Wir schmeißen sie raus«, ertönte ein Chor erschöpfter Stimmen.

»Verdammt richtig. Genau das tun wir. Ab unter die Dusche.«

Danach traf ich ein paar von den Jungs draußen, als ich mein Telefon zückte, um eine Textnachricht von Renee zu lesen.

»Ich weiß ja nicht, wie es euch geht, aber ich brauche jetzt Bacon.« Burrows warf sich seine Sporttasche über die Schulter.

Quinn gähnte, als er um die Ecke kam und uns dort stehen sah. »Hat da jemand Bacon erwähnt?«

»Yeah, lasst uns gehen«, sagte Paul und schlenderte mit offenbar mehr Energie von der Sporthalle weg, als uns allen anderen zusammen meiner Meinung nach geblieben war.

Ich zögerte, weil ich wusste, dass Renee Pfannkuchen machte. Es war Dienstag. Sie hatte beschlossen, dass der Dienstag ein beschissener Wochentag war und dass der einzige Weg, ihn erträglicher zu machen, darin bestand, ihn mit Pfannkuchen zu beginnen.

Burrows schlug mir auf die Schulter, und ich steckte das Telefon weg, ohne die Nachricht zu lesen.

Auf dem College und zugleich verheiratet zu sein war schwierig, aber nicht aus den Gründen, die manch einer annehmen würde.

Ja, hier gab es schöne Frauen. Ich war nicht blind, ich war nur nicht interessiert.

Woran ich interessiert war, war, einen Weg zu finden, meinen Scheiß für mich zu behalten.

Zu Hause war es einfacher gewesen, da hatten wir nur einen Monat bleiben müssen, bevor wir hierhergekommen waren. Aber jetzt? Nun ja, wenn ich in der Cafeteria an einem Tisch saß und zusah, wie meine Teamkameraden ihr Frühstück hinunterschlangen, als hätten sie noch nie Essen gesehen, während wir dumme Sprüche klopften, kam ich mir unglaublich jung und alt zugleich vor.

»Ihr Jungs solltet heute Abend nach der Teambesprechung rüberkommen. Mein Mitbewohner Carl hat eine neue Xbox.«

Gemurmelte Zustimmungsbekundungen folgten auf Eds Vorschlag, als alle zu Ende aßen. Ed fasste mich ins Auge, und ich zog den Kopf ein und schaufelte mir mehr Ei in den Mund.

»Was ist mit dir, Welsh?«

Ich hob den Kopf und runzelte die Stirn, als würde ich darüber nachdenken. »Ich unternehme vielleicht etwas mit Renee.«

»Deine Freundin?«, fragte Toby, trommelte mit den Fingern auf dem Tisch herum und grinste ein paar vorbeigehende Mädchen an.

Wenn ich ihm erzählte, dass ich nach Hause zu meiner Frau ging, würden Orangensaft und Wasser über den Tisch spritzen. »Ja.«

Ed gab einen Laut von sich, der wie ein Peitschenknall klang.

Ich versuchte, mit einem Lachen darüber hinwegzugehen. Es kümmerte mich nicht, wenn sich jemand über mich lustig machte, und ich würde mir bestimmt nicht alles gefallen lassen, aber das hier war noch so neu, und wenn mein Vater mir eines beigebracht hatte, dann, dass die ersten Eindrücke zählten. Und dass man nie jemandem Grund geben sollte, an seinem Wert für ihn zu zweifeln.

»Hör auf«, sagte Quinn. »Ich muss auch mit Lex abhängen.«

»Muss?«, erkundigte sich Toby breit lächelnd.

Quinn warf ein Stück Toast nach ihm, das er auffing und hineinbiss.

Burrows lachte. »Armer Teufel, muss mit seiner rattenscharfen Freundin abhängen. Was für eine Strafe.«

Ed deutete mit seiner Tasse auf mich. »Habt ihr Welshs Mädchen gesehen?« Er pfiff leise. »Die ist doch mal wartungsintensiv.«

Ich funkelte ihn finster an, dabei krümmte ich vor Frust die Zehen in meinen Turnschuhen.

Paul warf eine schmutzige Serviette nach Ed. »Sag nicht solchen Scheiß über die Freundin eines anderen.«

Ed schnippte die Serviette achselzuckend weg, sagte aber: »Mein Fehler.«

»Weißt du was?« Ich trank noch einen Schluck Wasser. »Ich bin dabei.«

Zehn Minuten später gingen wir zum Unterricht und verabredeten uns für später am Nachmittag.

Nach Physik erinnerte ich mich endlich, mein Telefon zu checken, wo ich drei Nachrichten von Renee vorfand.

Minnie Maus: Wo steckst du?

Minnie Maus: Deine Pfannkuchen werden kalt.

Minnie Maus: Okay, schön. Könntest du mir wenigstens eine Nachricht schicken, damit ich weiß, dass du okay bist?

Die Letzte war vor zwei Stunden gekommen, und ich trat fluchend von dem kiesbestreuten Weg herunter, um rasch eine Antwort zu tippen

Ich: Sorry. Bin mit den Jungs nach dem Training noch was essen gegangen. Wir sehen uns heute Abend.

Dann schob ich mein Telefon in die Tasche und ging nach Hause, um mich umzuziehen, bevor ich mich auf den Weg zu der Teambesprechung machte.

Dreizehntes Kapitel

Callum

Ich trat aus dem Fahrstuhl, schloss die Apartmenttür auf und zuckte zusammen, als sie mit einem Knall hinter mir zuschlug. Ich ließ Schlüssel und Telefon auf die Theke fallen und ging zum Kühlschrank, um nach Wasser zu suchen. Aus ein paar Bier und Pizza waren wenigstens acht Bier und ein paar Stücke Pizza geworden.

Als ich nach dem Glaskrug griff und gierig trank, hörte ich leise Schritte hinter mir. Ich stellte den Krug auf das Regal und krümmte mich innerlich, als mir einfiel, dass ich Renee keine Nachricht geschickt hatte, um sie wissen zu lassen, dass ich heute Abend nicht zu Hause sein würde.

Ich straffte die Schultern und atmete tief ein, bevor ich mich umdrehte und den Kühlschrank schloss. »Hey, meine Schöne.«

Sie trug ein pfirsichfarbenes Spitzenoberteil nebst passendem Höschen. Mein Blick wanderte langsam an ihrem Körper hoch, von den Spitzen ihrer rot lackierten Zehen über die perfekten Rundungen ihrer straffen Brüste, um an ihren verdrossen verzogenen hübschen Lippen hängen zu bleiben.

Ich rang mir ein Lächeln ab, trat näher und hakte den Arm um ihre Taille. »Hab dich vermisst«, flüsterte ich; atmete den Duft ihrer Haare ein, als meine Lippen ihre Wange streiften und auf ihrer nackten Schulter haltmachten. Ich rieb sie über ihre weiche Haut und spürte, wie sie sich ein wenig entspannte.

»Du müsstest mich nicht vermissen, wenn du nach Hause kommen würdest.« Süße Schärfe schwang in den gemurmelten Worten mit.

»Tut mir leid. Ich hätte dir eine Nachricht schicken sollen, aber ich wollte eigentlich nicht lange bleiben und habe dann die Zeit vergessen.«

»Allerdings. Du stinkst nach Bier.« Sie versuchte mich wegzuschieben, aber sie würde mich nie von der Stelle bringen, wenn ich nicht wollte.

Ich bückte mich, hob sie hoch, setzte sie auf die Theke und schlang ihre Beine um meine Taille.

»Callum«, stöhnte sie. Meine Erektion traf ihre Weichheit, als ich sie an mich zog. »Du kannst nicht einfach ...«

Mein Mund schnitt ihr das Wort ab, und sie erstarrte nur eine Sekunde lang, bevor ihre Finger sich in meine Haare gruben und ihre Lippen sich für meine Zunge öffneten.

Ich schob die Finger zwischen uns und ihr Höschen zur Seite, um den besten Teil von ihr zu streicheln. Sie erschauerte, ihre Beine spannten sich an. Meine Zähne kratzten über ihre Zunge, als ich mit den Fingerspitzen ihre Wärme erkundete.

Und als meine Jeans auf dem Boden landeten und sie nach mir griff, um mich in sie hineinzuziehen, wusste ich, dass sie mir bald vergeben würde.

• • •

»Callum, runter. Wir kommen zu spät. Schon wieder.« Renee schob mich weg, und ich gehorchte, indem ich mich auf den Rücken rollte. »Hast du kein Training?«

»Da war ich schon.« Und jetzt wollte ich schlafen.

Als sie an meiner Schulter rüttelte, schlug ich die Augen auf. »Hey, du hast zehn Minuten, um es zur anderen Seite des Campus zu schaffen.« Renee zog die Brauen zusammen. »Was ist? Bist du krank?«

Wir waren seit über einem Monat in Gray Springs, und der Stundenplan war okay, wenn auch zugegebenermaßen etwas langweilig, aber es war das Training, das mich fertigmachte.

»Ich wurde noch nie so hart rangenommen.« Renee hob die Brauen, woraufhin ich mit einem Grinsen antwortete. »Ach, Scheiße. Vielleicht doch.«

»Ist das Training so schlimm?« Sie stand auf, warf ihre Haare nach vorne und fasste sie hoch auf dem Kopf zu einem Pferdeschwanz zusammen.

»Yep.«

Die grünen Augen wurden weicher und wanderten dann zu meiner nackten Brust. »Ich wünschte, ich könnte sagen, du tust mir leid. Aber mir gefällt der Anblick viel zu gut.«

Sie quiekte, als ich ihr Handgelenk packte und sie wieder auf das Bett und über meine Brust zog. »Aha, mein Highschool-Astralkörper war wohl nicht gut genug für dich?«

Ihre Zähne bohrten sich in ihre Lippe, als sie sich auf die Unterarme stützte. »Jeder Teil von dir ist gut genug für mich. Vor allem ...« Sie wiegte sich über mir, spürte mich hart und voller Begierde unter sich, » ... dieser Teil.«

»Du heimtückisches Biest«, flüsterte ich.

Ihre Nase stieß gegen meine. »Du liebst mich.«

Sie stand auf – zu schnell für mich, um sie aufzuhalten – und überprüfte ihre Erscheinung im Spiegel. »Bis später.«

»Warte.« Ich setzte mich auf. Die Decken fielen über meine nackte Taille.

Ihr Pferdeschwanz schwang, als sie den Raum verließ. »Nein. Keine Küsse, sonst kommen wir nie hier weg.«

»Renee«, warnte ich mit einem Knurrlaut.

Sie war schon weg, die Türen unseres Apartments fielen zwanzig Sekunden später zu.

Seufzend reckte ich die Arme über den Kopf, dann schleppte ich mich zum Unterricht.

Mit dem Auto zu fahren erübrigte sich, mein erster Kurs fand näher bei unserem Apartmenthaus statt als alle anderen. Ich joggte, zuckte bei der Belastung meiner schmerzenden Muskeln zusammen, kam aber dennoch fünf Minuten zu spät, was mir einen missbilligenden Blick der Professorin eintrug, der andere vermutlich schrumpfen lassen würde. Ich bedachte die strenge Dame mit einem schiefen Lächeln und ließ mich auf den nächstbesten Sitz fallen.

»Jo, Welsh«, zischte Burrows, einer der Jungs aus dem Team, sowie sich die Professorin in die Zahlen auf ihrem Whiteboard vertiefte.

Ich drehte mich gerade so weit zu ihm, dass er wusste, dass ich zuhörte, und hielt meinen Stift gezückt.

»Dieses Wochenende findet eine Party statt. Große Sache. Danny schmeißt sie für alle Freshmen.«

Wir hatten schon eine Reihe Freshmenpartys hinter uns. Na ja, ich zumindest. Aber Collegepartys waren anders. Ich dachte an meinen schmerzenden Körper und das rigorose Training, das der Coach uns absolvieren ließ, und fragte: »Wo?«

»In einem alten Haus, das er in der Nähe des Campus gemietet hat. Gib mir deine Nummer, dann schreibe ich dir die Adresse.«

Ich richtete meine Aufmerksamkeit wieder auf den vorderen Teil des Raums, zog mein Handy aus der Tasche und reichte es ihm.

Vierzehntes Kapitel

Renee

»Nein, ich habe es noch nicht gesehen.« Ich nickte dem Barista zu, nahm meinen Latte entgegen und bahnte mir damit einen Weg durch die Menge im Bean Stream.

»Du musst es dir unbedingt ansehen. Es ist fantastisch. Sie sieht wirklich zehn Jahre jünger aus.«

Ich trat auf den Bürgersteig hinaus. Die Herbstsonne blendete mich, und meine Sonnenbrille lag zu Hause auf der Küchentheke. »Scheiße.«

»Renee«, schalt Mom. »Hörst du überhaupt zu?«

»Ja, ja. Naomi Watts sieht fantastisch aus.«

Sie schnalzte missbilligend mit der Zunge. »Sei nicht so langweilig. Du hast das elterliche Nest verlassen, und jetzt habe ich nichts zu tun außer Zeitschriften zu lesen, mir die Haare und die Nägel machen zu lassen und shoppen zu gehen.« Sie hielt inne. »Vielleicht sollten wir die Küche renovieren lassen.«

»Also tust du im Grunde genommen genau dasselbe, was du getan hast, als ich noch zu Hause war.« Ich checkte rasch die Zeit auf meinem Telefon und beschleunigte meine Schritte, als mir klar wurde, dass mir nur noch fünf Minuten blieben.

»Jetzt, wo du es sagst, schätze ich, dass ich das wirklich tue.« Ein Lachen drang an mein Ohr. »Wie schaffst du es nur, immer dafür zu sorgen, dass ich mich besser fühle?«

Es gelang mir kaum, ein Schnauben zu unterdrücken. »Jahrelange Übung. Hey, ich muss los. Ich bin auf dem Weg zum Unterricht.«

»Klar. Viel Spaß. Gib Callum ein Küsschen von mir.«

Ich verdrehte die Augen, legte auf, trank einen großen Schluck von meinem zu heißen Latte und zuckte zusammen, als meine Zunge und mein Gaumen protestierten.

Die hohen Wohnheime und Uni-Gebäude ragten alt und grau vor mir auf. Der von Gärten, die wahrscheinlich besser gepflegt wurden als die Haare und Nägel meiner Mutter, umgebene und unterbrochene Rasen leuchtete sattgrün.

Als ich den Brief mit der Aufnahmebestätigung geöffnet hatte, war ich ehrlich gesagt nur froh, dasselbe College besuchen zu können wie Callum. Erst in unseren letzten Wochen zu Hause waren mir Bedenken gekommen. Gray Springs war nicht für seinen Fachbereich Darstellende Künste bekannt. Es gab zwar einen, aber er war nur klein. Design war das Fach, das mir am Herzen lag, aber wenn ich keinen Schauspielunterricht nahm, würde meine Mom wahrscheinlich einen Wutanfall bekommen. Als ich ein Kind war, mich mit ihren Sachen verkleidet und ihr meine Träume anvertraut hatte, hatte sie gesagt, niemand würde die Angestellte sein wollen, wenn er der Star sein konnte, der die von der Angestellten entworfenen Sachen trug.

Diese Worte waren mir im Gedächtnis geblieben, weil ich schon irgendwie fand, dass sie recht hatte. Zu schade, dass ich keine große Schauspielerin war. Ich wusste, dass ich mit dem Herzen dabei sein musste, um Karriere zu machen, aber das war ich nicht. Und nicht nur das – egal wie reich und bekannt die Eltern waren, es brachte einem in der Branche keine Vorteile. Hatte man einmal einen Fuß in der Tür, lag es an einem selbst.

Und wenn ich auf mich selbst gestellt war, würde ich aus der ersten Broadwayshow fliegen, in der ich mit viel Glück eine Rolle ergattert hatte.

Vor der Englischfakultät kam ein Mädchen auf mich zu. »Renee, hey.«

»Hi.« Ich ging weiter die Treppe hoch.

»Du erinnerst dich nicht an mich?«, fragte sie. »Ich habe letzte Woche neben dir gesessen und dich vor ein paar Wochen bei einer Party gesehen.«

Ich sah sie an und bedachte sie mit einem schmallippigen kleinen Lächeln. »Sorry, nein.« Callum war bereits auf einer Menge Partys gewesen – *das gehört dazu, wenn man Teil des Teams ist*, hatte er gesagt -, aber ich war nur zu ein paar davon mitgegangen und für gewöhnlich nur ein paar Stunden geblieben. Ich kannte noch niemanden gut genug. Nur ihn und Mike, und Mike hatte genug damit zu tun, sich ebenfalls in dieser neuen Welt zurechtzufinden.

Das Gesicht des Mädchens wurde lang. »Oh.«

Ich setzte mich nach hinten und trank schnell meinen Kaffee, bevor der Professor kam.

Das Mädchen setzte sich neben mich. Sie roch nach billigem Parfüm und stieß mich versehentlich mit dem Ellbogen an, als sie ihre Sachen aus der Tasche nahm.

»Sorry.« Sie zuckte zusammen.

Ich wischte mir Kaffeetropfen vom Kinn, ließ mir meinen Ärger nicht anmerken und fragte: »Wie heißt du?«

»Kristy.« Ihre Haare waren feuerrot, und in ihren Augen lag ein nervöses Flackern.

»Kristy«, wiederholte ich, dabei suchte ich nach etwas, was ich sagen konnte. »Mir gefallen deine Haare.« Yep, das war lahm. Zu meiner Verteidigung konnte ich nur vorbringen, dass es eine Weile her war, seit ich Freunde gehabt hatte, vor allem in weiblicher Ausgabe.

»Danke.« Sie strahlte. »Wir Rotschöpfe müssen zusammenhalten.«

»Tatsächlich?« Ich konnte mir die Frage nicht verkneifen.

Sie nickte begeistert und ließ ihren Kugelschreiber klicken. »Gehst du zu dieser großen Party am Wochenende? Wir sollten uns unbedingt zusammen dafür fertig machen.«

»Hab nichts davon gehört.« Das war gelogen. Ich hatte. Aber ich hatte keine Lust mehr auf Partys. War es leid, nicht genug Zeit mit Callum verbringen zu können. Das College war kein Ponyhof. Ich musste am Montag eine Hausarbeit einreichen und brauchte Schlaf und hoffentlich etwas Sex.

»Sie soll für die Freshmen sein. Alle werden kommen.«

»Haben sie nicht schon genug Partys für die Freshmen gegeben?« Ich musste es wissen. Ich war vor Wochen auf einer gewesen und Callum erst letzte Woche auf einer anderen. Ohne mich.

»Ja, es ist so toll.«

»Mmhm.« Callum hatte am Samstag ein Spiel. Das erste offizielle der Saison. »Mein Freund hat ein Spiel, deswegen muss ich erst mit ihm sprechen.« Wieder gelogen. Ich machte, was ich wollte, aber ich war mir nicht sicher, ob ich zu dieser Party gehen wollte.

»Callum, oder?«

Der Professor kam herein, stellte seinen Laptop vor sich auf den Tisch und fuhr ihn hoch.

»Richtig«, bestätigte ich. Es irritierte mich ein wenig, dass dieses Mädchen so viel von mir wusste und ich nichts von ihm. Vielleicht war das meine eigene Schuld.

»Er ist ... wow.« Sie kicherte, ein weiches und doch ärgerliches Geräusch. »Und er ist im Footballteam?«

»Ist er.« Ich hatte gerade gesagt, dass er ein Spiel hatte, hütete mich aber, die Worte zu wiederholen.

Der Professor klatschte einmal in die Hände. »Okay, alle miteinander. Bücher aufschlagen, Stifte bereithalten. Wir beschäftigen uns heute mit einem der Klassiker.«

Kristy lehnte sich zu mir und flüsterte: »Sag mir wegen der Party Bescheid.«

Das hatte ich nicht vor, aber irgendetwas bewog mich, zu sagen: »Klar.«

...

Ein Tag später war Callums Geburtstag und fast Mitternacht, als ich endlich hörte, wie die Tür zugeschlagen und Schlüssel auf die Küchentheke geworfen wurden.

Ich hatte ihn an diesem Morgen nicht zu sehen bekommen. Obwohl ich meinen Wecker eine Stunde früher gestellt hatte als sonst, war er schon weg, als ich aufwachte. Am Abend hatte ich eine Nachricht bekommen, die mir mitteilte, dass mein Freund zu einem kleinen Treffen des Teams gehen und versuchen würde, nicht zu spät nach Hause zu kommen.

Da er meine Pläne durchkreuzt hatte, legte ich sein Geschenk weg und ließ mir dann ein Bad ein, um die Anspannung zu lindern, die jeden Tag seit unserer Ankunft in Gray Springs von mir Besitz ergriff. Es funktionierte. Danach schrieb ich einen guten Teil meiner Hausarbeit zu Ende und ließ mir etwas zu essen liefern, bevor ich *Game of Thrones* schaute und dabei an einem Einhorn stickte. Trotzdem konnten weder literweise heißes Wasser, Ablenkung und chinesisches Essen verhindern, dass die Anspannung zurückkehrte und in alle meine Gliedmaßen kroch, als Callum den Flur zu unserem Schlafzimmer hinunterstolperte.

»Dann herzlichen Glückwunsch zum – warum riechst du wie eine billige Hure?«

Callum lachte bellend auf. »Wie bitte?«

Ich blickte weiter zum Fenster, als er versuchte, mich zu sich umzudrehen. Endlich gelang es ihm, und seine dunklen Augen wurden schmal, als er mich forschend musterte. »Was zum Teufel soll das, Renee?«

»Du stinkst nach billigem Parfüm.«

Seine dichten Brauen zogen sich zusammen, und er wich zurück, als hätte ich ihn beleidigt. »Ernsthaft?«

»Glaubst du, ich verwechsle diesen Geruch mit etwas anderem?« Ich schnaubte spöttisch. »Ja, ernsthaft.«

Er lachte und wäre beinahe über das Bett gestolpert, als er nuschelte: »Du spinnst.«

Ich seufzte. »Geh schlafen.«

Er gehorchte. Gefühlte dreißig Sekunden später erfüllte sein Schnarchen den Raum.

»Herzlichen Glückwunsch zum Geburtstag«, murmelte ich in das Dunkel.

Am nächsten Morgen wachte ich mit einem hämmernden Schädel auf, weil ich den größten Teil der Nacht wach gelegen, Callums Schnarchen gelauscht und gehofft hatte, mir das Gefühl ausreden zu können, ich würde irgendwie zurückgelassen werden.

Es gelang mir nicht, und ich warf sein Geschenk trotzig auf die Theke, bevor ich mir Frühstück machte.

Ich stellte gerade meine Schüssel in die Spülmaschine, als Callum ohne Shirt, mit trüben Augen und sich den Hinterkopf reibend in die Küche kam. »Oh, Mann, die Jungs können echt einiges tanken.«

Ich schloss vor mich hin summend die Spülmaschine.

Als ich das Müsli in den Schrank zurückstellte, spürte ich seinen Blick auf mir. »Was war gestern Nacht mit dir los?«

Ich schloss langsam die Tür, dann drehte ich mich um. »Na ja, du hattest Geburtstag, oder? Ich wollte dich sehen und habe dich genau fünf Minuten lang zu Gesicht bekommen.«

»Scheiße, ich weiß.« Callum zwickte sich in den Nasenrücken. »Tut mir leid.«

An meiner Lippe nagend ging ich zu der Theke, wo sein Geschenk lag. »Hier.«

Er betrachtete es einen Moment lang, dann sah er mich an. »Du weißt doch, dass ich keine Geschenke brauche.«

»Du weißt, dass mich das nicht interessiert und ich sie trotzdem kaufen werde.«

Er schnaubte leise und setzte sich auf einen Hocker. »Also ist zwischen uns alles in Ordnung?«

War es das? Unabhängig davon, dass er mich an seinem Geburtstag ignoriert hatte, kam es mir immer noch so vor, als würde er sich von mir entfernen. Das konnte ich nicht zulassen, außerdem waren wir verheiratet. Wir konnten solche Dinge nicht in uns hineinfressen, nicht, wenn wir geschworen hatten, den Rest unseres Lebens miteinander zu verbringen.

Ich stützte die Hände auf die Granitoberfläche der Theke und sah ihm in die Augen. »Warum nimmst du mich nicht mehr mit, wenn du dich mit deinen Freunden triffst?«

Er senkte den Kopf und inspizierte einen Müslifleck auf der Theke. »Weil ... ich weiß nicht.« Er fuhr sich mit der Hand durch die Haare. »Du langweilst dich. Außerdem ist das eine Männersache.«

Ich trat von der Theke zurück und stieß scharf den Atem aus. »Eine Männersache, soso.«

»Renee.«

Ich blieb in der Tür stehen und drehte mich um. »Was ist denn noch?«

»Wie wäre es, wenn du mir sagst, was wirklich los ist, statt einfach nur zickig zu sein?«, fragte er. »Liegt es daran, dass ich dich nicht gefragt habe, ob du mitkommen willst? Oder dass ich nicht zu Hause war, um eins von deinen abgehobenen Geschenken auszupacken? Für Ersteres werde ich mich nicht entschuldigen. Tut mir leid, aber ich darf auch mal was ohne dich unternehmen.«

Schmerz durchzuckte mich, gefolgt von einem Gefühl der Niederlage. Da ich es vor ihm verbergen wollte, ging ich weiter. »Okay.« Egal was ich sagte, ich wirkte fordernd und beleidigt. Hatte es überhaupt Sinn, zu versuchen, ihm zu erklären, warum ich mich so fühlte? Wahrscheinlich nicht. Ich presste in dem Bemühen, die Tränen zurückzuhalten, frustriert die Lippen zusammen.

»Minnie Maus.« Seine Stimme klang weich, als er mir in unser Schlafzimmer folgte. Ich stand vor dem Spiegel und steckte meine Haare zurück, als er die Arme um mich schlang und mir ins Ohr flüsterte: »Es tut mir leid, okay?« Als ich nichts erwiderte, verstärkte sich sein Griff. »Diese plötzliche Unsicherheit ist nicht so attraktiv, weißt du.«

Ich schloss die Augen, drehte mich in seinen Armen um und schlug sie wieder auf, um ihn anzustarren. Er gab den Blick zurück. Keiner von uns war gewillt, in unserem stummen Kampf als Erster aufzugeben.

»Weißt du, was auch nicht so attraktiv ist?«, flüsterte ich und beobachtete, wie seine Augen zu meinen rot glänzenden Lippen schossen. »Ein Mann, der vergisst, dass er verheiratet ist.«

Als ich spürte, wie er erstarrte, entwand ich mich seinem Griff, um nach meiner Tasche zu greifen, mir mein Telefon zu schnappen und es hineinzustopfen.

»Renee«, fauchte er, als ich den Raum verließ.

Ich schaffte es bis zur Tür und streifte meine Stiefel über, bevor er mich packte und mich zu sich herumdrehte. »Ja, ich gehe zu Partys, wo viele Mädchen sind. Ja, ich weiß, dass ich zu viel Zeit mit den Jungs verbringe. Ja, ich weiß, dass du wahrscheinlich sauer bist. Aber ich kann nicht aufhören, zu tun, was ich will, nur um dich glücklich zu machen.«

Ich blickte auf den Holzfußboden hinunter; spürte, wie mein Kampfgeist erlahmte wie ein abflauender Wind. »Ich verlange nicht von dir, dass du das tust.« Ich versuchte lediglich zu erreichen, dass er mich nicht vergaß.

Schweigen machte sich breit, dann umfasste er mein Kinn und hob mein Gesicht an, um mir in die Augen zu sehen. »Das mit dem Geburtstagsgeschenk tut mir leid. Ich wette, ich werde es lieben. Ich bin nur verkatert und verdammt schlecht gelaunt. Aber ich liebe dich, 'kay?«

Ich rang mir mein strahlendstes Lächeln ab und nickte. »Ich liebe dich auch.«

Ich verließ ihn in dem Apartment und wartete, bis sich die Fahrstuhltüren hinter mir schlossen, bevor ich meine Schultern nach unten sacken und mein Lächeln langsam ersterben ließ.

Fünfzehntes Kapitel

Renee

Die Menge war außer sich. Schreie und Rufe hallten durch das Stadion, als die Spieler alle übereinanderfielen. Schweiß spritzte von ihren Köpfen, als sie ihre Helme abnahmen.

Es ließ sich in keiner Weise mit der Highschool vergleichen.

Die Lichter blendeten, der Lärm war ohrenbetäubend, die Atmosphäre von ansteckender Erregung erfüllt. Und als ich zusah, wie das Team vom Feld marschierte und in dem kleinen Tunnel verschwand, der vermutlich zu den Umkleideräumen führte, wurde mir klar, dass es keine Küsse nach Sieg oder Niederlage mehr geben würde. Selbst wenn er wollte, konnte er nicht zu der Tribüne hinüberlaufen.

Mein Herz wurde schwer. So viele Dinge von der Highschool, von denen ich gedacht hatte, ich würde sie nicht vermissen, kamen bereits zurück, um an mir zu nagen.

Ich weigerte mich, Melancholie in meinen ohnehin schon erschöpften Körper einsickern zu lassen, stand auf, ging nach draußen und stand dort in der Menge von Studenten und Familien, die entweder Pläne für den Rest des Abends schmiedeten oder auf das Team warteten.

Callum gehörte zu den Letzten, die herauskamen, was mich nicht wunderte. Er duschte nach dem Spiel gerne ausgiebig, und wenn wir nicht zu dieser Party gehen würden, wäre er wahrscheinlich nach Hause gefahren und hätte dort noch mal geduscht. Mit mir. Aber das war früher gewesen.

Ich versuchte, deswegen keine Bitterkeit aufkommen zu lassen, und sagte, ich würde zu derselben Party kommen, die Kristy erwähnt hatte und zu der auch alle seine Teamkameraden gingen, von den Freshmen bis zu den älteren Semestern. Wenn er mich nicht mit einbezog, würde ich es selber tun. Ich vertraute ihm – natürlich tat ich das -, ich verabscheute es nur, dass ich mich immer wieder an diese alarmierende Tatsache erinnern musste.

»Minnie Maus, du siehst müde aus.« Callum umfasste meine Wangen und hob meinen Kopf an, um mich zu küssen.

Ohne mich darum zu kümmern, dass wir Publikum hatten, erwiderte ich seinen Kuss. Er gehörte zu mir, und ich war stolz darauf.

»Nie zu müde, um dir zu gratulieren, Superstar.«

Er grinste an meinen Lippen. »Ich liebe dich.«

Ich küsste ihn noch einmal, trat einen Schritt zurück und griff nach seiner Hand. »Wie war es?«

Er schüttelte den Kopf und hörte auf zu lächeln, als wir zum Auto gingen. »Anstrengend, fantastisch und einfach ... alles.«

»Alles«, echote ich und stieg ein, als er mir die Tür öffnete.

Einer seiner Teamkameraden holte ihn ein, und ich lächelte, als er an das Fenster klopfte und mir zuwinkte, dann ließ ich es herunter.

»Ich glaube, ihr kennt euch noch nicht.« Callum deutete mit dem Finger auf ihn. »Das ist Paul, du wirst ihn später noch sehen.«

Ich betrachtete Paul einen Moment lang und erinnerte mich, ihn auf einer Party getroffen zu haben. Er war gut aussehend, weiße Zähne hoben sich schimmernd von dunkelbrauner Haut ab. »Das werde ich ganz sicher. Freut mich, dich kennenzulernen, Paul.«

»Junge, Junge, Mike hatte recht. Sie könnte eine Herzogin oder so was sein, Mann.«

Callum kicherte. »Sie hat scharfe Krallen. Du tust gut daran, das nicht zu vergessen.«

Ich schloss grinsend das Fenster, als sie sich verabschiedeten.

»Mike geht also auch dahin?«, fragte ich, sowie Callum im Auto saß.

»Yeah, er hat gesagt, er trifft uns da.«

Er war seit unserer Ankunft hier ein oder zwei Mal bei uns gewesen, aber ansonsten hatte ich nicht viel von ihm gesehen. Er hatte sich für Gray Springs entschieden, um in der Nähe seiner Mom zu bleiben, die anscheinend immer noch ein bisschen durch den Wind war und dazu neigte, ständig ihre Freunde zu wechseln, wenn er nicht ein Auge auf sie hatte.

»Was für einen Mist hat er über mich erzählt?«

Callums Lächeln wirkte unsicher. »Das ist Wochen her. Ein paar der Jungs haben Fragen gestellt.«

Da ich spürte, dass Mike, wenn es um mich ging, immer noch ein rotes Tuch für ihn war, versuchte ich das Stirnrunzeln von seinem Gesicht zu wischen. »Eine Herzogin?« Ich schnaubte. »Ich bin etwas beleidigt.«

»Schenk den Bauern keine Beachtung.« Er grinste. »Du weißt, dass du eine Königin bist.«

Ich lachte. »Genau.«

• • •

»Noch eins«, rief Kristy, nahm meinen Becher und füllte ihn erneut.

Ich trank und schmatzte mit den Lippen, nachdem ich geschluckt hatte. »Bier ist widerlich.«

»Bald stört dich das nicht mehr.«

Und sie behielt recht.

Ich fühlte mich gut. Als würde mit jedem Drink mehr Last von meinen Schultern genommen und der Druck aus meiner Brust weichen. In der Highschool hatte ich ab und an ein bisschen was getrunken, aber nie genug, um betrunken zu werden.

»Das hier ist lahm.« Ich wirbelte herum. Der Raum schlingerte ein wenig, die Leute darin waren nicht zu erkennen. »Ich gehe meinen Freund suchen.«

Ich bahnte mir einen Weg durch die Menge, blinzelte und musterte – wahrscheinlich zu eindringlich – jeden hochgewachsenen Typen mit dunklen Haaren. In meinem Magen brodelte es, und plötzlich fühlte sich alles so an, als würde es mich ersticken. Auf meiner Stirn bildeten sich Schweißperlen, die ich wegwischte, als ich auf die Hintertür zuging.

»Maus.« Callum schlang einen Arm um meine Taille, als ich die hintere Treppe hinunterstieg.

»Da bist du ja.« Ich lächelte in sein Gesicht hoch.

»Du riechst nach Bier«, murmelte er.

»Und du riechst sexy. Komm, wir suchen uns ein Zimmer, da gibt es jede Menge von.«

»Renee!«, rief Kristy irgendwo hinter mir.

»Mann, ich werde sie einfach nicht los.«

Callum drückte mich kichernd an sich. »Sei still, sie kommt.«

»Komm tanzen«, bettelte Kristy, dabei zog sie an meiner Hand. »Oh, hi, Callum. Klasse Spiel.«

»Danke.« Er ließ mich los. »Geh nur. Hab ein bisschen Spaß.«

»Bei dir zu bleiben ist Spaß«, widersprach ich schmollend.

Er strich mit den Fingern über meine Lippen, dann beugte er sich zu mir und streifte sie mit seinem Mund. »Geh ruhig, ich bin noch eine Weile hier draußen.«

Ich sah mich um und stellte fest, dass fast das gesamte Team draußen stand. Er würde ebenfalls noch bleiben, was wahrscheinlich langweilig werden würde. Also gingen wir wieder hinein, Kristy zog mich den ganzen Weg hinter sich her, bis ich meine Hand wegzog. Sie wechselte den Song, während ich mir einen weiteren Drink holte, und eine alte R & B-Nummer drang an mein Ohr.

»Oh, ja!« Ich warf die Hände in die Luft, woraufhin Bier an meinem Arm hinunterrann. »Eklig«, murmelte ich, leerte dann prompt den Becher und warf ihn auf den Boden. Mit wiegenden Hüften nahm ich Kristys Hand, als ich mich zu ihr in die Mitte des Raums gesellte.

Wir tanzten und lachten, wenn wir beinahe über unsere eigenen

Füße stolperten oder die Songtexte verwechselten. Ich hatte vergessen, wie schön es war, eine Freundin zu haben. Eine andere Frau, mit der man Spaß haben, herumwitzeln und Zeit verbringen konnte. Auch wenn dabei noch nie so viel Alkohol im Spiel gewesen war.

»Shake it, Ladys!«, brüllte einer der Typen.

Ich blickte in die Richtung und sah Mike mit ein paar Kerlen zusammensitzen, die ich noch nicht kannte.

Nachdem ich ihm leicht zugewinkt hatte, drehte ich mich um und packte Kristys Hand. »Ich muss pinkeln.«

Sie zog ihre Hand zurück und tänzelte aus dem Raum. »Erst noch ein Bier.«

Ich achtete nicht auf sie. Der Raum verschwamm vor meinen Augen, als ich das überfüllte Wohnzimmer verließ. Ich stützte mich am Esstisch ab und fragte mich, ob ich mich eine Weile setzen sollte, entschied dann aber, dass ich zu Callum wollte.

Ich schaffte es bis nach draußen, blinzelte in die Dunkelheit und umfasste das Geländer der langen Veranda. Ein Lächeln breitete sich auf meinem Gesicht aus, als ich ihn ganz hinten mit einer Gruppe von Typen fand. Ich ließ das Geländer los und stieg vorsichtig die Treppe hinunter, als weitere Leute in Sicht kamen.

Mädchen. Scharen von ihnen umringten das Team. Zwei davon standen bei Callum. Nein. Ich blieb stehen, und jemand drängte sich an mir vorbei. Sie standen nicht nur bei ihm, sondern eine hob die Hand, um seine Haare zu berühren, und fuhr mit den Nägeln hindurch, woraufhin er kurz die Augen schloss.

Das Parfüm, die Zeit, die er nicht mit mir, sondern woanders verbrachte. *Immer woanders.*

Wir würden nicht als Klischee enden. Ein junges Paar, das eine übereilte Entscheidung getroffen hatte, die sich letztendlich als Fehler erwies.

Das konnte nicht sein.

Und daher wandte ich mich ab, bevor ich mehr sah; spürte mein

Herz mit jedem schwankenden Schritt zurück ins Haus gegen mein Brustbein hämmern.

Tränen trübten mein Blickfeld, aber der Drang, zu pinkeln, war stärker, und der Drang, mich zu übergeben, nach einem weiteren Drink ebenfalls.

»Ich glaube, ich brauche Wasser.« Ich stellte den Plastikbecher ab, schluckte und holte ein paar Mal hastig Luft.

»Sei kein Baby. Wir haben gerade erst angefangen.« Kristy zapfte aus dem Fässchen auf dem Tisch das nächste Bier.

Ich hatte keine Ahnung, wie viel wir bislang getrunken hatten; ich hatte den Überblick verloren. Was nichts Gutes verhieß. Und es war klar, dass Kristy wesentlich trinkfester war als ich.

»Ich bin kein Baby«, nuschelte ich, stand auf und zuckte zusammen, als meine Blase zwickte. »Gleich wieder da.«

Ich stolperte den Flur entlang und fragte jeden, der mit mir zu sprechen bereit war, wo die Toilette war. Alle zeigten auf das Ende des Ganges, was ich nicht glauben konnte oder wollte. Der Flur war eine Meile lang.

Stöhnend schleppte ich mich zur Treppe und klammerte mich am Geländer fest, als ich hochstieg.

Oben gab es tatsächlich eine Menge Zimmer, wie ich feststellte, als ich geschlossene Türen öffnete, ohne auf die Flüche aus den besetzten Schlafzimmern zu achten.

Endlich fand ich das Hauptschlafzimmer, das zum Glück leer war. Nicht, dass mich das zu diesem Zeitpunkt interessiert hätte. Es gab eine Toilette, und ich brauchte die und etwas Zeit für mich alleine dringender als den nächsten Atemzug. Ich hätte vor Erleichterung fast geweint und schwankte auf den Füßen, als ich mein Höschen an meinen Beinen hinuntergleiten ließ.

Anschließend bemühte ich mich, mein blauweißes Kleid zurechtzuziehen, und schüttelte den Kopf, um das Schwindelgefühl zu vertreiben. Sobald ich meinte, dass alles in Ordnung war, wusch ich mir die Hände und starrte mein Spiegelbild dann voller Entsetzen an.

»Mein Gott.« Ich tätschelte meine Wangen, versuchte mit den Fingern unter meinen verschmierten Augen zu wischen und zuckte zusammen, als ich mir stattdessen mit einem Fingernagel in das Auge stach. Kein Wunder, dass er sich anderswo umsah. Man konnte nur eine gewisse Zeit lang in dasselbe Gesicht schauen, Zeit mit jemandem verbringen und sich ohne Fluchtweg in Sicht in eine Ecke gedrängt fühlen, bevor man die Nase voll hatte.

Mikes Gesicht tauchte im Spiegel auf. »Renee, bist du okay?«

Ich schniefte; versuchte mir nicht anmerken zu lassen, dass ich todunglücklich war. »Hilf mir, ich sehe aus wie ein Pferdearsch.«

Mike lachte und griff nach meiner Hand, als ich zu schnell herumfuhr. »Du bist schön, das weißt du.«

Ich lachte ebenfalls und drohte ihm mit dem Finger. »Und du bist betrunken, Mister.«

»Nicht annähernd so sehr wie du.«

»Touché.« Ich löste mich aus seinem Griff und prallte gegen die Wand. »Autsch«, grollte ich und rieb mir den Arm.

Mike nahm meine Hand. »Alles in Ordnung?«

Ich blickte zu ihm hoch und blinzelte, als ich sein Gesicht doppelt sah. »Ich glaube, ich habe entschieden zu viel getrunken.«

»Das glaube ich auch.« Er lachte und wurde dann ernst. »Ich habe es gesehen. Als du vorhin, äh, nach draußen gegangen bist.«

Geschockt stieß ich eine seltsame Mischung aus Schnauben und Lachen aus, kam mir absolut lächerlich vor. Peinlich. »Gott, ich muss so dämlich aussehen.«

»Überhaupt nicht.« Hände umfassten meine Wangen. »Niemals«, flüsterte er.

Dann waren seine Lippen auf meinen, und ich lachte immer noch. Das Lachen wurde in meinen Hals gesaugt, als sich seine weichen Lippen bewegten, versuchten, meinen Mund zu öffnen. Sie fühlten sich fremd, unvertraut an, und ich wusste nicht, wie zum Teufel das hatte passieren können, was mich wieder zum Lachen brachte, als ich ihn wegschob. »Verdammt, Mike. Du kannst mich nicht küssen.«

Er rieb sich die Stirn, wirkte gequält. »Warum nicht?« Seine Augen forschten in meinen, seine Botschaft war klar und deutlich. Warum sollte er mich nicht küssen, wenn Callum unten war und tat, was auch immer er gerade tat.

Diese plötzliche Unsicherheit ist nicht so toll.

»Kannst du ein Geheimnis für dich behalten?«, fragte ich Mike.

Er nickte, dabei krümmten sich seine Lippen.

Entrüstung und Ärger brannten in mir und ließen meine Hände zittern, als ich mich vorbeugte und seine Wangen umschloss. »Ich bin traurig und so verdammt wütend«, flüsterte ich seinen Lippen zu. Mir war schwindelig, und mein Blick war getrübt.

»Du kannst es an mir auslassen«, flüsterte er zurück. Seine Lippen berührten jetzt wieder meine. »Das ist es doch, was wir tun, oder?« Ein trauriger Anflug von Humor, aber er hatte recht.

Es war das, was wir taten.

Vielleicht, dachte ich, als meine Lippen seine trafen und er mich zum Bett zog, *gab es einen Grund, warum Menschen fremdgingen*. Einander betrogen.

Vielleicht hieß das nicht, dass man jemanden nicht mehr liebte.

Vielleicht hieß es einfach nur, dass man ihn zu sehr liebte.

Sechzehntes Kapitel

Callum

Ich wachte auf irgendjemandes Rasen auf.

Nicht wirklich, aber es kam dem nah genug.

»Alter, nein«, hörte ich jemanden stöhnen.

Ich versuchte träge, von dem Gartenstuhl aufzustehen. Die Feuerstelle war schwarz, und drei von den Jungs schliefen immer noch. Toby lag tatsächlich auf der Seite zusammengerollt auf dem Rasen.

»Das war …«

»Bescheuert«, half ich Quinn aus, der nickte und seine Augen vor der Morgensonne schützte.

»Scheiße, habt ihr hier draußen geschlafen, Leute?«, fragte Mike und rieb sich die Augen, als er auf die Veranda hinaustrat.

»Klar. Ganz oder gar nicht, Mann.« Burrows boxte in die Luft und gähnte dann.

»Ich glaube, ich gehe nach Hause.« Quinn stand auf.

Renee. Panik wallte in mir auf und veranlasste mich, ihm auf unsicheren Beinen zur Tür zu folgen.

Sie kam gerade in die Küche. Ihr Gesicht war blasser als sonst, und sie schwankte leicht. »Callum?«

Eine Welle der Erleichterung schlug über mir zusammen. Ich griff nach ihr und schlang die Arme um sie. »Es tut mir so leid. Ich wollte nicht einschlafen. Ich kann mich noch nicht einmal mehr erinnern, was passiert ist.«

»Das verdammte Bier ist passiert.« Paul hob den Kopf von der Küchentheke, über der er hing. »Heilige Scheiße. Ich brauche etwas Fettiges zu essen, sofort.«

»Bist du okay?«, fragte ich Renee.

»Yeah.« Ihre Stimme klang etwas heiser, und sie räusperte sich. »Können wir bitte nach Hause fahren?«

»Sicher. Bis später, Arschlöcher.«

Gemurmel folgte mir zur Antwort, als wir nach draußen gingen. »Wir brauchen ein Taxi.«

Renee kramte in der Tasche ihres Kleides nach ihrem Telefon, rief eines und gab die Anweisung, am Ende der Straße zu warten, die wir hinuntergingen.

»Wo hast du geschlafen?« Sie blieb normalerweise nicht lange auf Partys und hatte nicht viele mit mir besucht. Obwohl das wahrscheinlich meine Schuld war.

»Ich bin in einem der Zimmer oben aufgewacht«, erwiderte sie ruhig, zu ruhig.

»Bist du sauer? Tut mir leid, ich dachte nicht, dass es so …«

»Außer Kontrolle geraten würde?«, führte sie den Satz für mich zu Ende.

»Ja. Es war mies von mir, dich so alleine zu lassen.«

»Nein, ich bin nicht sauer. Nur müde.« Mit einem scharfen Lachen fügte sie hinzu: »Ich bin selbst schuld, ich habe viel zu viel getrunken.«

Ich stieß vernehmlich den Atem aus. Ich wusste, dass ich mich in der letzten Zeit wie ein Arschloch benommen hatte. In einem fremden Haus aufzuwachen, ohne zu wissen, wo meine Frau abgeblieben war, bestätigte das auf drastische Weise. Ich machte mir eine geistige Notiz, die nächsten Einladungen zu Partys abzulehnen.

Vögel flatterten hoch oben in den Bäumen auf, als ein paar Autos die Straße hinunterfuhren. Renees Haare waren zerzaust, ihr Make-up total verschmiert, und irgendetwas Verkrustetes klebte vorne auf ihrem Kleid. »Du bist also okay?«

Sie nickte und winkte das Taxi heran, als wir den Bordstein am Ende der Straße erreichten.

Die Fahrt zu unserem Apartment verlief schweigend, der Fahrer kaute Tabak und wechselte alle dreißig Sekunden den Radiosender, eine Qual für meinen pochenden Kopf.

Als er vor unserem Gebäude hielt, gab ich ihm einen Zwanziger und half dann Renee beim Aussteigen.

»Möchtest du etwas essen?«

Sie blickte an sich hinunter und zuckte zusammen. »Nein, ich möchte nur duschen und schlafen.«

Meinetwegen.

Als wir in der Wohnung waren, zog ich mich aus und wollte ihr gerade in die Dusche folgen, als mir die Tür vor der Nase zugeschlagen wurde. Ich drehte den Türknauf, aber sie hatte abgeschlossen. »Ich bin zu müde.«

»Okay, aber wir müssen nicht ...«

»Ich bin gleich wieder da.«

Stirnrunzelnd zuckte ich mit den Achseln, ging in die Küche und biss in einen Apfel, während ich wartete.

Sie kam zehn Minuten später mit einem schwarzen, wie ein Turban um ihre Haare gewickelten Handtuch und einem so sauberen Gesicht zurück, dass es rot glänzte. Sie öffnete den Kühlschrank, nahm eine Flasche Wasser heraus und zog sich damit in unser Schlafzimmer zurück. Ich warf das Kerngehäuse des Apfels weg und wusch mir hastig so viel von meinem Kater vom Körper wie möglich, bevor ich zu ihr ins Bett kroch.

Dort schlang ich einen Arm um ihre Taille, zog sie rückwärts an meine Brust und küsste ihren Hals. »Bist du sicher, dass du in Ordnung bist?«

Nach einer langen Pause flüsterte sie: »Lass uns so etwas nie wieder tun.«

Ich lächelte. »Einverstanden.«

• • •

Den Sonntag verschliefen wir. Na ja, ich zumindest. Renee musste ein Referat fertig machen, über dem sie brütete, und beschwerte sich darüber, dass wir keine Schmerztabletten hatten, bis ich zu dem kleinen Drugstore auf der Main Street ging und ihr welche besorgte.

Ich nahm auch eine Packung von den Tampons mit, die sie normalerweise benutzte, falls die Bestie im Anmarsch war. So, wie sie sich benahm, hielt ich das für möglich.

Montagmorgen ließ ich sie schlafend im Bett liegen, obwohl ich sie gerne geweckt und von hinten genommen hätte. Aber ich wollte sie nicht stören, außer sie wollte gestört werden.

Da ich das Gefühl hatte, dass das nicht der Fall war, nahm ich meine Sachen und beschloss, in der Sporthalle zu duschen.

Gerade als ich zum Training ging, klingelte mein Telefon, und ich sah, dass ich drei ungelesene Textnachrichten hatte.

Ich ignorierte sie und drückte auf Annahme. »Cal«, sagte mein Dad.

»Hey.« Er musste in Übersee sein, da er mich vor sechs Uhr morgens anrief. Zwar war er ein Workaholic, pflegte aber nie Anrufe zu tätigen, bevor er drei Tassen schwarzen Kaffee intus hatte.

»Wie war das Spiel? Tut mir leid, dass ich es nicht geschafft habe. Ich bin bis Ende des Monats nicht in der Stadt.«

Ich wusste nicht, warum er sich immer noch die Mühe machte, sich zu entschuldigen. Immerhin hatte er aufgehört, sich meine Spiele in der Highschool anzusehen, nachdem er seine Firma mit der von Damon, Renees Dad, zusammengelegt hatte.

Aber vermutlich hätte ich dankbar sein müssen, dass er noch genug Interesse aufbrachte, um sich zu entschuldigen. *Hätte.*

»Wir haben sie gekillt. Das Team ist genial zusammengesetzt.« Ich erzählte ihm von dem Vorsaisonspiel von vor zwei Wochen, von ein paar von den Jungs und der Feier danach, was er mit einem grunzenden Geräusch quittierte. Wahrscheinlich checkte er die E-Mails auf seinem Telefon.

»Klingt gut. Hör zu, wenn ich zurückkomme, findet eine Wohltätigkeitsgala statt. Eine, die wir sponsern, und deine Mutter steckt einen Haufen Arbeit hinein …«

Ich blendete ihn aus, ging auf die Halle zu und winkte Paul, der bereits Gewichte stemmte. Übereifrig wie immer. Nach diesem Wochenende wunderte ich mich, dass überhaupt alle erschienen waren.

Aber sie waren da, saßen halb weggetreten in der Umkleidekabine, tranken Shakes oder packten langsam ihren Kram zusammen.

» … Freitagabend. Also wirst du vielleicht direkt nach deinen Kursen nach Hause fahren müssen.«

Oha. Ich unterbrach ihn, als ich im Geist die Daten überprüfte. »Dad, da habe ich ein Spiel.«

»Und? Hier geht es ums Geschäft, Cal.«

Ich knirschte mit den Zähnen und widerstand dem Drang, einfach aufzulegen. »Ja, aber ich bin nicht mehr in der Highschool. Das ist meine …« *potenzielle Karriere* behielt ich für mich.

Er wusste es ohnehin. »Diese Firma ist deine Zukunft, Callum.«

»Dad.« Ich dämpfte meine Stimme zu einem Flüstern, als ich meinen Spind aufschloss. »Die Saison hat gerade begonnen, deswegen kann ich auf keinen Fall ein Spiel versäumen. Es tut mir leid, aber es geht einfach nicht.«

Er seufzte, ließ mich einen Moment schmoren. »Schön. Aber du kannst so nicht weitermachen. Die Familie steh an erster Stelle.« Er legte auf, und ich schnitt dem Telefon eine Grimasse, bevor ich es in den Spind warf und nach meinen Sportshorts griff.

Der Coach kam herein, als ich sie gerade über meine Sneakers zog. »Wie ich hörte, hattet ihr alle richtig viel Spaß dieses Wochenende.«

Toby, der sich auf einer Bank rekelte, feixte. »Könnte man so sagen.«

»Fünfzehn Runden, Hawthorne.« Als Toby ihn nur anstarrte, bellte er: »Zwanzig. Na los.«

Toby schüttelte den Kopf und knurrte etwas vor sich hin, als er den Raum verließ.

»Ich weiß nicht, wieso ihr alle lächelt. Ihr leistet ihm Gesellschaft.

Wenn ihr Glück habt, erlaube ich euch dann, euch zu setzen, bevor ich euch die Hölle heißmache.« Als sich niemand vom Fleck rührte, fluchte er. »Worauf wartet ihr noch? Auf eine verdammte schriftliche Einladung? Ihr glaubt, ein Sieg macht euch zu Gottes Geschenk an das Footballuniversum, und jetzt könnt ihr nachlässig werden? Raus hier.« Seine Augen quollen aus den Höhlen. »Jetzt.«

Wir verzogen uns und versuchten, unser Gelächter zu dämpfen, als wir Runden um das Feld drehten.

»Lieber Himmel, ich werde sterben. Ich weiß es einfach«, jammerte Burrows bei der zwölften Runde.

»Denk nächstes Mal daran, wenn du vorhast, dein Körpergewicht in Bier zu trinken«, sagte Heath, einer von den älteren Studenten, lachend.

»Fick dich. Als hättest du das nicht auch schon getan.«

»Der Unterschied ist, dass ich dich unter den Tisch trinken und trotzdem meine Runden drehen kann, Schweinejunge.«

»Du Dreckskerl.« Burrows stürmte los; jagte Heath mit entschieden mehr Energie hinterher, als ich ihm zugetraut hätte. »Mein Dad ist gar kein Schweinefarmer mehr.«

»Ach ja? Du redest aber so, als wäre er das noch.«

Quinn holte mich ein, lächelte und schüttelte den Kopf.

Nach Runde siebzehn schickte uns der Coach in den Trainingsraum zurück, wofür ich überaus dankbar war. Meine Lunge brannte. Aber es gab keine Gnade. Wir stemmten Gewichte, während er unaufhörlich über all die Schäden schwadronierte, die wir unseren Körpern wahrscheinlich zugefügt hatten, und wie lange es dauern würde, sie zu reparieren.

»Das war brutal.« Paul wickelte sich ein Handtuch um die Hüften, nachdem wir alle geduscht hatten. Ein paar der Jungs lachten in einer Ecke, aber ich schenkte ihnen keine Beachtung. Ich hatte keine Zeit, wenn ich vor den Kursen noch etwas Ordentliches essen wollte. Ich brauchte Kalorien, um nicht zu kollabieren.

»Welsh, deine Freundin ist echt hübsch.«

Ich runzelte angesichts Heaths spöttischem Ton die Stirn, dann blickte ich Mike neben mir an, der mit den Achseln zuckte und seine Tasche schulterte, bevor er nach draußen ging.

»Ja, ich wünschte, ich hätte einen Freund mit so einer Frau, der nichts dagegen hat, zu teilen«, sagte Jason, einer der anderen Studenten im letzten Jahr, dabei blickte er zu der Tür, durch die Mike gerade verschwunden war.

»Ich weiß nicht, wovon ihr Arschlöcher redet, aber ich bin weg.« Ihr Lachen begleitete mich, als ich den Raum verließ und mein Telefon hervorzog, sowie ich den Parkplatz erreichte.

Ich schlidderte fast über den Asphalt, als ich die Nachricht von einer unbekannten Nummer öffnete.

Mir verschlug es vollständig den Atem, als ich das Foto von Mike sah.

Der mit meiner Frau im Bett lag und sich an ihren nackten Körper schmiegte, als hätte er jedes Recht dazu.

Siebzehntes Kapitel

Renee

Gedanken verschwammen, verschlangen sich miteinander und entwirrten sich wieder, bevor ich sie an die Oberfläche zerren konnte.

Was habe ich getan?

Das war die allgegenwärtige Frage, die mich verfolgt hatte, seit ich Sonntagmorgen im Bett dieses Fremden aufgewacht war. Alles war undeutlich, nicht greifbar. Das Letzte, woran ich mich erinnerte, waren Mikes Lippen auf meinen, als er mich zum Bett schob.

Lippen auf meinem Hals, schwielige Finger, die an meinen Beinen hochwanderten. »Das wollte ich schon immer tun …«

Alles danach … nun, ich war mir nicht sicher, ob ich mich daran erinnern wollte. Es war eine Sache, etwas so Furchtbares zu tun, aber eine andere, sich daran zu erinnern. In der Lage zu sein, mich wieder und wieder damit zu quälen.

Aber es nicht zu wissen, war auch eine Art Qual für sich.

In den Minuten und Stunden seither brannte mein Magen ständig. Ich hatte mir das Gehirn zermartert, um Erinnerungen zu finden, hatte gesucht und darauf gewartet, dass sie sich einstellten. Auch wenn ich sie nicht kennen musste, um zu wissen, was für eine Riesenscheiße ich gebaut hatte, konnte ich es nicht ertragen, dass ein schrecklicher Teil meines Lebens, ob es sich nun um Minuten oder Stunden handelte, einfach fehlte.

Ich war mit Mikes Armen um meine Taille aufgewacht, sein Atem war durch meine Haare geweht, als ich mich langsam in die Realität zurückkämpfte.

Behaglich, intim. Als hätte er jedes Recht, mich anzufassen.

Und ich war es, die ihm dieses Recht eingeräumt hatte.

Doch als ich mich aufsetzte, ihn ansah und die Worte »Das haben wir nicht getan« hauchte, nur um nackte Panik in seinem Gesicht zu sehen ...

Ich konnte es nicht glauben. Ich weigerte mich. Und das hatte ich auch gesagt, doch meine Worte hatten die schale Luft im Raum zerrissen, als Mike den Kopf schüttelte und ein Ausdruck tiefen Bedauerns in seine Augen trat.

Ich war vom Bett gekrochen und hatte versucht, die Tränen zurückzuhalten, als ich hastig mein Kleid überstreifte und nach meinen Schuhen suchte.

Mikes »Es tut mir leid« verfolgte mich den ganzen Weg aus dem Zimmer heraus und hatte mich seitdem nicht mehr verlassen.

Ständig schmeckte ich Galle im Mund.

Ich musste mit Callum sprechen, doch jedes Mal, wenn ich es versuchte, schnürte sich meine Kehle zu, und die vernebelten Erinnerungen, die ich hatte, wurden plötzlich völlig unklar. Was sollte ich ihm sagen, wenn ich noch nicht einmal die Antworten auf all meine eigenen Fragen kannte?

Ich hätte nie gedacht, dass ich jemanden betrügen würde, schon gar nicht jemanden, den ich liebte. Aber genau das hatte ich getan. Ich hatte Mike heftig genug geküsst, um mit ihm im Bett zu landen. So viel wusste ich noch, und offenbar hatten wir ... nein, daran durfte ich noch nicht einmal denken.

Ich konnte es Callum nicht sagen. Ich konnte es ihm auch nicht nicht sagen. Obwohl mir meine Entscheidung zu diesem Zeitpunkt in vieler Hinsicht gerechtfertigt vorgekommen war, war sie es nicht. Ich hatte einen Fehler gemacht. Hatte aus Wut und Kränkung heraus gehandelt, als ich mich in einem lächerlich verwundbaren Zustand befunden hatte.

Wie sich herausstellte, musste ich es ihm nicht sagen.

Ich hatte Kristy den ganzen Morgen lang nicht gesehen, aber dem höhnischen Grinsen und dem Getuschel, das mit rasiermesserscharfen Zähnen über mich herzufallen drohte, nach zu urteilen kannten alle anderen die Antworten, die ich suchte.

Spät an diesem Nachmittag saß ich in einer Ecke der Bibliothek, und die Tränen strömten mir still über die Wangen, als ich die Knie an die Brust zog und so tat, als würde ich lesen. Und wartete. Ich konnte es nicht länger vor mir herschieben, aber ich brachte es nicht über mich, nach Hause zu gehen, wo mich ... was erwartete?

Was würde ich vorfinden?

Es war Callum. Er liebte mich. Er wusste, dass ich das nie hatte tun wollen und dass ich niemals denselben Fehler noch einmal machen würde. Er würde mir verzeihen, wenn nicht sofort, dann später.

Er war mein Mann.

Ich musste mich zusammenreißen und das nicht vergessen. Er kannte mich besser als ich mich selbst. Er würde wissen, dass ich mich, egal was ich getan hatte, unter anderen Umständen nie dazu hätte hinreißen lassen.

Erbärmlich.

Es erschien mir alles so dumm und erbärmlich.

Schniefend wischte ich über die Stelle unter meinen Augen und hielt den Kopf gesenkt, als ich die Bibliothek verließ und unter einem dunklen, funkelnden Himmel nach Hause ging.

Du bist eine Königin.

Die Stimme bewirkte, dass ich mit einem Ruck den Kopf hob, die Schultern nach hinten schob und meine Schritte gleichmäßiger wurden. Ich konnte das schaffen.

Ich war Renee Welsh.

Und ich war mehr als die Summe meiner Fehler.

Zuversicht erblühte in mir wie eine Blume, die sich langsam entfaltete und deren Blütenblätter mit jedem Anflug von neuer Kraft schimmerten, den ich fand. Diese Blütenblätter wurden von einer Phantombrise in alle Winde verstreut und verschwanden, als ich aus dem Fahrstuhl und in unser Apartment trat.

Im Flur und im Wohnzimmer standen Kartons. Meine Kleider, Taschen und Schuhe – alles war wahllos hineingeworfen worden.

Ich spürte, wie die Farbe aus meinem Gesicht wich, als mein Herz unregelmäßig zu hämmern begann. »Callum?«

Nichts.

Ich schlängelte mich um die Kartons herum, ging den Flur entlang zu unserem Schlafzimmer und fand ihn auf der Kante unseres Bettes sitzend vor.

Er blickte auf seine zwischen seine Knie geklemmten Hände. Seine Stimme klang gepresst. »Du kannst heute Nacht hierbleiben, aber danach siehst du zu, wie du alleine klarkommst.«

»W … warum?« Die Frage nach dem Warum erübrigte sich, da wir beide die Antwort kannten, aber ich fand einfach keine Worte. Also lachte ich nervös. »Sollten wir nicht wenigstens zuerst reden?«

Seine Augen sprühten Feuer, als er zu mir hochstarrte. Er stand auf, trat einen Schritt auf mich zu und blieb dann stehen.

»Worüber sollten wir denn reden? Darüber, dass jeder auf diesem verdammten Campus weiß, dass mein Freund, mein verdammter Teamkamerad, es mit meiner sturzbesoffenen Freundin getrieben hat?« Er brach ab und lachte kurz auf. »Nein, warte. Mit *meiner gottverdammten Frau*.«

Unwillkürlich zuckte ich zusammen. »Ich weiß nicht, was du gehört hast, aber ich kann mich überhaupt nicht mehr daran erinnern, was eigentlich passiert ist.«

Er biss die Zähne zusammen. »Sicher. Trifft sich gut, nicht?«

Meine Brust schnürte sich zusammen, mein Atem ging zu flach, und in meinen Augen brannten zu viele unvergossene Tränen. »Es ist die Wahrheit.«

»Die Wahrheit? Du weißt also nicht mehr, ob du zu betrunken warst, um Nein zu sagen? Dann hat er dich wohl vergewaltigt?«

Ich zuckte erneut zusammen, und er schluckte, entschuldigte sich aber nicht für seine harten Worte.

»Das hat er nicht.«

Er fuhr sich mit der Hand gewaltsam durch seine Haare. »Großer Gott.«

»Ich habe nicht gemeint ...«

Er herrschte mich nur an: »Halt den Mund, und verpiss dich.«

»Nein, du kannst mich nicht einfach so rauswerfen. Sind wir nicht mehr wert als ein besoffener Fehler? Ein Missverständnis?«

Callum griff nach seinem Telefon und hielt es mir unter die Nase, sodass ich ein Bild von mir selbst sehen konnte. Im Bett. Mit Mike. Obwohl ich mich erinnerte, meinen trägerlosen BH noch angehabt zu haben, als ich aufwachte, sah ich nackt genug aus. Mein Höschen war jedoch nirgendwo zu finden gewesen. Mein Kopf lag auf Mikes Brust, sein Arm um meine Taille. »Wie zur Hölle soll das ein Missverständnis sein?«

Ich schluckte meine Panik hinunter; ich würde mich nicht gerade jetzt von ihr überwältigen lassen. »Es ist keins. Aber es ist auch nur ein Bild, Callum.«

»Ein sehr aussagekräftiges Bild, findest du nicht?«

»Wer hat es dir geschickt?«

Ihm entfuhr ein bitteres Lachen. »Nicht dass es darauf ankäme, aber zufällig hat das deine neue Freundin getan.«

Mein Herzschlag setzte kurz aus, als die Schläge nicht zu enden schienen.

»Callum.« Meine Stimme schwankte. »Ich weiß nicht, was passiert ist, was wir genau getan haben, aber ...«

»Ich denke, das liegt auf der Hand, nicht wahr?«, höhnte er. »Und du hast es ja auch kaum abgestritten.«

»Weil ich weiß, dass ich Mist gebaut habe. Wir ...« Ich verstummte. Der Abscheu und die Verwirrung in diesem stechenden Blick lösten in mir den Wunsch aus, mich in einer Zimmerecke zu verkriechen. »Ich kann das wieder in Ordnung bringen.«

Er schüttelte den Kopf. »Das geht nicht mehr.«

Ich trat einen Schritt auf ihn zu. »Ich kann, nur …«

»Ich will dich noch nicht einmal ansehen!«, brüllte er, woraufhin ich drei Schritte zurückwich. Meine Kehle schwoll zu, als ich zusah, wie sich seine Brust hob und senkte und er sich mit den Händen unsanft über das Gesicht rieb. »So etwas lässt sich nie wiedergutmachen. Bitte, es ist mein Ernst. Geh mir einfach aus den Augen.«

Er war nicht mehr mein Callum. Mein Mann oder mein Freund. Nein, innerhalb weniger Stunden waren wir zu einem Zeitpunkt zurückkatapultiert worden, wo er einmal mehr nur von Feindseligkeit und Misstrauen erfüllt war.

Und als ich in seine dunklen Augen sah und die Anspannung spürte, die er wie ein drohendes Unwetter ausstrahlte, wurde mir klar, dass er eine Entscheidung getroffen hatte. Nichts, was ich sagen oder tun konnte, würde etwas daran ändern.

Nicht heute Abend.

»Ich schlafe auf der Couch.« Ich ging zu meiner Bettseite, griff mir ein Kissen und hielt den Blick auf alles gerichtet, nur nicht auf ihn, als ich den Raum verließ.

• • •

Der Schlaf, der mich vor meiner Ankunft in Gray Springs immer schnell übermannt hatte, mied mich in dieser Nacht.

Mein Wecker klingelte einmal, bevor ich ihn mit tränenverklebten Augen und pochendem Kopf abstellte. Callum war vor eineinhalb Stunden zum Training gegangen. Ich hatte ihn kurz in der Küche gehört, bevor die Tür zugeschlagen wurde.

Ich stand auf und starrte die Kartons, den Fernseher und meine Zeitschriften an, die früher auf dem Couchtisch verstreut gelegen hatten, jetzt aber in der Diele aufgestapelt waren.

Er hatte keine Zeit verloren.

Ich duschte und suchte verschiedene Sachen in unserem Schlafzimmer zusammen, die er in seiner Eile übersehen hatte. Darunter auch sein Geburtstagsgeschenk; er war nicht mehr dazu gekommen, es zu öffnen.

Wenn er wollte, dass ich ging, schön. Im Moment gab es wenig, was ich dagegen tun konnte. Hoffentlich würde er nach einiger Zeit begreifen, dass ich nie die Absicht gehabt hatte, ihn zu verletzen oder unsere Beziehung zu zerstören. Dass das alles nur ein Riesenfehler war.

Ich öffnete die Schublade meines Nachtschränkchens und nahm das Bild heraus, das ich nach unserer Hochzeit hatte rahmen lassen. Das, das diese Frau von uns gemacht hatte, als wir uns anlächelten.

Glücklich. Als Einheit.

Er kannte mich. Kannte mein Herz. Er sollte es besser wissen, als zu glauben, eine betrunkene Nacht könnte das kaputt machen, was wir hatten.

Entschlossen legte ich das Bild in die Schublade zurück. Wir hatten darauf geachtet, niemandem etwas zu sagen. Niemand außer uns wusste Bescheid.

Würde das dasselbe sein?, fragte ich mich, als ich versuchte, meine geschwollenen Augen mit Abdeckcreme zu tarnen. Würde das etwas sein, was unsere Eltern nicht herausfinden durften?

Vielleicht klammerte ich mich an Strohhalme, aber Callum würde diese Konfrontation nicht wollen.

Ich lächelte das erste echte Lächeln seit Tagen und benutzte rasch ein bisschen Mascara, bevor ich meine Schminktasche in einem der Kartons im Wohnzimmer verstaute.

Ich goss mir etwas Orangensaft ein und tätigte dann ein paar Anrufe.

Ich würde in ein Wohnheim ziehen. Meine Eltern könnten meine Ausgaben kontrollieren, und dann würden sie es merken, wenn ich mir irgendwo anders ein Apartment mietete oder mich auf Dauer in einem Hotel einquartierte.

Zum Glück für mich hatten ein paar Mädchen in den Wohnheimen ein Zimmer für sich. Pech für sie, dass eines von ihnen es jetzt mit mir teilen würde, bis dieser Schlamassel bereinigt war.

Als ich den Saft wegstellte, erregte ein großes, an den Kühlschrank geheftetes Stück Druckerpapier meine Aufmerksamkeit. Hastig mit schwarzem Marker hingekritzelte Worte besagten, dass ich verschwunden sein sollte, bevor er zurückkam.

Ich sog scharf den Atem ein, dann nahm ich meine Tasche und machte mich auf den Weg zur Zimmervermittlung.

Achtzehntes Kapitel

Renee

Ich ließ an diesem Tag meine Kurse ausfallen, um meine Suche nach einer Unterkunft zu beenden und mir ein Zimmer in einem fünf Minuten vom Campus entfernten Hotel zu nehmen. Ich bezahlte bar und aß eine ganze Tüte Salzbrezeln und eine kleine Tüte Erdbeerlakritz.

Die Tränen versuchten sich aus meinen Augen zu lösen, aber das ließ ich nicht zu und gab mir alle Mühe, sie zurückzuhalten. Mir waren noch genug Hoffnung und genug Schock geblieben, um mich größtenteils gefühlsmäßig abzustumpfen.

Größtenteils.

Während ich schlief, zogen sie stumme Spuren an meinen Wangen hinunter. Als ich aufwachte, waren meine Wangen feucht und meine Nase verstopft, und ich fühlte mich von meinem eigenen Körper verraten. Ich hatte meinem Herzen nicht die Erlaubnis gegeben, zu trauern. Also nahm es sich, was es brauchte, ohne dass ich es daran hindern konnte.

Am nächsten Morgen wurde mir telefonisch mitgeteilt, dass ich einen Wohnheimplatz bekommen hatte, aber ich ging trotzdem zum Unterricht. Auch wenn es das Letzte war, wonach mir der Sinn stand, konnte ich nicht zulassen, dass diese Geschichte mir alles ruinierte.

Danach nahm ich die unangenehme Aufgabe in Angriff, meine Kartons aus dem Rover zu laden und drei Treppen hochzuschleppen.

Bis zu diesem Nachmittag hatte ich meine Klamottensucht oder meine Sammlung von Handtaschen und Schuhen, die zu meinem jeweiligen Outfit passten, noch nie bereut.

Schwitzend und peinlich schwer atmend stapelte ich alle Kartons vor dem der Treppe am nächsten gelegenen Zimmer und fand auf dem kleinen Parkplatz hinter dem Wohnheim einen Stellplatz für mein Auto.

Ich strich mir gerade die Haare aus der Stirn und wappnete mich dafür, an die Tür zu klopfen, als diese geöffnet wurde und eine Blondine den Kopf herausstreckte. »Oh.«

»Hi. Wie es aussieht, bin ich deine neue Mitbewohnerin.«

Sie wirkte alles andere als erfreut, und ich konnte es ihr nicht verübeln. Die Vorlesungen hatten vor mehr als einem Monat begonnen, was ich erschreckend fand, und sie hatte wahrscheinlich geglaubt, bezüglich einer etwaigen Mitbewohnerin aus dem Schneider zu sein.

Wie konnten ein paar Wochen alles ändern? Nein, keine Wochen. Eine Nacht.

Sie wich in den Raum zurück und bedachte mich mit einem schwachen Lächeln. »Ich bin Hannah. Schätze, es wird cool sein, jemanden zu haben, mit dem man abhängen kann.«

Abhängen.

Ich war damit durch, neue Freunde zu finden, hatte aber weder die Energie noch die Absicht, Hannah das anzuvertrauen. »Mir gefallen deine Haare«, sagte ich tonlos, als ich mich an ihr vorbeischob und mich in dem schuhkartongroßen Zimmer umblickte.

Es war so groß wie mein begehbarer Kleiderschrank zu Hause, aber sauber, es lag nur ein Minimum an Kosmetikartikeln und Büchern herum. An beiden Wänden standen Betten mit Nachttischen, am Fenster ein Schreibtisch und in der Nähe der Bettenden zwei Kommoden. Ich konnte von Glück sagen, wenn meine Schuhsammlung in das winzige Teil passte.

Seufzend überlegte ich, dass ich vorerst wahrscheinlich ein paar Kartons in meinem Auto lassen musste, dann packte ich so viel aus, wie ich in die Schubladen und den Schrank stopfen konnte. Einen alten Schrank, den ich mir mit Hannah teilen musste, die ihn schon zum größten Teil gefüllt hatte und ständig protestierend schnaubte, als ich anfing, ihre Sachen auf eine Seite zu schieben.

Sie saß auf dem Bett und blätterte die ganze Zeit in einer Zeitschrift herum, daher wusste ich nicht, was sie sonst von mir erwartete.

»Oh mein Gott. Ist das ein Diane Pearl von letztem Sommer?« Hannah schnappte nach Luft, stand endlich vom Bett auf und riss mir den Schuh mit Keilabsatz aus der Hand, um ihn aus verschiedenen Blickwinkeln zu betrachten.

»Vom letzten Sommer, ja. Und kann man dafür nicht einfach sterben?«

»Ja«, bestätigte sie mit Nachdruck. »Ich komme mir vor, als würde ich wirklich sterben, ich kriege nämlich kaum Luft.« Sie stellte den Schuh vorsichtig auf ihre pinkfarbene Bettdecke und fächelte sich mit den Händen das Gesicht.

Ich unterdrückte ein Schnauben, packte das letzte Paar Schuhe aus und platzierte sie behutsam auf dem Rest. Da es nicht genug Platz gab, musste ich sie übereinander auf dem Boden des Schrankes stapeln. Ich betete, dass sie keine Kratzer davontragen würden.

»Weißt du was? Ich glaube, es wird mich überhaupt nicht stören, dich hier zu haben. Wir können prima Schuhe tauschen«, sagte Hannah, als sie mir den Keilabsatzschuh zurückgab.

Ich musterte ihre Seite des Schrankes und stellte fest, dass ein großer Teil ihrer Kleider und Schuhe nicht mehr topaktuell, aber trotzdem toll war. »Vielleicht«, erwiderte ich gepresst.

Mein Freund seit drei Jahren und Mann seit drei Monaten hatte gerade wegen eines Verbrechens, von dem ich mir nie hätte träumen lassen, dass ich es begehen würde, mit mir Schluss gemacht, und hier war ich nun … sprach über Schuhe statt über mein gebrochenes Herz.

Prioritäten halt.

Nicht dass ich das überhaupt tun würde. Es war schlimm genug, dass fast der gesamte Campus Bescheid wusste, und es bedeutete eine große Erleichterung für mich, dass dieses Mädchen nichts davon erwähnt hatte.

Hannah schwafelte weiter über alle meine Klamotten, Schuhe und die vielen Orte auf der Welt, die sie wegen ihrer Mode gerne besuchen würde.

Sicher. Ich wusste bereits, wie dieses Mädchen tickte, beobachtete ihr Verhalten und stufte sie als sicher ein. Manchmal war es gespenstisch leicht, die Persönlichkeit eines Menschen einzuschätzen, besonders wenn der Betreffende keine Bedenken hatte, sie für die ganze Welt offenzulegen.

Es würde keine Kristys und keine Hildas mehr geben.

Nur mich allein, bis ich einen Weg fand, meinen Mann zurückzugewinnen.

Nachdem ich mich in das Gemeinschaftsbad gewagt hatte, um zu duschen, schlief ich ein, und dabei dachte ich an Laufstege statt an dunkle Augen voller Vorwürfe.

Allein dafür war ich meiner neuen Nicht-Freundin dankbar.

• • •

Drei Tage vergingen, bevor ich meinte, er könnte bereit sein, mit mir zu reden.

Obwohl ich bald begreifen sollte, dass selbst drei Jahre vielleicht nicht genug waren.

Leute bauen andauernd Mist, mahnte ich mich, als ich vor der naturwissenschaftlichen Fakultät wartete. Meine Prada-Sonnenbrille trug nicht dazu bei, zu verhindern, dass das gleißende Licht meine Augen tränen ließ.

Ich würde nicht einfach aufgeben und aus seinem Leben verschwinden. Wir hatten unser Familiendrama und die Klatschmäuler an der Highschool überstanden – wir waren immer noch wir. Ich war seine Frau. Wir hatten uns ein Versprechen gegeben.

Ein Versprechen, das ich gebrochen hatte.

Meine Zunge fühlte sich dick an, als sich die Türen öffneten und die Studenten herausströmten. Er sah mich nicht sofort, er hielt den Kopf gesenkt und die Augen auf sein Telefon geheftet. Ich wartete, bis er auf den mit weißem Kies bedeckten Weg trat, dann stand ich auf.

Da bemerkte er mich und schob das Telefon in seine Tasche, während er mich anstarrte. Uns trennte nur ein schmaler Streifen aus Gras und Steinen, und ich konnte es immer noch sehen. Die dunklen Schatten unter seinen Augen und die verkrampfte Schulterhaltung.

Er setzte sich in Bewegung, und ich folgte ihm. Folgte ihm bis zu den Außenbereichen des Campus, wo er an einer Ampel stehen blieb, um die Straße zu unserem Apartmentgebäude zu überqueren.

Seinem Apartmentgebäude.

Ich schaffte es über die Straße, bevor er zu mir herumwirbelte. Seine Stimme klang trügerisch reserviert. »Ich hätte wissen müssen, dass du nicht in deinem Auto übernachtest. Dazu bist du viel zu erfinderisch.«

Ich straffte die Schultern und versuchte zu lächeln, aber es gelang mir nicht. »Es ist ein bisschen eng.« Es sollte keine Dauerlösung sein, aber ich wollte trotzdem sehen, ob ich ihm ein bisschen Angst einjagen konnte. »Ich bin in ein Wohnheimzimmer gezogen.«

Er blinzelte langsam, dann nickte er einmal. »Gut, viel Spaß.«

Mir blieb der Mund offen stehen, als er auf den Eingang des Gebäudes zuging. »Callum, warte.«

Da er das nicht tat, lief ich über den Bürgersteig und wäre in meiner Eile, ihn daran zu hindern, die Tür zu erreichen und aus meinem Blickfeld zu verschwinden, fast gestolpert. »Bitte!«, sagte ich.

Er seufzte. »Lieber nicht.«

Ich schob mich vor ihn. »Es tut mir leid. Ich hatte nie vor ... so etwas zu tun. Niemals.«

Er schien sich auf die Innenseite seiner Wange zu beißen, was meinen Blick auf seine markanten Wangenknochen lenkte. Ich vermisste ihn. Es war erst ein paar Tage her, aber ich vermisste ihn so sehr, dass ich schwankte, als meine Augen seine Züge in sich aufsaugten. »Aber du hast es trotzdem getan.«

»Es ...«

»Tut dir leid?« Er lachte kalt auf. »Darauf könnte ich wetten. Aber du verstehst es nicht. Du verschwendest hier deine Worte. Wir sind fertig miteinander.«

»Das sind wir nicht.«

Seine Brauen schossen in die Höhe, und er schüttelte den Kopf, als er näher kam, um zu zischen: »Wir. Sind. Verdammt. Fertig. Miteinander.«

Ich suchte verzweifelt nach etwas, was ich sagen konnte, irgendetwas, und platzte dann heraus: »Wir sind verheiratet, Callum.«

»Leute heiraten ständig und lassen sich wieder scheiden. Ich werde alles Nötige veranlassen. Und jetzt sieh zu, dass du weiterkommst.« Er musterte mich von Kopf bis Fuß, seine Kiefer mahlten im Akkord. »Mir wird schon schlecht, wenn ich dich nur ansehe.«

»Nicht«, würgte ich heraus. Meine Augen brannten. »Sag so etwas nicht, oder benimm dich nicht so.«

Ich kannte ihn zu gut, um zu glauben, dass er er selbst war. Er schlug um sich, was ja verständlich war.

»Du wirst entschuldigen, dass es mir etwas schwerfällt, dich nach dem, was du getan hast, nicht zu hassen.«

»Das meinst du doch nicht ....«

»Es reicht.« Die Worte schnitten wie ein gezacktes Messer durch die Luft und durch mich hindurch. »Lass das mit dem verdammten Wohnheimzimmer. Du solltest Gray Springs verlassen.«

Meine Hände begannen zu zittern, und eine einzelne Träne rann aus meinem Auge, als er hinter den getönten Glastüren verschwand.

Neunzehntes Kapitel

Callum

Sein Leben lang vom Besten umgeben zu sein, was diese Welt zu bieten hat, bringt immer einen Preis mit sich. Meine Schuld war jetzt bezahlt.

Lust, Lügen, Geheimnisse, Täuschung. Unsere Welt war voll von alldem. Allem außer diesen schwer fassbaren Dingen, die man nicht kaufen konnte.

Vertrauen.

Man konnte das nicht mehr glätten, was zu einem unkenntlichen Ball zusammengeknüllt und in Sekundenkleber getaucht worden war. Es würde nie wieder so aussehen wie früher, egal wie sehr man sich das wünschte. Es würde Falten geben, wo einst glatte Flächen gewesen waren. Risse, wo sich alles einst so nahtlos zusammengefügt hatte. Ganz zu schweigen von der Angst, dass bei der kleinsten falschen Bewegung erneut alles ruiniert wäre.

Nein, Vertrauen war etwas, was ich immer für eine realitätsfremde Wunschvorstellung gehalten hatte. Der Gedanke, einem anderen Menschen blind zu vertrauen, hatte etwas Unheimliches an sich.

Und es ging doch nichts darüber, daran erinnert zu werden, dass ich recht gehabt hatte, und das auch noch in einem sehr jungen Alter. Vielleicht hatte ich deswegen dem Drang nachgegeben, mich um etwas zu bemühen, das ich anscheinend nicht abschütteln konnte. Weil ich einen lebensverändernden Moment gedacht hatte, ich wäre nur jung und stur und dass es vielleicht ein Fehler war, keine Chancen zu ergreifen. Nicht zu leben und lernen, zu lieben.

Es hatte Spaß gemacht, solange es gedauert hatte, aber dieser Spaß hatte jetzt einen Fleck hinterlassen, den ich anscheinend nicht wegwischen konnte.

»Welsh, hilf O´Rourke.«

Der Befehl des Trainers riss mich aus meinen Gedanken, ich ließ die Hanteln zu Boden fallen und durchbohrte seinen kahlen Hinterkopf mit giftigen Blicken.

»Ich muss noch Liegestütze machen«, protestierte ich. Alles war besser als in die Nähe des Schleims zu kommen, der mein Leben verseucht hatte.

»Glaubst du, das interessiert mich? Er hat keinen zweiten Mann, also geh einfach.« Er stürmte zur anderen Seite der Halle hinüber und machte sich Notizen auf einem Klemmbrett, während er Paul und Quinn beobachtete.

Ich hatte es geschafft, dem Arschloch aus dem Weg zu gehen. Ich wusste, dass ich ihm wahrscheinlich den Kopf abreißen und darauf herumtrampeln würde, wenn ich ihm zu nah kam.

Wenn Renee meinte, sie hätte etwas von meiner Wut zu spüren bekommen, dann würde sie noch von Glück reden können, wenn sie wüsste, was in mir aufwallte, wenn ich Mike ansah.

Er war seit der Grundschule mein Freund. Unsere Mütter saßen in denselben Wohlfahrtskomitees und Charityausschüssen. In der vierten Klasse hatte er im Sandkasten ein mit Käfern belegtes Sandwich gegessen, das ich ihm zubereitet hatte. Ein Test, dem er sich unterziehen musste, um zu beweisen, dass er würdig war, mein Freund zu sein. Er hatte zwei Bissen geschafft, bevor er in den Sandkasten gekotzt hatte, während andere Kinder zusahen und ihr Lachen die Frühlingsluft erfüllte. Er hatte gedacht, er hätte versagt, und fast angefangen zu heulen. Aber schon die Tatsache, dass er getan hatte, was ich von ihm verlangte, hatte bedeutet, dass er den Test bestanden hatte, und seitdem waren wir beste Freunde gewesen.

Er war immer weicher gewesen als gut für ihn war, weshalb er einem kleinen Teil von mir leidtat. In unserer Welt überlebte man nicht, ohne sein Herz bis zu einem gewissen Grad zu verhärten.

Aber vielleicht waren es die Weichen, auf die man am Ende ein Auge haben musste.

»Tu lieber, was er gesagt hat, Mann«, sagte Toby neben mir. »Ich würde es ja für dich machen, aber …« Er brach ab, zuckte mit den Achseln und bückte sich, um seine Sneaker zuzubinden.

Aber der Coach würde Verdacht schöpfen und wahrscheinlich versuchen, mich und Mike in einen Raum zu sperren, um uns ins Gebet zu nehmen. Er wollte nicht, dass irgendetwas die Spieler ablenkte. Man trug seinen Scheiß nicht auf das Feld hinaus, und man deckte anderen den Rücken.

Leise vor mich hinfluchend ging ich zu Mike hinüber, der die Gewichte auf der Hantelbank einstellte.

Er streckte sich zufrieden darauf aus und zuckte zusammen, als er mich über sich aufragen sah. »Cal …«

»Halt den Mund. Stemm, oder verpiss dich und mach irgendetwas anderes.«

Mike schluckte, tat aber, was ich sagte, als ich meine Position einnahm. Nie der Typ, der widersprach, aber offenbar der, der mit der Frau eines anderen ins Bett ging.

Ich ballte die Fäuste, als ich sah, wie er kämpfte. Schweißperlen rollten an seinen Schläfen hinunter. War ihm auch der Schweiß ausgebrochen, als er meine Frau gevögelt hatte? Hatte er überhaupt an mich gedacht, als er es mit jemandem trieb, der ihm nicht gehörte?

Ich gehöre zu dir, nicht dir.

Ich knirschte mit den Zähnen, und meine Zehen krümmten sich so fest in meinen Sneakern, dass ein sengender Schmerz durch meinen Fuß schoss. Eine nette Abwechslung zu dem, der sich in meiner Brust festgesetzt hatte. Ich bezweifelte, dass ich ihn je loswerden würde.

»Cal, rede mit mir«, keuchte Mike zwischen Gewichtestemmen.

»Das willst du nicht wirklich.«

Er stieß den Atem aus. Seine Arme zitterten, als er erneut stemmte. »Doch. Ich habe Scheiße gebaut …«

»Willst du damit sagen, dass du zugibst …« Ich schluckte und schloss kurz die Augen, bevor ich krächzte: »Renee gevögelt zu haben?«

Seine Lider flatterten. »Wir waren betrunken.«

Ich trat zurück. Nackte Wut durchströmte mich, verschlug mir den Atem und blendete mich, während Mike mit der zehnten Wiederholung kämpfte. »Scheiße, hilf mir.«

Ich konnte ihn kaum sehen, kaum einordnen, wo ich war. Ein Film hatte sich über meine Augen gelegt, und in meinen Ohren dröhnte das Donnern meines Herzschlags.

Einer der Jungs fluchte, dann kam Burrows zu uns gelaufen und hob die Gewichte in die Halterung zurück. Dann wandte er sich zu mir, und mein Blickfeld wurde klar genug, um zu sehen, dass Mike mich voller Entsetzen anstarrte.

»Was zum Teufel soll das, Mann?« Burrows musterte mich finster.

Ich erwiderte nichts, packte meine Tasche und verließ die Halle. Der Coach rief mir etwas nach, aber ich achtete nicht auf ihn, sprang in meinen Lexus und raste vom Parkplatz.

Als ich in der dunklen, verlassenen Tiefgarage unseres … *meines* Apartmenthauses parkte, schaltete ich die Zündung aus und starrte die Backsteinmauer vor mir an. Meine Hand zitterte, als ich sie zum Mund hob und daraufbiss.

Sie hatten mich vernichtet. Alles ausgelöscht, was einmal gewesen war.

Ich gehöre zu dir, und nur zu dir.

Schwüre waren nutzlose Worte. Sie bedeuteten nichts, ihr schon gar nicht. Sie war eine Lügnerin. Eine schöne, manipulative Lügnerin. Tief in meinem Inneren hatte ich schon immer gewusst, wozu sie fähig war. Ich hatte nur nicht gedacht, dass sie es sich zum Ziel setzen würde, mich zu zerstören.

Ein abgehackter Atemzug entfuhr mir und wärmte meine Faust, als meine Zähne Blut fließen ließen. Es war erdrückend, dieses *Ding* in meiner Brust. Zerquetschend, verdreht, und es schmerzte so sehr, dass ich nicht atmen konnte.

Meine Wangen wurden nass, meine Atemzüge zu einem gequälten, grunzenden Keuchen, als ich versuchte, die Beweise für das, was sie getan hatte, zu verdrängen.

Ich wusste nicht, wie lange ich dagesessen und versucht hatte, das Unkontrollierbare zu kontrollieren. Es konnten Minuten oder Stunden sein. Ich befand mich unter der Erde, außer den fluoreszierenden Reihen von Lampen, die in der Garage an der Decke hingen, gab es kein Licht.

Ich wischte mir über das Gesicht und senkte den Kopf.

Ich konnte das nicht durchstehen, aber gleichzeitig sah ich auch keinen Ausweg aus der Situation. Sich zu verlieben, veränderte einen Stück für Stück auf eine Weise, die man nicht bemerkte, bis diese Liebe einen an den restlichen Stücken desjenigen ersticken ließ, der man einst gewesen war.

Wenn es das war, womit ich leben, was ich ertragen musste … dann hatte ich Angst, dass es mich langsam umbringen würde. Ich hob den Kopf, starrte erneut die Backsteinwand an und betrachtete den Zement, der all die Steine zusammenhielt. Das Fundament dieses Gebäudes verstärkte.

Stärke. Wie fand man sie, wenn es nichts gab, was einen zusammenhielt, was einem irgendeine Stütze war?

Du wärst ein Fuchs.

Komm dem Fuchs nicht in die Quere.

In den vergangenen Tagen war das, glaube ich, die einzige Erinnerung, die mich nicht umzuwerfen drohte.

Ich zog die Nase hoch und öffnete die Tür, während meine Lippen zuckten.

Nein, komm dem Fuchs bloß nicht in die Quere.

Zwanzigstes Kapitel

Renee

»Aber du hast morgen Geburtstag«, jammerte meine Mutter. »Wenn das kein guter Grund ist, mit mir shoppen zu gehen, dann wüsste ich nicht, was sonst.«

Ich hatte mit meiner Annahme, dass Callum unseren Eltern gegenüber nichts ausplaudern würde, richtiggelegen. Zumindest hatte er bislang nichts gesagt. »Ich weiß, aber da die Abschlussprüfungen anstehen, muss ich lernen.«

Ich hörte zu, wie sie seufzte und sich dann lang und breit über irgendein neues Mitglied in einem der Komitees ausließ, in denen sie saß, bevor ich endlich auflegen konnte.

»Wir sollten heute Abend zu der Party unten in Frankston gehen«, meinte Hannah. Sie feilte sich am Schreibtisch am Fenster die Fingernägel.

Ich wünschte, sie würde das lassen, weil ich den Tisch lieber zum Arbeiten nutzte. Etwas, wofür Hannah sich nicht allzu sehr zu begeistern schien.

Mit dem Telefon in der Hand ließ ich mir ihre Frage durch den Kopf gehen, während ich begann, bei Pinterest nach neuen Ideen zu suchen. Es war Wochen her, seit ich irgendetwas genäht hatte. Noch nicht einmal ein Blick auf den Karton voller halb fertiger Stickereien im Kofferraum meines Autos konnte mein Interesse wecken.

»Wer geht so hin?«, fragte ich, schloss die App und setzte mich auf mein Bett. Ich machte mir nicht die Mühe, meine Zimmerseite zu dekorieren. Das hier war nur vorübergehend, deswegen machte es nicht viel Sinn.

Nachdem sie ihre Nägel inspiziert hatte, begann Hannah die Gruppen an den Fingern abzuzählen. »Das Lacrosse-Team, das Footballteam, das ...«

»Okay«, unterbrach ich sie. Entschlossenheit durchströmte mich, als ich aufstand. »Ich bin dabei.«

Ich zog den Reißverschluss meines lavendelfarbenen Tunikakleides zu und schob die Füße in meine weißen Peep-toe-Pumps, als sie schließlich fragte: »Stimmt es wirklich, dass du deinen Freund mit seinem besten Freund betrogen hast?« Hannah fuhr sich mit der Hand durch ihre blonden Locken und strich mit einem Finger über die Haut unter ihren Augen, während sie ihr Spiegelbild betrachtete.

»Ich dachte schon, du würdest nie fragen«, brummte ich trocken, als ich meine Clutch überprüfte, um mich zu vergewissern, dass ich Bargeld dabeihatte.

»Wollte ich ja. Alle haben in der Woche, als du eingezogen bist, von nichts anderem geredet.«

Ich ließ meine Clutch mit einem leisen Knacken zuschnappen. »Und warum hast du es nicht getan?«

Hannah zuckte mit den Schultern und nahm einen Cardigan von dem Bügel im Schrank. »Du hast so trübsinnig gewirkt und so. Tust du immer noch irgendwie. Ist nicht böse gemeint.«

Ich hob die Brauen, hielt aber den Mund. Trübsinnig. Das Letzte, als was ich bezeichnet werde wollte, war *trübsinnig*. Wenn ich mir eingebildet hatte, den Kopf nicht hängen zu lassen und mein Lieblingsrot zu tragen, würde verbergen, was darunter brodelte, hatte ich mich wohl geirrt.

Das ließ sich jetzt nicht ändern, ich konnte nur versuchen, es besser zu machen, schätzte ich.

»Egal, alles kommt irgendwie von selbst wieder in Ordnung.«

»Mmmhmm.« Hannah klang nicht überzeugt.

Ich ließ das nicht zu mir durchdringen. Ich konnte es nicht.

Seit meiner Ankunft in Gray Springs hatte ich viele harte Lektionen gelernt. Aber die eine, die mir schockierend klar und deutlich vor Augen stand, war die, dass ich nie gemerkt hatte, wie viel von mir selbst ich aufgegeben hatte. Nicht, bevor mir klar geworden war, dass mein Überleben davon abhing, das alles zurückzubekommen.

Und der Schlüssel zu dem verloren gegangenen Mädchen war er.

Doch als wir das Verbindungshaus erreichten, über das Efeu wie eine blättrige Schlange hinwegkroch, und hineingingen, fragte ich mich, ob es mir jemals wirklich gelingen würde, zu verhindern, von all dem beeinflusst zu werden.

Er war da, stand mit ein paar Typen, die ich nicht kannte, und einem Mädchen an seiner Seite an dem Billardtisch.

Mein Herz sackte in meinen Magen und verschlug mir einen Moment lang den Atem.

Mir war nie der Gedanke gekommen, dass er das tun könnte. Dass er sich auf eine Weise rächen könnte, die alles erschütterte, woran ich glaubte.

Und doch tat er genau das.

»Schau mal, das ist deine Ex, richtig?«, sagte einer der Typen, gefolgt von Gelächter, als sich alle umdrehten und mich auf dem Flur stehen sahen.

Callums Augen bohrten sich in meine, und ich versuchte mit aller Kraft, die ich aufzubringen vermochte, ihn mit einem Blick anzuflehen, mich nicht zu vernichten. Ich hätte wissen müssen, dass ich ihn dadurch nur dazu anspornen würde, genau das zu tun. Er sah auf das Mädchen hinunter, das an den Nägeln knabberte und erst mich, dann Callum misstrauisch musterte. »Sie bedeutet mir nichts mehr, keine Sorge.«

Trotz der Musik und der Entfernung gelangten seine Worte bis zu mir. Oder vielleicht lag es auch nur an meiner Fähigkeit, seine Lippen, seine Gedanken zu lesen, als hätte ich zu lange in ihm gelebt.

»Beweis es«, verlangte einer der Jungs mit einem Lachen.

Callum maß ihn mit einem finsteren Blick. Der Typ zuckte nur mit den Achseln und trank aus einem Plastikbecher.

»Ich muss überhaupt nichts beweisen.« Aber er legte den Arm um das Mädchen, und er führte sie zur anderen Seite des Raums und setzte sich mit ihr auf eine Couch in der Ecke.

»Hey, da bist du ja. Das Bier ist warm. Widerlich, aber hier.« Hannah reichte mir einen Becher.

Ich nahm ihn, obwohl ich wusste, dass ich den Inhalt nicht trinken würde. Ich bezweifelte, dass ich überhaupt je wieder etwas trinken würde, dann schielte ich wieder zu Callum.

In seinem Blick lag eine Herausforderung; eine, die mich anstachelte, nur loszulegen und mich noch einmal gründlich zu blamieren.

Ich blickte auf das Bier, dann hob ich die Augen zu Callum, bevor ich den Inhalt des Bechers in den Topf eines Kaktus kippte, der auf einem Regal an der Wand stand. Ohne ihn eines weiteren Blickes zu würdigen, folgte ich Hannah.

Als wir die Küche erreichten, täuschte ich Abscheu vor und tat so, als würde ich das Bier ausspucken. »Igitt.« Ich drehte den Wasserhahn auf und stellte den leeren Becher umgekehrt in die Spüle. »Das ist ja ekelhaft.«

Allein der Geruch von Bier reichte aus, um mich an einen ganz anderen Abend zurückzukatapultieren, der ganz ähnlich wie dieser begonnen hatte. Mein Magen zog sich zusammen.

Hannah lachte, hakte sich bei mir ein und zog mich durch das große Haus und die Treppe hoch. »Willst du lieber high werden?«

»Nein, danke. Aber tu du dir keinen Zwang an.« Ich betrachtete den Wohnbereich, wo nur ein paar Leute herumsaßen, Videospiele spielten, tranken und sich unterhielten. »Ich bleibe eine Weile hier.«

»Okay, ich bin bald zurück.«

Ich entdeckte eine leere Couch in der Ecke und setzte mich, da ich niemanden zu einem Gespräch ermutigen wollte. Ich würde warten, bis Hannah zurückkam, und dann gehen. Meine Haut schien zu kribbeln und zu jucken, da ich wusste, dass ich über dem Raum saß, in dem Callum sich mit einem anderen Mädchen aufhielt. Der Umstand, dass ich keine Ahnung hatte, was er tat, bewirkte, dass ich immer wieder nervös die Beine übereinanderschlug und meine Hände an dem Saum meines Kleides herumnestelten.

Hör auf, krumm zu sitzen, und zappel nicht. Kinn noch, Schultern zurück, lächeln.

Ich war noch nie so dankbar für die Nörgelei meiner Mutter gewesen. Oder für den Schauspielunterricht, den ich in der Schule genommen hatte. Ich mochte nicht übermäßig begabt gewesen sein, aber ich konnte mich jetzt gut genug verstellen, bis ich es hoffentlich geschafft hatte.

Ich muss nicht wissen, was er gerade macht, versuchte ich mir einzureden.

Aber ich wusste nur zu gut, dass es schlimmer war, nichts zu wissen. Ich brauchte Fakten, musste meine durcheinanderwirbelnden Gedanken zum Stillstand bringen.

»Renee?« Oh, Scheiße.

Mike kam mit einem zaghaften Lächeln auf mich zu und lehnte sich neben der Stelle, wo ich saß, gegen die Wand. Meine Hände zitterten. Ich wollte nicht sitzen, wenn er stand und mich überragte. Ich hatte mich ihm gegenüber schon verletzlich genug für ein ganzes Leben gemacht.

Also stand ich auf. »Kann ich dir helfen?«

Er runzelte die Stirn und blickte einen Moment auf sein Bier hinunter, bevor er seine blauen Augen zu meinen hob. »Ich wollte nur …«

»Lass mich raten. Callum ist mit dir immer noch befreundet, aber ich bin auf die Straße gesetzt worden, und du willst dich entschuldigen.« Ich verzog die Lippen; tat so, als würde ich darüber nachdenken. »Spar dir die Mühe. Die Entschuldigung wird nicht angenommen.«

Ich machte Anstalten, um ihn herumzugehen, doch er umfasste sacht meinen Arm. »Er hasst mich auch.«

»Warum bist du dann hier? Um mit mir zu reden?«

Er klemmte die Lippe zwischen die Zähne und nahm sich die Zeit, mich eine Weile anzusehen, bevor er sagte: »Weil ich gehofft hatte, dass du hier bist, damit ich mit dir sprechen kann.«

Ich schüttelte den Kopf und seine Hand von meinem Arm ab, als ich darüber nachdachte, was ich damit anfangen sollte. »Du solltest mit ihm reden und diese Sache klären.«

Mike leckte sich über die Lippen und blickte kurz zu Boden.

»Du hast es noch nicht einmal versucht, oder?«, kreischte ich förmlich.

»Doch, aber so einfach ist das nicht.«

»Da hast du verdammt recht, das ist es nicht. Ich kann mich nicht einmal mehr daran erinnern, was passiert ist, Mike.« Ich hielt inne, um meine Fassung zurückzugewinnen. »Sag es mir, bitte. Erzähl mir genau, was vorgefallen ist.«

Unter uns brandete Gelächter auf, gefolgt von Gejohle und Pfiffen, als sich Mikes Augen in meine bohrten. »Bedarf das wirklich einer Erklärung, Renee? Es tut mir leid, aber ich bereue nichts ...«

»Hör auf.« Ich schloss die Augen. Verwirrung umwölkte alles, was ich sagen wollte, aber es war sinnlos. Als ich ihn wieder ansah, überkam mich Ekel. Nicht wegen ihm, sondern wegen dem, in was wir da hineingeraten waren. Wir alle drei.

Dann kam mir ein Gedanke. So absurd und falsch es war, aber ich war verzweifelt und scheute mich nicht, es ihm zu zeigen, als ich ihn am Arm packte. »Du könntest mit ihm reden, ihm sagen, dass nichts passiert ist, dass – ich weiß nicht – irgendwer das Bild mit Photoshop bearbeitet haben muss. Irgendetwas. Alles, was nötig ist, um das in Ordnung zu bringen.«

»Renee«, flüsterte Mike und hob eine Hand, um meine Wange zu umschließen. »Ich *habe* mit ihm gesprochen.«

Ich schluckte, kam mir lächerlich vor. »Du hast noch nicht einmal versucht, es zu leugnen, nicht?« Meine Stimme brach, und das drohende Brennen in meinen Augen kündigte Tränen an, als Mike mich nur mit zusammengekniffenen Lippen ansah.

»Warum?«, zischte ich.

Er zischte zurück: »Du weißt, warum.«

»Nein«, sagte ich mit einem humorlosen Lachen. »Das weiß ich wirklich nicht. Das übersteigt ...«

»Weil ich dich liebe.« Das Blau seiner Augen verdunkelte sich, und ich hatte noch nie erlebt, dass sein Kiefer sich so verhärtete. Hatte noch nie gehört, dass seine Stimme so rau klang.

»Das tust du nicht.«

»Doch«, widersprach er heftig. »Und deswegen habe ich versucht, es wieder in Ordnung zu bringen, aber ich habe alles nur noch schlimmer gemacht.«

»Du liebst mich nicht«, beharrte ich verdutzt.

Sein Griff um meine Wange verstärkte sich. »Renee.«

»Nein, tust du nicht. Du willst einfach nur, was du nicht haben ...«

»Das sieht ja nett aus.«

Callums Stimme traf mich in die Brust und schnürte sie zu. Ich kniff die Augen zusammen und schrie mich im Geiste selbst an, als ich daran dachte, wie die Szene wirken musste. Übel, mit kaum genug Platz für einen anderen Körper, um sich zwischen Mikes und meinen zu drängen, und seiner Hand auf meiner Wange, wirklich übel. Ich drehte mich um, Mikes Hand fiel nach unten, als ich Callum ansah.

»Es ist nicht so ...«

»Wie es aussieht?« Er lachte, seine Augen leuchteten vor Trunkenheit und Unglauben. »Aber sicher.« Mit einem Nicken in Mikes Richtung sagte er: »Du weißt ja schon, dass die hier gerne herumstreunt, also viel Glück dabei, sie an der Leine zu halten.«

Mit diesen Worten stapfte er den Flur entlang zur Treppe und ließ mich mit einem nutzlosen Herzen zurück, das nicht aufhören wollte zu bluten.

»Renee, er ist nur verletzt.«

»Glaubst du, das weiß ich nicht?«, herrschte ich Mike an, dann holte ich tief Atem. »Bleib einfach ... von mir weg.«

Ich ignorierte den Schmerz, der bei meinen Worten über sein Gesicht huschte, und ging zur Treppe. Hannah kam sie gerade hoch, als ich hinunterging. »Ich gehe zum Wohnheim zurück«, teilte ich ihr mit.

»Okay, tschüss«, sagte sie und stieg weiter die Treppe hoch.

Ich wollte keine Freundinnen, daran versuchte ich mich zu erinnern, als mich ihre Gleichgültigkeit schockte. Was sie eigentlich nicht tun sollte, denn es kümmerte sich ja niemand wirklich um irgendjemanden außer sich selbst.

Es war mein eigener Fehler, immer noch zu glauben, irgendwer könnte anders sein als der ganze Rest. Ich hätte inzwischen besser als jeder andere wissen müssen, dass wir alle wankelmütige, selbstsüchtige Geschöpfe waren.

Ich erreichte den Fuß der Treppe, als ich Callum erneut sah. Er stand am Ende des Flurs, und die Brünette, mit der er vorhin zusammen gewesen war, klebte an der Wand, während ihre Hände über den Körper des anderen glitten und ihre Münder sich zweifellos trafen.

Ich sah zu, zwang mich, die Tortur zu erdulden, weil ich Zeuge davon sein musste. Es musste in mein widerstrebendes Hirn einsickern und eine Botschaft an mein Herz schicken. Wenn jemand die Kontrolle über dein Herz übernommen hatte, war es das Schlimmste, was du tun konntest, dir ihn zum Feind zu machen.

Und wie eine Idiotin hatte ich genau das getan.

Er hob sie hoch, und ihre Knöchel kreuzten sich über seinem Hintern, woraufhin einer ihrer Schuhe zu Boden fiel. Sie löste sich kichernd von ihm, dann sah sie mich dort stehen.

Sie flüsterte Callum etwas zu. Sein Rücken straffte sich, dann zog er sie mit einem Zwinkern in meine Richtung den Flur hinunter in Richtung der Schlafzimmer zurück.

Einundzwanzigstes Kapitel

Renee

Weihnachten kam. Es war eine Sache, über Thanksgiving nicht nach Hause zu fahren, aber Weihnachten konnte ich auf keinen Fall schwänzen, ohne dass jemand mitbekam, dass irgendetwas im Busch war.

Meine Mutter war außer sich, dass ich es vorgezogen hatte, freiwillig in einem Obdachlosenwohnheim zu helfen, statt nach Hause zu kommen und Zeit mit ihnen zu verbringen.

Ich hatte eigentlich gar nicht vorgehabt, ehrenamtlich zu arbeiten, aber nachdem ich das als Ausrede vorgebracht hatte, nagten Schuldgefühle an mir. Allerdings half ich nicht in einem Obdachlosenheim, sondern in einer Suppenküche in der Nähe des Campus.

Nah genug.

Callum hatte sich amüsiert, da war ich mir ganz sicher. Er hatte sich nach unserer Trennung nicht nur angewöhnt, noch mehr Partys zu besuchen, sondern er hatte sich auch bei der weiblichen Bevölkerung von Gray Springs einen Namen gemacht.

»In der Tat ein Fuchs«, hatte ich gemurmelt, als ich ihn eines Morgens, nachdem alle von den Thanksgivingfeiertagen zurück waren, sein tückisches Grinsen auf eine niedliche kleine Blondine richten sah.

Er konnte tun und lassen, was er wollte. Ich hatte keine Möglichkeit, ihn aufzuhalten. Ich bezweifelte, dass das unter diesen Umständen überhaupt jemand konnte. Und nachdem ich nach dieser ersten Nacht mein Kissen mit Tränen getränkt hatte, weigerte ich mich, mich jemals wieder so zum Weinen bringen zu lassen.

Er vögelte sie nur, um die Leere auszufüllen, die ich hinterlassen hatte. Um mit dem Schmerz fertigzuwerden, den ich ihm zugefügt hatte. Weil er mich geliebt hatte. Und ich musste glauben, dass das seine Art war, damit umzugehen. Es war zu gefährlich, etwas anderes zu denken.

Die Straßen waren nass, der Himmel grau und voller fetter Wolken, die sich drohend zusammenballten, als ich in die Stadt hineinfuhr. Kleine Häuser und bescheidene Gärten wichen bald ausgedehnten, von Bäumen oder getrimmten Hecken gesäumten Grundstücken, die von bis zum Platzen gefüllten Bankkonten zeugten.

Ich bog in die Einfahrt ein. Mein Herz machte beim Anblick des weißen zweistöckigen Hauses, von dem ich nie gedacht hätte, dass ich es so vermissen würde, einen Satz. Meine Mutter kam herausgestürmt und wartete kaum, bis ich eingeparkt hatte, um mich in eine Umarmung zu ziehen und mir dann einen Klaps auf den Arm zu geben. »Du bleibst gleich bis Weihnachten hier.« Als ich lachte, schürzte sie die Lippen. »Ich meine es ernst. Es war so langweilig.«

»Schön, dich zu sehen.« Ich holte meine Sachen aus dem Kofferraum und schloss ihn hastig, als mir klar wurde, dass ein paar von meinen Kartons noch darin waren. Scheiße. Ich würde eine Lagermöglichkeit finden müssen, die ich bar bezahlen konnte.

»Dein Vater ist der Allerschlimmste, arbeitet noch mehr als sonst. Irgendwann brauche ich Urlaub.«

»Er mit Sicherheit auch.« Ich trug meine senffarbene Lederreisetasche zur Veranda und ging dann zurück, um meine Handtasche zu holen.

»Ich erwäge, mir einen Job zu suchen, so sehr langweile ich mich.«

»Ach ja? Was willst du denn machen?«

»Mehr hast du nicht mitgebracht?«, fragte sie, als sie meine Taschen musterte.

Ich konnte ihr nicht sagen, dass ich nicht mehr einpacken musste, weil ein Teil meiner Sachen dauerhaft im Auto untergebracht war. »Nein, ich habe noch einiges hier.«

»Oh, richtig.« Sie winkte ab, dann griff sie nach meiner Handtasche und ging mit mir ins Haus. »Und ich weiß nicht, was ich machen möchte.«

»In der Stadt gibt es ein gutes Pflegeheim.« Ich ließ meine Tasche am Fuß der Treppe fallen. »Da könntest du ehrenamtlich arbeiten, wahrscheinlich suchen sie immer Aushilfen.«

»Nein. Alte Leute können schlecht riechen.«

Ich nahm ihr meine Handtasche ab. »Junge Leute auch.«

Ihre Lippen zuckten, als würde sie mir nicht glauben. »Genug davon. Hast du mir irgendetwas ganz Tolles gekauft?«

Ich kam zu dem Schluss, dass ich schon genug von ihrer Gesellschaft hatte, und griff nach meiner Reisetasche, um sie nach oben zu bringen. »Vielleicht. Du wirst dich noch ein Weilchen gedulden müssen.«

»Wo willst du hin? Wir müssen Tee trinken und ein bisschen tratschen.«

»Später, ich will erst auspacken und mich einrichten.«

»Lang-weilig«, flötete sie. Ihre Absätze klackerten auf dem Boden, als sie davonschlenderte.

Wäre jemand in der Nähe gewesen, um ihn zu hören, wäre mir der Seufzer, den ich ausstieß, als ich mein Zimmer betrat, fast peinlich gewesen. Ich stellte meine Taschen an der Wand ab und ging dann zu meinem Schreibtisch hinüber, auf dem früher meine Nähmaschine gestanden hatte.

Jetzt schlief sie in meinem Wohnheimzimmer in einem Karton unter dem Bett. Wo sie sehr wahrscheinlich Spinnweben ansetzte.

Mein Bett war gemacht, als wäre ich nie ausgezogen, die Regenbogennetze an den Pfosten zurückgezogen und die Kissen alle auf der pfirsichfarbenen Tagesdecke zusammengeschoben. Mein Einhorn, das Callum für mich gewonnen hatte, saß vorne in der Mitte.

Ich trat auf das Podest, strich mit der Hand über den Satinstoff und grub die Finger in die Rüschen, als sie darauf trafen. Dann setzte ich mich, ließ den Blick über meine Bücherregale schweifen und hätte dem Kummer fast wieder Tür und Tor geöffnet, als ich einen *Sailor Moon*-Comic dort liegen sah, wo Callum ihn zuletzt aus dem Regal gezogen hatte.

Mom musste unsere Putzfrau angewiesen haben, hier staubzuwischen. Sie neigte manchmal zu solchen Sentimentalitäten.

Trotzdem konnte ich meinen Eltern nichts erzählen, und ich fragte mich, ob Callum genauso dachte. Es war eine Sache, dass sie uns theoretisch als Paar sehen wollten, aber eine ganz andere, tatsächlich einen Schritt weiter zu gehen und zu heiraten. Wenn sie erfuhren, dass wir uns getrennt hatten, und dann auch noch auf diese Weise, würden sie alles herausfinden.

Und damit würde ich auf keinen Fall umgehen können. Nicht jetzt.

• • •

»Ich habe Eierpunsch nie gemocht. Er schmeckt so komisch.«

»Stimmt«, sagte ich in meinen Tee, als wir im Wohnzimmer am Kamin saßen.

Mein Vater beantwortete E-Mails, während meine Mutter den ganzen Schmuck durchsah, den sie bekommen hatte, und ihn sorgfältig in ihrem neuen Schmuckkasten verstaute.

Die Diamantohrringe, die ich ihr geschenkt hatte, veranlassten sie, in die Hände zu klatschen und zu quieken, als wäre sie wieder ein Kind. Man konnte über sie sagen, was man wollte, und ich würde wahrscheinlich nicht widersprechen, aber ich liebte sie. Etwas, was mir stärker bewusst geworden war, seit ich vor drei Tagen nach Hause gekommen war. Sie konnte mir mit einer Leichtigkeit ein Lächeln entlocken, die mir noch nie zuvor begegnet war. Meinem Vater ebenfalls, das schloss ich aus der Art, wie er sie dabei beobachtete, wie sie ihre Geschenke mit so offenkundigem Entzücken auspackte.

»Es wird kein Eierpunsch serviert. Das habe ich angeordnet.«

»Ich mag Eierpunsch.« Dads Augen waren unverwandt auf sein Telefon gerichtet.

Mom deutete mit dem Finger auf ihn. »Ich habe dich das Zeug noch nie trinken sehen.«

Er zuckte mit den Schultern. »Aber wenn die Möglichkeit, einen zu bekommen, nicht mehr besteht, werde ich wahrscheinlich einen wollen.«

Meine Mutter sah mich mit einer hochgezogenen Braue an. »So sind Männer.«

Ich lachte in meinen Tee und legte die Hände fest um den Becher, als ich meine vor mir auf dem Boden aufgereihten Geschenke betrachtete.

Neue Stickmuster, Alben für meine Entwürfe, haufenweise Stoffe, Briefpapier, eine Halskette, Bänder und Schleifen und so weiter und so fort.

»Kian sagte, sie würden schon zum Lunch und nicht erst zum Dinner hier sein«, rief mein Dad, als Mom sich anschickte, den Raum zu verlassen.

»Damon, eine kleine Vorwarnung wäre nett gewesen.«

»Warum?«

Mom schnaubte. »Weil ich mir seit gestern Morgen nicht mehr die Haare gewaschen habe und in diesem Zimmer das nackte Chaos herrscht.«

»Es ist Weihnachten.« Dad blickte von seinem Telefon auf. »Und du siehst immer bildschön aus, das weißt du.«

Mom errötete, und ihre Einwände waren vergessen, als sie glücklich aus dem Raum flatterte. Dad zwinkerte mir zu, dann widmete er sich wieder seinem Telefon.

Ich begann das Geschenkpapier einzusammeln. Es verschaffte mir eine entschieden zu große Befriedigung, es zu einem Ball zusammenzuknüllen und alles auf die Couch zu werfen.

»Wie läuft es auf dem College?«, fragte Dad.

»Na ja.« Ich bückte mich, um ein Stück Papier aufzuheben, das halb unter einem Sessel versteckt lag.

»Belegst du Theaterwissenschaftskurse?«

»Ja.« Ich stapelte Moms Sachen auf dem Couchtisch und begann dann meine zusammenzupacken, um sie in mein Zimmer zu bringen.

»Das musst du nicht, weißt du?« Er sprach leise, schockte mich aber trotzdem. »Was?«

Er verdrehte tatsächlich die Augen. »Wir wissen doch beide, dass du dich nicht aus den Gründen auf das Theaterspielen verlegt hast, die deine Mutter sich wünscht.«

»Ich …« Mir entfuhr ein kleines Lachen. »Aber ich weiß nicht, was ich sonst tun soll.«

Dad legte sein Telefon weg, stand von der Couch auf und sammelte seine Geschenke ein. Hauptsächlich Gutscheine für verschiedene Golfzubehörläden, eine neue Uhr, ein paar Krawatten und neue Hemden. »Du hast immer gewusst, was du machen willst.«

Das stimmte. »Nur weil du etwas gern tust, heißt das nicht zwingenderweise, dass du deine Karriere darauf aufbauen musst, oder?«

Jetzt hielt er mit seiner Tätigkeit inne und wandte sich mit Augen, die viel grüner schimmerten als meine eigenen, zu mir. »Du hast also Angst, dass du es dann nicht mehr gern tun könntest. Ist es das?«

Ich zuckte mit den Schultern.

»Mir macht das, was ich tue, auch keinen Spaß, aber eines liebe ich.« Er lächelte; musste nichts mehr sagen.

Grinsend übernahm ich das für ihn. »Geld.«

Er kitzelte mich unter dem Kinn. »Du hast noch Zeit. Aber ziemlich bald wirst du sie dazu nutzen müssen, die richtigen Dinge zu tun und auf lange Sicht zu denken.«

Nachdem er den Raum verlassen hatte, grübelte ich die nächsten paar Minuten über seine Worte nach, bis mir einfiel, was er davor gesagt hatte.

Callum würde bald hier sein. Oder vielleicht würde er sich auch drücken. Ich hoffte das Gegenteil. Nicht nur aus egoistischen Gründen, sondern auch, um sicherzugehen, dass unsere Eltern auch weiterhin nichts merkten.

Ich war seit Wochen nicht in seine Nähe gekommen, hatte ihn nur aus der Entfernung beobachtet. Selbstschutz hatte mich wie eine Idiotin herumschleichen lassen. Es war eine Sache, zu wissen, was er trieb, aber eine völlig andere, es die ganze Zeit mit eigenen Augen zu sehen.

Ich war nicht sicher, ob ich damit klarkommen konnte, ihn schon heute oder an einem anderen Tag zu sehen.

Aber ich war auch nicht sicher, ob ich mit der Alternative klarkommen würde. Der, wo er nicht auftauchte und unsere Welten eventuell noch tiefer ins Chaos stürzte.

• • •

Kurz bevor sie eintreffen sollten, kam eine Textnachricht, und meine Hände zitterten, als ich sie öffnete. Es war zu lange her, seit ich seinen Namen auf dem Display meines Telefons gesehen hatte.

Callum: Spielen wir heile Welt?

Ich: Wenn du willst.

Callum: Und ob ich will. Dann bekomme ich ja das Beste von beiden Welten, nicht?

Ich betrachtete die Nachricht böse, und kurz darauf folgte eine weitere.

Callum: ... oder sollte ich sagen, das Beste und das Schlechteste.

Ich: Tu einfach nur nichts Dummes.

Callum: Darauf könnte ich jetzt so vieles sagen. Wir sehen uns gleich, Maus.

Ich schleuderte mein Telefon weg. Es landete klirrend auf meinem Nachttisch, als ich in mein Bad ging. Wenn er spielen wollte, würde er ein Spiel bekommen.

Ich zog ein hautenges rotes Kleid an, kombinierte es mit blickdichten schenkellangen Strümpfen und stieg dann in meine hochhackigen Stiefel. Roter Lippenstift wäre wahrscheinlich zu viel des Guten gewesen, aber nachdem ich mein Bolerojäckchen aus falschem Fuchspelz übergestreift hatte, legte ich ihn trotzdem auf.

Meine Eltern, die sich im Lauf der Jahre an meinen exzentrischen Modegeschmack gewöhnt hatten, sagten nichts zu meiner Aufmachung, nur mein Vater meinte, dass ich vielleicht frieren könnte. Ich zuckte nur mit den Achseln. Am liebsten hätte ich ihm gesagt, dass ich mich inzwischen an die Kälte gewöhnt hatte.

Sie kamen fünf Minuten, bevor wir uns zum Essen setzen wollten.

Niemand störte sich an der Verspätung, ich schon gar nicht, als mein Blick auf Callum fiel. In seiner schwarzen Hose und einem blauen Hemd war er wie immer der gute Sohn, wenn es von ihm verlangt wurde. Die beiden obersten Knöpfe standen offen und lieferten einen verlockenden Vorgeschmack von seiner sonnengebräunten Haut. Ich wusste schon seit Langem, dass stundenlanges Training ihm zu einer ganzjährigen Bräune verhalf.

Als alle anderen sich begrüßten, kam er auf mich zu. Seine Schritte stockten, als seine Augen über meinen Körper wanderten.

Meine Lippen krümmten sich, und mein Blut begann zu kochen, als mir klar wurde, dass ich ihn berühren konnte. Ich konnte ihn berühren, und er konnte mich nicht daran hindern. Nicht hier, nachdem wir uns beide auf diese Show geeinigt hatten.

Anscheinend hatte er meine Gedanken gelesen, bevor ich mich auf ihn stürzen konnte, denn seine Kiefermuskeln spannten sich an, ehe er sein aristokratischstes Lächeln aufsetzte. »Maus.« Er sprach das Wort schwer atmend aus, als meine Hände an seiner Brust hochglitten und seinen schon gerade sitzenden Kragen zurechtrückten.

Ich sagte noch nicht einmal Hallo, sondern grinste nur und sah, wie seine Augen sich verengten, bevor ich mich auf die Zehenspitzen stellte und seine volle Unterlippe zwischen meine beiden nahm. Er erstarrte unter meinen Händen, dann wanderten seine eigenen zu meiner Taille und hielten mich fest.

Er hielt mich. Am liebsten hätte ich laut gesungen, aber stattdessen streiften meine Lippen leicht seine, dann wischte ich darüber, um nicht vorhandenen Lippenstift zu entfernen.

Unsere Mütter kicherten über irgendetwas, und unsere Väter unterhielten sich angeregt, als sie weiter ins Haus gingen. Ich nahm seine Hand. »Komm, ich habe etwas für dich.«

»Das wäre wirklich nicht nötig gewesen«, sagte er mit zusammengebissenen Zähnen, als ich im Wohnzimmer stehen blieb und mich unter den riesigen Baum kniete, wobei ich darauf achtete, dass er einen guten Blick auf mein Hinterteil hatte.

»Ich wollte es aber«, erwiderte ich aufrichtig, als ich ihm sein Geschenk reichte. »Eigentlich ist es dein Geburtstagsgeschenk. Du hast es nie aufgemacht.« Seine Brauen zogen sich zusammen, während er mich beobachtete. Ich nickte ihm lächelnd zu. »Mach schon, es gibt keine Spinnen. Versprochen.«

Er schnaubte leise, hob den Deckel an, spähte hinein und musterte den Stapel Comicbücher, die ich seit letztem Weihnachten gesammelt hatte.

»Renee.« Er schloss den Deckel, ohne sie richtig anzusehen.

»Was? Sind es die falschen?« Ich hatte diesen Fehler früher auch schon gemacht, da mein Wissen bezüglich DC und Marvel begrenzt war.

Er schüttelte den Kopf, drehte sich um und warf den Karton auf die Couch, bevor er das Zimmer verließ.

Ich rang nach Atem, als ich den achtlos weggeworfenen königsblauen Karton mit dem gemusterten Band ansah, dessen Deckel bei dem Aufprall zur Seite geflogen war.

Sowie ich glaubte, meine Gefühle unter Kontrolle zu haben, legte ich den Deckel wieder auf den Karton und brachte ihn in mein Zimmer, wo ich mir ein paar Minuten lang das Gesicht fächelte und mich selbst ermahnte, dass alles okay war.

Es war sowieso eine dumme Idee gewesen. Ich hätte sie einfach wegwerfen sollen. Als wir älter geworden waren und er über die Mittel verfügte, sich zu kaufen, was immer er wollte, hatte er angefangen, weniger Wert auf Geschenke zu legen.

Ich schien nicht genug Luft in meine Lungen saugen zu können, als wir uns alle zum Lunch setzten. Unsere Eltern lachten und scherzten, während ich mit meinem Essen spielte.

Als alle fast fertig waren, stieß Callums Fuß unter dem Tisch gegen meinen. Ich blickte auf; hoffte, eine ausdruckslose Miene zur Schau zu tragen.

»Iss«, formte er mit den Lippen, dabei blickte er erst zu meinem Essen und dann zu unseren Eltern.

Richtig. Es durfte niemand Fragen stellen.

Ich aß. Das zarte Fleisch und der Salat fühlten sich an, als würden sie mir in der Kehle stecken bleiben, als ich versuchte, beides hinunterzuwürgen. Damit mir das besser gelang, spülte ich mit Wasser nach.

»Callum sagt, ihr zwei habt eines der schönsten Apartments auf dem Campus.« Kian schob sich eine Gabel voll Salat in den Mund und kaute, während er auf meine Antwort wartete.

Ich trank noch etwas Wasser, um Zeit zu schinden. »Das stimmt.« Ich schielte zu Callum, der sein Essen eindringlich anstarrte. »Mit raumhohen Fenstern, die das halbe Apartment ausmachen und von denen aus man den größten Teil von Gray Springs überblicken kann.«

Kian lächelte erst mich, dann seinen Sohn an und nickte. »Wir müssen euch mal besuchen. Himmel, wie die Zeit rast. Bevor wir uns versehen, seid ihr im letzten Jahr, und wir sagen immer noch, dass wir euch besuchen müssen.«

Ich konnte die Panik in Callums Augen sehen, als sein Kopf hochfuhr, doch der Rest seines Gesichts blieb unbewegt.

»Wir hätten euch zu gerne mal da«, sagte ich und lenkte das Gespräch dann auf die Firma. »Laufen die neuen Filialen immer noch gut?«

»Oh ja.« Kian sah meinen Vater an, der nickte und sich sichtlich freute, dass ich gefragt hatte.

»Auch die in Deutschland?«

Mein Dad strahlte. »Ja, es hat eine Weile gedauert, bis alles in Gang kam. Aber jetzt bringt sie mehr ein, als sie kostet.«

Ich lächelte und hörte zu, als er und Kian von der neuen Software erzählten, die sie installiert hatten, und von ihrem Traum, eines Tages ein bisschen kürzertreten zu können. Die Blicke, die sie, vor allem Kian, Callum zuwarfen, ließen sich nicht ignorieren. Trotzdem blieb Callum ruhig und gleichmütig. Oder er hätte gern, dass sie das glaubten.

»Was habt ihr zwei denn für den Rest der Ferien vor?«, fragte Mom. Ihre Augen schossen zwischen mir und Callum hin und her.

»Ähm …«, begann ich.

»Wir sind noch fix und fertig von den Prüfungen, deswegen blieben wir vielleicht eine Nacht oder zwei hier und fahren dann zurück, um uns auszuruhen.«

»Schon?« Lucindas Hand glitt zu ihren Perlen, nachdem sie ihr Weinglas abgestellt hatte. »Ihr müsst ein paar Tage länger bleiben. Wir haben euch vermisst.«

»Football«, sagte ich und verdrehte spielerisch die Augen. »Das Training fängt in ein paar Tagen wieder an. Viel Freizeit lassen sie ihnen in Gray Springs nicht.«

Mein Vater nickte, während Callums seinem Sohn einen missbilligenden Blick zuwarf. Dieser achtete nicht auf die beiden, sondern richtete seine dunklen Augen auf mich.

Ich sah auf meinen Teller hinunter. »Ich kann nicht mehr. Dürfte ich mich entschuldigen? Ich glaube, ich werde eine Weile irgendetwas Seichtes lesen.«

Mein Vater winkte mit der Hand, und meine Mutter lächelte, als sie sah, dass Callum ebenfalls vom Tisch aufstand.

Gefolgt von ihren gedämpften Stimmen und dann Gelächter verließen wir beide das Esszimmer.

»Du bist eine grandiose Lügnerin.«

Bei seinen scharfen Worten blieb ich auf der Mitte der Treppe stehen und machte Anstalten, etwas zu sagen, dann klappte ich den Mund wieder zu.

Er folgte mir in mein Zimmer und schloss die Tür hinter sich. »Was ist, hat es dir jetzt doch die Sprache verschlagen?«

»Nein.« Ich streifte meine Bolerojacke ab, bevor ich mich an meinen Schreibtisch setzte, um den Reißverschluss meiner Stiefel aufzuziehen.

»Mmhm.« Callum kam zu meinem Bett hinüber, sah aus, als würde er erwägen, sich daraufzulegen, begann dann aber stattdessen im Zimmer auf und ab zu tigern.

»Du kannst gehen, das ist dir schon klar?«

»Wirklich? Damit sie denken, ich wollte dich nicht sehen? Sie mögen selbstbezogen sein, aber sie sind nicht auf den Kopf gefallen.«

Ich zog meine Stiefel aus. »Wie auch immer. Nimm den Hinterausgang und ruf dir ein Taxi. Ich dachte, hier wären ein paar Leute, die du vielleicht besuchen möchtest.«

Er blieb auf dem Teppich stehen und grinste. »Aha, jetzt bringst du es also zur Sprache.«

»Wann sollte ich das denn sonst tun?«, fragte ich, dabei stand ich auf. »Alles, was du tust, ist, mich zu ignorieren, so zu tun, als würde ich gar nicht existieren, obwohl wir beide wissen, dass deine wahren Gefühle ganz anders aussehen.«

Callum kratzte sich am Kopf und lachte leise. »Du hältst das für ein Spiel?«

»Ist es keins?« Ich trat näher, ganz langsam, und sorgte dafür, dass seine Augen jeder meiner Bewegungen folgten.

»Du hast mich betrogen, und wir haben uns getrennt. Ich kann tun, was ich will, und mit wem ich das will.«

Meine Kehle schnürte sich zu. Ich schluckte hart, zwinkerte und setzte dann ein Lächeln auf. »Das ist okay.«

Er blinzelte und schob die Hände in die Hosentaschen. »Es ist also okay?«

Mein Finger fand einen seiner Hemdknöpfe und spielte damit, bevor ich ihn an seiner Brust hinunterzog. »Wir wissen beide, was du da tust.«

Ein heiseres Lachen brach aus ihm heraus. »Ja, andere Frauen vögeln.« Ich zuckte zusammen, und er packte mein Handgelenk. »Oh nein.« Er täuschte einen kummervollen Blick vor, den seine schneidende Stimme Lügen strafte. »Tut das weh? Lässt es dein intrigantes Herz noch mehr in deiner Brust schrumpfen?«

Sein Zorn, seine Arroganz – beides knisterte in der Luft, die ich mühsam einzuatmen versuchte, als ich, fest entschlossen, mich nicht einschüchtern zu lassen, vor ihm stand. Ich blickte zu ihm hoch und klimperte mit den Wimpern. »Hilft dir das? Sie zu vögeln? Oder denkst du immer noch an mich?« Als er höhnisch grinste, fuhr ich weich fort: »Denkst du jedes Mal an mich, wenn du mit ihnen zusammen bist? Wenn du nachts die Augen schließt und den Drang verspürst, deinen Schwanz in die Hand zu nehmen?«

Er schnalzte mit der Zunge. Eine Warnung schwang in seiner Stimme mit. »Vorsichtig, Minnie Maus.«

Als ich den Spitznamen hörte, krallte ich die Finger in die Handflächen. »Warum?«

Seine Augen wirkten schwarz, während sein Kiefer mahlte. »Weil ich dir sonst vielleicht erzählen könnte, wie sie wegen besagtem Schwanz stöhnen.« Er senkte den Kopf, warmer Atem wehte über meine Haare. »Wie sie sich darum zusammenziehen, wenn sie kommen und wie Süchtige wimmern, die dem nächsten High hinterherjagen.«

Ich schloss die Augen und dämpfte die Stimme zu einem fast unhörbaren Flüstern. »Callum.«

»Obwohl sich keine ihrer Pussys so nass, so eng und so verdammt perfekt anfühlt wie deine.«

Luft strömte in meine Lungen zurück, und ich stieß zittrig den Atem aus, bevor ich den Kopf drehte. Unsere Lippen waren nur eine Haaresbreite voneinander entfernt. »Du ...?«

»Nein.« Sein Lachen klang dunkel und bedrohlich. »Ich will dich nicht, aber ich könnte dich haben, wenn dem so wäre. Stimmt doch, oder?«

»Fahr zur Hölle«, wisperte ich mit schwer werdendem Herzen.

»Da war ich schon. Es ist nicht so schlimm, wie die Leute behaupten, wenn man erst einmal gelernt hat zu überleben.« Er presste die Lippen auf meine Wange und atmete tief ein, bevor er mein Handgelenk fallen ließ.

Die Tür wurde geräuschlos geöffnet, und dann war er fort, seine Schritte verhallten, als er zweifellos den Hintereingang nutzte, um zu verschwinden.

Zweiundzwanzigstes Kapitel

Callum

Nachdem ich am Tag nach Weihnachten das Mittagessen überstanden hatte, ergriff ich die Flucht, sobald das Besteck auf den leeren Tellern landete. Meine Eltern stellten keine Fragen, und ihr egozentrisches Verhalten hätte mich erschreckt, wenn mir nicht aufgefallen wäre, wie mein Dad mich musterte, als ich vom Tisch hochschoss, als Renees Fuß darunter meinen streifte.

Die Wochen vergingen, und schneidende Januarwindböen ließen meine Wangen brennen, als ich mich beim Training unermüdlich antrieb, mich tiefer in mich selbst zurückzog, wenn ich alleine war, und niemandem anvertraute, wie ich mich wirklich fühlte.

Der Valentinstag kam, und mit ihm eine Menge Lächeln und wandernder Hände.

Mein Gehirn zwang meinen Schwanz, zum Leben zu erwachen, um diesem seltsamen Winterschlaf zu entrinnen, in den es mich hatte verfallen lassen, seit Renee mir Weihnachten diese Comicbücher gegeben hatte. Seit sie diese verdammten Worte gesagt hatte, die mich seitdem verfolgten.

Denkst du jedes Mal an mich, wenn du mit ihnen zusammen bist?

Und das hatte ich nicht, bis sie mich verflucht hatte. Die anderen waren eine Fluchtmöglichkeit. Sie alle. Eine Möglichkeit, meine Gedanken ein paar Stunden lang zu verdrängen und vorübergehend den Schmerz in meiner Brust zu lindern. Den, der jedes Mal stärker wurde, wenn ich in diese grünen Augen sah oder einen Blick auf rote Haare erhaschte.

Oder wenn ich meinen sogenannten Freund ansehen musste.

»Welsh, warte«, ertönte Tobys Stimme hinter mir.

Ich blieb vor meinem Apartmentgebäude stehen und fuhr auf dem Bürgersteig herum, als Toby einen Kaffeebecher in den Mülleimer warf und zu mir herübergetrabt kam.

»Ich wusste ja, dass du nobel haust, aber im Penthouse?« Seine Augen leuchteten auf. »Das glaube ich erst, wenn ich es sehe.«

Ich schob mir seufzend meine Tasche höher auf die Schulter. »Bin nicht in Stimmung. Außerdem habe ich noch etwas anderes zu tun.«

Er musterte mich. »Oh ja, zum Beispiel so zu tun, als wärst du über deine Freundin hinweg, während du dir heimlich mit einem ihrer Höschen, das du in deiner Sockenschublade aufbewahrst, einen runterholst?«

Ich spürte, wie meine Augen aus den Höhlen quollen, bevor ich hastig ein verärgertes Gesicht machte. »Wie auch immer.«

Er folgte mir ins Haus. Unsere Sneakers quietschten auf den vor Kurzem polierten Fliesen.

Im Fahrstuhl drückte ich auf den Knopf und hielt meinen Schlüssel an den Sicherheitsscanner, bis das rote Licht aufleuchtete. Toby pfiff durch die Zähne, blieb aber ansonsten still, bis wir mein Apartment erreichten.

»Krasse Scheiße, Alter.« Seine Arme schwangen an seinen Seiten hin und her, als er in den Wohnbereich ging und seine Sporttasche auf den Boden fallen ließ. »Du lebst wie ein gottverdammter König.«

»Hmm.« Ich ließ meine Tasche in der Diele zurück und ging zum Kühlschrank. »Limo? Saft? Wasser?«

»Wasser bitte.«

Ich nahm den Krug heraus und goss uns zwei Gläser ein, während Toby das Apartment inspizierte. Dann kippte ich das Wasser in drei Schlucken hinunter, bevor ich den Krug, aus dem ich normalerweise direkt trank, in den Kühlschrank zurückstellte.

Ich hatte mich daran gewöhnt, alleine hier zu leben, und Sally, eine Reinigungskraft, die, wie ich kürzlich herausgefunden hatte, mir gerne einen blies, kam zwei Mal die Woche. Für gewöhnlich durch meine Finger, nachdem sie ihren Putzkram an der Tür abgestellt hatte.

Sie ließ mich sie nie vögeln, was ich eigenartig fand, aber in Anbetracht meiner abwechselnd heißen und kalten Beziehung zu meinem besten Stück war es vermutlich das Beste. Es gibt nichts Schlimmeres als beim Sex keinen hochzukriegen. Vor allem, wenn Lippen sich mit Lichtgeschwindigkeit bewegten. Nach einem ziemlich peinlichen Vorfall, den ich glücklicherweise mit zu viel Alkohol hatte entschuldigen können, fand ich es einfacher, mich in Form von Mündern statt fremden Körpern zu belügen.

Ich würde es eine Weile lang aufgeben, Fluchtmöglichkeiten hinterherzujagen, wenn es nicht genau das wäre, was Renee wollte. Und sie hatte sich ganz klar nicht darum geschert, was ich wollte, als sie ihre ...

»Ich weiß nicht, ob wir noch Freunde sein können, Mann.«

Für die Ablenkung dankbar, verließ ich die Küche und fand Toby im Flur, wo ich ihm sein Glas reichte.

»Brich mir nicht das Herz. Du weißt, wie empfindlich es ist.«

Er lachte und deutete auf das gerahmte Kino-Plakat-Poster des Jokers aus den Achtzigern. »DC«, meinte er und deutete dann mit einem Finger auf seine Brust. »Marvel-Mann, genau hier.«

Ich zog die Brauen zusammen und trat verwirrt einen Schritt zurück. Toby strahlte immer etwas aus, das besagte, dass ihm alles egal war – der Typ, bei dem Mädchen auf den ersten Blick wussten, dass sie besser den Finger von ihm ließen.

Das jetzt kam jedoch unerwartet. »Soso.« Ich ließ die Knöchel knacken und ging in mein Schlafzimmer. »Dann habe ich hier etwas für dich, Ex-Freund.«

Ich betrat meinen Schrank, ignorierte die Tatsache, dass er mehr als halb leer war, und öffnete die unterste von ein paar Schubladen.

Was ich sah, als ich sie aufzog, ließ mein Herz erfrieren.

Ein altes Foto von Renee aus der Zeit unserer ersten Dates, ihre Augen leuchteten, als sie in das Telefon lächelte, das ich hochhielt.

»Sie ist hübsch, aber ich lege keinen Wert darauf, das Ziel deiner mörderischen Blicke zu sein.«

Ich schob das Foto weg und räusperte mich, als ich nach dem Comicstapel darunter griff, mich aufrichtete und sie ihm reichte. »Hier, du kannst sie haben.«

Toby blieb der Mund offen stehen, dann schloss er ihn und blinzelte auf den Stapel hinunter. »Das kann ich nicht annehmen.« Unsere Blicke trafen sich. »Die sind ein Vermögen wert ...«

»Dann verkauf sie. Mir ist das wirklich egal.«

Renee hatte sie für mich gekauft, bevor sie den Unterschied zwischen Marvel und DC kannte.

»Ein Sakrileg.« Toby schüttelte den Kopf. »Die kannst du nicht verkaufen. Das sind unbezahlbare Raritäten.«

Ich lachte, ein echtes, von Herzen kommendes Lachen. Und, Mann, es fühlte sich gut an.

Toby beobachtete mich, als wir ins Wohnzimmer zurückgingen. »Bist du okay?«

Ich ließ mich auf die Couch fallen, nahm die Fernbedienung von der Lehne und schaltete den Fernseher ein. »Ja, alles bestens.«

Toby summte vor sich hin und legte die Comics behutsam auf den Couchtisch, bevor er sich an das andere Ende setzte. »Ich sage ja nur, wenn das meine Freundin wäre, die solchen Scheiß gebaut hat, wäre ich vermutlich auch ziemlich durch den Wind.«

Frau. Niemand wusste vom wahren Ausmaß unserer Beziehung, was es irgendwie so viel schwerer machte, mir nicht anmerken zu lassen, was ich empfand. »Das ist Monate her. Ich schaue nach vorne.«

»Ein paar Mädels durchzuvögeln ist nicht schlecht.« Er streckte die Beine aus und schlug die Knöchel übereinander, als ich auf ESPN schaltete. »Aber man muss sich nur ansehen, wie du Mike anstarrst, als würdest du ihn immer noch am liebsten umbringen, dann weiß man, dass du nicht wirklich nach vorne schaust.«

Ich hätte beinahe mit den Zähnen geknirscht. »Ich kann ihn nicht anders anstarren.«

Er schnaubte spöttisch. »Wenn du sie nicht liebst, dann ja, wir Kerle sind normalerweise ziemlich gut darin, über solche Scheiße hinwegzukommen, wenn keine Gefühle im Spiel sind.«

»Wenn du das sagst.«

Tobys Füße schwangen hin und her, während er sich die Stirn rieb. »Du weißt, dass er sagt, er hätte nichts getan?«

Ich drehte den Kopf nach hinten. »Ernsthaft?«

Toby nickte. »Das hat er uns erzählt.« Er hielt inne und sah mir in die Augen. »Aber dir nicht.«

»Eher das genaue Gegenteil. Nicht dass das noch von Belang wäre.« Ich drehte mich wieder zum Fernseher, grübelte, versuchte mir zusammenzureimen, warum ...

Toby kam mir zuvor. »Wahrscheinlich, damit sich der Rest von uns nicht noch mehr von ihm abwendet, als wir es schon getan haben.«

Die schwelende Wut flammte auf und drohte mich zu ersticken, wenn ich den Mund wieder öffnete, also unterließ ich es. Eine halbe Stunde verflog, und das Spiel ging zu Ende, als mir die Augen zuzufallen begannen.

»Ich finde alleine raus.« Toby stand auf und griff nach den Comicbüchern. »Und meiner unmaßgeblichen Meinung nach hast du jedes Recht, sauer zu sein. Ich wäre es jedenfalls, das weiß ich.« Er öffnete die Tür. »Aber wenn du nicht loslassen kannst, lassen sich die Dinge vielleicht wieder in Ordnung bringen.«

Die Tür fiel zu und sperrte seine Worte in der Wohnung ein, wo sie mich peinigten.

Was sie getan hatte, ließ sich nicht wieder in Ordnung bringen, ganz zu schweigen von dem, was ich seitdem getan hatte.

Was so kaputt war wie das mit uns ... das konnte man nicht reparieren.

Dreiundzwanzigstes Kapitel

Renee

Der Sommer kam und mit ihm eine ganz neue Vorliebe für weiches Rosa und cremiges Lila. Ich überprüfte mein Äußeres noch einmal im Spiegel und zupfte mein cremefarbenes Kleid zurecht, bevor ich meine lavendelfarbenen Sandalen anzog.

Nach allem, was passiert war, hinkte ich auf dem College dem Stoff gewaltig hinterher und hatte die letzten paar Monate in meinem Wohnheimzimmer oder der Bibliothek verbracht, versucht, alles aufzuholen und dafür zu sorgen, dass ich die Abschlussprüfungen nicht verbockte. Das konnte ich mir nicht erlauben, wenn ich im neuen Jahr eine andere Richtung einschlagen wollte.

Meine Schlafzimmertür wurde geöffnet, meine Mutter tänzelte herein und schnappte nach Luft. »Ich will dieses Kleid.«

»Du musst noch warten. Ich brauche es heute.«

Sie tippte sich mit dem Nagel gegen das Kinn, bevor sie den Finger hob. »Warte.«

Sie trat in meinen Kleiderschrank, ging zu der Stange für Mäntel und griff nach einem meiner weißen Tücher.

Meine Augen brannten, als sie es um meine Haare schlang und an der Seite meines Kopfes zu einer Schleife band. »Seit du letzte Woche nach Hause gekommen bist, habe ich dich nicht mehr mit Schleife gesehen.«

Und wenn es nach mir ging, würde das auch so bleiben. »Ich glaube, aus dem Alter bin ich heraus.«

Sie machte ein missbilligendes Gesicht. »Unsinn. Wir sehen uns in ein paar Minuten.«

Sommer bedeutete Wohltätigkeitsgalas, bei denen wir nicht das College als Vorwand nutzen konnten, um uns zu drücken. Obwohl ich wünschte, Callum würde die Ausreden mir überlassen. Ich hätte mich fast verplappert, als meine Mutter mich angerufen hatte, um mich zu fragen, wie es ihm nach der Magengrippe ging, die verhindert hatte, dass wir zum Geburtstag seines Vaters kamen. Es wäre nett gewesen, wenn er mich wenigstens gewarnt hätte, aber vermutlich wäre das in Anbetracht der Tatsache, dass er sich bei den wenigen Gelegenheiten, wo ich in seine Nähe kam, benahm, als wäre ich ein Geist, den es zu ignorieren galt, zu viel verlangt gewesen.

Heute veranstaltete Welsh Grant Holdings unten am See eine Wohltätigkeitsauktion, die unsere Mütter und ein paar Frauen der Kollegen meines Vaters organisierten. Es kam mir vor, als hätte ich, seit ich in die Stadt zurückgefahren war, hierauf gewartet, und ich fragte mich, ob Callum mir wegen der Aufrechterhaltung der Täuschung eine Nachricht schicken würde.

Ein Teil von mir hatte Angst, dass er sich die Mühe nicht mehr machen wollte. Und zwar nicht, weil unsere Eltern dann alles herausfinden würden, sondern weil das meine letzte Verbindung zu ihm war. Ich konnte sie nicht abbrechen lassen. Es hatte wegen seiner Frauengeschichten nicht mehr so viel Gerede gegeben wie vor Weihnachten. Ich wertete das als kleinen Sieg und ließ mich davon zur Ziellinie unseres Freshman-Jahres treiben. Auch bekannt als das schlimmste Jahr meines Lebens.

Dramatisch, ja. Wie auch immer.

Wir kamen eine halbe Stunde zu früh, und meine Mutter verwendete diese Zeit dazu, alle Arrangements und Dekorationen zu überprüfen. Wenn sie sich außer im Geldausgeben in irgendetwas auszeichnete, dann im Organisieren. Sie war heute Morgen seit Tagesanbruch zusammen mit anderen Freiwilligen hier gewesen und hatte alles hergerichtet, bevor sie nach Hause kam, um sich fertig zu machen.

»Val, Schätzchen, es sieht fabelhaft aus«, lobte eine ihrer Freundinnen und küsste sie auf die Wange, während sie ein Sektglas umklammerte.

Ich musste nicht auf die Uhr schauen, um zu wissen, dass es immer noch später Morgen war. Zeit und Alkohol bedeuteten nicht viel, was die meisten Frauen hier betraf. Tatsächlich war ich sicher, dass zu viel Zeit sie trinken ließ.

Ich war die Nächste, verteilte Luftküsse und zuckersüße Hallos, als sich mehr und mehr Leute um uns scharten. Viel zu bald sollte die Auktion beginnen, und ich hatte Callum immer noch nicht gesehen. Als alle ihre Plätze einnahmen und der Auktionator hinter seinem Pult stand und das Mikrofon testete, entdeckte ich ihn endlich auf dem Parkplatz. Ein trotziger Ausdruck lag auf seinem Gesicht. Sein Vater steuerte auf seinen Platz zu, und ich wusste, dass er Callum wahrscheinlich gerade wegen irgendetwas, was er falsch gemacht hatte, die Leviten gelesen hatte. Ob wegen des Umstands, dass er zu spät gekommen war, oder wegen etwas anderem, konnte ich nicht sagen. Ich war nur erleichtert, ihn zu sehen.

Ohne auf den Blick meiner Mutter zu achten, den ich auf mir spürte, ging ich zu ihm hinüber. Er traf mich in der Mitte, außerhalb der Hörweite aller, aber trotzdem noch nah genug, dass wir ein Lächeln aufsetzen mussten.

Meines war nicht gezwungen, aber seines sah aus, als würde es ihn große Mühe kosten, es sich abzuringen, als er überall hinblickte, nur nicht in meine Augen.

»Bist du zu spät gekommen?«

Er zupfte seine Hemdärmel zurecht. »Nein, ich habe nur länger im Auto gesessen, als es gesellschaftlich akzeptabel ist.«

Ich nickte und streckte eine Hand aus, um nach seiner zu greifen. Er musste es zulassen. Mein Lächeln wurde strahlender, und die Anstrengung, die es ihn kostete, mich nicht finster anzublicken, zeigte sich in seinem verhärteten Kiefer. »Willst du hier weg?«

Sein trockenes Lächeln ließ mein Herz stocken. »Setzen wir uns, und bringen wir es hinter uns.«

Das taten wir, und ich behielt seine Hand die ganze Zeit in meiner und strich mit dem Finger über die Schwielen. An einige erinnerte ich mich, andere waren neu genug, um zu bewirken, dass sich meine Brust zusammenzog. Wie viele neue Erinnerungen schuf er sich ohne mich?

Seine Hand war so verkrampft wie sein Körper neben mir, aber er entspannte sich bald. Wäre er nicht förmlich aufgesprungen, sowie die Auktion zu Ende ging und alle sich auf die Suche nach etwas zu essen und weiteren Getränken machten, hätte ich tatsächlich geglaubt, er hätte nichts dagegen gehabt.

Vielleicht hatte er das auch nicht. Nicht so sehr, wie er es gerne wollte.

Ich stand bei der Gruppe miteinander plaudernder Freundinnen meiner Mutter und verfolgte, wie er mit einigen Kunden unserer Väter sprach und genau an den richtigen Stellen lachte.

Als er in Richtung Ufer ging, setzte ich mich in Bewegung, entschuldigte mich und straffte die Schulter, als ich ihm folgte.

Er ging unbeirrt weiter, und bald waren wir weit genug von der Veranstaltung entfernt, dass sie kaum noch ein Fleck am Horizont war. Meine Sandalen begannen mir die Haut aufzuscheuern, aber ich biss die Zähne zusammen und ignorierte die Schmerzen. Ich wusste, dass er wusste, dass ich ihm folgte, und trotzdem hielt er mich nicht auf.

»Was ist los?«, fragte ich.

»Geh zurück. Deine Gesellschaft ist nicht erwünscht.«

Er setzte sich an einen Picknicktisch hinter ein paar überwucherten Bäumen und ich mich neben ihn, was ihm ein Seufzen entlockte. »Wenn du mich nicht hier haben wolltest, hättest du das schon längst gesagt.«

»Sei einfach still.«

»Warum?«

»Du warst wirklich das Kind, das die ganze Zeit ‚Warum' fragt, oder?«

Ich hob eine Schulter und zog meine Sandalen aus, wobei ich leicht zusammenzuckte. Callum fluchte und hob meinen Fuß an, um ihn zu untersuchen, bevor ihm klar wurde, was er getan hatte.

Er wollte ihn wegschieben, doch ich sagte hastig: »Bitte nicht.«

Scheinbar zum ersten Mal heute sah er mir in die Augen, bevor er meinte: »Ist schon eine Weile her, seit jemand dich angefasst hat?«

Ich grinste, woraufhin seine Augen zu meinen Lippen schossen. »Das würdest du wohl gerne wissen.« Ich blickte auf seine Hose hinunter und registrierte, wie sie sich ausbeulte. Meine Hand wanderte nach unten und strich über die Stelle. »Du weißt, dass du mich nicht ewig wie Luft behandeln kannst.«

Seine Brust hob sich, raue Finger glitten an meinem Knöchel hoch, höher und höher, bis es sich so anfühlte, als hätte ich keine Luft zum Ausatmen mehr in der Lunge.

Der Rock meines Kleides wurde angehoben, während sich unsere Augen weiterhin ineinanderbohrten. »Wirst du immer noch feucht, wenn du an mich denkst?«, fragte er. »Wirst du für sie alle überhaupt feucht?«

Mein Gesicht begann zu glühen, mein Atem ging schwer, als er mein Höschen erreichte, mit dem Finger über meine Mitte fuhr, über den Stoff strich und dann zudrückte.

Er stöhnte angesichts dessen, was er fand, dann saß ich auf seinem Schoß, und er zog den Reißverschluss seiner Hose auf, um sich zu befreien. »Steck ihn rein und gib keinen verdammten Laut von dir.«

Ich schob mein Höschen zur Seite und tat, was er verlangte, dabei konnte ich kaum glauben, dass das wirklich passierte. Seine Spitze drang in mich ein, und ich zuckte zusammen. Es war zu lange her, aber das wusste er nicht, er packte meine Hüften, zog mich unsanft auf sich und brachte mich zum Wimmern.

Er kümmerte sich nicht darum, und als mein Mund seinen suchte, griff er nach meinem Gesicht und drückte es gegen seinen Hals, während er mich mühelos über sich hob.

Ich erhob weder Einwände, noch beklagte ich mich. Nicht wenn ich in diesem Moment mehr von ihm bekam als seit Monaten. Sein Atem ging schwer, wehte durch meine Haare, als er die Hände in meine Hüften grub. Es war eine Strafe. Er bestrafte mich. Aber er gab mir auch etwas.

Hoffnung.

Wenn er mich nicht anfassen konnte, ohne mich vögeln zu wollen, war noch nicht alles verloren.

Und er vögelte mich, bewegte mich mit heißer Eile auf und ab.

Das Unbehagen verflog, machte Raum für einen Wonneschauer, der über meinen Rücken rann. Ich stieß leise Atemzüge aus, die ihn stöhnen ließen und erst lauter wurden, als ich immer näher an den Punkt gelangte, wo ich mich ganz in ihm verlor.

Er ließ es nicht zu.

Er kam mit einem Schwall von Flüchen, die aus irgendeinem dunklen Winkel in seinem Inneren zu dringen schienen. Sein Griff um meine Hüften lockerte sich, dann hob er mich von sich herunter, setzte mich auf den Tisch, stand auf und zog den Reißverschluss seiner Hose hoch, bevor er wortlos davonging.

Ich sah ihm nach, dabei war ich versucht, die Hand unter mein Höschen zu schieben, um die Sache selbst zu Ende zu bringen.

Callum mochte ein egoistischer Mistkerl sein, aber wenn er wirklich etwas empfand, dann zeigte sich das. Er versuchte mir zu beweisen, dass er keinerlei Gefühle mehr für mich hegte.

Ich stand auf, richtete mein Kleid und holte tief Luft, als er zu einem dunklen Fleck am Ufer wurde, sich immer weiter von mir entfernte. Die ganze Zeit tropfte etwas von ihm noch immer von meinem Schenkel. Tränen brannten in meinen Augen, aber ich achtete nicht auf sie, sondern zog meinen Schal vom Kopf und benutzte ihn, um mich zu säubern, so gut es ging.

Als ich das Stoffstück fallen ließ, wehte es in Richtung des Wassers, und ich zog meine Sandalen wieder an und machte mich auf den Rückweg.

»Wo warst du?«, fragte mein Vater, als ich meine Eltern in der Nähe der provisorischen Bühne fand.

Mom gab ihm einen Klaps auf den Arm. »Lass sie. Du warst auch einmal jung.«

Er quittierte meine äußere Erscheinung mit einem finsteren Blick, und ich strich mir rasch mit den Händen über die Haare. Eine Welle von Verlegenheit und Scham schlug über mir zusammen.

»Jung, aber nicht dumm.«

Ich runzelte die Stirn, da ich den Stachel in seinen Worten spürte, aber ich weigerte mich, sie zu akzeptieren.

Ich mochte verzweifelt gewesen sein, und ich mochte mich benutzt haben lassen wie ein altes Spielzeug, von dem Callum sich noch nicht endgültig trennen wollte, aber ich hatte es bewusst geschehen lassen.

In dem Lächeln, das ich meinem Dad schenkte, lag Reue. Die Art, die ein dummes, verliebtes Mädchen seinem Vater gegenüber zeigen würde. »Es tut mir leid, Dad. Wegen der Prüfungen hatten wir kaum Zeit.«

Er rümpfte die Nase, dann nickte er und legte mir und meiner Mutter je einen Arm um die Schultern, damit wir unsere Dankesrunde machen konnten.

Sollte er mich doch für dumm halten.

Und sollte Callum mich ruhig für verzweifelt halten.

Aber ich wusste genau, was ich tat.

Vierundzwanzigstes Kapitel

Callum

Das wird der längste Sommer meines Lebens, dachte ich, als ich die Hand fester um meinen Schwanz schloss und den Rest meines Orgasmus in das Waschbecken im Bad pumpte.

Sie war so heiß, so bereit, so gierig nach mir, dass ich das nicht ignorieren konnte. Auf keinen Fall konnte ich es ignorieren. Ich hatte es die letzte Woche lang versucht, und hier stand ich und zog zum zweiten Mal an diesem Tag meine Jeans zu.

Offenbar war mit meinem Schwanz alles in Ordnung, solange es um Renee ging.

Kopfschüttelnd seufzte ich, streifte meine Jeans ab und tauschte sie durch Sportshorts. Ich würde ins Fitnessstudio gehen. Es auszuschwitzen war die einzige andere Möglichkeit, die mir noch blieb.

Ein paar der Jungs von früher, Pat vor allem, schrieben mir alle paar Tage und wollten auf dem Laufenden gehalten werden. Das hätte ich auch getan, aber das Wissen darum, wer wahrscheinlich bei ihnen war und dass Pat herausfinden könnte, dass Renee und ich uns getrennt hatten, hatte mich davon abgehalten.

Das hieß, wenn Mike es ihm nicht schon gesagt hatte.

Ich kannte Mike, oder zumindest hatte ich gedacht, ihn zu kennen. Es war nicht sein Stil, Gerüchte zu verbreiten. Andererseits hätte ich auch nie geglaubt, dass es sein Stil war, sich an meine Frau heranzumachen.

Ich griff nach meinen Schlüsseln, schob mein Portemonnaie in die Tasche und ging nach draußen. Dann entschied ich mich, beides auf der Veranda zu deponieren, und begann die Auffahrt hinunterzujoggen.

Zur Hölle mit dem Fitnessstudio.

Zur Hölle mit allem.

Ich bog auf die Straße ab und joggte meilenweit, bis die Stadt in Sicht kam. Meine Gedanken waren ausgeschaltet, mein Körper zu erschöpft, zu ausgelaugt, um etwas anderes zu tun als das, wozu ich ihn zwang.

Ein Auto hupte und jagte mir einen Heidenschrecken ein. »Cal!«

Ich verfiel in einen langsamen Laufschritt und rang nach Luft, als Steves Truck auftauchte, dröhnte und Schmutz aufwirbelte, als er an den Straßenrand fuhr. »Steig ein, Mann.«

Ich winkte halbherzig und stieß hervor: »Alles gut, ich muss weitermachen.«

Pat beugte sich über ihn. »Steig ins Auto, Arschloch.« Er lächelte, meinte es aber ernst. Da ich die beiden schlecht einfach ignorieren konnte, öffnete ich die Tür und stieg hinten ein.

Die Tür wurde in der nächsten halben Sekunde geschlossen, Steve trat das Gaspedal durch und wendete den Wagen so scharf, dass ich über den Sitz rutschte. »Großer Gott, fuck!«

»Das hat sie auch gesagt.« Steve kicherte.

Pat drehte sich um, als Steve die Nebenstraßen zu unserem Haus entlangraste. »Wo warst du, du Vollpfosten?« Er zog die Brauen zusammen. »Wir haben fast jeden Tag versucht, dich anzurufen.«

Steve holte einen Joint aus der Mittelkonsole und zündete ihn an. »Yeah, wir wären ja vorbeigekommen, wollten aber nicht zu aufdringlich wirken. Dachten, du würdest im Sommer vielleicht nicht nach Hause kommen.«

»Ich war müde und wurde von Wohltätigkeitsscheiß aufgehalten.«

»Das ist eine Woche her.«

»Richtig.« Es kam mir vor, als wäre es erst gestern gewesen. Eine lange Pause erfüllte zusammen mit dem Geruch von Marihuana den

Truck. »Konntest du nicht warten, bis ich ausgestiegen bin? Ich bin gerade fünfzig Millionen Meilen gerannt.«

»Neun, um genau zu sein.« Steve hatte es mit Zahlen. Wenn es darum ging, wusste er immer die unheimlichsten Dinge. »Und es ist mein Truck, also mache ich, was ich will.«

Pat ahmte ihn in einem weinerlichen Tonfall nach, und Steve schnippte Asche auf ihn.

Abgesehen davon, dass dieser Truck mehr wert war als die Häuser mancher Leute – diese Jungs scherten sich einen Dreck darum. Sie hatten es nie nötig gehabt, warum also jetzt damit anfangen?

»Hast du Mike gesehen?«, erkundigte sich Pat, woraufhin ich mit den Schultern zuckte und rasch verneinte. Zum Glück fragten sie danach nicht mehr nach ihm.

»Jedenfalls«, Pat drehte sich wieder zu mir um, »haben wir dich gerade rechtzeitig gefunden. Heute Abend Party bei Steve. Seine Mom ist wieder in der Reha.«

»Ohne Scheiß?« Mein Blick wanderte zu Steve, der ziemlich gleichmütig wirkte. »Ist sie okay?«

Steve zuckte mit den Achseln. »Sie wird tun, was nötig ist, damit Dad glücklich bleibt.« Er schnaubte. »Inzwischen vögelt er zwei Städte weiter ihre Zweitbesetzung.«

»Na, toll«, sagte Pat mit Sarkasmus in der Stimme.

Steve hielt an einem Stoppschild. »Es ist, wie es ist, Bruder. Hauptsache, das Haus ist voll, und ich kann die Sau rauslassen. Das College kann mich mal am Arsch lecken.«

»Wo wir gerade dabei sind ... wie war es denn, Renee sieben Tage die Woche vierundzwanzig Stunden lang an dir kleben zu haben?«, fragte mich Pat, als wir in meine Auffahrt einbogen. »Dir dürften ein paar süße Mäuschen entgangen sein, so viel steht fest.«

Ich grinste, um einen Anflug von Schuldbewusstsein zu verbergen. »Danke für deine Sorge um mich, aber bei uns ist alles in Ordnung.«

»Sie lässt ihn regelmäßig ran.« Steve zog an seinem Joint, als er um den Springbrunnen vor dem Haus herumfuhr und dann scharf bremste. »Du musst dir nur ansehen, wie sie ihn anhimmelt, um das zu wissen.«

Pat fluchte und schlug Steve auf den Arm. »Respekt, Arschloch. Der geht dir völlig ab.«

»Wie auch immer, Cal weiß, dass ich recht habe. Siehst du?«, fragte er. »Er widerspricht mir nicht mal.«

Ich hielt die Zähne fest zusammengebissen und öffnete den Mund nur so weit, um zu sagen: »Danke für die Mitfahrgelegenheit, ihr Arschlöcher.«

Dann sprang ich aus dem Wagen und schloss die Tür.

»Wenn du um neun Uhr nicht da bist, schicken wir jemanden, um dich zu holen. Oh, und bring Mike mit«, brüllte Pat aus dem Fenster, als Steve Gas gab und Steine und Schmutz aufspritzten.

Nachdem ich mein Portemonnaie und die Schlüssel von der Veranda geholt hatte, ging ich ins Haus und direkt in mein Zimmer, wo mein Handy auf meinem ungemachten Bett lag.

Ich: Party bei Steve. Sei um acht Uhr fertig.

Ich ließ das Telefon fallen, ignorierte den Piepton, der anzeigte, dass sie antwortete, und ging duschen.

• • •

Renee wartete draußen auf ihrer Veranda, Beine und Haare glänzten im verblassenden Licht der Dämmerung. Der leichten Bräune und den neuen Sommersprossen auf ihrer Nase nach zu urteilen, die ich bemerkte, als sie in mein Auto stieg, hatte sie Zeit in der Sonne verbracht.

Wo und mit wem?

Ihr Duft war überall, machte es mir schwer, zu atmen, ohne auf etwas eindreschen zu wollen. Ich achtete kaum auf das, was sie trug, aber dank des Blickes, den ich auf ihre Beine erhascht hatte, wusste ich, dass es kurz war. So, wie ich mit den Zähnen knirschte, fürchtete ich, dass sie am Ende der Collegezeit nur noch Kalk sein würden, wenn wir diesen Mist zu lange durchzogen.

»Ich war überrascht, von dir zu hören.«

»Wirklich?«, fragte ich höhnisch, als ich auf die Hauptstraße abbog.

»Okay, ich dachte eigentlich, ich würde schon früher von dir hören, aber ich werde mich deswegen nicht beschweren.«

Ihr Selbstvertrauen bewirkte, dass ich die Fäuste ballte und Wut in mir aufstieg. Zu dumm nur, dass es nicht annähernd an die Art heranreichte, wie es mein Blut vor Erregung summen ließ. »Nun, ein Deal ist ein Deal.«

»Ein Deal?« Ihr Interesse war nicht zu überhören, als sie sich auf ihrem Sitz drehte, um mich anzusehen. Ich hielt die Augen auf die Straße gerichtet. »Dann sag mir doch bitte, wie dieser Deal genau aussieht.«

»Du weißt, wovon ich rede«, erwiderte ich mit gedämpfter Stimme.

»Hmm, vielleicht. Aber ...« Sie streckte eine Hand aus und zog den Ärmel meines T-Shirts gerade. Meine Muskeln spannten sich bei der zielbewussten Berührung ihrer weichen Finger an. »Ich glaube, wir sollten es uns angenehmer machen.«

»Wie das?«, fragte ich, bevor ich es verhindern konnte.

»Du magst mich nicht, das ist in Ordnung. Ich verstehe, warum.« Bei den letzten Worten schwankte ihre Stimme, dann räusperte sie sich. »Aber du musst mich nicht mögen, um mich zu vögeln. Und wir wissen beide, wie gerne du mich vögelst.«

»Renee«, warnte ich, als ich die unbefestigte Straße hinunterfuhr, die zu Steves Haus führte. Sie wusste, was es in mir auslöste, diese Worte von diesen Lippen zu hören.

»Callum«, zog sie mich auf.

Ohne ihr Beachtung zu schenken, parkte ich wahllos auf dem weitläufigen Rasen, stieg aus und schlug die Tür zu. »Ich hätte dich gar nicht einladen sollen. Es ist nicht nötig, vor meinen Freunden mit diesem Bullshit weiterzumachen.«

»Ach nein?«, fragte sie, schloss ihre Tür und hakte sich bei mir ein, während ihre Augen über den Garten hinwegschossen. Ich folgte ihrem Blick bis hin zu Mike, der mit einem Kasten Bier ins Haus ging.

»Fick dich«, spie ich, riss meinen Arm von ihrem los und schloss mein Auto ab. Ich wusste, wie Partys bei Steve ausarten konnten, und niemand außer mir vögelte in meinem Auto.

Ich steckte die Schlüssel in die Tasche und ging vor Renee über den trockenen Rasen und die Stufen hoch.

Wenn meine Worte Renee verletzt hatten, verhielt sie sich definitiv nicht so.

Theater-Studentin. Sie konnte so oft behaupten, kein Schauspieltalent zu haben, wie sie wollte, aber ich wusste es besser. Immerhin hatte ich jahrelang eine Lüge geglaubt.

Wir drängten uns zwischen Leuten hindurch, überhörten Pfiffe und Rufe von alten Freunden und blieben erst stehen, als wir den hinteren Garten erreichten, wo sich Pat, Steve und der verfluchte Mike in Liegestühlen bei dem nierenförmigen Pool rekelten.

Renee hielt sich neben mir. »Surreal, findest du nicht?«

Ich wollte sie ignorieren. So sehr, dass ich mir lieber mit den Zähnen ein Loch in die Zunge bohren würde. »Was?«, quetschte ich schließlich heraus.

»Wie ein Jahr vergehen kann, ohne dass sich viel ändert.«

Ich schnaubte, gefolgt von einem kalten Lachen. »Falsch, Maus.« Meine Augen hefteten sich auf ihre, ohne auf die Art zu achten, wie diese vor Hoffnung funkelten. »Alles, was wichtig ist, ändert sich. Manche brauchen nur länger als andere, um es zu merken.«

Ihre Schultern sackten nach unten, aber sie straffte sie rasch wieder und lächelte die näher kommende Tara an. Für den Aufschub dankbar, sank ich in den Stuhl neben Mike und grinste über das wütende Gesicht, das er zog, als seine Augen von mir zu Renee und wieder zurück schossen.

»Hast du ein Problem?«, fragte ich.

Seine hochgezogenen Brauen lösten in mir den Wunsch aus, ihn zu schlagen. Er trank einen Schluck Bier. »Nope.«

Die Jungs klopften eine Weile Sprüche, Tara und ihre Freundinnen gesellten sich zu uns und kletterten über Sitze und Schöße. Alle außer Tara, die neben mir stehen blieb, während ich Renee beobachtete, die sich mit einem Typen unterhielt, der in Trellara Mitglied ihrer Theatergruppe gewesen war.

»Das College bekommt dir gut, Cal«, bemerkte Tara und beugte sich vor, um mir mit der Hand über die Haare zu streichen. Renee hatte Augen im Hinterkopf, sie wurde eigenartig still, bevor sie über ihre Schulter zu Tara blickte, die kicherte und die Hand fallen ließ.

»Danke«, sagte ich schließlich. »Wie ist George West?«

»Öde.« Sie verdrehte die Augen. »Ich schwöre bei Gott, dass alle viel zu schnell todernst werden. Keiner feiert Partys, wie wir das hier zu Hause getan haben.«

»Da hast du recht«, stimmte Steve zu, öffnete ein Bier und trank die Hälfte davon mit drei großen Zügen.

Tara faselte weiter über ihre Pläne für einen Psychologieabschluss, aber ich hörte nicht zu. Ich versuchte nicht einmal, zuzuhören, als ich Mike zu Renee hinüberschlendern sah, die vor ihm zurückwich, als hätte er die Röteln.

»Bin in einer Minute wieder da«, murmelte ich und räumte meinen Stuhl.

Renees Augen weiteten sich vor Panik, als sie mich kommen sah.

Irgendetwas verzerrte sich in meinem Magen, und ich legte einen Arm um ihre Taille. »Komm mit.«

»Was für ein Scheißspiel spielt ihr?«, flüsterte Mike. Sein Blick schoss durch den Garten.

»Geht dich nichts an, also verpiss dich.«

Mike lachte. Seine Augen umwölkten sich vor Ärger, als er sich mit der Hand durch die Haare fuhr, bevor er sie wieder an seiner Seite hinunterfallen ließ. »Wirklich, Renee?«

Ich war zwei Sekunden davon entfernt, ihn in den Pool zu stoßen, als Renee lächelte und süß flötete: »Entschuldige uns, wir müssen ein paar Leute treffen.«

Mike schnaubte spöttisch, sein Blick brannte sich in unsere Rücken, als ich Renee durch die Menge und zurück ins Haus dirigierte.

»Wo gehen wir hin?«, fragte sie leise und blieb am Fuß der Treppe stehen.

Ich zerrte an ihrer Hand, und sie folgte mir die Stufen hoch und wartete, bis ich ein leeres Zimmer fand. Mit in den Ohren rauschendem Blut stieß ich sie förmlich hinein, woraufhin sie zum Bett stolperte.

»Callum, was zum Teufel ...«

Ich schloss ab, ohne sie ausreden zu lassen. Tatsächlich bezweifelte ich, dass ich sie je wieder ausreden lassen würde. »Knie dich auf das Bett. Slip aus, Kleid hoch.«

»Was?«

»Du hast mich gehört.«

Ihre Nasenflügel bebten, aber ich wusste, dass sie tun würde, was ich verlangte. Wusste, dass sie es sogar gern tun würde.

Ich zog den Reißverschluss meiner Jeans auf und sah mit meiner pochenden Erektion in der Hand zu, wie sie einen Schritt weiterging und auch ihr Kleid auszog. Dann trat ich auf sie zu und versetzte ihr einen harten Schlag auf den nackten Po.

Renee schrie auf. Ein roter Handabdruck blühte auf ihrer milchweißen Haut.

»Ich habe nicht gesagt, dass du das Kleid ausziehen sollst.« Sie machte Anstalten, sich umzudrehen, aber meine Hand lag zwischen ihren Schulterblättern, und ich drückte sie nach vorne, bis sich ihre Wange in die Satinbettdecke presste.

»Weiter auseinander.« Ich schlug auf die Innenseiten ihrer Schenkel, bis sie sie spreizte.

Meine Finger flatterten über ihre Wärme. Mein Verlangen gewann die Oberhand, und ich schob einen in sie hinein, woraufhin sie stöhnte und die Hüften bewegte.

Ich zog den Finger wieder heraus, saugte daran, zog sie zu meinem Schwanz, drang mit einem heftigen Stoß in sie ein und warf den Kopf nach hinten, als ihre Hitze mich umfing.

Dann fasste ich sie um die Taille und zog sie hoch, bis ihr Rücken meine Vorderseite traf. Meine Finger umfassten ihr Kinn und drehten ihren Mund zu meinem, während meine andere Hand ihre Klitoris fand und sie umkreiste und drückte, wieder und wieder, während ich zu sprechen begann. »Haben sie dich auch so berührt?«

»S … sie?«, stotterte sie. Ihre Lider flatterten, als ich ruckartig die Hüften bewegte.

»Ja, sie«, knirschte ich. »Ich bin kein Idiot.« Sie versuchte den Kopf zu schütteln, doch ich hielt ihn fest. »Fühlst du dich bei ihnen auch so gut?«

Als sie nur stöhnte und ihre Schenkel zu zittern begannen, schob ich ihr den Daumen in den Mund und schüttelte sacht ihren Kopf. »Antworte mir.«

»Nein, du … nur du«, keuchte sie.

Bei diesen Worten zog ich die Hände weg, und sie fiel auf das Bett, als ich ihre Hüften packte und mit meinen pumpte, bis ich nur noch sie spüren, nur noch Erleichterung sehen und nur noch ihr kehliges Stöhnen und das feuchte Klatschen hören konnte, mit dem meine Eier auf ihr nasses Fleisch trafen.

Sie auf diese Weise zu vögeln brachte all die guten Erinnerungen ans Licht, die wir hatten, und löschten sie eine nach der anderen aus. Da wusste ich, dass ich mich nicht den ganzen Sommer lang quälen konnte, und ich konnte auch mit keiner etwas anfangen, ohne Gefahr zu laufen, dass jemand es herausfand.

Der heftige Drang zu kommen durchzuckte mich, aber ich unterdrückte ihn und stieß die nächsten Worte grunzend hervor. »Diese Pussy mag von anderen Arschlöchern benutzt worden sein, aber diesen Sommer gehört sie mir. Verstanden?«

Ihre einzige Antwort bestand aus einem Wimmern, und ich hörte auf, mich zu bewegen, um auf ihre Antwort zu warten. »Okay«, sagte sie, während sie versuchte, sich an meinem Schwanz zu reiben. »Okay, verstanden.«

»Nur für den Sommer.«

»Nur für den Sommer«, wiederholte sie atemlos und kam zu meinem großen Verdruss sofort zum Höhepunkt. Was dazu führte, dass ich es ihr gleichtat, wobei ich laut stöhnte, ohne mich darum zu scheren, ob jemand es hörte. Tatsächlich wollte ich sogar, dass sie es hörten.

Dann stopfte ich meinen Schwanz in meine Hose zurück und sah zu, wie Renee ihren BH zurechtrückte und ihren Slip anzog, bevor sie ihr grünes Sommerkleid vom Boden aufhob. »Ich bin unten. Such mich, wenn du mit zurückfahren willst.«

Ihre Augen schossen zu meinen hoch und füllten sich mit Fragen, als sie mit ihrer Tätigkeit innehielt.

Ich schenkte ihr keine Beachtung mehr.

Mike wartete mit einem mordlüsternen Gesichtsausdruck draußen im Flur, als ich die Tür öffnete, damit er Renee sah, die immer noch mit ihrem Kleid beschäftigt war.

Ich schlug ihm auf die Schulter. Hart. »Sie gehört ganz dir, Kumpel. Aber ich würde ihr noch eine Stunde Zeit geben. Sie könnte ein bisschen wund sein.«

Mike blieb der Mund offen stehen. »Ist das dein verdammter Ernst …«

Ich ließ ihn stehen und pfiff vor mich hin, als ich die Treppe hinunterging, denn ich wusste, dass Renee mich trotz allem, was sie getan hatte, viel zu sehr wollte, um unsere Vereinbarung zu brechen, indem sie es noch einmal mit Mike trieb.

Fünfundzwanzigstes Kapitel

Renee

Die Sommerhitze kam in raschen, schweißtreibenden Wellen und machte unsere zwei Mal pro Woche stattfindenden Treffen heißer, als ich erwartet hatte. Zum Teil schämte ich mich dafür, dass ich mich von ihm so benutzen ließ, wie er es tat. Er küsste mich nicht und wollte mich nicht einmal vögeln, wenn es nicht in einer Position geschah, in der ich ihm nicht in die Augen sehen konnte.

Aber ich hatte mir das selbst angetan, und als Folge davon entschied allein ich, wie viel ich ertragen konnte.

»Schätzchen, du solltest wirklich etwas wegen deinen Haaren unternehmen.« Mom fuhr mit den Fingern durch die Spitzen, während sie neben mir in der Hollywoodschaukel ihren Eistee schlürfte. »Spliss ohne Ende.«

Dass Callum zwei Nächte zuvor die Strähnen um seine Faust gewickelt und grob an besagten Haaren gezogen hatte, dürfte die Sache auch nicht besser gemacht haben.

Aber ein Friseurbesuch stand weit unten auf meiner Prioritätenliste. Was niemanden mehr erschreckte als mich.

Nächste Woche gingen die Vorlesungen wieder los. Ein neues Jahr, ein neuer Anfang, aber abgesehen von dem Sex hatte sich mit Callum nichts wirklich geändert. Würde er endgültig mit mir Schluss machen, wenn wir wieder zurück waren? Oder würde er mich weiterhin benutzen, wie es ihm gerade passte. Ich hoffte auf Letzteres, auch wenn es an meinen strapazierten Nerven zu zerren begann.

Die Alternative, nämlich dass er sich verhielt, als würde ich gar nicht existieren, war keine Option.

Und genau das passierte.

Keine Nachrichten, keine Anrufe, bei denen er mich mit kalter Stimme aufforderte, ihn draußen zu treffen. Nichts.

Zwei Wochen später beobachtete ich, wie er mit zwei von seinen Footballkumpanen zum Unterricht ging. Ich zögerte eine Minute, bevor ich mich in Bewegung setzte und in meinen pink- und cremefarbenen Keilabsatzschuhen auf dem kiesbedeckten Weg fast stolperte, als ich auf die naturwissenschaftliche Fakultät zuhastete.

»Callum«, rief ich, dabei versuchte ich, langsamer zu atmen.

Er blieb am Fuß der Treppe stehen und blinzelte, weil die Sonne in sein attraktives Gesicht schien. Dann schüttelte er den Kopf und wandte sich ab, um hineinzugehen.

»Wag es nicht«, zischte ich, ohne mich darum zu kümmern, ob jemand zuhörte. »Was ist los?«

Mit einer ruckartigen Kopfbewegung bedeutete er seinen Freunden, vorzugehen, dann sah er mich an. »Was meinst du?«

Ich blinzelte; war mir nicht sicher, was genau ihn verwirrte. »Das mit uns. Ich meine, ich habe wochenlang nichts von dir gehört.«

Er hob eine Braue. Ein leises Lachen entfuhr ihm. »Nur für den Sommer, schon vergessen?« Augen wie dunkle Schokolade wanderten über meine hüfthohen Jeans und das rosa T-Shirt. »Ich bin sicher, dass ich mich klar ausgedrückt habe.« Er sah mir kurz in die Augen und dann rasch wieder weg. »Also, hör auf, mich anzurufen, und stalke mich verdammt noch mal nicht auf dem Campus.«

»Das hältst du nicht durch.« Meine Stimme klang selbstbewusst, obwohl mein Hals brannte. »Wir beide wissen das.«

Der vernichtende Blick, mit dem er mich maß, hätte mich auf die Knie sinken lassen, wenn ich nicht dreihundertfünfzig Dollar teure Jeans getragen hätte. Ich presste die Lippen zusammen, als er in das Gebäude stolzierte und mich wie das ausrangierte Spielzeug, das ich war, am Fuß der Treppe zurückließ.

• • •

Stifte und Papiere wurden in Taschen gestopft, als der Professor in die Hände klatschte und die Vorlesung beendete. Alle standen auf, und ich folgte ihrem Beispiel mit einem Gähnen, das ich mit der Hand zu ersticken versuchte.

Draußen war der Himmel grau, und ich beschleunigte meine Schritte, weil ich keine Lust hatte, meine frisch gewaschenen Haare dem Regen auszusetzen.

Vor dem Wohnheim verlangsamte ich das Tempo, weil ich ein paar Jungs vom Team auf dem Bürgersteig herumlungern und sich einen Football zuwerfen sah. Mike lehnte an einem Auto, blickte auf, und seine Lippen krümmten sich zu einem zaghaften Lächeln. Ich zog den Kopf ein, ging weiter und blieb erst stehen, als ich mein Wohnheim erreichte.

» ... du schluckst es, oder? Braves Mädchen«, stöhnte eine vertraute Stimme durch die angelehnte Tür meines Zimmers.

Mein Herz hämmerte schmerzhaft, pochte so hart, dass ich meinte, es würde meinen Brustkorb grün und blau schlagen. Galle stieg in meiner Kehle hoch, trotzdem stieß ich die Tür auf, sah trotzdem zu, wie Callums Blick sich mit meinem kreuzte, dann fiel sein Kopf gegen die Wand neben meinem Bett zurück, und er kam in Hannahs Mund.

Hannah schluckte und lehnte sich auf den Knien zurück, um sich die Lippen abzuwischen, während Callum seinen erschlaffenden Schwanz in seine Jeans schob und den Reißverschluss hochzog. »Danke.« Er kitzelte sie unter dem Kinn, dann ging er zur Tür.

Ich rührte mich nicht von der Stelle, bekam kaum Luft, was ihn zwang, sich an mir vorbeizuquetschen, und ihm die Chance gab, zu flüstern: »Leg dich nicht mit mir an, Maus. Am Ende gewinnst du doch nicht.«

Sein Aftershave erfüllte alle meine Sinne und erschwerte es mir, den Drang zu weinen zu unterdrücken, als ich spürte, wie er hinter mir die Treppe hinunter verschwand.

Hannah wischte sich mit einem feuchten Tuch das Kinn ab und verzog mit vor Schreck geweiteten Augen das Gesicht, als ich hereinkam und geräuschlos die Tür schloss. Es war eine Sache, zu hören, dass er herumvögelte. Das war in Ordnung. Ich musste es nicht sehen, was hieß, dass ich es nicht wirklich glauben musste.

Ich dachte, ich würde meinen Mann kennen, aber das war offensichtlich ein Irrtum.

»Renee, er ist hergekommen und hat nach dir gefragt.
Ich ... ich wusste nicht, wo du warst, und das habe ich ihm gesagt.« Hannah holte tief Luft. »Dann, dann hat er nur gesagt, er müsste dir eine Nachricht hinterlassen.«

Ich hob eine Hand und biss mir auf die Lippen, als ich meine Bücher und Notizen auspackte. »Die Nachricht ist angekommen. Erwähn es nie wieder.«

Es war nicht ihre Schuld, dass sie sich zu ihm hingezogen fühlte, und es war noch nicht einmal seine Schuld, dass er sich so verhielt. Es war meine. Allein meine. Und ich würde das akzeptieren, würde es dem Berg von Schmerz in meinem Inneren hinzufügen und dann wegschließen müssen.

Mir würde gar nichts anderes übrig bleiben.

• • •

»Hör zu, du musst unbedingt zu dieser Party heute Abend kommen«, sagte Hannah, während sie ihre Haare und unser Zimmer mit Haarspray einnebelte.

Ich blätterte eine Seite der neuesten Ausgabe der *Vogue* um. »Lieber nicht. Ich habe genug von reichen, eingebildeten Männern.«

Zu sagen, dass die Situation eigenartig war, dass ich sie mit dem

Schwanz meines Mannes im Mund erwischt hatte, wäre die Untertreibung des Jahres. Ich hatte Reue und Entschuldigungen erwartet.

Es hatte nichts dergleichen gegeben.

Hannah gab ein missbilligendes Geräusch von sich. »Aber sie sind so witzig, so sexy.«

»Ja, klar.«

»Dein Ex sollte auch da sein«, stichelte sie ohne jegliche Gewissensbisse wegen dem, was sie getan hatte. Obwohl man doch meinen sollte, sie würde seinen Namen verwenden, nachdem sie seinen Saft geschluckt hatte.

Das Wort Ex raubte mir den letzten Nerv. Es stimmte, dass wir getrennt waren, aber sie wusste noch nicht einmal die Hälfte. Niemand tat das, und ich würde nichts erklären. Für jemanden wie Hannah, die sich nahm, was sie wollte, vor allem, wenn sie glaubte, die Chance dazu nicht noch einmal zu bekommen, würde das keinen Unterschied machen. In dieser Hinsicht waren wir uns vermutlich ähnlich.

Und es gefiel mir, jetzt genau zu wissen, was ich von ihr zu erwarten hatte. Keine hässlichen Überraschungen mehr, vielen Dank.

»Von ihm habe ich auch genug.« Das stimmte. Ich hatte versucht, mit ihm zu reden, und als das nicht geklappt hatte, hatte ich versucht, meinen Körper einzusetzen, um in der Hoffnung, ihn endlich zu erreichen, den Weg zu ihm zurückzufinden. Nichts funktionierte. »Sturkopf«, murmelte ich und klappte seufzend die Zeitschrift zu.

»Er wirkt wirklich stur«, grübelte Hannah.

Ich hatte nicht beabsichtigt, dass sie es hörte und kommentierte, also wechselte ich das Thema. »Schon mal einen Freund gehabt?«

Sie schürzte vor dem Spiegel die Lippen und drehte das Gesicht hin und her. »Nichts, was länger als eine Woche gedauert hat. Warum?«

»War nur eine Frage.« Ich runzelte die Stirn. »Warum nur eine Woche?«

Sie lachte. »Ich schätze, weil sie mir an die Wäsche wollen und ich sie zu schnell lasse.«

»Würde ich auch so sehen.« Ich checkte die Zeitanzeige auf meinem

Telefon. Schuldgefühle nagten an mir, als ich hinzufügte: »Sie versuchen nicht, dich kennenzulernen?«

Hannah schnalzte mit der Zunge, als wäre ich naiv. »Das will ich gar nicht. Mir gefallen meine Wochenbeziehungen.« Mit einem Zwinkern griff sie nach ihrer Clutch und ging zur Tür. »Schreib mir, wenn du doch noch vorbeikommst.«

Die Tür fiel zu, bevor ich antworten konnte, und ich verbrachte eine peinlich lange Zeit damit, sie anzustarren, als würde sie mir sagen, was ich tun sollte.

Seit wir wieder auf dem Campus waren, war ich auf keiner Party gewesen. Ich hatte dieses Semester neue Kurse belegt und mich entschieden, Design und angewandte Kunst als Hauptfächer zu nehmen. Die damit gewonnene Flexibilität war es wert, haufenweise Formulare auszufüllen und fast mein mageres Teilstipendium zu verlieren. Nicht dass ich es brauchte. Jemand anders konnte diese Hilfe sicher besser gebrauchen.

Wieder sah ich auf die Uhr.

Meine Fäuste und mein Herz ballten sich bei der Vorstellung, dass Callum eine weitere Nacht im Kreis von und wahrscheinlich mit einer Schar von Frauen verbrachte, die nicht ich waren, fest zusammen. Das konnte er nicht machen. Scheiß auf seine Warnung. Wenn er seinen Frust abbauen musste, dann würde er das mit mir tun. Der Himmel wusste, dass ich selbst genug davon mit mir herumtrug und damit fertigwerden musste.

Dreißig Minuten später schlängelte ich mich mit hungrigen Augen und Entschlossenheit im Herzen zwischen Körpern hindurch. Ich fand ihn, als er – zum Glück alleine – den Flur hinunterging, und steuerte zielstrebig auf ihn zu.

Die laute Musik und die Bässe schickten Vibrationen durch meinen Körper, als ich eine Hand auf seine Brust legte und ihn gegen die Wand schob. »Renee ...«

Ich stellte mich auf die Zehenspitzen, wobei mir meine hochhackigen Pumps eine große Hilfe waren, nahm seine Unterlippe zwischen die Zähne und gab sie nur frei, um zu flüstern: »Glaubst du wirklich, ich lasse zu, dass du dich benimmst, als würde ich gar nicht existieren?« Seine Augen verdunkelten sich und verengten sich zu Schlitzen. »Benutze und beleidige mich, so viel du willst, aber du bist nicht derjenige, der entscheidet, wann unsere Zeit zu Ende ist.«

»Wirklich?«, fragte er mit unüberhörbarem Sarkasmus in der Stimme leise.

Meine Hand schob sich zwischen uns, meine Fingernägel glitten über den Beweis für sein Verlangen nach mir. »Wirklich.«

Seine Lippen prallten auf meine, und mein Herz schwoll vor Siegesfreude, als er mich hochhob und zur Treppe trug. Seine Zähne gruben sich in meine Lippe, bis sie blutete, als wir den Treppenabsatz erreichten. Seine Hände umschlossen mein Hinterteil, und mein Kleid rutschte zu meiner Taille hoch.

Ein paar Pfiffe folgten uns und wurden von der zuschlagenden Tür ausgeblendet, gegen die er mich presste. »Lass uns eins gleich klarstellen. Du bestimmst nicht, wo es langgeht, Maus.«

Mein atemloses Lachen drang in seinen Mund, meine Nägel krallten sich in seinen Hals. Ich spürte, wie er erschauerte. »Erzähl dir das ruhig.«

Er knurrte. Seine Lippen pressten sich hart und fest auf meine. Ich hatte sie vermisst, oh mein Gott, wie ich sie vermisst hatte. Er konnte sie meinetwegen als Waffe einsetzen. Ich würde mit Freuden verbluten, nur damit sie meine wieder berührten.

Rufe und Gejohle von der unten tobenden Party drangen an mein Ohr, als ich an seinem Shirt zerrte, weil ich seine Haut spüren wollte. Unbedingt. Er ließ zu, dass ich es ihm auszog, dann warf er es hinter sich. Meine gierigen Hände kosteten das Gefühl seidiger Wärme über hartem Stahl aus.

Dann wurde mein Kleid noch weiter hochgezogen, und Callums Jeans rutschten über seinen Hintern, sodass sich meine Absätze in sein Fleisch bohrten, als er mich gegen die Tür hob und in mich eindrang.

Seine Lippen lösten sich von meinen, und seine Hände drückten meine Schenkel so hart, dass sie blaue Flecken hinterlassen würden, als er mich wieder und wieder gegen die Tür presste. »Danach wirst du mich in Ruhe lassen, Maus.«

Ich schloss die Augen, während ich in der Wonne schwelgte, die durch meinen Körper strömte. »Nein.«

Zähne gruben sich in meinen Hals, und ich stöhnte. »Und ob du das wirst. Wir können so nicht weitermachen.«

Ich gab ihm keine Antwort, hätte es nicht gekonnt, selbst wenn ich gewollt hätte. Mein Orgasmus kündigte sich an und schüttelte mich im selben Moment, wo Callum knurrte und fluchte und seine Hüften mit ihren Bewegungen innehielten.

Er zog sich so schnell aus mir zurück, dass ich mich an der Tür abstützen musste, weil ich nicht sicher auf den Beinen war.

Ich säuberte mich mit ein paar Papiertüchern, die ich auf einem mit Essensverpackungen und verschiedenen Lehrbüchern übersäten Schreibtisch fand, und warf sie danach in den Abfalleimer daneben. Zu meiner Überraschung stand Callum immer noch mit hochgezogener Hose und gesenktem Kopf an der Tür und wühlte mit den Fingern in seinen Haaren.

Ich hätte alles dafür gegeben, zu wissen, was er in diesem Moment dachte, aber als er die Tür öffnete, zog ich mein Kleid zurecht und folgte ihm einfach. Etwas, wozu ich allmählich keine Lust mehr hatte.

»Hey«, sagte ich.

Vielleicht war es der weiche Ton in meiner Stimme, oder vielleicht war er zu tief in seine Gedanken versunken, um zu streiten, aber er blieb oben an der Treppe stehen. Ich legte ihm den Arm um die Taille, als wir nach unten gingen, und er zog sein Shirt hinunter.

Etwas hatte sich geändert. Etwas an ihm war anders als beim letzten Mal, als wir zusammen gewesen waren. Entsetzen durchflutete mich. Ich brauchte seinen Zorn, seinen Hass. Gleichgültigkeit würde das Ende von allem bedeuten.

Das durfte nicht passieren.

»Ich liebe dich«, flüsterte ich in seinen Hals.

Er erstarrte am Fuß der Treppe, und eine Sekunde setzte mein Herzschlag aus, weil ich dachte, meine Worte hätten das bewirkt, bis ich sah, wie sein Blick zwei Mädchen folgte, die zur Küche gingen. Eine Blonde und eine Brünette.

Panik. In seinen Augen lag etwas, das an Panik grenzte.

»Callum, was ...«

»Nicht jetzt, Renee.« Er schob mich weg; sah aus, als würde er den beiden Mädchen gleich hinterherlaufen.

Mein Herz drohte sich aufzulösen, als ich fragte: »Welche ist es?«

Sein abwesendes Verhalten oben ergab jetzt einen Sinn. Es ergab Sinn, dass er eine andere gefunden hatte. Und der lächerlichste Gedanke von allen schoss mir durch den Kopf ... jetzt wusste er, wie es war, einen Fehler zu machen.

Nur war ich jetzt der Fehler.

»Das hier wird nicht noch einmal vorkommen«, sagte er, bevor er in der Menge von Studenten im Wohnzimmer verschwand.

Sechsundzwanzigstes Kapitel

Callum

Ich habe jemanden kennengelernt.

Einen Freshman. Sie war naturblond und hatte ein sprudelndes Naturell, was mich dazu veranlasste, noch einmal zu überdenken, was ich wirklich mit ihr vorhatte. Zuerst war sie nur eine Taktik, um Renee loszuwerden. Ich konnte sie nicht aus meinem Kopf, meinem Herzen und meinem verdammten Leben verbannen, wenn ich ihr jedes Mal nachgab, wenn sie es darauf anlegte.

Zu dumm, dass das Mädchen, das ich kennengelernt hatte, auch die Ex von meinem Teamkameraden war.

Nun gibt es natürlich den Bro Code. Aber Quinn und ich waren nicht unbedingt beste Freunde, und außerdem hatte er eine Freundin – Alexis.

Woher sollte ich wissen, dass er sich in einer ähnlichen Situation befand wie ich? Er hatte nie etwas gesagt und würde es auch nicht tun. Stattdessen knurrte und funkelte er mich bei jeder sich bietenden Gelegenheit böse an, wohl wissend, dass ihm die Hände gebunden waren.

Das Problem bestand darin, dass ich ein egoistischer Mistkerl war. War ich immer gewesen und würde ich wahrscheinlich immer sein. Und Daisy war ein Mittel zum Zweck, seit ich sie zum ersten Mal gesehen hatte. Locker, umgänglich und hübsch.

Doch nach einem Kinobesuch und einem Versuch, sie zu küssen, wurde mein Plan vereitelt, weil sie sich als ein gebrochenes Mädchen entpuppte, das seinen Ex-Freund noch immer liebte.

Teils ärgerte ich mich, weil es mir scheinbar nicht gelang, Renee abzuschütteln, aber größtenteils war ich einfach nur durcheinander. Daisy war wirklich in Ordnung, das fand ich schon heraus, nachdem ich nur zehn Minuten mit ihr zusammen gewesen war. Selbst wenn sie nicht noch in Quinn verliebt gewesen wäre, weiß ich nicht, ob ich es fertiggebracht hätte, sie so zu benutzen, wie ich es vorgehabt hatte, egoistischer Bastard oder nicht.

Nachdem ich mit Daisy im Kino gewesen war, hatte ich hin und her überlegt, ob ich sie anrufen sollte, um noch einmal mit ihr auszugehen. Vermutlich mochte ich sie. Ich wusste nur nicht, in welcher Hinsicht und ob es sich lohnte, sie auszunutzen, wenn ich keine Ahnung hatte, ob sie überhaupt in der Verfassung war, Entscheidungen bezüglich ihrer Dates zu treffen.

»Du arbeitest darauf hin, eine Menge Ärger zu kriegen, Welsh«, sagte Paul, als er seine Spindtür zuschlug.

»Sag wem auch immer, dass er eine Nummer ziehen soll. Ich habe zu tun.« Ich zog den Reißverschluss meiner Tasche zu und warf sie mir über die Schulter, dann verließ ich die Umkleidekabine.

»Hast du sie wirklich zu dem Spiel eingeladen und dann vor seinen Augen geküsst?« Paul stieß einen Pfiff aus. »Du traust dich was, Mann.«

»Er hat eine Freundin.« Ich knirschte mit den Zähnen.

Paul lachte. »Das scheint ihn nicht sonderlich zu interessieren.«

Nach dem Kinobesuch mit Daisy sah ich sie erst bei der letzten Party wieder, zu der ich gegangen war. Der, wo ich zugelassen hatte, dass Renee mich wieder in ihren Bannkreis zog. Derselben Party, wo sie gesehen hatte, wie ich mit Renee die Treppe hinunterkam, und das, was wir gerade getan hatten, wie eine Wolke aus Schuldbewusstsein über unseren Köpfen hing.

»Ich hatte ja ein schlechtes Gewissen, okay«, gab ich zu, sowie wir die Cafeteria erreicht hatten. »Und ich habe erst erfahren, dass sie wegen Quinn so am Boden zerstört ist, nachdem ich mit ihr ausgegangen war.«

Paul bestellte Eier mit Speck auf Toast, und ich entschied mich für dasselbe. Wir gingen in den Wartebereich hinüber und holten uns Besteck und Servietten. »Trotzdem würde ich die Finger von ihr lassen. Es sei denn ...« Er sah mich forschend an. »Du magst sie wirklich.«

Ich seufzte schwer. »Das weiß ich nicht.« Was irgendwie stimmte. Ich wusste nur, dass sie cool und ich gern mit ihr zusammen war.

»Möglich«, meinte Paul. »Aber jetzt weißt du Bescheid, und sie bei dem Spiel zu küssen, war einfach Mist, Mann.«

»Ich habe es ...« Ich brach ab, hätte fast zugegeben, dass ich es getan hatte, weil Renee da gewesen war, bei den Türen gewartet hatte, als das Team herauskam, und ich direkt an ihr vorbeigegangen war, als würde ich sie nicht sehen.

Als ob das je passieren würde. Ich würde sie noch mit geschlossenen Augen sehen.

Nachdem wir unser Essen bekommen und einen Tisch gefunden hatten, fuhr ich fort: »Wie ich schon sagte, ich habe Daisy zu dem Spiel eingeladen, weil ich mich schlecht gefühlt habe.«

»Weil du es auf dieser Party mit Renee getrieben hast, nachdem du mit Daisy weggegangen bist?« Paul streute Salz über sein Essen. »Hast du sie aus demselben Grund geküsst?«

Seine Augen funkelten vor Belustigung, aber ich wusste, dass er sich fragte, was zum Teufel ich da eigentlich trieb. Damit waren wir schon zwei. »Ich weiß es selbst schon gar nicht mehr.«

• • •

Der Sommer ging rasch in den Herbst über, der Wind brannte auf meinen rissigen Wangen, die ich dem Training die ganze Woche direkt nach Tagesanbruch in der eisigen Luft zu verdanken hatte. Jetzt wollte ich nur noch eine heiße Dusche in meinem eigenen Bad und vielleicht ein Schläfchen, bevor ich in zwei Stunden zum Biologiekurs musste.

Ich ging in meine Wohnung, ließ meine Tasche fallen und riss mir auf dem Weg ins Schlafzimmer Jacke und Shirt herunter. Meine Sportshorts folgten, und so – splitternackt mit der Hose um die Knöchel – bekam mich die rothaarige Sexbombe zu Gesicht, die in cremefarbener Spitzenwäsche auf meinem Bett lag. »Guten Morgen.«

Ich blickte mich um und schüttelte den Kopf, weil ich sicher war, dass ich träumte oder einen Albtraum hatte. »Was zur ... was zur Hölle tust du hier?«

Ihre Lippen verzogen sich zu einem aufgesetzten Schmollen, als sie sich auf dem Bauch rekelte und den Rücken krümmte wie eine Katze, während ihre roten Haare ihr über die milchweißen Schultern und Brüste fielen. »Ich dachte, das liegt auf der Hand, nicht?«

»Renee.« Mir fehlten die Worte. Mit Frust gepaarte Erregung vernebelte mir den Kopf. »Bitte geh. Jetzt.«

»Aber du hast dein Geschenk noch nicht bekommen.«

Verdammt. Ihre Beharrlichkeit hatte mich nie mehr frustriert. »Und das will ich auch gar nicht. Geh.«

Ich ging am Bett vorbei, knallte die Badezimmertür hinter mir zu und schloss sie ab. Unter dem heißen Wasserstrahl konnte ich die Hände nur flach gegen die geflieste Wand pressen, weg von meiner pochenden Erektion.

Diese verdammte Frau würde mich noch ins Grab bringen.

Ich wusch mich langsamer als sonst; hoffte, dass sie weg war, wenn ich herauskam, und jegliche Versuchung mitgenommen hatte.

Sie war weg, und als ich mir das Handtuch um die Taille schlang und mir Wasser aus dem Gesicht wischte, fiel mein Blick auf etwas auf dem Bett. Eine Karte. Ich ließ sie liegen und wühlte in den Schubladen nach Jeans und einem sauberen Shirt. Endlich gewann meine Neugier die Oberhand, ich hob die Karte auf und sah Renees perfekte Handschrift.

Herzlichen Glückwunsch zum Geburtstag, Arschloch.

Ich habe mir nicht die Mühe gemacht, dir ein Geschenk zu besorgen.

Nicht nach dem, was beim letzten Mal passiert ist, als ich das versucht habe.

Also habe ich dir etwas angeboten, was du auch wirklich annehmen wirst – mich selbst.

Wir haben auch unseren ersten Jahrestag verpasst, aber das macht nichts, da du mir in der Nacht danach das Hirn weggevögelt hast. Und natürlich hielt ich es nicht für ratsam, dir das Versprechen, das ich gebrochen habe, unter die Nase zu reiben.

Aber da du es anscheinend ständig vergisst, wollte ich dich daran erinnern, dass ich dich liebe.

Dass es mir leidtut.

Und dass ich immer noch da bin.

Vielleicht wirst du mir eines Tages verzeihen.

Vielleicht auch nicht.

Wie dem auch sei, ich gehöre zu dir und nur zu dir.

Noch einmal herzlichen Glückwunsch. X

Minnie Maus

Zwei Sekunden später flog die Karte als zusammengeknüllter Ball auf den Boden, dann stürmte ich aus dem Raum, den Flur entlang und in die Küche. Wo Renee in einem langen Pelzmantel und pelzgefütterten Stiefeln an der Tür wartete. »Du musst wirklich Witze machen.«

»Du hast sie gelesen?«

»Bist du deswegen immer noch hier?« Meine Nasenflügel bebten. »Um dich zu vergewissern, dass ich sie lese?«

Sie zuckte mit den Schultern, ihre Zähne glitten über ihre Lippe. »Ich bin aus vielen Gründen hier, von denen die meisten auf der Karte aufgelistet sind.«

»Das hört auf. Jetzt sofort.« Ich trat näher, bis sich unsere Nasen fast berührten. »Ich weiß nicht, wie du hier hereingekommen bist …« Ich hielt inne und schloss die Augen. Natürlich musste ich die zahllosen Wege nicht kennen, auf denen sie hier hineingelangt war, nachdem ich die Schlösser hatte auswechseln lassen. »Aber du weißt, dass du nicht erwünscht bist. Also leb doch um Himmels willen dein Leben weiter.«

»Das kann ich nicht.« Sie schniefte und lachte dann ungläubig auf. »Siehst du das denn nicht? Ich habe Mist gebaut, das weiß ich. Jeder weiß es, aber ich kann nicht einfach weitermachen. Und die Mühe, die du dir machst, mich zu hassen, beweist nur, dass du es auch nicht kannst.«

»Was?« Mein Lachen klang bitter, trocken und spöttisch. »Hast du wirklich noch nicht genug?« Als sie mich nur anstarrte und ihre leuchtenden Augen vor Tränen glänzten, fuhr ich mit rauer Stimme fort: »Hör auf, Druck zu machen, Maus, weil ich es dir mit gleicher Münze heimzahlen werde.«

Sie zog die Nase hoch. »Als ob du es noch schlimmer machen könntest. Die Blonde, wirklich?«, flüsterte sie; versuchte den Gefühlsaufruhr zu verbergen, der ihre Stimmbänder würgte.

»Das geht dich nichts an, und was das es noch schlimmer Machen betrifft«, ich zögerte, ließ den Ernst in meinem Blick in ihre Augen sickern, »soll das eine Herausforderung sein? Weil wir beide wissen, dass das nicht stimmt.«

Ich öffnete die Türen und schob sie sacht hindurch. Sie stolperte zum Fahrstuhl, als ich sie wieder zuschlug.

Siebenundzwanzigstes Kapitel

Renee

Verloren war ein Wort, um zu beschreiben, wie ich mich in den Wochen nach dem letzten verzweifelten Versuch fühlte, meinen Mann dazu zu verführen, mich wieder in sein Leben zu lassen.

Ein Fehlschlag. Es war ein kompletter, absoluter Fehlschlag.

Ich konnte mich davon nicht aufhalten lassen, aber ich brauchte Zeit. Zeit, um mich von dem Druck zu befreien und den Kummer abzuschütteln, der entschlossen zu sein schien, sich doch endlich in mir auszubreiten. Ich hatte ihn so lange zurückgedrängt, dass ich dachte, gewonnen zu haben. Aber das hatte ich nicht. Noch nicht.

Ich brauchte außerdem Zeit, um die Abschlussprüfungen durchzustehen, ohne die auch noch zu verbocken.

Als ich am Tag nach Weihnachten mit meiner Familie und den Welshs am Tisch saß, musste ich mich fragen, ob er sich überhaupt je etwas aus mir gemacht hatte. Callum hielt den Blick gesenkt, aber immer, wenn eine Frage an ihn gerichtet wurde, erhellte ein überzeugendes Lächeln seine Züge.

»Ich glaube nicht, dass du irgendwelche Schwierigkeiten haben wirst«, bemerkte Kian, schob seinen Teller weg und dankte Rosa, die kam, um ihn abzuräumen.

»Ich weiß es nicht«, meinte Callum nachdenklich. Seine Finger tanzten um den Rand seines Glases, als er seinen Vater ansah. »Es gab

Gerüchte, aber die Talentscouts müssen sich dieses Jahr erst noch blicken lassen.«

»Wahrscheinlich das Beste.« Kian trank einen Schluck von seinem Whisky. »Du kannst es dir nicht leisten, früh gedraftet zu werden. Du brauchst deinen Abschluss.«

Callums Kiefermuskeln spannten sich an. »Richtig.«

Kian hatte in der Tat recht, und Callum wusste das, aber sein verzweifelter Wunsch, seine eigenen Träume zu verwirklichen, würde ein Angebot viel zu verlockend machen, um es auszuschlagen.

Ich griff nach meinem Wasser und trank einen langsamen Schluck, als ich den Blick über Callums Gesicht wandern ließ. Da er normalerweise glatt rasiert war, erschien es mir seltsam, dass er sich heute nicht die Mühe gemacht hatte. Bartstoppeln bedeckten seinen kantigen Kiefer, und ich presste unter dem Tisch die Schenkel zusammen, als ich mir vorstellte, wie sie sich auf meiner Haut anfühlen würden.

Als würde er meine Gedanken spüren, hob Callum den Blick, nicht aber den Kopf, sodass seine Wimpern unter seinen Brauen verschwanden. Er blinzelte, als er mich spöttisch angrinste, bevor er seine Mutter ansah, die ihn nach dem Apartment fragte.

»Alles bestens«, erwiderte er, dann fügte er hinzu: »Sally kümmert sich großartig darum.«

Das Glas fiel mir aus der Hand und mit einem dumpfen Aufschlag, der alle veranlasste, sich zu mir zu drehen, auf den Tisch. »Sorry«, murmelte ich. »Glitschige Finger.«

»In der Tat«, kam es leise von Callum, und ich hätte ihn am liebsten geohrfeigt.

Er trieb es auch mit der Putzfrau? Jesus Christus.

Rosa kam mit einem Tuch um den Tisch herum, um das verschüttete Wasser aufzuwischen. Ich bedankte mich bei ihr, dann schob ich meinen Stuhl zurück, bat, mich entschuldigen zu dürfen, und wartete die Antwort nicht ab.

»Wir tauschen bald im Wohnzimmer die Geschenke aus«, rief Lucinda mir hinterher.

Ich blieb in der Tür stehen, drehte mich um und setzte ein Lächeln auf. »Ich bleibe nicht lange weg.«

Im unteren Bad starrte ich mein Spiegelbild an, die milchige Blässe meiner Haut, meine noch stärker hervortretenden Wangenknochen und meine Haare, die noch lockig waren, aber trotzdem strähnig wirkten.

Leblos.

Als wäre die Frau, die ich gewesen war, während des letzten Jahres mit jedem Tag aus mir herausgesickert, und allmählich sah man es.

Ich ließ den Kopf sinken, schloss die Augen und holte tief Luft. Dann stieß ich sie wieder aus, und meine Schultern lockerten sich kaum merklich. Ohne zu wissen, wie lange ich, den Blick unverwandt auf den Abfluss gerichtet, so dagestanden hatte, straffte ich mich, als Stimmen im Flur erklangen.

Bring es einfach hinter dich. Noch eine halbe Stunde länger nett sein. So tun, als wäre alles in schönster Ordnung, wo es in Wahrheit so weit davon entfernt war, dass mir das Atmen immer schwerer fiel. Ganz zu schweigen davon, dass es etwas schwierig war, dieses Spiel zu spielen, wenn Callum es offenbar ganz aufgegeben hatte, die Täuschung aufrechtzuerhalten. Was nicht allzu lange unbemerkt bleiben würde.

Im Wohnzimmer setzte ich mich in einen Ohrensessel und sah zu, wie alle ihre Geschenke auspackten. Meine eigenen, die ich zwei Tage zuvor gekauft hatte, lagen neben einem Strauß Hortensien auf dem kleinen Eichenholztisch.

Callum blickte von ihnen zu mir, dann heftete er die Augen auf den Kamin, in dem ein niedriges Feuer prasselte. Er hätte sich keine Sorgen machen müssen, dass ich mich wieder an etwas Ausgefallenem versucht hatte. Ich hatte einfach die Comics neu eingepackt, die ich ihm schon mehrmals hatte schenken wollen.

Mit einem warmen Lächeln sammelte ich meine Geschenke ein und ließ sie eingepackt zu meinen Füßen liegen, während Callum meines von meiner Mutter entgegennahm. Er schüttelte es und sah dann mit hochgezogenen Brauen zu mir hinüber.

Ich wandte mich ab und stand aus dem Sessel auf. »Mir geht es nicht allzu gut. Ich glaube, das Dinner ist mir nicht bekommen.«

Nachdem ich mich ausgiebig entschuldigt hatte, umarmte ich Kian und Lucinda. »Unsinn, leg dich hin. Cal bringt dir deine Geschenke nach oben«, sagte Lucinda, dann widmete sie sich wieder ihrem Berg aus Kaschmirpullover, der importierten Kaffeemaschine und dem Schmuck.

Callums Schritte ertönten hinter mir, seine Lederschuhe klackten auf den Holzdielen. Ich öffnete die Tür und bedeutete ihm, voranzugehen, ohne ihn dabei anzusehen.

Er stellte die Geschenke auf die Ottomane am Fuß meines Bettes, und ich begann die Klammern aus meinen Haaren zu entfernen, gefolgt von den Ohrringen, die mein Vater mir gestern geschenkt hatte.

»Ich habe etwas für dich«, sagte Callum.

Ich schnaubte, drehte mich zu ihm um und achtete nicht auf die Art, wie das dämmrige Licht im Raum seine gemeißelten Züge betonte. »Das hättest du nicht tun sollen.«

»Nein.« Er legte eine rechteckige Schachtel mit einer goldenen Schleife auf dem Deckel oben auf den Stapel. »Das hätte ich schon längst tun sollen.«

Mit einem Zwinkern schlängelte er sich aus dem Zimmer. Ich schloss die Tür, dann trat ich, obwohl eine Million innerer Stimmen mir lautstark davon abrieten, auf den Geschenkestapel zu, löste das Band von der schwarzen Schachtel und hob den Deckel.

Meine Hand flog zu meinem Mund, und ich sog schneidend den Atem ein, während ich den Inhalt betrachtete. Er hatte es letztendlich getan.

Scheidungspapiere.

Daran klebte eine Haftnotiz.

Es wird Zeit, einen endgültigen Schlussstrich zu ziehen.

Nachdem das geregelt ist, können wir unseren Eltern sagen, dass es aus zwischen uns ist, und sie müssen nie erfahren, dass wir überhaupt verheiratet waren.

Wir sind keine Kinder mehr, und ich habe die Spielchen satt.

Lassen wir es enden.

Die Schachtel fiel herunter, und die Papiere rutschten über den Boden, als ich das Geräusch der Endgültigkeit mit den Händen dämpfte.

...

Zur Uni zurückzukehren fühlte sich bittersüß an.

Es wäre schön gewesen, nicht in der Nähe des Mannes sein zu müssen, der einen wesentlichen Teil von mir zerstört hatte, aber ich konnte es nicht ertragen, auch nur eine Minute länger in meinem Elternhaus zu verbringen, wo mich Erinnerungen jeden Flur entlang verfolgten.

Vielleicht wurde es Zeit. Aber wer konnte schon sagen, wann der richtige Zeitpunkt dafür war, das eine aufzugeben, das man sich mehr wünschte als alles andere auf der Welt.

Die meisten würden sagen, nie. Die meisten würden mich wahrscheinlich als Idiotin bezeichnen, die schon vor vielen Monaten hätte aufhören sollen, ihre Zeit zu verschwenden.

Wie dem auch sei, ich reagierte allergisch auf Befehle. Ich würde seine kostbaren Papiere unterschreiben. Wenn und falls ich dazu bereit war.

Ich rauschte an der sauertöpfischen Empfangsdame vorbei, die heute tatsächlich mal aufgekreuzt war, und ignorierte alle anderen, als ich mit gesenktem Kopf zu meinem Zimmer hochging. Auf mich wartete ein Berg von Designs, die ich fertig zeichnen musste, und Zeichnen und ich ... wir waren nicht unbedingt kompatibel.

Ich musste jetzt härter arbeiten, als ich gedacht hatte. Ich konnte nicht einfach alles kreieren, was ich vor meinem geistigen Auge sah, und das wusste ich. Aber dass ich tatsächlich zuerst Entwürfe anfertigen musste, jagte mir eine Heidenangst ein, auf dem einzigen Gebiet zu versagen, auf dem ich es mir nicht leisten konnte.

Wenn es um Dinge ging, die mir am Herzen lagen, konnte ich mir keine weiteren Fehlschläge mehr erlauben.

Entschlossen, zu vergessen, und sei es nur für eine kleine Weile, ging ich ins Zimmer und suchte meine Sachen zusammen, um zu duschen.

Hannah bewegte sich immer noch auf dünnem Eis, sie entschuldigte sich zwar nicht, war aber eifrig darauf bedacht, alles zu tun, was ich vorschlug. Ihr war nicht klar, dass der Zug abgefahren war und sie gut daran täte, abzuspringen. Ich hatte keine andere Verwendung für sie als die, nicht als gesellschaftlich Aussätzige dazustehen, indem ich allein auf Partys erschien.

»Wir trinken kein Bier«, sagte ich fest, nahm die Wodkaflasche aus meiner Tasche und goss uns in der unordentlichen Küche einen Drink ein.

Hannah erhob keine Einwände, holte eine Flasche Cola aus dem Kühlschrank und füllte unsere Drinks auf. »Cheers«, sagte sie mit einem gezwungenen Lächeln, das sie auch auf Tina richtete, als diese näher kam.

»Oh, du musst mich deinen Kleiderschrank plündern lassen«, stieß Tina hervor.

Ich schenkte ihr auch ein Glas ein und reichte es ihr wortlos.

Hannah winkte mit der Hand. »Zur Hälfte Designerklamotten, zur Hälfte Outfits, die sie selbst genäht hat. Ich sterbe jedes Mal vor Neid, wenn ich unsere Schranktüren aufmache.«

Ich hörte zu, wie sie weiter von meinen Sachen schwärmten, dabei dachte ich, dass ich mich eigentlich in der Bewunderung sonnen sollte. Ich empfand rein gar nichts dabei.

Und so trank ich und achtete nicht auf die Furcht, die mich durchströmte.

Furcht war ein egoistisches Miststück, das entschieden zu viel Kontrolle ausübte, und ich weigerte mich, ihr noch länger irgendeinen Teil von mir zu überlassen.

Wir blieben in der Küche, setzten uns auf Stühle und beobachteten, wie die Party in Gang kam, während Hannahs Getratsche in Tinas Ohren wehte. Gedämpftes Flüstern, lautes Lachen und viel »auf keinen Fall« und »das hat er nicht gemacht«.

Als ich mit meinem zweiten Drink fertig war, umfing mich eine vertraute Wärme, und ich ließ es langsamer angehen. Nie wieder würde ich in einen Zustand geraten wie vor über einem Jahr. Lektion gelernt. Eine, für die ich bis ans Ende meiner Tage zahlen würde.

Der Grund dafür ging vorbei, blieb stehen, als er uns sah, und kam zu uns herüber. »Hey«, sagte Mike, lehnte sich neben mir gegen die Theke und verschränkte seine kräftigen Arme vor der Brust. »Hab dich eine ganze Weile nicht gesehen.«

»Ich habe mich bedeckt gehalten«, sagte ich in meinen Becher. Mein Magen zog sich zusammen, als sich diese blauen Augen auf mein Gesicht hefteten. Würde ich je imstande sein, diesen Mann anzusehen, ohne es zu spüren? Ich glaubte nicht, aber es wäre schön.

Mike nickte, als würde er verstehen, und ich vermutete, dass er wahrscheinlich der Einzige war, der das auch tat. Die Mädchen quasselten hinter uns weiter, und Mikes Blick, der sich in meinen bohrte, glich einem Brandzeichen, das ich mir von der Haut kratzen wollte. In einem anderen Leben, wenn ich Callum nicht begegnet wäre, wäre ich Wachs in seinen Händen gewesen. Er hatte dieses Äußere, das besagte, dass er nicht nur der gut aussehende Junge von nebenan mit hellbraunen, leicht zerzausten Haaren und durchdringenden blauen Augen war, die einem das Gefühl gaben, wichtig zu sein, wenn sie auf einem ruhten, sondern er hatte auch noch einen guten Charakter. Er war freundlich, aufmerksam und offensichtlich in mich verliebt. Gott allein wusste, weshalb.

Ich glaubte es nicht, aber ein paar Leute würden auch sagen, sie würden nicht glauben, dass ich nach allem, was passiert war, immer noch in Callum verliebt war, und trotzdem war es so … Ich nahm einen großen Schluck von meinem Drink.

»Du und Cal …«, begann er.

Bloß nicht. Ich schüttelte den Kopf, schluckte und stellte den leeren Becher weg. »Nein.«

»Oh«, sagte er. »Ich dachte …«

»Ich weiß.« Ich nickte, holte tief Atem und stieß ihn wieder aus. »Ich habe es versucht, oder?« Ich blickte zu ihm auf und lächelte traurig.

Sein Gesicht blieb ausdruckslos, aber seine Züge wurden weicher. »Du hast einen Fehler gemacht, und es tut mir leid, dass ich ein Teil davon war. Ich weiß nicht, ob ich das schon gesagt habe, aber … ich hätte es tun sollen. Es tut mir leid.«

»Mir auch«, gab ich zurück. »Ich meine, ihr wart jahrelang befreundet. Eine Nacht, eine dumme Nacht, und alles ist kaputt.«

Schweigen machte sich zwischen uns breit, als wir uns ansahen. Die Musik und Stimmen erfüllten die Leere wie ein weißes Rauschen.

»Würdest du mir zuliebe etwas in Erwägung ziehen?«

Ich hob eine Braue. »Vielleicht.«

»Geh mit mir aus.« Als mir der Mund offen stehen blieb, fügte er hastig hinzu: »Nur ein Mal. Nur ein Mal, um zu sehen, ob das wirklich so ein großer Fehler war oder ob es vielleicht, nur vielleicht, aus einem bestimmten Grund passiert ist.«

Ich stieß ein sehr undamenhaftes bellendes Lachen aus, dabei stellte ich mir vor, wie meine Mutter unwillig das Gesicht verzog. »Oder vielleicht war ich sturzbetrunken, und wir haben deshalb beide eine Dummheit gemacht.«

Mike hob eine Schulter. »Denk wenigstens darüber nach.«

Ich starrte einen langen Moment auf die Theke hinunter und suchte nach einer Möglichkeit, diese verrückte Idee abzuschmettern, als ein Lachen, das ich so gut kannte wie mein eigenes, zu mir hinübergetragen wurde.

Ich blickte auf und sah Callum ein Mädchen huckepack durch die Menschentraube vor der Küche tragen. Ihre dunkelbraunen Haare flatterten hinter ihr her, während sie sich an seinem Hals festklammerte. Er bemerkte mich überhaupt nicht, was tausend Mal mehr schmerzte, als wenn er mir einfach keine Beachtung geschenkt hätte.

Dieser Schmerz rasselte in meiner Brust und machte meinen nächsten Atemzug, meinen nächsten Gedanken und die nächsten Sekunden schwer erträglich. Wie lange konnte ich das noch durchhalten?

Mike nahm mein Kinn, drehte mich zu sich und strich mir mit dem Daumen über die Unterlippe.

Mike. Ich konnte mit ihm ausgehen. Nur einmal. Es gab nichts anderes, was ich benutzen konnte, mir blieb kein anderes Werkzeug mehr. Ein Gedanke, bei dem ich mich schrecklich fühlte, aber nicht schrecklich genug, um nicht zu sagen: »Okay. Ein Date.«

Sein Lächeln erhellte sein gesamtes Gesicht, und einen kurzen Moment lang konnte ich den Blick nicht abwenden. Er beugte sich zu mir und küsste mich auf die Stirn. »Ich muss los, aber ich schicke dir eine Nachricht.«

Ich sah ihm nach; fühlte mich merkwürdig alleine, obwohl ich von Freunden umgeben war. »Komm mit zum Klo, Renee.«

Mit einem Gefühl, als würde ich außerhalb von mir selbst schweben, nickte ich und folgte Hannah nach oben, dann starrte ich die Wand an, während wir in der Schlange warteten und sie irgendjemandem schrieb.

Hannah kam an die Reihe, und ein Blick in das Innere des Raums führte dazu, dass ich beschloss, lieber früh nach Hause zu gehen als auch nur in die Nähe dieser Keimbrutstätte zu kommen.

Ich lehnte mich gegen die Wand, dachte über Mikes Worte, seine Berührung und darüber nach, ob Callum mich wirklich vergessen wollte, und schrak zusammen, als eine Tür zugeknallt wurde.

Ich drehte mich um und sah Pippa, mit der ich zusammen einen Kurs besuchte. Und die ich vor nicht allzu langer Zeit in besagtem Kurs ausgefragt hatte. Doch dabei war ich auf etwas gestoßen, womit ich nicht gerechnet hatte.

Loyalität, absolute Loyalität gegenüber ihrer Freundin Daisy.

Unbezahlbar. So eine Freundin zu haben war unbezahlbar. Und ich hatte ein Faible dafür, unbezahlbare Dinge zu sammeln.

Pech für mich, dass man manche Dinge nicht sammeln konnte. Oder man ließ die Finger davon, damit man nicht mit dem Dilemma konfrontiert wurde, dass jemand einen enttäuschte, weil er die in ihn gesetzten Erwartungen nicht erfüllte.

Sie und Daisy waren die beiden, die Callum angestarrt hatte, als wir das letzte Mal zusammen bei der Party der Studentenverbindung gewesen waren.

Wenn es nicht schon vorher offensichtlich gewesen wäre, hätte mir der geschockte Ausdruck auf Pippas Gesicht verraten, dass sie nicht sehr oft auf Partys ging. Ich unterdrückte ein Lachen. »Siehst du was Interessantes?«

Sie schluckte und sah mich an. »Schätze, das könnte man so sagen.«

Da lachte ich, aber das Lachen zerschellte auf dem Boden, als ich den Blick abwandte. Diese Frau ... was gäbe ich nicht darum, so naiv zu sein.

»Callum ist hier«, bemerkte sie. Natürlich, schließlich hatte ich ihr ja mit meinem Kreuzverhör im Unterricht bewiesen, dass ich ihn immer noch liebte.

»Ich weiß«, erwiderte ich.

Schweigen trat ein. Dann fragte sie: »Gibt es hier oben ein Klo?«

Jetzt dämmerte mir, was los war. Sie suchte ihren Freund, den problembeladenen Wide Receiver und Callums Freund. Ich wusste, wo sie ihn höchstwahrscheinlich finden würde. Zwar hätte ich das für mich behalten können, um ihr Aufregung zu ersparen, aber ich glaubte nicht, dass es das war, was sie wollte. »Wenn du Toby suchst, versuch es in der Lasterhöhle da unten.«

Ihre Wangen begannen zu glühen. »Danke. Aber ich muss mal auf die Toilette.«

Die Tür ging auf, und Hannah kam heraus. Sie wirkte blass, als sie sagte: »Himmel, ist das eine Sauerei da drin. Als hätte irgendein Schwein voll an die Wand gepinkelt.«

Das entlockte mir ein Grinsen. »Das Klo gehört dir allein«, sagte ich zu Pippa.

»Wenn ich so darüber nachdenke, muss ich vielleicht nicht mehr.«

Ich blickte von ihr zu Hannah. »Wir treffen uns unten.«

Hannah zuckte mit den Achseln, zupfte ihren kurzen Rock zurecht und ging den Flur entlang zur Treppe.

»Ist das die, die deinem Ex einen geblasen hat?«, fragte Pippa.

Erschrocken versuchte ich zu überlegen, woher zum Teufel sie das wusste. Dann erinnerte ich mich an den Semesterbeginn, wo ich mit Hannah nicht allzu leise im Waschraum darüber gesprochen hatte.

»Ich *wusste*, dass jemand zuhört.« Ich lächelte in mich hinein, weil ich im Geist wieder die geschlossene Kabinentür hinter mir im Spiegel sah. »Also habe ich gewissermaßen die Lautstärke hochgedreht.«

Pippa hob eine Braue. »Also stimmt es?«

Ich öffnete meine Clutch. »Oh ja, und ob es stimmt.« Ich schob mir einen Streifen Kaugummi in den Mund und kaute, während ich nach meinem Lipgloss kramte. »Ich habe wirklich tolle Freundinnen.«

»Warum bist du überhaupt noch mit ihr befreundet?«

Ich trug etwas Lipgloss auf und rieb die Lippen gegeneinander, während ich überlegte, was ich darauf antworten sollte. Vermutlich fuhr ich mit Ehrlichkeit am besten. »Niemand ist gern alleine.« Obwohl ich wirklich nicht wusste, ob ich mich noch mehr alleine fühlen konnte, als ich es schon tat. »Und bei ihr weiß ich wenigstens, was ich zu erwarten habe.«

»Das klingt traurig.«

Möglich, aber mir war es wichtig. Ich steckte den Lipgloss weg und klappte meine Clutch zu. »Das ganze Leben ist traurig. Besser, man kennt seine Feinde gut als seine Freunde überhaupt nicht.«

Pippa schien zu zögern, dann sagte sie zaghaft: »Du solltest mal mit Daisy und mir was unternehmen.«

Ich rümpfte die Nase. Selbst wenn Daisy kein Interesse an Callum hatte, erschien mir der Vorschlag absurd. »Mit dem Mädchen, das geküsst hat, was mir gehört?«

»Sie wusste nichts von dir oder irgendetwas über dich. Sie war nicht deine Freundin und dir überhaupt nichts schuldig.«

Stimmte alles. Unabhängig davon, dass Hannah seinen Schwanz im Mund gehabt hatte, sprach Pippa von etwas wesentlich Realerem als dem, was Hannah und ich teilten. Ich war nur nicht ganz sicher, ob das funktionieren würde. Das hieß, wenn sie überhaupt zu dem Schluss kamen, mich zu mögen, nachdem sie mehr als fünf Minuten in meiner Gesellschaft verbracht hatten.

Ja, besser, ich machte mir keine zu großen Hoffnungen. »Danke, aber ich weiß nicht, ob das eine so gute Idee ist.«

»Wie du willst.« Pippa betrachtete die Toilette mit gerümpfter Nase, dann ging sie zur Treppe.

Meine Hand schloss sich fester um meine Clutch. Etwas, was an Bedauern grenzte, bewirkte, dass ich mich verkrampfte. Ich hatte nichts zu verlieren. Nichts, was zählte. Da war ich mir sicher. »Pippa.« Sie drehte den Kopf, um mich über ihre Schulter hinweg anzuschauen, und Worte, Ideen, alles ließ mich plötzlich im Stich. Ich schüttelte den Kopf; kam mir lächerlich vor. »Schon gut.«

Wie kam es, dass ich mich gezwungenermaßen auf Kommando verstellen konnte, um Lunches, Abendessen, zahlreiche Events und Theateraufführungen zu überstehen, und trotzdem nicht die richtigen Worte herausbrachte, wenn es wirklich darauf ankam?

Mit einem sehnsüchtigen Seufzen machte ich mich wieder auf den Weg nach unten.

Achtundzwanzigstes Kapitel

Callum

»Lass es«, sagte ich zu dem Mädchen, das sich nach Kräften bemühte, meinen schlafenden Schwanz zum Leben zu erwecken.

»Was ist los?«, fragte sie, dabei fuhr sie sich mit dem Finger über die Unterlippe. »Ich kann es weiter versuchen.«

»Ich will ja nicht wie ein Arschloch klingen, aber es liegt nicht an dir, Süße. Sondern an mir.«

Ihre Augen wurden groß. »Oh.« Ihre Lippen krümmten sich zu einem Lächeln. »Du stehst auf Typen? Weil ich da jemanden kenne, der sofort …«

»Ein Typ hilft da auch nicht, aber danke für das Angebot«, erwiderte ich trocken, zog meine Hose hoch und überprüfte, ob mein Telefon darin war.

»Wie auch immer.« Sie rückte ihr Top zurecht und schob die Füße wieder in ihre Pumps.

Ich setzte mich auf und sah ihr nach, dann rieb ich mir wütend mit der Hand über das Gesicht. Allmählich machte ich mir Sorgen, dass ich es bald noch nicht einmal mehr schaffen würde, mir einen runterzuholen.

Ich ging nach unten, wo ich Quinn mit Daisy und Robbo im Wohnbereich vorfand. »Hey.« Ich ließ mich in einen Sessel am Fenster fallen.

Quinn blickte zu Tina hinüber, die immer noch an ihrem Top herumnestelte, als sie nach unten kam. »Ich sage es ja nicht gern, aber …«

»Dann behalt es für dich.« Ich schnappte mir die Fernbedienung und zappte durch die Sportkanäle.

Quinn und Robbo standen auf, um Burrows mit einem Berg Pizzakartons zu helfen, und Daisy beugte sich vor. »Ist alles in Ordnung?«

Ich zog eine Braue hoch, ließ die Fernbedienung fallen und lehnte mich im Sessel zurück. »Alles bestens, warum?«

Ihre braunen Augen wanderten über mich hinweg. »Du wirkst nur ... angespannt.«

Das war ich auch. Wir hatten schon Februar, verdammt noch mal, und die unterzeichneten Papiere waren immer noch nicht in der Kanzlei meines Anwalts eingetroffen. Des Anwalts, dem ich das doppelte Honorar in bar bezahlen musste, damit er diese Sache vor meinen und Renees Eltern geheim hielt.

»Willst du mich massieren?« Ich biss mir auf die Lippe.

Daisy lachte. »Halt die Klappe. Ich meine es ernst.«

»Ich weiß«, sagte ich. »Aber mir ist gerade im Moment nicht nach Ernst zumute.« Ich blickte hinter mich Richtung Küche und dann wieder zurück. »Wo sind Toby und Pippa?«

Daisy begann mit den Händen zu gestikulieren und schlug auf der Couch die Beine übereinander. »Vermutlich zu Hause.«

Schlechter Tag. Eher schlechte Wochen. Seit Toby zu Beginn der Saison aus dem Team geflogen war, hatte er sein Möglichstes getan, um uns aus dem Weg zu gehen. Ich verstand, dass ihn das auf eine Weise traf, die ich noch nicht einmal ansatzweise nachvollziehen konnte, aber so, wie er manchmal sein konnte ... es war besorgniserregend.

»Ist er okay?«

Daisy zögerte und schloss dann den Mund, als die Jungs mit der Pizza hereinkamen. »Wo sind die Mädels alle hin?« Burrows schob sich ein Stück mit Peperoni in den Mund. »Mit Ausnahme von Daisy ist das hier die reinste Würstchenparty.«

»Sie haben gehört, dass du hier bist, und sind zu mir nach oben gekommen«, erklang Pauls Antwort, der gerade mit zwei Frauen mit zerwühlten Kleidern und Haaren in den Raum kam. »Ich sterbe vor Hunger.« Er verschwand mit einem Karton und beiden in der Küche.

Burrow's Unterkiefer klappte nach unten, und er blinzelte immer wieder. »Wie?«

»Er hat Charme«, half Daisy nach, woraufhin Quinn ihr einen Blick zuwarf. »Was?« Sie zuckte mit den Achseln und nahm sich ein Stück Käsepizza. »Es ist so.«

»Stimmt. Mit seinem Charme könnte er dem Teufel ein Schwanzhaar abschwatzen«, bestätigte ich.

Daisy lachte, und Quinn verdrehte die Augen. Zwischen mir und ihm war es besser geworden, vor allem, nachdem er und Daisy vor Weihnachten wieder zusammengekommen waren. Es war gut, dass sie wieder ein Paar waren. Ich fühlte mich ein bisschen schlecht, weil ich versucht hatte, mich dazwischenzudrängen. Ein bisschen.

Ich grinste Daisy an, die den Kopf schüttelte und ihre Brille zurechtrückte.

»Hört doch auf mit dem Scheiß«, fauchte Quinn endlich und warf einen Konsolencontroller nach mir. Ich fing ihn auf und legte ihn neben mich.

»Du bist ein mieser Hund, Welsh«, sagte Burrows, während er lachend kaute.

Ich zuckte mit den Schultern. »Wenn er nicht immer so angefressen reagieren würde, würde ich mir vielleicht überlegen, damit aufzuhören.«

Quinn warf mir einen Blick zu, der besagte, dass ich Scheiße redete. Ich hatte kein Interesse an Daisy, das über Freundschaft hinausging, aber nach dem, was er ihr angetan hatte, verdiente er ein paar Denkzettel. Es lag nah, dass ich kein großer Fan von Betrug war.

»Hol deine Gitarre, Robbo. Ich will einen oder zwei Songs lernen.«

Robbo, ein Freshman im Team, der gerade in seine Pizza biss, hielt mitten in der Bewegung inne. »Was?«, murmelte er mit vollem Mund, dann kaute und schluckte er. »Das meinst du nicht ernst.«

Burrows wirkte gekränkt. »Das meine ich sogar todernst.«

Ich zückte mein Telefon und checkte meine E-Mails, während die beiden sich weiterzankten.

»Aber … wieso?«

Eine war von meinem Dad. Ein Bewerbungsformular für ein Praktikum in ihrer Firma diesen Sommer.

»Was glaubst du? Wegen der Frauen? Mann.«

»Das dürfte bei dir auch keinen Unterschied machen«, brummte ich, während ich mich durch die E-Mail scrollte. Warum zum Teufel sollte ich mich bewerben müssen? Und wenn mir die Firma schon irgendwann aufgehalst wurde, wollte ich die freie Zeit, die mir noch blieb, nicht verschwenden.

»Halt die Klappe, Sackgesicht. Wir haben es nicht alle so dick wie du.«

Ich schloss die App und beugte mich vor, um mein Telefon in die Tasche zu schieben, als die Tür aufging.

»Oder er.« Burrows deutete mit dem Daumen über seine Schulter zu Mike.

Mike zögerte nur einen Moment, bevor er sich auf den Boden setzte und sich von der Pizza nahm.

»Zahlst du, reicher Junge?«, fragte Burrows.

»Hä?«, gab Mike zurück. Ein Stück Pizza klemmte zwischen seinen verräterischen Fingern.

»Du kannst essen, aber das kostet was.« Burrows ließ sich wieder auf die Couch fallen. »Ich sag' s dir ja nur.«

»Was das betrifft …« Ich zog einen Fünfziger aus meinem Portemonnaie und warf ihn auf den Tisch, als ich aufstand. »Ich bin weg. Bis später, Arschlöcher.«

»Seht ihr?« Burrows' Stimme folgte mir, als ich den Raum verließ. »Es ist nur cool, Freunde mit Geld zu haben, wenn sie auch zahlen.«

Neunundzwanzigstes Kapitel

Renee

Der Februar ging in den März über.

Die Neuigkeiten von dem, was Pippas Freund und Callums Kumpel Toby passiert war, kursierten auf dem Campus, und in den letzten Wochen legte sich die Aufregung wieder.

Mike schickte mir wöchentlich Nachrichten, entweder mit einem Emoji oder einem lustigen Foto. Ich nahm an, das war seine Art, mir zu verstehen zu geben, dass er immer noch wartete. Und ich ... ich wusste nicht mehr genau, worauf ich wartete. Ich verspürte nicht länger den Wunsch, ihn zu benutzen, aber ich konnte etwas Abwechslung gut gebrauchen.

Also schrieb ich ihm an einem Freitagmorgen mitten in englischer Literatur einen Ort und einen Zeitpunkt.

Weshalb wir dann später in einem gemütlichen italienischen Restaurant direkt außerhalb des Campus saßen.

»Wo wohnst du?«, fragte ich Mike. Ich wusste, dass er in der Nähe ein Haus gemietet hatte, aber ich war mir nicht sicher, wo genau.

Er drehte ein paar Spaghetti um seine Gabel. »Mom hat mir etwas ungefähr fünf Autominuten entfernt besorgt. Ihre Vorstellung davon, zu verhindern, dass ich in Schwierigkeiten gerate.« Er grinste. »Sie hat erst gemerkt, was für ein Fehler das war, als die Taxikosten auf meiner Kreditkartenrechnung auftauchten.«

Ich lächelte, als er sich die Gabel in den Mund schob. »Wenigstens bist du vernünftig und fährst nicht nach Hause, wenn du ... betrunken bist.« Himmel, das Wort in seiner Gegenwart nur auszusprechen, beförderte schon Erinnerungen an die Oberfläche, die ich so krampfhaft zu unterdrücken versucht hatte.

Er beugt sich über mich, sein Atem streift heiß meinen Hals, während seine Hände meine Schenkel auseinanderschieben.

Wie es aussah, hatte er, obwohl er bekommen hatte, was er wollte, das Interesse noch nicht verloren. In diesem Moment wurde mir klar, dass es ihm vielleicht wirklich ernst damit war. Mit mir.

Ich widmete mich wieder meinen Spaghetti Carbonara. »Wie geht es deiner Mom?«

»Besser.« Er klang erleichtert. »Sie und mein Dad erwägen, sich zu versöhnen. Aus rein geschäftlichen Gründen, versteht sich.«

»Versteht sich«, echote ich.

»Du siehst wunderschön aus«, sagte er, nachdem wir ein paar Minuten schweigend gegessen hatten. Seine weiche Stimme veranlasste mich, ihn unter den Wimpern hervor anzusehen, während ich mir mit der Serviette das Kinn abtupfte.

Ich trug babyrosa Jeans, eine cremefarbene Bauernbluse und passende cremefarbene Schuhe mit um die Knöchel geschlungenen Satinbändern. Die Haare trug ich offen, sie fielen mir in natürlichen Wellen über den Rücken, und ich hatte nur leichtes Make-up aufgelegt, hauptsächlich die Wimpern betont.

»Danke«, murmelte ich. Mein Blick wanderte über sein blaues Hemd, und ich registrierte, dass er die oberen Knöpfe offen gelassen hatte, sodass etwas gebräunte Haut zu sehen war. »Blau steht dir.«

Er lächelte. »Du musst mir keine Komplimente machen.«

»Nein«, erwiderte ich. »Ich meine es ernst.« Ich hob meine Gabel und fuchtelte damit in der Luft herum, um meinen Worten Nachdruck zu verleihen. »Es sorgt dafür, dass man diese blauen Augen nur schwer übersehen kann.«

Besagte Augen schienen sich bei meiner Bemerkung zu verschleiern. Er griff über den Tisch, nahm mir behutsam die Gabel aus der Hand und legte sie beiseite.

Wie erstarrt beobachtete ich, wie er meine Hand umdrehte; stellte fest, wie klein sie im Vergleich zu seiner großen wirkte. Seine Haut war warm und glatt, mit nur wenigen rauen Schwielen an den Fingerspitzen. »Das mit dir und Callum ist definitiv vorbei?«

Ich holte tief Luft und ließ sie beim Ausatmen meine Worte mit sich tragen, weil ich Angst hatte, sie sonst nicht herauszubringen. Aber es war an der Zeit. »Definitiv vorbei.«

Seine Hand schloss sich um meine und drückte sie sacht. »Hat eine Weile gedauert, loszulassen?«

»Das könnte man so sagen.« Ich lachte; empfand eine leise Verlegenheit, als ich auf die ganze Zeit zurückblickte, die ich mich geweigert hatte, loszulassen. Wenn ich ehrlich war, hatte ich das immer noch nicht endgültig getan. Aber wie gesagt, es war an der Zeit.

Nachdem ich den Erdbeerkäsekuchen auf der Dessertkarte angestarrt hatte, ging ich auf Mikes Vorschlag ein, mir ein Stück Schokoladenkuchen mit ihm zu teilen. Er versuchte mich zu füttern und lachte gutmütig, als ich mich weigerte.

»Machen wir das noch mal?«, fragte er und half mir in meinen pinkfarbenen Cardigan, als wir von unserem kleinen Fenstertisch aufstanden. Ich blickte nach draußen, wo der Mond einen missglückten Halbkreis am Himmel bildete, der im Glanz der Sterne unterging. Als ich die Augen auf die Straße richtete und zu einer Antwort ansetzte, sah ich ihn.

Callum stand bei seinem Auto, telefonierte und sah zu mir herüber, bevor ich mich von der Stelle rühren konnte. Seine Augen wurden schmal, als wäre er sich wegen der Entfernung und des Fensters zwischen uns nicht sicher, ob er wirklich mich sah. Als er mich erkannte, grinste er, schüttelte den Kopf und stieg in seinen Wagen.

Mike, der bezahlt hatte, kam zurück, und ich wusste, dass er auf eine Antwort wartete. Aber als ich Callums Lexus die Main Street hinunter in der Nacht verschwinden sah, konnte ich nur stumm nicken. Ich glaubte nicht, dass Mike ihn überhaupt bemerkt hatte. Wofür ich dankbar war und nicht genau wusste, warum eigentlich.

Mike fuhr, dabei bombardierte er mich mit Fragen über meine Eltern, Musik und Vorlesungen. Dieses eine Mal war ich es leid, über mich selbst zu sprechen, und erleichtert, als er vor meinem Wohnheim hielt. Ganz Gentleman, half er mir beim Aussteigen und presste die Lippen auf meine, bevor ich überhaupt reagieren konnte. Sie fühlten sich weich an, rieben an meinen und versuchten sie zu öffnen. Ich machte mich lachend los. »Du hinterhältige Ratte.«

Mikes Wangen röteten sich im Schein der Straßenlaterne leicht. »Ich konnte nicht anders.«

»Aha.« Ich lächelte zu ihm hoch. »Lass ein Mädchen das nächste Mal vorher ein Pfefferminz lutschen, vor allem nach dem Essen.«

»Das macht nichts, du schmeckst ...« Er blickte zu Boden und rieb sich den Hinterkopf.

Seine Schüchternheit bewog mich, nach seiner Wange zu greifen und sie zu mir zu neigen, um die Lippen daraufzudrücken. »Danke für den Abend«, flüsterte ich, dann ließ ich ihn auf dem Bürgersteig stehen und lächelte auf dem ganzen Weg nach oben.

• • •

Am Dienstag nach unserem Date war ich in der Bibliothek, als Callum sich auf den Platz mir gegenüber am Tisch fallen ließ. »Du hast Dates«, sagte er. »Ein weiterer Teil deines Plans?«

Ich ließ mir Zeit, blickte von meinem Buch auf, seufzte und ließ meinen Kuli klicken. »Nicht dass du mir glauben würdest, aber nein.«

Er dämpfte die Stimme. »Und warum hast du dann die Papiere nicht unterschrieben?«

Ich biss mir auf die Lippe und blickte aus dem Fenster über den Campus unter mir hinweg. Die Luft war immer noch eisig, doch der Campus wies bereits die Farben des Frühlings auf. Von grünem Gras, cremefarbenen Wegen und grauen Gebäuden unterbrochene Blumenbeete und Büsche blühten schon. Es erstaunte mich, wie aus einem Ort, der zu einer solchen Schönheit fähig war, so viel Kummer und so viel Veränderung entstehen konnte. »Ist Toby okay?«

Callum erwiderte lange nichts darauf. »Soweit ich weiß, ja. Jetzt beantworte meine Frage.«

Toby hatte offenbar versucht, sich umzubringen, oder eine Überdosis genommen. Ich kannte keine Einzelheiten, sondern hatte nur Gerüchte gehört. Es versetzte mir einen Stich, wenn ich an Pippa dachte. Die willensstarke, scheinbar unerschütterliche Pippa.

Und als ich Callum ansah, die Art, wie sich seine dunklen Augen fiebrig in mein Gesicht brannten, während sein Kiefer mahlte, brodelte mein Magen vor Schmerz wegen all dem, was ich zu erreichen versucht hatte. Ich hatte einen Fehler gemacht, und manche Fehler ließen sich nicht wiedergutmachen, aber dafür, dass er weiter Nägel in den Sarg hämmerte, der alles enthielt, was wir gehabt hatten, konnte er von mir aus zur Hölle fahren.

Ich begann meine Sachen zusammenzupacken, als seine Hand schwer auf meinem Buch landete. »Renee.«

»Ich unterschreibe, okay?«, schnappte ich. Das Blut stieg mir in die Wangen, als sich mein Frust und mein Bedürfnis, von ihm wegzukommen, verstärkten. »Wenn es wirklich das ist, was du willst, unterschreibe ich sie.«

Er blinzelte und zog langsam seine Hand zurück. »Ja.« Dann zögerte er, sah zu, wie ich meine Sachen einpackte. »Schick sie an die Adresse auf dem Formular.«

»Mache ich.« Meine knappe Antwort hing zwischen uns, als ich meine Tasche nahm, sie mir über die Schulter warf und ihn einfach stehen ließ.

In meinem Zimmer, das zum Glück leer war, zog ich den schwarzen Karton mit den Papieren hervor, die diese Katastrophe von einer Ehe beenden würden.

Er mochte die Sonne gewesen sein, um die ich fast zwanghaft gekreist war, aber er wärmte mich nicht mehr. Stattdessen hatte er es sich zum Ziel gesetzt, mich in den kalten Schatten unserer Vergangenheit festzuhalten. An einem Ort, an dem noch nicht einmal der Stärkste auf lange Sicht überleben konnte.

Ohne zu lesen nahm ich einen Stift vom Schreibtisch und unterschrieb.

Dreißigstes Kapitel

Renee

Am nächsten Wochenende ging ich auf Mikes Vorschlag bezüglich eines zweiten Dates ein. Hätte ich gewusst, was dieses zweite Date mit sich bringen würde, hätte ich es mir zwei Mal überlegt, bevor ich voreilig einwilligte.

»Wo gehen wir hin?«, fragte ich, dabei sah ich zu, wie die Lichter des Campus verblassten, als wir durch das Wohnviertel von Gray Springs fuhren.

»Äh, tja ...«

Ich durchbohrte Mike mit einem Blick. »Ich höre.«

»Da ist diese Party, die das Team schmeißt. Ich muss hin, aber ich wollte auch mit dir weggehen.«

Die Erkenntnis traf mich wie ein Schlag. »Junge, Junge.« Im schwachen Innenlicht seines Autos betrachtete ich sein Profil. »Du bist entschieden hinterhältiger, als ich es dir zugetraut hätte.«

Seine Augen wurden groß, und er blickte kurz zu mir herüber. »Wie bitte?«

»Du weißt genau, was ich meine«, beschied ich ihn kurz. »Callum wird da sein.«

In Mikes Lachen schwang unüberhörbare Vorsicht mit. »Ja, wird er.«

»Du willst es ihm unbedingt unter die Nase reiben, oder?«

Er wurde blass, dann widersprach er hastig: »Nein.« Als ich stumm blieb, seufzte er. »Okay, vielleicht ein bisschen. Tut mir leid.«

»Muss es nicht.« Ich richtete meine Aufmerksamkeit wieder auf das Fenster. »Zwei Fliegen mit einer Klappe geschlagen. Nicht schlecht.« Ärger breitete sich in meiner Magengegend aus, aber ich wahrte eine ausdruckslose Miene und sagte nichts mehr.

Ihm schienen die Worte zu fehlen, denn er schwieg ebenfalls, bis wir in der Nähe eines Hauses parkten, das erleuchtet war, als hätten wir den vierten Juli. Autos säumten die Straße, Leute schlenderten dazwischen umher, kamen aus dem Haus und gingen hinein oder standen davor und tranken.

Mike nahm meine Hand und half mir aus seinem Maserati, bevor er ihn abschloss.

Ein Schauer der Unsicherheit rann mir über den Rücken und ließ meine Hand in Mikes festem Griff zittern. Die Leute sahen uns kommen und wandten rasch den Blick ab. Oder war es nur Paranoia, die mich denken ließ, alle würden uns beobachten?

Drinnen vermischte sich Tabakgeruch mit dem von Schweiß und Alkohol. Ich widerstand dem Drang, Mike meine Hand zu entziehen und meine Nase zu schnäuzen. In der anderen hielt ich meine winzige Chanel-Tasche.

Ich wäre fast ausgerutscht, als einer meiner hochhackigen schwarzen Stiefel in etwas Nasses trat, während Mike mich eindeutig auf der Suche nach seinen Freunden in die Menschenmenge zog. Meine Handflächen begannen zu jucken, trotzdem ließ ich ihn auch weiterhin meine Hand halten.

Es kam nicht mehr darauf an. Es konnte nicht mehr darauf ankommen.

Die Jungs waren da, wo ich sie vermutet hatte, draußen um eine Feuerstelle versammelt, wo Mädchen um ihre Aufmerksamkeit buhlten. Auch ein paar Mitglieder des Lacrosse-Teams waren da.

»Ach du Scheiße«, murmelte Quinn und wandte sich ab, als wir näher kamen.

Daisy war bei ihm, und ich brachte es nicht über mich, sie anzusehen. Nicht, weil sie meinen Mann oder baldigen Ex-Mann geküsst hatte, sondern weil ihre unschuldigen Augen in Verbindung mit den Schuldgefühlen, die auf meinen Schultern lasteten, dazu führten, dass ich mir zehn Mal kleiner vorkam, als ich war. Es kostete mich zu viel Kraft, sie auch weiterhin nach hinten zu drücken, als Callum sich von Burrows abwandte und seine Augen sich weiteten, als sein Blick auf uns fiel.

»Schaut mal, was die Katze ins Haus geschleppt hat«, johlte Burrows. Paul boxte ihn in den Arm. »Autsch, fuck. Ist doch nur eine Redensart.«

Callums Nasenflügel bebten. Mike legte mir einen Arm um die Schultern und strich mir mit der Hand sacht die Haare zur Seite, als Robbo ihn in ein Gespräch über irgendeine Band verwickelte, die nächstes Wochenende in der Stadt spielte.

Callums Blick brannte, und aus Gründen, die ich nicht benennen konnte, vermochte ich die Augen nicht von ihm loszureißen. Es war, als würde er es nicht zulassen.

Mike ließ mich nur allein, um sich etwas zu trinken zu holen, nachdem er mich vorher gefragt hatte, ob ich auch etwas wollte. Ich lehnte ab, und als er zurückkam, blieb ich weiterhin voller Unbehagen neben ihm stehen.

Nach einer gefühlten Stunde begannen meine Füße zu schmerzen, und Mike schlug vor, dass wir uns setzten. Es war nur noch ein Platz frei, und als er sich darauf sinken ließ, merkte ich ihm an, dass er darauf abzielte, mich auf seinen Schoß zu ziehen. Ich konnte spüren, dass Callum jede meiner Bewegungen verfolgte, als ich auf dem Gras mit den Füßen scharrte, den Blick über die Menge schweifen ließ, nach einem Ausweg suchte und keinen fand. Nichts und niemanden.

»Ich bin gleich wieder da«, raunte ich Mike schließlich zu, ohne mich darum zu kümmern, ob er mich hörte oder nicht, und flüchtete, bevor er mich daran hindern konnte.

Drinnen bekam ich kaum Luft. Ich stellte mich auf die Zehenspitzen, um über Köpfe hinwegzuspähen, während ich nach einer Stelle suchte, wo ich fünf Minuten verschnaufen konnte. Daran, die Toilette zu benutzen, wagte ich gar nicht zu denken.

Eine Gruppe Mädchen ging in die Küche, unter ihnen auch Kristy, die mich bei Callum so in die Pfanne gehauen hatte. Sie hörte auf, über das zu lachen, was ihre Freundin zu ihr gesagt hatte, als sie mich dort stehen sah, senkte den Kopf und flüsterte etwas, was die Freundin dazu veranlasste, über ihre Schulter zu blicken.

Scheiß drauf, dachte ich. Mein Blick fiel auf die Waschküche hinter ihnen, und ich drängelte mich wahrscheinlich etwas zu unsanft an ihnen vorbei, um mich darin einzuschließen.

Kurz bevor es mir gelang, die Tür abzuschließen, wurde sie aufgestoßen und gegen die Wand geschlagen. »Was zum Teu ...«

Callum schloss ab, trat näher und baute sich vor mir auf, als hätte er jedes Recht dazu. »Was zum Teufel soll das?«

»Was?«, fragte ich.

»Ich habe gesagt, keine Spielchen mehr.«

»Scheiße, Callum, ich weiß.« Ich seufzte. »Ich habe die Papiere heute Morgen abgeschickt.«

Er zog die Brauen zusammen und leckte sich über die Lippen. »Ja?«

Ich nickte; versuchte, den würzigen Duft seines Aftershave nicht einzuatmen.

Er blinzelte drei Mal, bevor er einen Schritt zurücktrat und sich mit der Hand durch sein dichtes Haar fuhr, sodass es in alle Richtungen abstand. Ein grollendes, schneidendes Lachen drang aus seiner Brust. »Also zielst du nicht auf etwas ab? Indem du mit ihm hier bist?«

»Nein.«

Im nächsten Moment stand er wieder bei mir. Seine Stimme klang leise und tief. »Ich kenne dich.« Seine Augen schossen zu meinem Mund. »Glaubst du wirklich, ich kaufe dir das ab? Nach allem, was du getan hast?«

Mein heftig pochendes Herz ließ meine Stimme zittern. »Du willst es einfach nur nicht glauben.«

Er lachte. Der Klang und sein Gesichtsausdruck verrieten Ungläubigkeit. »Du willst mich also nicht mehr?« Seine Hand schloss sich um meine Hüften, seine Finger glitten über das seidige Material meines von Geishas inspirierten Kleides. »Hast du ihn noch mal rangelassen?«

Mein Zögern reichte ihm als Antwort. Er senkte den Kopf, woraufhin ich meinen wegdrehte, sodass er gegen die Wand prallte. Seine Nase streifte meinen Hals, als er krächzte: »Wo sind deine Schleifen geblieben? Ich sehe überhaupt nicht mehr, dass du sie trägst.«

Ich versuchte, den vernehmlichen Atemzug zu tarnen, den ich bei dem Gedanken tat, dass er mir immer noch Aufmerksamkeit schenkte. Vergeblich. »In einem Karton hinten in meinem Auto.«

Callum brummte. Seine Zunge schoss hervor, um über meinen jagenden Puls zu lecken, während sich seine Hand fester um meine Taille schloss. »Hast du dich wieder von ihm küssen lassen?«

»Callum«, sagte ich.

Er stieß einen Zischlaut aus, hob den Kopf, um auf mich hinunterzustarren und mich seine Wut voll spüren zu lassen. »Du hast.«

Bevor ich etwas erwidern konnte, pressten sich seine Lippen auf meine, schoben sie unsanft auseinander, und unsere Zungen trafen sich.

Musik dröhnte durch die Tür, übertönt von Stimmen, die in die Küche kamen. Ich geriet in Panik, als ich eine Stimme im Besonderen hörte, und versuchte Callum von mir wegzuschieben.

» ... verrückt, Mann.«

»Callum«, knurrte ich, als er sich nicht rührte.

»Schsch.« Er legte mir eine Hand auf den Mund und drückte mich mit dem Unterkörper gegen die Wand, als meine Augen aus den Höhlen quollen und er den Kopf schief legte.

»Ist sie es denn wert?«, fragte eine Stimme, die ich nicht erkannte. »So den Bro Code zu brechen heißt doch, dass sie es wert sein muss, richtig?«

Mike stöhnte. »Was soll dieser Scheiß mit dem Bro Code? Ich habe sie noch nicht mal gevögelt. Ich habe mich in der ganzen Sache vielleicht wie ein Arschloch verhalten, aber ich würde nie ein Mädchen anrühren, das sich gerade die Seele aus dem Leib gekotzt hat, bevor sie praktisch vor dem Klo umgekippt ist.«

Mein Magen brannte, und mir wurde schwindelig. Callums Hand verkrampfte sich über meinem Mund.

»Du hast sie also nicht angefasst? Cal hast du erzählt, du hättest, von dem verdammten Foto ganz zu schweigen.«

Callums Brust hob und senkte sich.

»Weil er ein Mistkerl ist, der sie nicht verdient hat. Seit wir hierhergekommen sind, hat er angefangen, sie beschissen zu behandeln.«

Der Typ lachte und murmelte etwas, was ich nicht verstand.

Mike fuhr fort: »Ich meine, wir haben ein bisschen auf dem Bett rumgemacht, das ja, aber dann fing sie an zu weinen und sagte, sie müsste kotzen, und das war's dann.« Er lachte. »Ich wusste, dass sie betrunken war, aber bis dahin hatte ich keine Ahnung, wie sehr. Um Himmels willen, ihr verdammter Slip lag vor dem Klo auf dem Boden. Als hätte sie ihn verloren, nachdem sie gepinkelt hatte. Da ging gar nichts. Sie war ein jämmerliches Häufchen Elend. Nachdem ich ihr ihr vollgekotztes Kleid ausgezogen habe, habe ich sie festgehalten, während sie sich in den Schlaf geweint hat.« Eine schwere Stille erfüllte die Waschküche und die Küche. Dann fragte Mike: »Hast du sie gesehen? Ich könnte schwören, dass ich sie hier reingehen gesehen habe.«

»Nee, Mann. Versuch's mal bei der Toilette den Gang runter.«

»Mache ich. Oh, und behalt das für dich. Ich habe immer noch keinen Weg gefunden, die Sache mit ihr zu klären, weißt du.«

Mit wem auch immer er redete, er antwortete nicht verbal.

Callums Hand löste sich von meinem Gesicht, als er rückwärts gegen die Waschmaschine taumelte.

Ich rutschte an der Wand hinunter auf den Boden. Meine Brust schwoll mit jedem mühsamen Atemzug stärker an.

»Maus«, begann Callum und kauerte sich vor mir auf den Boden. »Sieh mich an.«

Ich konnte nicht. Ich konnte nichts anderes sehen als die Bilder dieser Nacht, die an meinem geistigen Auge vorbeizogen und die ich immer noch nicht zusammensetzen konnte. »Ich habe nichts getan.« Ich schniefte. Tränen kitzelten meine Wangen, bevor ich sie wegwischte, ohne überhaupt bewusst wahrzunehmen, dass sie aus meinen Augen geflossen waren.

»Du hast nichts getan«, wiederholte Callum, stand auf und tigerte wie ein Tier im Käfig durch die Waschküche.

Ich betrachtete seine Stiefel. Ihr Quietschen auf den Fliesen half mir, gleichmäßiger zu atmen.

Ich hatte nicht mit Mike geschlafen. Ich hatte noch nicht einmal mit Mike herumgemacht. Alles, was ich getan hatte, war, ihn zu küssen. Was trotzdem nicht richtig war, aber der Rest der Geschichte ... es war alles eine Lüge gewesen.

Monate. So viele Monate meines Lebens hatte ich damit verschwendet, etwas zu glauben und zu versuchen, etwas wiedergutzumachen, was nie passiert war. Das Schlimmste dabei war, dass ich mich besser hätte kennen müssen. Ich hätte mit absoluter Gewissheit wissen müssen, dass ich so etwas nie tun würde. Und ich hatte rein gar nichts gewusst.

»Ich muss gehen.« Ich griff nach meiner Tasche, die irgendwann einmal neben mich gefallen war, und stand vom Boden auf.

Callum griff nach meiner Hand und hielt mich zurück, bevor ich die Tür öffnen konnte. »Warte.« Er atmete schwer aus; wirkte, als wäre er gerade aus einem Albtraum erwacht.

»Warte ... warte einfach.«

Ich wischte mir mit dem Handgelenk über die Nase, machte meine Hand los und lächelte unter Tränen. »Weißt du, wie oft ich dich darum gebeten habe?«

Er schüttelte den Kopf und sah mich bittend an.

»Ich muss hier raus. Komm mir nicht hinterher.« Ich nahm mein Telefon aus der Tasche und ging zur Vorderseite des Hauses, um mir ein Taxi zu rufen.

Einunddreißigstes Kapitel

Callum

Noch nie im Leben hatte ich mich gleichzeitig so durcheinander, so verraten und so dämlich gefühlt.

Das dunkle Blau von Renees Kleid wehte hinter ihr her, als sie sich einen Weg durch die Menschenmenge im Wohnzimmer bahnte und dann den Flur hinunter nach draußen verschwand.

Ich konnte ihr nicht schnell genug folgen, und bald begann ich mich unsanft durch die Masse von Leuten zu drängeln, um zu ihr zu gelangen.

Mike sah mich im Flur, und ich versprach meinen schmerzenden Fäusten, dass wir uns später mit ihm befassen würden.

Überall im Vorgarten, auf den Stufen und auf der Veranda standen Leute herum, aber ich achtete nicht auf sie.

»Renee«, rief ich, als sie im Laufschritt förmlich zur Straße joggte.

»Was ist los?«, fragte Mike hinter mir.

Ich blieb stehen, Renee mit an ihr Ohr gepresstem Telefon ebenfalls. Sie blickte sich in der Straße um.

Mike packte mein Shirt. »Callum, verflucht noch mal!«

Ich fuhr herum, meine Faust kollidierte mit seiner Nase, und Blut spritzte über sein Kinn und Hemd, als er auf dem Gras zusammensackte.

Dann warf ich mich mit einem Satz auf ihn, packte ihn am Kragen und riss ihn hoch, damit er die Wut in meinen Augen sehen konnte. »Du verlogenes, manipulatives Stück Scheiße«, grollte ich. Meine Stimme klang heiser, als ich die Worte krächzend herauswürgte. »Du hattest die Frechheit, mir zu sagen, ihr zu sagen, dass du es mit …« Unfähig, den Satz zu Ende zu bringen, stieß ich ihn zu Boden und drosch mit den Fäusten auf seinen Kiefer und seine Wangenknochen ein, wieder und wieder, bis Robbo und Paul mich von ihm wegzerrten.

»So war es nicht«, keuchte Mike und zuckte zusammen, als er sich über das Gras rollte, um Blut auszuspucken.

Ich setzte mich gegen Robbos und Pauls Griff zur Wehr, dabei brüllte ich das Stück Dreck vor mir an: »Du bist tot, hörst du mich? Tot!«

»Es steckt noch mehr dahinter, Cal. Tut mir leid, dass ich alles verbockt habe. So richtig, aber ich hatte nie wirklich die Absicht. Es ist einfach passiert.«

»Es ist einfach passiert? Ich reiße dir den …«

»Hey, hey. Komm schon.« Paul umfasste mein Gesicht. »Wir trinken was und beruhigen uns ein bisschen, okay?«

»Ich will keinen Scheißdrink.« Ich wand mich in seinem eisernen Griff. »Ich will ihn verdammt noch mal umbringen.« Mir war schwindelig, und ich atmete hastiger aus, als ich Luft holen konnte.

»Das wissen wir, Mann. Das wissen wir.« Robbo ließ mich los, als wir Mike als verblassende Silhouette weiter unten in der Straße in sein Auto steigen sahen.

Dann sah ich Renee immer noch am Bordstein stehen. Meine Verkrampfung löste sich, und mein Herzschlag verlangsamte sich, als meine Wut verrauchte und Wellen unermesslicher Reue wich.

Sie stand wie erstarrt da, ihre grünen Augen glichen wässrigen Leuchtfeuern, als sie mich ansah. Ein Taxi hielt, und ehe ich meinen betäubten Körper zwingen konnte, sich in Bewegung zu setzen, stieg sie ein, und das Taxi fuhr die Straße hinunter.

• • •

Der Boden unter mir schien sich jedes Mal abzusenken und zu verändern, wenn meine Füße darüberschritten.

Immer hin und her, während ich wütend an meinen Haaren zerrte, als alles, was sich in dieser Nacht ereignet hatte, die Realität zertrümmerte, die ich einst für so real gehalten hatte.

Sie war es nicht. Jedenfalls nicht alles davon.

Irgendwann nach vier Uhr morgens zog mich der Schlaf in seine warme Umarmung, aber er hielt nicht lange an.

Das, was ich getan hatte, das, was sie nicht getan hatte, und das, was sie getan *hatte*, zerrte an meinen Nerven und marterte mein Hirn. Kaffeeduft erfüllte die Luft, als ich mir eine Tasse nach der anderen zubereitete und aus den raumhohen Fenstern im Wohnzimmer starrte.

Am Ende lautete die einzige Schlussfolgerung, zu der ich gelangte, dass wir es beide vermasselt hatten. Alles.

Ich wusste, warum das bei mir der Fall gewesen war. Aber Renee ... zwar hatte sie nicht mit ihm geschlafen, aber warum hatte sie ihn überhaupt so nah an sich herangelassen?

Wir haben ein bisschen herumgemacht, das ja ...

Zum Henker, *warum*?

Eins stand fest – ich würde keine Antworten bekommen, wenn ich mich in meinem Apartment einschloss. Mein Telefon piepte im Schlafzimmer, und ich sprang förmlich über die Couch und rannte den Flur hinunter, um zu ihm zu gelangen.

Es war eine Nachricht von meinem Anwalt, der einen Termin am nächsten Samstagmorgen bestätigte.

Ich wählte seine Nummer und stellte das Telefon auf laut, während ich in meinen Schubladen nach Sachen zum Wechseln suchte.

Seine Sekretärin stellte mich direkt durch. »Ich habe die Papiere endlich bekommen. Ich wollte Sie anrufen ...«

»Nicht nötig. Zerreißen Sie sie.« Ich zog mein Shirt aus und streifte ein frisches über.

Einen Moment herrschte dröhnende Stille, dann: »Was? Ich bin nicht sicher ...«

»Sie haben mich gehört.« Ich biss die Zähne zusammen.

Er stotterte: »Aber das Ganze ist fast abgeschlossen.«

»Ist es das?« Ungeduld durchströmte mich, als ich nach meinem Portemonnaie griff. »Abgeschlossen?«

»Nun, nein, aber ...«

»Sehr schön. Lassen Sie es gut sein, Sie werden trotzdem bezahlt. Ich bringe das Geld später in der Woche vorbei. Danke für Ihre Zeit.« Ich nahm das Telefon und beendete das Gespräch, bevor ich ins Bad ging, um mich frisch zu machen.

Zweiunddreißigstes Kapitel

Renee

Die ganze Nacht rannen mir Tränen aus den Augen und hinterließen darunter rote Schwellungen, bis die Sonne an einem blauen Himmel aufging. Nachdem ich geduscht hatte, tappte ich den Gang entlang, wobei ich mich seltsam losgelöst von mir selbst fühlte.

Ich hatte von Leuten gehört, die sich dermaßen betrunken hatten, dass sie sich hinterher an nichts mehr erinnern konnten, und ich wusste, dass mir genau das passiert war, doch ich hatte die Stimme in meinem Inneren ignoriert, die mir riet, tiefer zu schürfen. Und festzustellen, dass ich vielleicht gar nicht so weit gegangen war.

Oder war ich das doch? Vielleicht war mein Handeln, mein verzweifelter Wunsch, es so weit zu beweisen, wie es bewiesen werden *konnte*, der Teil von mir, der darum kämpfte, sich Gehör zu verschaffen. Dennoch hatte ich Dinge getan, von denen ich nicht gedacht hatte, dazu fähig zu sein. In dieser Nacht mit Mike und in den Monaten danach.

Ich könnte als Entschuldigung vorbringen, dass ich ein verwöhntes Balg war, daran gewöhnt, um jeden Preis zu bekommen, was ich wollte, aber ich wusste es besser. Wenn man keine Möglichkeit hat, etwas in Ordnung zu bringen, und nichts mehr zu verlieren hat, dann erscheint Scheitern unfassbar. Dann bleibt als einziger Gefährte die Verzweiflung.

Ich schlang meinen Bademantel enger um mich und schloss unsere Zimmertür, ohne auf Hannah zu achten, die der Länge nach ausgestreckt auf ihrem Bett lag und telefonierte. Ich räumte meine Kulturtasche weg, fuhr mir mit einem Kamm durch meine nassen Haare und wünschte, ich könnte die Energie aufbringen, sie trocken zu föhnen, aber ich war ausgelaugt. Ich brauchte Kaffee und musste von hier weg. Nur eine kleine Weile lang.

Leider ging das nicht, da das Ende des Semesters näher rückte.

Mein Handy klingelte auf der Kommode. Ich achtete nicht darauf, da es wahrscheinlich Mike war. Er hatte mich seit gestern Abend zehn Mal angerufen, aber ich wollte nichts hören. Noch nicht. Vielleicht nie.

Ich rieb mich mit Lotion ein und kümmerte mich um die geschwollenen Tränensäcke unter meinen Augen, dann benutzte ich etwas Mascara, als mein Telefon erneut klingelte.

Aber auf dem Display erschien nicht Mikes Name. Sondern Callums.

Mein Daumen schwebte über der Taste, dann drückte ich sie. »Was ist?«, fragte ich ruhig.

»Ich bin draußen. Lass mich hochkommen.«

Ich blickte zu Hannah hinüber. »Das kann ich nicht.«

»Kannst du nicht, oder willst du nicht?« Er seufzte, als ich nicht antwortete. »Bitte, gib mir nur zehn Minuten.«

Mit einem leisen Schnauben erwiderte ich: »Du hast fünf.« Dann ließ ich das Telefon fallen und ging nach unten, um ihn hereinzulassen.

Callum lehnte an den Türen. Ich öffnete sie ohne Vorwarnung, und er stolperte fast ins Innere. »Maus.«

»Komm mit, ich bleibe in diesem Aufzug nicht hier unten.« Ich sah sein Grinsen, als ich mich zur Treppe umdrehte. »Meine Mitbewohnerin ist da«, warnte ich, bevor ich die Tür aufriss. Hannah drehte sich zu uns und stierte uns an. Ihre Augen schossen zwischen Callum und mir hin und her.

»Äh, ich muss los«, sagte sie zu ihrer Freundin und beendete das Gespräch.

Callum nickte ihr knapp zu, als ich mich auf mein Bett setzte, und Hannah lief tiefrot an, bevor sie etwas davon murmelte, in die Bibliothek zu müssen.

Wir warteten, bis sie ihre Schuhe angezogen und ihre Tasche genommen hatte und die Tür hinter ihr zufiel, dann schlängelte sich Callum durch den schmalen Raum zwischen unseren Betten hindurch. Er hob ein paar Papiere und Bücher auf und öffnete und schloss meine Schubladen.

»Hör auf damit.«

Seine vollen Lippen verzogen sich zu einem Grinsen, bei dem sich meine Zehen krümmten. Er kam auf mich zu, seine Knie prallten gegen mein Bett, als er auf mich hinunterstarrte. »Wo sind alle deine Sachen?«

»Eingelagert.«

»Wir müssen reden.«

Ich schlang die Arme um meine Taille. »Dann rede.«

Er streckte eine Hand aus, strich mir mit dem Finger über die Wange und drehte dann eine nasse Haarsträhne darum. »Du bist müde.«

»Das macht das Collegeleben.«

Er schnaubte und lockerte seinen Griff um meine Haare, als ich zur Wand zurückwich. »Ich weiß gar nicht, wo ich anfangen soll.«

Ich nickte und verhakte auf meinen pinkfarbenen flauschigen Bademantel die Finger im Schoß. »Yeah.«

Er setzte sich auf die Bettkante. Eine Million flüchtiger Gedanken spiegelte sich in seinen Augen wider. Ich wandte den Blick ab. »Vielleicht könnten wir damit anfangen, dass du mir erzählst, wie du überhaupt mit Mike in diesem Zimmer gelandet bist.«

Erinnerungen wirbelten durcheinander und lösten sich auf. Meine Zähne glitten über meine Unterlippe, während ich meine rastlosen Hände betrachtete. »Ich war da drin, um die Toilette zu benutzen.«

Schweigen machte sich zwischen uns breit.

»Wie ...« Er räusperte sich. »Wie kam es, dass du ihn geküsst hast?«

Daran erinnerte ich mich noch, und obwohl es ein bisschen zu spät war, sprach ich trotzdem die Wahrheit aus. »Ich weiß noch, dass ich im Bad mein Spiegelbild angestarrt und ihn im Spiegel gesehen habe. Ich war so betrunken, dass ich die Tür offen gelassen haben muss.« Ich schüttelte stirnrunzelnd den Kopf. »Er war ... einfach da. Den einen Moment habe ich ihn angesehen und, glaube ich, gelacht, und im nächsten hat er mich geküsst.« Meine Lippen krümmten sich zu einem ersterbenden Lächeln, meine Stimme stockte. »Ich erinnere mich, dass ich ihm gesagt habe, er könnte das nicht machen. Wir lachten, und ich ... ich weiß nicht. Ich war durcheinander. Wütend.«

Callum saß, den Blick nach unten gerichtet, still da. »Auf mich.«

»Ja«, flüsterte ich. »So frustriert, voller Angst und Befürchtungen. Es kam mir so vor, als ob ...«

»Als ob was?« Er hob den Kopf und fing meinen Blick auf.

Meine Lippen zitterten, und ich stieß einen langen Atemzug aus. »Als wärst du dabei, mich allmählich vollkommen zu vergessen. Es hatte schon angefangen, und ich war es leid, tatenlos dabei zuzusehen. Zuzusehen, wie die Mädchen dich angrapschen. Ich war es leid, das hilflos dulden zu müssen. Ich war auf dem Weg, eine weitere zur Seite geschobene Vorzeigefrau zu werden, und das hat mich fertiggemacht.«

»Renee, ich war ein Idiot. Ich weiß das, und es tut mir leid.« Callum stöhnte. »Es ist keine Entschuldigung, aber ich hatte gerade bei dem Team angefangen. Es war alles so neu und anders, so viel mehr, als ich erwartet hatte. Ich brauchte einfach nur Zeit.«

Ich schniefte und lächelte traurig. »Ich weiß. Ich glaube, das wusste ich damals schon, aber ich war schon immer egoistisch.«

»Also ...« Er zögerte, wog seine nächsten Worte einen Moment lang ab. »Du hast ihn geküsst, um es mir heimzuzahlen?«

Ich schloss die Augen, um die Nässe einzudämmen. »Ich denke schon. Vielleicht auch, um etwas Kontrolle zurückzugewinnen. Ich bin mir nicht sicher. Ich weiß nur, dass ich verletzt war, entschieden zu betrunken war und dann zurückgeschlagen habe.« Ich öffnete die Augen wieder. »Es tut mir leid.«

»Du hast nicht ...« Er schluckte. Seine Stimme klang gepresst. »Es hat keinen anderen gegeben?«

»Keinen«, bestätigte ich. »Nie.«

Er barg den Kopf in den Händen. »Fuck.«

Wir ließen die Stille einmal mehr in uns einsickern. Mein Kopf sank gegen die Wand zurück, und ich starrte zu dem Fenster neben Hannahs

Bett hinüber. Die Sonne schien. Helles Licht fiel in schrägen Strahlen in den Raum und ließ Staubkörnchen um alles im Raum tanzen, was aus Stoff bestand.

»Von hier aus geht es nicht weiter«, sagte ich ruhig.

Callum rührte sich. Sein Gesicht schob sich vor meines und füllte sich mit genug Entschlossenheit, Schmerz und ... Zuneigung, dass ich schluckte. »Es geht immer weiter.«

Mein Lachen glich einem feuchten Husten. »Wir haben beide jeden Ausweg verbaut, darin sind wir ja Experten.« Ich grinste ihn an und flüsterte dann: »Und stur bis zum Gehtnichtmehr.«

Seine Augen glitten zu meinem Mund, und ein kleines Lächeln machte sie weicher. »Ich weiß.« Er beugte sich zu mir, seine Lippen suchten meine Stirn. Mein Blut brodelte, als ihre weiche Wärme meine Haut traf. »Was tust du, wenn außer Liebe nichts mehr übrig ist?«

Sowie dieses Wort meine Ohren, mein Herz und meine Seele erreichte, schloss ich die Augen. Ich konnte es nicht ertragen, es nach all dieser Zeit zu hören. »Nichts.«

Callum kauerte sich vor mich hin und nahm mein Gesicht in die Hände. Sein Duft, der Minzgeruch seiner Zahnpasta in seinem Atem vernebelte alles. »Wir haben uns ein Versprechen gegeben.«

»Und es gebrochen«, erinnerte ich ihn.

Er hatte mich auf eine Weise gebrochen, die mir erst nach und nach wirklich bewusst wurde.

»Dann lass uns sehen, ob wir das wieder in Ordnung bringen können.«

Mein Herz bekam angesichts des Eifers und der Verzweiflung in diesen braunen Tiefen einen Riss. Was hätte ich vor ein paar Monaten, als ich am Boden zerstört und ein seelisches Wrack gewesen war, darum gegeben, diesen Ausdruck in seinen Augen zu sehen.

Mit zitternder Stimme flüsterte ich: »Versprechen sind nur Worte. Worte, die ohne Vertrauen kein Gewicht haben.« Man konnte jemanden bis zum letzten Atemzug lieben, aber wenn man ihm nicht vertrauen konnte, reichte Liebe nicht aus.

»Wir können lernen, uns wieder zu vertrauen«, sagte Callum. »Und ich vertraue dir. Wirklich.« Er nickte, als würde mich das dazu bringen, ihm zu glauben.

Und genau hier lag das Problem. Ich wusste nicht, ob ich ihm je wieder glauben konnte. Nicht nach dem, was geschehen war und dazu geführt hatte, dass ich den Glauben an mich selbst verloren hatte. »Das tust du nicht, und das hast du ja auch bewiesen.«

Er ließ die Hände sinken. »Die Beweise waren da, Renee. Was hast du denn von mir erwartet?«

»Nicht annähernd all das, was du getan hast«, entfuhr es mir, bevor ich mich daran hindern konnte. Seufzend krabbelte ich vom Bett und öffnete die Tür. »Ich habe die Scheidungspapiere unterschrieben, und es tut mir aufrichtig leid. Wir sagen es unseren Eltern, wenn wir in den Sommerferien nach Hause fahren, wenn du willst.«

Er stand auf dem Teppich mitten im Raum.

»Callum.«

»Ich will das nicht«, erwiderte er leise, heiser.

Wohl wissend, dass es nicht ratsam war, ihn anzusehen, hielt ich den Blick auf seine schwarzen Stiefel gerichtet. »Bitte, ich will es aber.«

»Vor noch nicht allzu langer Zeit war ich alles, was du wolltest.«

Jetzt sah ich ihn an. Tränen brannten in meinen Augen. »Was wir wollen, ist nicht immer gut für uns oder das, was am Ende für uns bestimmt ist, und deswegen möchte ich, dass du jetzt gehst.«

Sein Daumen strich über seine Unterlippe, während er lange zu Boden starrte, dann hob er den Blick und ging zur Tür. »Du wirst es dir anders überlegen«, raunte er in meinen Haaransatz.

Ich schlug die Tür hinter ihm zu und kroch dann in die Sicherheit unter meiner Bettdecke.

• • •

Es trifft einen in kleinen, scharfen Dosen. Zerreißt einen und zerrt langsam an einem, bis man an den Säumen ausfranst.

Und als ich in Stücke gerissen war, blieb mir nur eines zu tun. Konnte ich nur noch eines tun.

Nähen. Flicken, reparieren, neu gestalten und Magie aus etwas schaffen, das nur noch aus Fetzen bestand.

Denn das war es, was ich brauchte. Nichts Geringeres als Magie konnte mir helfen. Aber Magie war an Kraft gebunden, und die war schwer aufzubringen, wenn man sich so überanstrengt hatte wie ich.

Zuerst trafen die Pakete täglich ein. Gutscheine für einige meiner bevorzugten Händler und Online-Stoffhandlungen.

Dann kamen Blumen, Schmuck und ein Satz Schlüssel zu seinem Apartment.

Unser Apartment, stand auf der beigefügten Notiz.

Als die Wochen vergingen, begann ich alles an Hannah weiterzugeben. Alles bis auf die Schlüssel. Die legte ich in eine Geldkassette, die ich zwischen der Wand und meiner Matratze versteckt hatte und die andere sentimentale Andenken enthielt. So wie unsere Hochzeitsfotos, das Medaillon, das einst eine Spinne beherbergt hatte, und meine Brosche.

Ich wollte seine Geschenke nicht, und wenn ich absolut ehrlich zu mir selbst war, wusste ich noch nicht einmal, ob ich ihn wollte. Also widmete ich mich meinem Studium und ignorierte weiterhin seine Nachrichten und die langen Blicke, die er mir zuwarf, wenn ich ihn zufällig auf dem Campus traf.

Ende Mai legte sich der Sommer wie eine erdrückende Decke über Gray Springs, sodass jeder darauf brannte, das Studienjahr zu beenden und abzureisen.

Ich war in der Cafeteria, als er sich endlich entschloss, mich direkt zu konfrontieren. Ich wusste nicht, ob es ihm je vorher in den Sinn gekommen war, dass es besser funktionieren könnte, mit mir zu reden, als zu versuchen, an meine Gier zu appellieren.

Er blieb an dem Tisch stehen, an dem ich saß. »Die Schweigetaktik. Wieder eines von deinen Spielchen?«

Ich stellte mein Getränk unsanft auf den Tisch, stand auf und steckte es meine Tasche, bevor ich nach meinem Sandwich griff.

»Warte, ich habe bloß Spaß gemacht.«

»Nicht witzig, und ich warte nicht. Genieß den Sommer.« Ich eilte zur Tür hinaus, wo mich die Hitze in ihre benommen machende Umarmung schloss. Im nächsten Moment stand er vor mir. Ich blieb stehen und verdrehte die Augen. »Geh zur Seite.«

»Nein.«

Ich blinzelte ihn an. Wegen des Standes der Spätnachmittagssonne tränten mir ohne meine Sonnenbrille die Augen. »Stures Arschloch.«

»Hör zu.« Er überging meine Frustration und trat näher. »Ich muss im Sommer ein Praktikum für die Firma machen, also werde ich nicht viel Zeit haben.«

»Gut«, erwiderte ich kurz. »Ich denke sowieso daran, mit meiner Mom nach Fidji zu fliegen. Ist das alles? Ich würde jetzt wirklich gern etwas essen.«

Callums Brauen zogen sich zusammen. »Du gehst mir aus dem Weg. Und ich will, dass du damit aufhörst.«

Ich schnaubte. »Irrtum. Was ich tue, ist, zu versuchen, mein Leben weiterzuleben. Was, wenn ich mich recht erinnere, genau das ist, was du vor gar nicht allzu langer Zeit wolltest.« Ich drängte mich an ihm vorbei. »Sag mir Bescheid, wenn du Zeit hast, dann sagen wir es unseren Eltern. Bye.«

Er holte mich erneut ein. »Renee, verdammt. Hast du denn keines meiner Geschenke bekommen?«

»Doch. Hannah wird sicher begeistert sein, wenn du weiter welche schickst. Sie möchte neue Schuhe, die zu der Prada-Tasche passen.«

Er stieß ein lautes, bellendes Lachen aus. »Verdammt.«

Mein Wohnheim kam in Sicht, nah und doch noch zu weit weg.

Er blieb stehen, als ich auf die Treppe zuging. »Ich höre auf, welche zu schicken, aber du kannst mich nicht ewig wie Luft behandeln.«

Ich grinste ihn über meine Schulter hinweg an. »Soll das eine Herausforderung sein?«

Sein Antwortgrinsen verfolgte mich auf dem ganzen Weg nach oben, bis ich die Tür hinter mir zuschlug und endlich mein Mittagessen verspeiste.

Dreiunddreißigstes Kapitel

Callum

Auf der Fahrt nach Hause entrang sich mir ein Gähnen. Die überwucherten Bäume und die mit Steinen übersäte Straße erstreckten sich in einer Linie vor mir, die kein Ende zu nehmen schien.

Die Scham war meine neue Freundin geworden; sie war bei mir eingezogen, hatte sich häuslich eingerichtet und sorgte dafür, dass ich unfähig war, eine konkrete Entscheidung zu treffen. Renee Geschenke zu schicken war ein feiger Versuch der Wiedergutmachung, aber nach dem, was ich getan hatte, konnte ich den Anblick meines eigenen Spiegelbildes kaum ertragen, ganz zu schweigen davon, dass ich nicht imstande war, ihr mit der Entschlossenheit zu begegnen, die ihr zustand.

Und obwohl ich wusste, dass sie etwas wesentlich Besseres verdiente als mich, konnte ich mich immer noch nicht endgültig mit meiner Niederlage abfinden. Glaubte auch nicht, dass ich das je können würde.

Ich stand an einer von mir selbst geschaffenen Kreuzung. Das Problem war, dass alle Straßen zu ihr führten. Und trotz all meiner erbärmlichen Versuche, das Gegenteil zu beweisen – ihr und mir –, würden sie das auch immer tun.

Ich nahm meinen Kaffeebecher von der Mittelkonsole, zuckte zusammen, als ich feststellte, dass er leer war, und stellte ihn wieder weg, weil mein Telefon durch die Lautsprecher meines Wagens klingelte.

»Hi, ich bin in zehn Minuten da«, teilte ich meiner Mom mit.

Sie erwiderte nichts darauf.

»Mom?« Ich blickte kurz stirnrunzelnd auf das Display hinunter.

»Ich bin dran, Sekunde mal.« Im Hintergrund wurde eine Tür geschlossen. Ihre Stimme klang kaum lauter als ein Flüstern, als sie sagte: »Ich rufe an, um dich zu warnen.«

Mein Stirnrunzeln verwandelte sich in ein unbehagliches Lächeln. »Wovor?«

»Dein Vater und ich, wir wissen, was du getan hast.«

Sie konnte von allem Möglichen reden. Ich blinzelte langsam, trat auf die Bremse und fuhr in die Stadt hinein. »Könntest du etwas deutlicher werden?«

»Ich bin nicht glücklich darüber. Offen gestanden …«, sie seufzte, » … bin ich todunglücklich.«

Ich biss mir auf die Lippe, um ein Lachen zu unterdrücken. »Und wie kommt das?«

»Du und Renee. Rosa hat gestern eine Haftnotiz in Renees Zimmer gefunden, als sie es gründlich sauber gemacht hat, bevor sie über den Sommer nach Hause kommt.«

Ich nahm den Fuß vom Gas, wurde blass und räusperte mich. »Eine Haftnotiz?«

»Ihr seid verheiratet.«

Fuck.

Ich wischte mir mit der Hand über das Gesicht, dann fuhr ich eine halbe Meile von zu Hause entfernt von der Straße herunter. Dreck und Steine spritzten auf, als das Auto abrupt zum Stehen kam.

»Cal? Hast du mich gehört?«

»Yep.« Ich schüttelte den Kopf, gefolgt von einem erschöpften Lachen. »Ich habe dich gehört.«

Schweigen machte sich im Wagen breit. Die Nachmittagssonne brannte auf die Straße hinunter und drohte mit ihrer Kraft die getönten Scheiben zu durchdringen.

»Du streitest es nicht ab?«

»Wozu?«, sagte ich, sowie ich es dachte.

»Dein Vater ist wütend, Callum. Er schäumt dermaßen vor Wut, dass ich nicht weiß, was ich mit ihm anfangen soll. Die Art von Wut, die wir ganz selten zu sehen bekommen.«

»Tut mir leid.«

Sie drängte leise: »Dass es dir leidtut, hilft jetzt auch nicht. Komm nach Hause, und hilf mir, die Sache zu klären.«

»Verzeiht ihr mir – uns – dann?«

Ein schrilles Lachen erfüllte das Wageninnere, dann legte sie auf.

Wiederholt fluchend zwickte ich mich in den Nasenrücken, als ich darüber nachzudenken versuchte, was ich als Nächstes tun sollte. Aus der Nummer kamen wir nicht mehr heraus, und es war naiv von uns gewesen, uns einzubilden, wir könnten ewig damit weitermachen, ohne dass es jemand herausfand.

Ich wählte Renees Nummer, als ich wieder auf die Straße zurückfuhr. Wie erwartet meldete sie sich nicht. Ich wählte erneut, als ich in meine Einfahrt einbog. Der Schatten der überhängenden Bäume und die Klimaanlage des Wagens verhinderten nicht, dass sich Schweißperlen auf meinem Hals und meiner Stirn bildeten.

Keine Antwort.

Ich parkte, griff nach meinem Telefon, stieg aus und ließ meine Taschen im Kofferraum.

Dad war in seinem Arbeitszimmer, und ich kam noch nicht einmal dazu, zwei Mal an die Tür zu klopfen, bevor er bellte: »Herein.«

Er blickte nicht von seinem Laptop auf, sondern deutete nur mit der Hand auf den olivgrünen Ledersessel, der in der Ecke des Zimmers stand.

Ich setzte mich, und er hob den Kopf. Seine Augen loderten dermaßen vor Wut, dass sich meine Hände ineinander verkrampften, während ich mich bemühte, seinem Blick standzuhalten, und ihm ohne eine Chance, etwas zu sagen, zuhörte, als er über mich herfiel.

» … Firma in eine heikle Situation.«

»Wieso?«, unterbrach ich seine Tirade. Nicht um den Klugscheißer zu geben, sondern weil ich es wirklich wissen wollte.

Er knallte seinen Laptop zu. »Die Kunden werden fragen, wie es passieren konnte, dass mein Teenagersohn direkt vor unseren Nasen mit seiner Freundin durchbrennt und sie heiratet, ohne dass einer von uns etwas mitbekommen hat. Weißt du, was für ein schlechtes Licht das auf uns wirft?«

Ich verstand, was er sagen wollte. Aber das war das Problem dabei, ein Teenager zu sein. Nur ein paar Jahre konnten den entscheidenden Unterschied ausmachen. Damals dachten wir, wir wüssten genug, oder vielleicht war es uns einfach zu egal gewesen. Jetzt, wo wir mit jedem Monat erwachsener wurden, sah ich klar genug und brachte genug Verständnis auf, um nachempfinden zu können, was er meinte.

»Wenn wir unsere eigenen Kinder nicht unter Kontrolle haben, wie zum Teufel sollen sie dann von uns erwarten, dass wir die Kontrolle über ihre Millionen behalten?«

Seltsamerweise schaffte ich es trotz allem, was passiert war und was vermutlich noch kam, immer noch nicht, einen einzigen Moment dieser Jahre, dieser Monate oder dieser Minuten zu bereuen, die ich mit Renee verbracht hatte. Und ganz sicher nicht den Tag, an dem wir uns hatten trauen lassen. Nur wir.

»Habt ihr nicht alle gehofft, dass wir eines Tages heiraten würden?«, fragte ich gedehnt. Endlich war ich imstande, mich in dem weichen Ledersessel ein wenig zu entspannen.

»Ja, eines verdammten Tages«, schleuderte mein Dad mir entgegen, dabei fuhr er sich mit der Hand durch das ergrauende Haar. »Ihr zwei wart schon ein Paar. Das war mehr, als wir hoffen konnten. Ich bin nicht so ein Arschloch, dich in etwas so Ernstes wie eine Ehe zu drängen, wenn du noch nicht dazu bereit bist.«

Er stand mit völlig zerzausten Haaren auf, griff nach der Karaffe und schenkte sich an der Minibar an der Seite des Raumes einen Drink ein. Normalerweise trank er tagsüber nicht, aber ich hielt den Mund. Ich sah die Unordnung, die auf seinem Schreibtisch herrschte. Überall lagen Papiere herum, einige waren auf den Boden gefallen, und zwei leere Kaffeebecher standen gefährlich nah am Rand des Mahagonitischs.

»Ich weiß nicht, was ich deiner Meinung nach jetzt tun oder sagen soll«, sagte ich schließlich. Ich spürte seine Augen auf mir, als er seinen Drink hinunterkippte.

Er lachte, ein bitteres, abgehacktes Geräusch, trat zu seinem Schreibtisch und lehnte sich dagegen.

Hinter ihm zerknitterten Papiere, aber er achtete nicht darauf. Er verschränkte die Arme und blickte mit einem süffisanten Lächeln auf mich hinunter, das meinem sehr ähnelte und bei dem sich mein Magen zusammenzog. »Dieses
Praktikum ... du absolvierst es in Peking.«

Ich schoss von dem Sessel hoch. »Was? Warum?«

Sein Gesicht wurde lang. »Da geht irgendeine windige Scheiße vor, und ich will, dass jemand das im Auge behält.«

Ich schüttelte den Kopf. »Dafür bin ich denkbar ungeeignet. Du solltest Leute da hinschicken, die wissen, was sie tun.«

»Das habe ich schon. Sie sind letzte Woche angekommen, aber du wirst zu ihnen stoßen. Du brauchst nur den braven Sohn zu spielen, der das Geschäft von der Pike auf lernen will, und Augen und Ohren offen zu halten.«

Als ich erneut Einwände erheben wollte, hob er einen Finger. Sein Ton war kurz angebunden. »Da gibt es nichts mehr zu diskutieren. Du gehst.«

Ich sperrte den Mund auf, schloss ihn wieder und knirschte mit den Zähnen. Renee würde heute zu Hause sein oder vielleicht morgen, ich wusste es nicht genau. Ich wusste nur, dass ich die Absicht gehabt hatte, diese Zeit bestmöglich zu nutzen, und er durchkreuzte meine Pläne, noch bevor ich begonnen hatte, sie richtig zu schmieden. »Ich kann nicht«, versuchte ich es noch einmal fast flehend, dabei sah ich ihn an.

Weder wurde sein Ton weicher, noch flackerte sein Blick. »Und ob du kannst. Und nach dem, was du getan hast, wirst du es auch.«

Vierunddreißigstes Kapitel

Renee

Als ich zu Hause angekommen war, hatte sich meine Mutter auf mich gestürzt, noch bevor ich einen Fuß aus dem Auto setzen konnte. Ein nahezu unverständlicher wütender Wortschwall hatte sich über mich ergossen.

Wie konntest du nur. Du musstest mich um das Einzige, wirklich Einzige bringen, worauf ich mich seit Jahren gefreut habe. Nur um mir eins auszuwischen, um dafür zu sorgen, dass ich keinen Anteil daran habe.

Sie hatte unsere Reise storniert und in den Wochen, die ich zu Hause gewesen war, kaum mit mir gesprochen. Ich hatte mir schon überlegt, irgendwo anders hinzugehen, nur dass ich nirgendwo hinkonnte. Sie hatten mir meine Kreditkarte weggenommen, mein Taschengeld gekürzt, und mein Vater würdigte mich keines Blickes. Wenn er denn zu Hause war.

Auch dafür machte Mom mich verantwortlich. Anscheinend hatte er schon genug Stress gehabt, bevor ich mich entschlossen hatte, diese Bombe platzen zu lassen und ihre Träume zu zerstören. Ihre dramatischen Worte hätten mich zum Lachen gereizt, wenn sie sie nicht absolut ernst gemeint hätte.

Um alles noch schlimmer zu machen, waren Lucinda und Kian nicht vorbeigekommen, seit ich da war. Keine Abendessen, keine Cocktails auf der hinteren Veranda mehr, die immer damit geendet hatten, dass sie über jede Kleinigkeit kicherten.

Nichts. Es war, als hätten wir wirklich alles ruiniert.

Wir. Ich schnaubte, als ich in einem Vintagedesignershop in der Stadt die Kleiderständer durchsah. Callum war nicht hier. Sein Praktikum, von dem ich gedacht hatte, er würde zumindest ab und an zu Hause sein, weshalb ich Möglichkeiten finden müsste, um ihm aus dem Weg zu gehen, fand in Peking statt.

Das hatte man mir gesagt, und ich gedachte nicht, Fragen zu stellen. Ich konnte die vorwurfsvollen Blicke meiner Mutter und das einschüchternde Schweigen meines Vaters auch nur eine bestimmte Zeit lang ertragen. Trotzdem erschien es mir unfair, dass ich die Sache alleine ausbaden musste. Unabhängig davon, dass ich wusste, dass er sehr viel lieber ebenfalls hier gewesen wäre.

Es war besser so, und alles wäre gut gewesen, wenn nicht jetzt diese unsägliche, nie innehaltende Macht entschlossen zu sein schien, mich einzuholen. Der Teufel sollte mich holen, wenn ich das zuließ. Ich war schon so weit gekommen, und ich würde weitermachen. Er hatte mein Herz öfter gebrochen, als ich zählen konnte, doch ich würde ihn nicht auch noch mich selbst zerbrechen lassen.

Und so vermied ich nicht nur das, sondern auch die zwischen meiner Mutter und mir herrschende Spannung, indem ich eine kleine Shoppingtour unternahm. Dabei traf ich jemanden, von dem ich nicht erwartet hatte, ihn hier zu sehen.

»Renee«, sagte eine bekannte Stimme etwas atemlos, und eine Flut langer schwarzer Haare tauchte in meinem Blickfeld auf.

Hilda.

Verdutzt zog ich die Hand von dem Samtkleid von 1970 weg. Es fiel gegen meine Seite, als ich ein paar Mal blinzelte. »Äh, hi.« Ich setzte ein Lächeln auf und versuchte, den Schock und den Groll zu verbergen, der nach all den Jahren noch immer an mir nagte.

Hilda lächelte ebenfalls. Ihre weißen Zähne blitzten hinter schimmernden Lippen auf. Ihr Gesicht war schmaler geworden, was ihre hohen Wangenknochen auf eine Weise hervortreten ließ, die die Blicke auf sich zog und einen an ein Wäschemodel von Victoria' s Secret denken ließ. »Ich hatte gehofft, dich im Sommer mal zu treffen.«

Ich konnte nicht anders, ich fragte: »Warum?«

Sie schob ihre Tasche höher auf ihre Schulter, trat näher an mich heran und ließ mich die volle Wirkung ihrer haselnussbraunen Augen spüren. »Um mich zu entschuldigen, schätze ich.« Ein nervöses Lachen erklang. »Es tut mir leid, dass ich in der Highschool so ein launisches Biest war.«

»Oh.« Ich sog den Atem ein und wog ihre Worte ab. *Sie will nur nett sein*, mahnte ich mich in dem Versuch, mein inneres Miststück zu zügeln. »So schlimm warst du nun auch wieder nicht.«

»Versuch es erst gar nicht.« Sie winkte mit einem weiteren Lachen ab. »Außerdem hätte die Renee, die ich kannte, die Dinge beim Namen genannt. Erzähl mir nicht, dass du dich so geändert hast.«

Ich lachte und strich mir die Haare hinter die Ohren. »Deswegen musst du dir keine Gedanken machen.«

Ihr Lächeln verblasste, und sie zog die Lippe zwischen die Zähne. »Als ich in Emington angefangen habe, war ich mit jemandem zusammen, und als wir uns getrennt haben, bin ich, na ja, in ein tiefes Loch gefallen.« Ihre Augen schimmerten feucht, dann strahlte sie wieder. »Wie dem auch sei, ich war in einer so furchtbaren Verfassung, dass meine Eltern mich zwangen, zu einem Therapeuten zu gehen, sonst würden sie meine Studiengebühren nicht mehr bezahlen.«

»Das tut mir leid.« Ich wusste nicht, was ich sonst hätte sagen können.

»Es hat sich als Segen herausgestellt. Anscheinend leide ich unter tief verwurzelter Unsicherheit. Das führt zu Stimmungsschwankungen, heftigen Abneigungen und anderen unschönen Dingen.«

Ich nickte; dachte, dass das einen Sinn ergab, während ich mir das Mädchen ins Gedächtnis rief, das ich einmal gekannt hatte. Ein Mädchen, das Welten von dem entfernt war, das jetzt vor mir stand. »Ich bin froh, dass du deine Probleme in den Griff bekommen hast.«

Sie sah mich lange an, dann schüttelte sie den Kopf. »Ich auch. Hey, ich hätte Lust, einen Kaffee zu trinken und auf den neuesten Stand gebracht zu werden.« Sie rückte ihre Tasche erneut zurecht. »Du kannst mir alles über Gray Springs, Callum und den Beginn der fantastischen Designerkarriere erzählen, die mit Sicherheit vor dir liegt.«

Ich wollte über nichts davon reden. Nicht nur, weil ich nichts Gutes zu berichten hatte, sondern weil ich, wenn ich sie ansah, das eifrige, vertrauensvolle Leuchten in ihren Augen
sah ... ich konnte einfach nicht. »Tut mir leid, aber ich muss nach Hause. Meine Mom wartet auf mich.«

Ohne sie anzuschauen stürmte ich aus dem Laden und schnurstracks Richtung Parkplatz.

• • •

Mein Telefon summte zum sechsten Mal an diesem Tag auf meiner Kommode, ein Geräusch, das ich eigentlich über dem Lärm meiner Nähmaschine gar nicht hören können sollte. Ich ignorierte es – ignorierte ihn -, so wie ich es schon den ganzen Sommer lang standhaft getan hatte.

Bevor ich Gray Springs verlassen hatte, hatte ich die Maschine unter dem Bett meines Wohnheimzimmers hervorgeholt und hinten in meinem Wagen verstaut. Ich dachte, sie wäre eine gute Ablenkung, und hatte zu der Zeit noch nicht ahnen können, wie sehr ich genau das brauchen würde.

»Renee.« Meine Mutter klopfte leicht an die Tür. »Komm bitte nach unten.«

Sie wartete nicht, bis ich von dem halb plissierten Rock aufblickte, sondern verschwand gleich wieder. Ich zog ihn aus der Maschine, schnitt den Faden ab und drapierte den Rock sorgfältig über meiner Stuhllehne, nachdem ich die Maschine ausgeschaltet hatte.

Sie waren im Wohnzimmer. Der Fernseher lief nicht, und das Telefon meines Vaters lag auf seinem Knie, während er stocksteif neben meiner Mutter saß.

Ich setzte mich auf die Couch ihnen gegenüber, faltete die Hände über den Knien und wagte nicht, etwas zu sagen, bevor sie es taten. Das Ticken der alten Standuhr bewirkte, dass sich die Härchen auf meinen Armen aufrichteten, und meine Füße brannten darauf, auf dem orientalischen Wollteppich unter ihnen herumzuscharren.

Mein Vater brach das Schweigen. »Wir haben mit Kian und Lucinda gesprochen, und sie haben Callum informiert.«

Ich zwinkerte. »Worüber informiert?«

Mein Vater hob den Kopf und durchbohrte mich mit einem Blick, der mich in die Couch zurücksinken ließ. »Über eure Hochzeit. Ihr werdet das für euch behalten.« Er hob eine Braue. »In Anbetracht der Tatsache, dass euch das offenbar schon so lange gelungen ist, sollte euch das nicht allzu schwerfallen.«

Ich wartete. Meine wirren Gedanken versuchten die Worte miteinander zu verbinden, die er nicht aussprach.

»Ihr werdet noch einmal heiraten«, half Mom sachlich nach. »Wenn etwas bekannt wird, werden wir sagen, dass die erste Hochzeit im kleinen Rahmen stattgefunden hat. Nur Familie. Arrangiert, um die Zukunftsaussichten der Firma zu verbessern.«

»Aber das sollte nicht nötig sein, weil ihr die Klappe halten werdet«, verkündete mein Vater knapp, beugte sich vor und warf sein Telefon auf den Couchtisch. »Da wir Ende Sommer haben, geben wir euch bis zum nächsten Sommer Zeit, damit ihr verwöhnten kleinen Bälger euch an den Gedanken gewöhnen könnt.« Ein Blick zu meiner Mutter ließ ihn hinzufügen: »Außerdem gibt das Valery und Lucinda ausreichend Zeit, alles nach ihren Wünschen zu organisieren.«

Meine Mutter lächelte ihn dankbar an, und ich straffte mich.

»Genau deswegen haben wir es ja getan«, fauchte ich, dabei vergaß ich die Tatsache, dass wir gar nicht mehr zusammen waren. »Deswegen …« Ich fuchtelte mit einem Finger zwischen ihnen hin und her. »Wir wollten nach unseren eigenen Vorstellungen heiraten, nicht nach denen anderer.«

»Aber die Art, wie du dein ganzes Leben lang gelebt hast, die gefällt dir, nehme ich an?« Mein Dad hob eine Braue. »Die es dir erlaubt, dir alles zu kaufen, was du willst, zu tun, was du willst – bis zu einem gewissen Grad -, und dir Aussichten für die Zukunft sichert, von denen andere nur träumen können?«

Ich ließ die Schultern sinken, und meine Mutter schnalzte tadelnd mit der Zunge. Selbst wenn sie stinksauer war, hatte sie ein untrügliches Auge für schlechte Haltung.

Ich zog die Schultern nach hinten und stand dann auf. »Ist das eine Drohung?«

Mein Vater lehnte sich zurück und bedachte mich mit einem grimmigen Lächeln. »Du kannst machen, was du willst, aber komm nicht heulend zu mir, wenn du es dir nicht leisten kannst.« Als ich blass wurde, seufzte er. »Renee, ist das wirklich zu viel verlangt? Komm schon, ihr seid jetzt beide fast erwachsen. Sei vernünftig. Gegen eine schöne Hochzeit ist doch nichts einzuwenden.«

Er hatte recht, aber er wusste ja auch nicht über die Situation Bescheid. Ich schniefte und blickte geschlagen auf den Teppich hinunter. Vielleicht bestand die einzige Möglichkeit, diese Katastrophe abzuwenden, darin, die Wahrheit zu sagen. »Ich habe damals keinen Wert darauf gelegt und tue es auch heute nicht. Wir sind noch nicht einmal mehr ...«

»Das reicht.« Mein Vater erhob sich und knöpfte sein Jackett zu. »Deine Mutter wird deswegen während des neuen Studienjahres mit dir in Kontakt bleiben. Achte darauf, deine Rolle gut zu spielen.« Mit einem strengen Blick in meine Richtung griff er nach seinem Telefon und verließ den Raum. »Genieß deine letzten paar Tage zu Hause.«

Ich sah meine Mom an, die sich auf die Lippe biss, während sie den perfekten Stapel Bildbände auf dem Couchtisch anstarrte. »Macht dich das jetzt glücklich?«, giftete ich. Ich empfand so vieles gleichzeitig und konnte es nicht zu einem Gefühl bündeln oder in die richtigen Worte fassen.

Sie blickte zu mir hoch. Ein zaghaftes Lächeln spielte um ihre roten Lippen. »Oh, ich bin immer noch nicht bereit, dir zu verzeihen.« Sie stand auf und zupfte an ihrem Bleistiftrock. »Aber es ist ein Anfang.«

Fassungslos sah ich ihr nach, als sie ging, sank auf die Couch zurück und fragte mich, was Callum von all dem halten würde. Dann fiel mir ein, dass sie ihn anscheinend bereits informiert hatten.

Er wusste Bescheid und hatte ganz offensichtlich wenig Widerstand geleistet oder ihnen die Wahrheit gesagt.

Das hatte er mir überlassen.

Die dunkelolivfarbenen Wände schienen anzuschwellen. Der Raum, dieses gesamte Haus, es wurde zu klein. Ich schleppte mich nach oben, stellte den Fernseher in meinem Zimmer so laut, wie man es mir durchgehen lassen würde, dann zog ich mich aus.

In meinem Bad riss ich die Duschkabinentür auf und drehte die Hähne auf, bis das Wasser in heißen Strahlen auf mich hinunterprasselte.

Dann packte ich meinen Luffaschwamm, hielt ihn mir vor den Mund, rutschte an der kalten gefliesten Wand herunter und begann zu schreien.

Fünfunddreißigstes Kapitel

Renee

Am nächsten Tag verließ ich mein Elternhaus, mietete mich in einem billigen Hotel ein, stürzte mich in einen Fressmarathon und sah mir Wiederholungen im Fernsehen an, bis ich am nächsten Morgen wieder in mein Wohnheimzimmer konnte.

Ich machte mir eine geistige Notiz, mit meinen Eltern – vor allem, solange sie dachten, sie hätten bezüglich dieses ganzen Hochzeitsfiaskos gewonnen – über eine Erhöhung des Limits meines Girokontos zu sprechen. Da noch zwei Jahre Gray Springs vor mir lagen, konnte ich mir nicht vorstellen, in einem Zimmer zu überleben, das kleiner war als mein Bad zu Hause, und noch dazu mit einem Mädchen, das mir zweifellos meine bloße Existenz verübelte. Es war Zeit, dass ich endlich meine eigene Wohnung bekam.

Das Team hatte an dem ersten Wochenende nach meiner Rückkehr ein Vorsaison-Auswärtsspiel, und ich hatte Callum noch nicht gesehen, seit ich ihn ein paar Tage zuvor zufällig vor der Bibliothek getroffen hatte. Er war mit einem Freund zusammen gewesen, und ich war schnell weitergegangen, als er mich bemerkt hatte. Er hatte mir etwas hinterhergerufen, war mir aber nicht gefolgt.

Verwirrung, Wut und eine Rastlosigkeit, die ich mir nicht erklären konnte, ergriffen von mir Besitz und ließen die Tage verfliegen und die Nächte sich hinziehen, während derer ich die Zimmerdecke anstarrte und Hannah lauschte, die im Schlaf vor sich hinmurmelte.

Eines Morgens saß ich in meinem Auto vor dem Bean Stream, einem kleinen Café auf der Main Street, und starrte auf das vor mir geparkte Auto, als ich Pippa vorbeigehen sah.

Sie blieb plötzlich wie angewurzelt stehen, und ihr Rücken versteifte sich, als hätte sie einen Geist gesehen.

Aber da war kein Geist, nur ihr Freund oder vielleicht Ex-Freund Toby.

Ich kam mir vor wie vor den Kopf geschlagen und wollte helfen, wenn auch teils nur deshalb, um mich eine Weile von meinen eigenen Problemen abzulenken, also ließ ich das Fenster herunter, sagte ihr, sie solle einsteigen, und brachte sie zum College.

Sie hatte sich über Toby, die Überdosis, die er vor Monaten genommen hatte, und das, was seitdem mit ihm passiert war, ausgeschwiegen. Nicht, dass ich ihr einen Vorwurf daraus machte. Und als ich sie vor der naturwissenschaftlichen Fakultät absetzte, fragte ich mich, ob ich sie für eine Weile das letzte Mal gesehen hatte oder ob sich unsere Wege erneut kreuzen würden.

Das taten sie nicht, also nahm ich es auf mich, unter dem Vorwand, jemanden zu brauchen, der mit mir shoppen geht, die Eisdiele aufzusuchen, in der sie arbeitete. Sie schluckte den Köder, aber meine Pläne wurden von einem Hund durchkreuzt. Ich fand es wirklich traurig, dass sich mein Leben Stück für Stück auf eine Weise auflöste, dass die Rettung eines streunenden, wahrscheinlich vor Flöhen wimmelnden Hundes das Highlight meiner Woche darstellte. Vielleicht wollte mir das Universum so zu verstehen geben, dass ich endlich mit dem allumfassenden Schmerz fertigwerden musste, der sich jedes Mal verdoppelte, wenn ich seinen Namen hörte oder dachte, statt zu versuchen, vor ihm davonzulaufen. Ich war mir nicht sicher, aber ich stimmte dem Universum nicht zu. In keiner Weise.

Außerdem wusste ich, wenn ich an das Treffen mit Hilda im Sommer zurückdachte, nicht, ob das, was ich suchte, eine Freundin war. Selbst wenn Pippa anders war als die sogenannten Freundinnen, die ich in der Vergangenheit gehabt hatte.

Thanksgiving war gekommen und vergangen, und meine Weigerung, nach Hause zu fahren, war mit einem »Das ist in Ordnung. Wir machen einen Kurzurlaub« quittiert worden.

Freundinnen. Männer. Familie.

Immer wieder wurde mir vor Augen geführt, wie nutzlos sie waren und wie alleine ich war.

Ich versetzte dem Automaten einen Tritt und fluchte, als Schmerz durch meinen großen Zeh schoss. »Du verdammtes Scheißding.« Ich zuckte zusammen und lehnte mich daneben an die Wand, um meinen schwarzen Lederballerina auszuziehen. »So ein Mist«, schimpfte ich leise, als ich die Kratzer auf der Schuhspitze inspizierte. »Natürlich muss ich mir gerade jetzt ein Paar Schuhe für zweihundert Dollar ruinieren.«

»Gibt es je eine gute Zeit, sich ein Paar Schuhe für zweihundert Dollar zu ruinieren?«

Ich landete vor Schreck auf meinem Hinterteil, zog den Schuh wieder über meinen pochenden Zeh und ließ den Blick an Pippas gebräunten Beinen hochwandern. Ihre grünen Augen funkelten belustigt, aber das schiefe Lächeln brachte mich auf den Gedanken, dass sie meine offensichtlich jämmerliche Verfassung etwas besorgniserregend fand.

»Hey«, sagte ich, blickte zu Boden und lachte. »Keine Angst, ich habe nur die typische Auseinandersetzung mit dem Getränkeautomaten.«

»Ah«, machte Pippa. »Ja, etwas Ähnliches passiert mir jeden Monat.«

Ich lachte wieder, konnte gar nicht aufhören, und dann begannen mir Tränen über die Wangen zu laufen. »Igitt, Scheiße.«

Pippa kauerte sich vor mich. »Alles in Ordnung?«

»Nein, diese Mascara ist nicht wasserfest«, murmelte ich, dabei wischte ich mir wütend über die Wangen. »Mach, dass es aufhört, bitte.«

»Oha.« Pippa umfasste meine Wangen und lachte leise. Dann sah sie mich an, während Wasser über mein Gesicht strömte und mich an Lippen und Kinn kitzelte, und sagte leise: »Komm mit.«

Sie zog mich vom Boden hoch und führte mich dann durch den Hinterausgang der Cafeteria hinaus in das verblassende Sonnenlicht.

»Wo gehen wir hin?«, fragte ich, hielt den Kopf gesenkt und versuchte, die Tränen wegzuzwinkern.

»Das wirst du schon sehen. Ich weiß nicht, was los ist«, fuhr sie fort, nachdem wir den Campus verlassen hatten und die Straße überquerten, »aber vielleicht hilft es dir, wenn du es mir erzählst.«

Mein Herz hüpfte beinahe aus meinem Mund, als ich das Apartmentgebäude sah, auf das wir zusteuerten, aber dann lotste Pippa mich in ein älteres Haus direkt daneben. Es war kleiner und hatte keinen Fahrstuhl, aber nachdem ich zwei Treppen hochgestiegen und hereingebeten worden war, begriff ich, warum ich sie in der letzten Zeit nicht mehr in der Nähe der Frauenwohnheime gesehen hatte.

Sie hatte eine eigene Wohnung.

Sie war nicht groß, verfügte aber über einen geräumigen Wohnbereich, in den der späte Sonnenschein fiel und von den weißen Wänden und alten, bequemen Couchen zurückgeworfen wurde.

»Setz dich«, forderte sie mich auf, und ich fiel auf eine der besagten Couchen, als sie den Raum verließ.

Froh darüber, dass ich mein Spiegelbild nicht erkennen konnte, starrte ich den kleinen Flachbildschirmfernseher an. Meine Wangen fühlten sich klebrig an, mein Herzschlag brauchte Ewigkeiten, um sich zu beruhigen, und meine Nase war verstopft.

Pippa kam mit einem Becher Ben & Jerry´s und einer Schachtel Papiertaschentücher zurück. »Hier.« Sie stellte beides auf den kleinen hölzernen Couchtisch vor mir, ging dann zum Fernsehschrank, zog eine Schublade auf und nahm einen Moment später eine DVD heraus.

Ich beugte mich vor, zupfte eine Handvoll Taschentücher heraus, probierte das Eis und schnäuzte mir die Nase. Laut und ohne mich darum zu kümmern. Das Eis schmeckte nach Pfefferminz. »Kannst du Eis nicht irgendwann mal nicht mehr sehen?«

Pippa richtete sich auf und warf die DVD-Hülle auf den Fernsehschrank, bevor sie sich auf die andere Seite der Couch sinken ließ. »Komischerweise nicht.« Sie zappte durch die Kanäle, bis der Vorspann begann. »Callum?« Sie ließ die Fernbedienung fallen und sah zu mir herüber.

Ich nickte. »Unter anderem.«

Pippas Blick brannte sich in mein Profil, als ich auf den Bildschirm starrte. »Es hat dich letztendlich eingeholt, wie?«

»Vermutlich.« Ich biss mir auf meine zitternde Lippe und schloss die Augen, weil mir schon wieder die Tränen kamen.

»Meine Güte, lass es raus.« Pippa zog mich an sich. »Lass es raus, und lass Noah dafür sorgen, dass es dir besser geht.«

»Noah?«, fragte ich schniefend.

»Großer Gott, hast du noch nie *Wie ein einziger Tag* gesehen?«

Als ich keine Antwort gab, murmelte sie: »Oh, Mann. Danach wirst du dich wie eine ganz neue Frau fühlen.«

• • •

»Wow«, schnaufte ich.

»Yep.«

Ich schlug mir auf die Wangen. »Wirklich wow.«

»Yep«, wiederholte Pippa.

»Ich habe alle deine Taschentücher aufgebraucht.« Ich betrachtete die Papiertuchhaufen um mich herum.

Pippa lachte. »Fühlst du dich ein bisschen besser?«

Ich warf ihr einen wachsamen Blick zu. »Wenn ich Ja sage, schmeißt du mich dann raus?«

Sie lachte erneut, dann stand sie auf, weil ihr Telefon klingelte. »Toby«, sagte sie zu mir. »Bin gleich wieder da.«

Ich begann die zusammengeknüllten Taschentücher rings um mich herum aufzusammeln und warf sie in den kleinen Mülleimer, den ich unter der Küchenspüle fand. Während ich darauf wartete, dass Pippa ihr Telefongespräch beendete, sah ich mich in der Wohnung um.

Ich betrachtete gerade voller Neid ihr Bad – nicht dass es hochmodern gewesen wäre, aber es war um Klassen besser als der Waschraum im Wohnheim -, als ich hörte, wie sie sich verabschiedete, kicherte, sich noch einmal verabschiedete, und dann erklangen ihre Schritte hinter mir.

»Gehe ich recht in der Annahme, dass ihr zwei wieder zusammen seid?«

»Sind wir.« Erleichterung und etwas, das an Glück grenzte, schwangen in ihrer Stimme mit.

»Das ist gut.« Ich seufzte, drehte mich um und folgte ihr ins Wohnzimmer zurück.

»Willst du mir nicht alles erzählen, was passiert ist?«

Ich wusste nicht, ob ich das wollte oder konnte, aber als sie sich im Schneidersitz neben mir auf der Couch niederließ und ich in ihre grünen Augen blickte, las ich darin keine Spur Bosheit oder Neugier. Nur Besorgnis. Was mich von Neuem nach den Papiertüchern greifen ließ, als ich ihr alles erzählte.

Und zwar wirklich alles. Von der Zeit, als ich Callum kennengelernt hatte, von unserer heimlichen Hochzeit bis hin zu den Schwierigkeiten, die es mir bereitet hatte, loszulassen, als wir mit dem College angefangen hatten. Den Zweifeln, den Streitereien und dem, was sich mit Mike abgespielt hatte. Oder was sich angeblich mit Mike abgespielt hatte. Und dann erzählte ich ihr, was seitdem passiert war.

Die Flüche, die sie vom Stapel ließ, waren so blumig, dass ich halb schnaubte, halb lachte und in einen Ball aus zusammengeknüllten Taschentüchern schluchzte.

Der Mond war aufgegangen und schien zusammen mit den Sternen durch die offenen Vorhänge. Pippa sah mich lange eindringlich an, dabei öffnete und schloss sie den Mund. »Ich ... ach, Scheiße.«

»Ich weiß.« Ich putzte mir die Nase. »Es ist alles ...« Ich suchte nach einem Wort, um es zu beschreiben, doch alles, was mir einfiel, war: »Zu viel.«

»Das würde ich auch sagen«, meinte sie, dann nahm sie meine Hand in ihre. »Ich mag Callum, aber er ist ein Arsch, und dafür gibt es keine Entschuldigung. Und verheiratet? Heilige Scheiße.«

»Du darfst das niemandem erzählen.« Panik wallte in mir auf, als mir bewusst wurde, dass ich diese Worte laut zu einer Unbeteiligten gesagt hatte. Auch wenn ich glaubte, ihr vertrauen zu können, machte mir das immer noch Angst, nachdem ich das Geheimnis so lange für mich behalten hatte.

Pippa warf mir die Art von Blick zu, die besagte, dass sie beleidigt war, weil ich es überhaupt für nötig hielt, sie darauf hinzuweisen.

Ich lächelte. »Danke.«

»Trotzdem.« Ihre Stimme klang jetzt zögernd. »Er ist ausgetickt, weil er gedacht hat, du hättest Sex mit einem anderen Typen gehabt oder zumindest mit ihm rumgemacht.«

Ich gab einen Jammerlaut von mir. »Aber das habe ich ja auch. Ich habe ihn geküsst und was weiß ich noch, die Einzelheiten sind total verschwommen. Ich weiß, dass er mich angefasst hat.«

Zur Antwort wurden Pippas Lippen schmal. »Mike hat die Situation ausgenutzt.«

Das hatte er, aber ich würde ihm nie die alleinige Schuld geben. »Ich habe Mist gebaut, aber Scheiße, ich hätte nie gedacht, dass ich so etwas tun würde.«

»Du warst betrunken, Callum hat dich immer wieder verletzt, und wie es aussieht, wusstest du es irgendwie.« Ihre Stimme wurde weicher. »Du wusstest, dass du nur bis an eine bestimmte Grenze gegangen wärst. Du warst nur zu voll, um dich daran zu erinnern, wo diese Grenze lag.«

Ich rieb mir mit den Händen über das Gesicht. Schwarze Mascaraflecken blieben an meinen Fingern zurück. »Weißt du, wie grässlich das ist? Keine Erinnerung mehr an etwas zu haben? Warst du schon einmal so betrunken?«

Natürlich nicht. Was sie mit einem kleinen Kopfschütteln bestätigte. »Aber es würde mir eine Heidenangst einjagen, so viel steht fest.«

»Yep.«

Wir saßen lange schweigend da und lauschten den leisen Tönen ihres Fernsehers, der das DVD-Menü abspielte.

»Aber dass deine Mitbewohnerin ihm einen geblasen hat«, sagte Pippa schließlich, gefolgt von einem prustenden Lachen. »Damit komme ich gar nicht klar.«

»Mmhm.« Ich ließ mich in die weiche, abgewetzte Couch zurückfallen, blickte mich in ihrem Wohnzimmer um, und ein Seufzen löste langsam die Anspannung in meinen Schultern. »Ich brauche eine eigene Wohnung. Sofort.«

Pippa summte, und als ich zu ihr hinübersah, funkelten ihre grünen Augen mutwillig. Sie beugte sich vor und musterte mich von Kopf bis Fuß. »Wie stehst du zu Sauberkeit und Ordnung?«

Sechsunddreißigstes Kapitel

Callum

Ich versuchte zuzuhören, als der Coach mir Befehle zubrüllte, während meine Gedanken durcheinanderwirbelten und mein Kopf pochte.

Die schlaflosen Nächte hatten in Peking begonnen und waren mir dann bis nach Hause gefolgt. Das Büro dort war luftdicht abgeschlossen, und ich wusste selbst nicht genau, wonach ich auf Geheiß meines Vaters suchen sollte. Es war schwer, in irgendetwas mit einbezogen zu werden, wenn ich nur dazu da war, den anderen Kaffee und etwas zum Mittag zu holen, und die niedrigsten Aufgaben zugeteilt bekam.

Drei Monate tat ich, was von mir verlangt wurde, und hielt den Mund, dafür aber Augen und Ohren offen. Man brachte mir kein Misstrauen entgegen, nur Ungeduld. Meine Vermutung ging dahin, dass niemand Wert darauf legte, dass eines der Kids der Hauptgeschäftsführer überall herumlief und Bericht über alles erstattete, was vor sich ging.

Aber genau das tat ich. Sehr zur Zufriedenheit meines Vaters. Ich erzählte ihm alles, von dem ich dachte, es könnte nützlich sein, angefangen mit den verstohlenen Blicken, die zu lange auf dem verschlossenen Raum im obersten Stock des Wolkenkratzers ruhten. Ich hatte keine Ahnung, ob sich irgendetwas davon als hilfreich erweisen würde, aber mein Vater war für jede Einzelheit dankbar gewesen und hatte mich angewiesen, weiterzumachen.

Dann ließ er eines Tages, bevor er das Telefongespräch beendete, die Bombe platzen.

Es würde eine zweite Hochzeit geben, und alles sollte nächsten Sommer stattfinden.

Renee nahm auch weiterhin meine Anrufe nicht entgegen, und vielleicht war das am besten so. Wie konnte ich um eine zweite Chance bitten oder auch nur glauben, es könnte funktionieren, wenn so viel Ballast und so viel Kaputtes eine Kluft zwischen uns geschaffen hatte? Nach all dem, was sie meinetwegen durchgemacht hatte?

Es machte mich fertig, dass ich mich trotzdem immer noch nach einer zweiten Chance sehnte. Nach ihr.

Aber Sehnsucht führt zu Schmerz, und sie hatte genug gelitten. Also hielt ich mich bedeckt, trainierte, studierte, und dabei hoffte ich die ganze Zeit insgeheim, dass etwas uns helfen oder eine Antwort liefern würde.

»Auf geht’s«, bellte der Trainer.

Wir standen alle auf, streckten uns und joggten langsam aus der Umkleidekabine heraus und durch den kleinen Tunnel zu den Seitenlinien des beleuchteten Feldes.

»Alles gut?«, fragte Quinn, stieß mich an, als er neben mir stehen blieb, und dehnte seine Oberschenkel.

Ich stieß den Atem auf, blickte zu den bereits vollen Tribünen hinüber und nickte. »Yeah, alles gut.«

Quinn nickte ebenfalls und wandte sich zu Ed, um den Spielplan durchzugehen.

Ich blickte über das Feld zu unseren Gegnern hinüber, dann sah ich mich um. Die Weihnachtskränze, der Flitterkram und die Lichter erinnerten mich daran, dass wir in einer Woche alle über die Weihnachtsferien nach Hause fahren würden.

Der Wind pfiff durch den Tunnel und verursachte auf meinen nackten Armen eine Gänsehaut. Ich setzte meinen Helm auf und joggte auf der Stelle, bis wir uns alle zusammenscharten. »Macht sie fertig«, kam als heiserer Schrei aus unseren Mündern, und der Adrenalinspiegel stieg, als im Stadion dieselben Worte gerӧhrt wurden.

Kopfschüttelnd nahm ich meine Position ein, scharrte mit den Füßen und öffnete und schloss die Hände, bis der Pfiff ertönte und wir losstürmten.

Mein Vater konnte darüber, dass Football keine sichere Karrierewahl war, besonders wenn ich eine milliardenschwere Firma übernehmen konnte, sagen, was er wollte. Er hatte ja sogar recht, aber nichts konnte Gefühle, Gedanken oder Frust besser vertreiben als der Schweißgeruch, die Geräusche des Zusammenspiels der Mannschaft oder das Gefühl, wie der Herzschlag durch alle Gliedmaßen vibrierte, wenn man seinem Körper und Geist das Äußerste abverlangte. Gemeinsam wurden wir zu etwas viel Größerem als jeder Einzelne von uns. Wir waren ein Zusammenschluss aus Träumen und Hoffnungen, stellten Selbstverwirklichung hintenan und arbeiteten alle geschlossen auf ein gemeinsames Ziel hin.

Den Sieg.

Und wenn man nicht gewann, wusste man, dass man trotzdem sein Bestes gegeben hatte.

Mein Atem bildete Wölkchen vor meinem Mund, als ich durch die Verteidigungslinie preschte.

Ich wurde zu Fall gebracht, die Luft wich aus meinen Lungen, und mein Helm wurde durch die Wucht des Aufpralls weggeschleudert.

Ich schlug die Augen auf, und das Pochen in meinem Kopf verstärkte sich, als ich versuchte, die verschwommenen Flecken zu erkennen, die sich über mich beugten. Bevor mein Blickfeld klar wurde, setzten die Schmerzen ein, und ich griff instinktiv nach meinem Arm.

Nach einer Zeitspanne, die mir wie eine Ewigkeit vorkam, vermutlich aber nur ein paar Minuten umfasste, verwandelten sich die Flecken in Gesichter, und ein gutturaler Laut entfuhr mir, als ich auf eine harte Trage gehoben und vom Feld gebracht wurde.

• • •

Ein unaufhörlicher Piepton erreichte mein Unterbewusstsein. Ich öffnete mühsam die Augen, wurde von grellem Licht geblendet, schloss sie wieder und zuckte zusammen, als ich versuchte, herauszufinden, wo ich war und warum ich mich so fühlte, als hätte ich nach zu vielen Bieren auch noch zu viele Joints geraucht.

Das Geräusch einer Bewegung ließ mich den Kopf nach links drehen. Zu schnell. Einen Moment lang wurde mir schwindelig.

Grüne Augen sahen mich an. Eine rosige Lippe verschwand zwischen regelmäßigen weißen Zähnen.

»Maus«, krächzte ich. Meine Lippen krümmten sich zu einem schiefen Lächeln.

Als sie mich nur anstarrte, versuchte ich mich aufzusetzen, und sie stand von ihrem Stuhl auf, um sacht gegen meine Brust zu drücken. »Beweg dich nicht zu viel.«

Ich sank auf das Bett zurück und lächelte weiter zu ihrem schönen Gesicht hoch. »Ich glaube, ich weiß, warum man es träumen nennt.«

»Callum«, warnte sie mich. »Du hast eine ziemlich hohe Dosis Morphium bekommen.«

Das würde die Benommenheit erklären. Ohne auf sie einzugehen, fuhr ich fort: »Weil im Traum alles möglich ist. Und in meinen bist du bei mir. Immer bei mir.«

Renee blinzelte, dann lächelte sie ein so trauriges Lächeln, dass ich es wegwischen und sie auffordern wollte, es noch einmal zu versuchen. Es gehörte nicht dorthin. Auf ein Gesicht wie dieses gehörte kein trauriges Lächeln. Als ich den Versuch dazu unternahm, schoss ein sengender Schmerz wie eine Feuerwalze durch meinen Arm.

Sie schnalzte tadelnd mit der Zunge und legte meinen eingegipsten Arm behutsam in die Schlinge zurück.

»Was ist passiert?«

»Das Spiel. Anscheinend bist du ziemlich hart zu Fall gebracht worden.« Ihre Lippen wurden schmal, als sie auf den Gips an meinem linken Unterarm blickte. »Ellenbruch«, sagte sie, dabei deutete sie auf den Arm, ohne ihn zu berühren. »Der Arzt sagt, es war ein glatter Bruch, also muss nicht operiert werden, aber du wirst eine Weile in diesem Ding stecken.«

Ich schluckte und wandte den Blick von dem Weiß ab, das meinen Arm bedeckte. Angesichts der vor Sorge zu einer geraden Linie zusammengezogenen Brauen von Renee begann Furcht an mir zu nagen. »Alles okay«, sagte ich zu ihr.

Ein weiteres bekümmertes Lächeln. »Morphium, wie ich schon sagte. Aber ja ...« Sie nickte, ein leichter Atemzug wehte durch ihre geschwungenen Lippen. »Bis zur nächsten Saison bist du wieder fit.«

»Oh.« Ich atmete aus, als die Erkenntnis mich mit der Wucht eines Vorschlaghammers in die Magengrube traf. »Richtig.« Ich schluckte erneut, und Renee wandte sich von mir ab. Aufkeimende Panik ließ mich stammeln: »Nicht ...«

Sie deutete nur auf den Wasserkrug, dann goss sie mir ein Glas ein. Da ich mir des piepsenden Monitors bewusst war, versuchte ich meinen Herzschlag zu verlangsamen. »Hier.« Sie schob mir ein weiteres Kissen hinter den Kopf, dann drückte sie mir den Plastikbecher in die rechte Hand.

Ich nippte daran und atmete ihren Pfirsichduft ein, als sie von mir abrückte und sich auf einen Stuhl in der Ecke des Zimmers setzte.

Ja, ich hatte alles vermasselt und verdiente nichts von
alldem, aber sie war immer noch da. Die in ihrem Blick flackernde Sorge. Alles, was sie empfand, war noch da, verborgen, aber nur teilweise. Das kaum merklich geneigte Kinn. Ihre für gewöhnlich anmutigen Gliedmaßen, jetzt so verkrampft wie ihre Worte, als wäre sie auf der Hut.

Sie gehörte immer noch zu mir, und wenn wir beide nicht imstande waren, loszulassen, dann war es Zeit, dass ich mit dem Bullshit aufhörte und etwas deswegen unternahm.

»Ich bin froh, dass du hier bist.« Ich stellte den leeren Becher auf meinen Schoß.

Sie starrte auf den Boden, dann blickte sie aus dem Fenster hinter meinem Bett. »Sie haben mich angerufen, als du in die Notaufnahme eingeliefert worden bist, weil ich immer noch als dein Notfallkontakt geführt werde. Daher gehe ich davon aus, dass du nie die Scheidung eingereicht hast.«

»Doch, aber ich habe es mir anders überlegt.« Mit zuckenden Lippen murmelte ich: »Bringt dich das nicht aus der Fassung?«

Sie antwortete nicht, sondern holte tief Luft. Ihr Blick klebte immer noch am Fenster.

Ich suchte nach etwas, was ich sagen konnte. Irgendetwas, um sie davon abzuhalten, zu gehen oder etwas zu sagen, was ich nicht hören wollte. »Das Team? Haben sie gewonnen?« Ich erinnerte mich an den Weg auf das Feld und daran, wie die Türen des Rettungswagens geschlossen wurden, bevor man mir genug Medikamente verabreicht hatte, um mich auszuknocken, aber alles andere blieb im Nebel verborgen.

Renee zuckte mit den Schultern. »Ich weiß es nicht genau, aber die meisten von ihnen sind unten. Ich könnte es herausfinden, wenn du willst.«

»Nein.« Ich wollte nicht, dass sie ging.

Ich sah sie an, registrierte die Art, wie ihre Augen über alles im Zimmer wanderten, nur um mich nicht anschauen zu müssen. Ihre pinkfarbene Jacke hing hinter ihr über der Lehne ihres Stuhls, ihr langärmeliges braunes Kleid schmiegte sich elegant gekräuselt an ihre in schwarzen Leggings steckenden Schenkel.

»Du hast die Haare hochgesteckt«, stellte ich fest, als mir der unordentliche Knoten auffiel. Sie trug die Haare nur hochgesteckt, wenn es extrem heiß oder sie extrem gestresst war.

»So ist es«, murmelte sie, dabei sah sie mir endlich in die Augen.

Meine Brust hob und senkte sich, während ich beobachtete, wie ihre Wimpern über den grünen Augen flatterten. »Wir heiraten noch einmal, wusstest du das?«

Sie biss sich erschrocken auflachend auf die Lippe und blickte auf ihre braunen Stiefel hinunter. »Was das betrifft ...«

»Klopf, klopf.« Eine Krankenschwester mit einem freundlichen Lächeln auf dem runden Gesicht erschien an der Tür. »Sie sind wach.«

Sie trat in das Zimmer, überprüfte einiges an den Monitoren um mich herum und machte sich Notizen. Nachdem sie sich die Hände mit Desinfektionsmittel eingerieben hatte, kam sie mit gezücktem Thermometer zu der Seite des Betts herüber.

»Ich warte draußen«, sagte Renee.

Die Schwester schnalzte mit der Zunge und hob meinen unverletzten Arm, um das kalte Thermometer in meine Achselhöhle zu schieben. »Nicht nötig, das sind nur kleine Untersuchungen. Aber es wird spät, und Sie wollen sicher morgen früh wiederkommen, wenn der Doktor Visite macht.« Sie spähte über ihre Schulter zu Renee hinüber. »Sie wissen schon, um ein paar Dinge zu besprechen.«

Renee setzte sich wieder. »Dinge?«

Ich sah die Schwester an und zog eine Braue hoch, und sie grinste. »Wie Sie irgendein Zimmer verlassen können, in dem sich dieser Mann befindet, ist mir ein Rätsel.«

Renee schnaubte spöttisch. »Lassen Sie sich von ihm nicht einwickeln. Er ist ein notorischer Aufreißer.«

»Sie lügt.« Ich zwinkerte. »Und sie wird vermutlich herumstänkern, dass sie sich nichts aus mir macht.«

»Was?«, stieß Renee hervor.

Die Krankenschwester fuhr herum. Ihre Sneakers quietschten über den Boden. »Sie sind doch seine Frau, oder?«

Renee lachte nervös. »Das ist lange ...«

»Er wird jemanden brauchen, der ihn mit nach Hause nimmt und ihm die erste Woche ein bisschen hilft. Der Arzt wird ihn nicht entlassen, wenn er sich nicht darauf verlassen kann, dass er nach einer solchen Verletzung angemessen versorgt wird.«

»Okay«, sagte Renee trocken, verschränkte die Arme vor ihren fantastischen Brüsten und sah mich mit schmalen Augen an. »Keine Sorge, es wird ihm ausgezeichnet gehen.«

Sichtlich beschwichtigt zwinkerte die Schwester mir ihrerseits zu, bevor sie das Thermometer überprüfte. Eine Minute später schloss sie die Tür hinter sich.

»Gut gespielt, Ehemann.«

Angesichts meines gekränkten Gesichtsausdrucks verdrehte Renee die Augen. Ich sank lachend in den Kissenberg zurück. Meine Augen fielen wie von selbst zu. »Ich weiß nicht, wovon du redest, Ehefrau.«

Siebenunddreißigstes Kapitel

Renee

Er sah so engelhaft aus, wenn er schlief. Als ob nichts und niemand das berühren konnte, was auch immer ihm durch den Kopf ging, um den Frieden zu stören, der sich über sein Gesicht gelegt hatte.

Mein Herz hämmerte immer noch wild in meiner Brust, wenn ich mich an die Stimme am anderen Ende der Leitung erinnerte, die mir mitgeteilt hatte, dass es einen Unfall gegeben hatte und mein Mann in der Notaufnahme war.

Ich war zum Universitätskrankenhaus gerast, ohne mich darum zu scheren, ob ich mein erstes Ticket wegen zu schnellem Fahren bekommen würde. Manche Dinge ließen einen den Schmerz vergessen, den man beherbergt hatte. Innerhalb eines Augenblicks war er verdrängt, war Dringlichkeit und einer die Seele erschütternden Angst gewichen.

Jetzt, wo ich mit meinen eigenen Augen sehen konnte, dass er okay war, dass er – zumindest körperlich – wieder ganz gesund werden würde, verflog diese Angst und machte dem Schmerz wieder Platz, der eine quälende Erinnerung nach der anderen an die Oberfläche spülte.

»Hey«, ertönte eine Stimme an der Tür.

Ich blickte in die betreffende Richtung und sah Daisy mit Pippa, die über ihre Schulter spähte.

»Wir haben uns reingeschlichen«, flüsterte Daisy laut und vernehmlich.

Pippa verdrehte die Augen. »Er liegt auf Station, und die Besuchszeit ist gerade zu Ende.«

Daisy sah aus, als wären ihre Pläne vereitelt worden, kam aber herein, als ich leicht lächelte. Pippa folgte ihr. Beide blieben an der Wand stehen und sahen Callum an, als ich von meinem Stuhl aufstand. Meine Muskeln protestierten gegen die plötzliche Bewegung.

»Wie geht es ihm?«, fragte Pippa.

»Er flirtet mit der Krankenschwester und stellt schon Forderungen an mich.«

Daisy kicherte und dämpfte es mit der Hand, als Callum sich regte.

Ihr Gesicht wurde ernst, als sie auf mich hinunterblickte. Sie war fast einen halben Kopf größer als ich. »Es tut mir leid.«

»Was denn?«, fragte ich gähnend.

Pippa murmelte etwas, das klang wie: »Los geht’ s.«

»Nur dass du es weißt.« Daisy deutete auf Callum. »Ich hatte keine Ahnung, dass er verheiratet ist.«

Ich lachte leise. »Das wusste keiner. Mach dir keine Gedanken.«

»Aber ich ... wir, du weißt schon ...«

»Du hast ihn geküsst?« Mein Blick kreuzte sich mit ihrem, und beim Anblick ihrer großen braunen Augen musste ich ein weiteres Lachen unterdrücken. »Er hat seit unserer Trennung weit Schlimmeres getan, und ...« Ich sah Pippa kurz an. Diese lächelte. »Du kanntest mich nicht und wusstest nichts von mir.«

Daisy ließ offensichtlich erleichtert die Schultern sinken. »Tut mir trotzdem leid.«

Als ich nickte, fragte Pippa: »Der Arm ist also gebrochen?«

»Ja«, bestätigte ich. Ich hatte alle ins Bild gesetzt, als ich vorhin nach unten gegangen war. »Er fällt den Rest der Saison aus, aber ich glaube, das begreift er noch gar nicht richtig.«

Wir unterhielten uns noch kurz, bevor sie sagten, sie würden nach Hause gehen. Der größte Teil des Teams hatte das Krankenhaus verlassen, nachdem ich ihnen die Neuigkeiten berichtet hatte. Ich verabschiedete mich und schloss die Tür hinter ihnen.

»Komm her, Minnie Maus.«

Beim Klang seiner Stimme schrak ich zusammen, ging zu ihm und holte ihm Wasser. »Wie lange bist du schon wach?«

»Lange genug, um das alberne Gespräch von euch drei zu hören.« Er trank einen großen Schluck und gab mir dann den Becher zurück. »Ich bin froh«, sagte er, als ich den Becher neben den Wasserkrug stellte.

»Froh?«

Ein leichtes Grinsen erschien. »Dass ihr Freundinnen seid.«

Ich zupfte am Saum meines Kleides und setzte mich wieder, während ich überlegte, wie ich ihm sagen sollte, was ich zu sagen hatte. »Ich, äh, ich bin letztes Wochenende bei Pippa eingezogen.« Meine Füße sowie mein Herz zuckten, als mich sein neugieriger Blick traf. »Sie brauchte eine Mitbewohnerin, und ich, na ja ...«

»Du musst mir nichts erklären«, sagte er sanft und dennoch nachdrücklich.

»Ich weiß. Ich wollte nur nicht, dass du glaubst ...«, *dass das wieder eines meiner Spielchen war.*

Er hörte, was ich nicht sagte, und fluchte verhalten. »Würdest du bitte herkommen?«

»Nein«, erwiderte ich fest. »Du brauchst Ruhe, und ich muss nach Hause.«

»Renee, geh nicht.« Er machte Anstalten, sich aufzusetzen.

Ich zischte ihn an: »Leg dich hin. Du kannst mir nicht damit drohen, dir noch weiteren Schaden zuzufügen.«

Er grinste. »Wenn's funktioniert.« Sein Lächeln erstarb, und er räusperte sich, als er sich im Zimmer umsah. »Du kannst wohl nicht hier schlafen, oder? Nicht auf diesem unbequemen Stuhl.«

»Dir geht es wirklich besser«, murmelte ich, stand auf und griff nach meiner Tasche. »Wenn du unbedingt das letzte Wort haben musst ... Gute Nacht, Callum. Ich wünsche dir, dass du schnell wieder gesund wirst.«

Ich hatte die Türklinke schon in der Hand, als er fragte: »Du kommst morgen nicht wieder?«

Ich schloss die Augen, drückte die Klinke hinunter und schlug die Augen wieder auf. »Nein.«

Bevor er noch etwas sagen konnte, flüchtete ich aus dem Zimmer.

• • •

Am nächsten Morgen überwogen Schuldgefühle über alles andere, was ich empfand, als ich ausschlief und ein spätes Frühstück verputzte. Pippa war schon in dem Tierheim, in dem sie jeden Samstagmorgen freiwillig aushalf. Meine Finger waren Verräter, die immer wieder auf mein Telefon drückten und darauf bestanden, dass ich auf die Zeitanzeige schaute.

Ich konnte und würde nicht zurückgehen. Er brauchte mich nicht, und er hatte kein Recht, mich zu brauchen.

Wen hat er dann sonst?

Verdammt. Ich stand auf, trug meine Schüssel zur Spüle und achtete darauf, sie auszuwaschen, bevor ich sie in die Spülmaschine stellte. Pippa hatte es gern, wenn alles seinen geregelten Gang ging, was für mich in Ordnung war. Ich war nicht unbedingt schlampig, aber ich musste mich an dieses Leben erst gewöhnen. Das, und außerdem wollte ich dafür sorgen, dass dieser Übergang so glatt wie möglich ablief, indem ich ihr nicht auf die Zehen trat und sie verärgerte.

Mit ihr schien allerdings alles okay zu sein, sie schlief nur vielleicht drei Nächte pro Woche hier. Und wenn sie da war, dann normalerweise mit Toby. Was mich nicht störte. Offen gestanden fand ich seine schonungslose Aufrichtigkeit und seine wechselnden Stimmungen faszinierend. Wovon ich kein Fan war, war, anderen Leuten beim Sex zuzuhören. So was ging für mich gar nicht.

Sie versuchten, leise zu sein, was ihnen meistens nicht gelang, sodass ich die kleine Anlage einschaltete, die ich eingelagert gehabt hatte, um Musik zu hören. Oder das Radio. Irgendetwas. Meine Eltern hatten das Limit meines Kontos erhöht, aber noch nicht eingewilligt, meine Kreditkarte wieder freizugeben. Aber ich würde klarkommen, da mehr als genug Geld auf meinem Konto war, um Miete zu zahlen, Lebensmittel und Kleider zu kaufen und wenigstens fünf Jahre lang bequem zu überleben.

Zehn nach zehn.

Ich stöhnte, dann stapfte ich in mein Zimmer, öffnete die verspiegelten Gleittüren des Schrankes und betrachtete den überquellenden Inhalt. Es gab kaum genug Platz, aber ich würde zurechtkommen. Schließlich war es eine deutliche Verbesserung zu der schäbigen Kleiderschrankhälfte im Wohnheim.

Pippa hatte mir geholfen, nachdem ich meinen Kram hergebracht hatte, hatte Kleider und Sachen, die ich nicht mehr brauchte, aus dem Lager geholt und mich dann begleitet, um alles bei der Stadtmission abzugeben.

Ich nahm meine cremefarbenen Ballerinas von dem Turm wackelig aufgestapelter Schuhe, zog sie an, schloss die Türen und griff nach meinen Schlüsseln.

Ich würde das, was ich tat, nicht noch einmal überdenken.

Vor allem, weil ich überhaupt keine Ahnung hatte, was ich eigentlich tat.

Als ich ankam, saß Callum aufrecht im Bett, sah sich in dem kleinen Fernseher an der Wand die Nachrichten an und aß ein Sandwich.

Ich schloss die Tür, woraufhin er die Hand sinken ließ und mitten im Kauen innehielt, als er sah, dass ich auf den Stuhl zusteuerte, auf dem ich den größten Teil der letzten Nacht gesessen hatte, und Platz nahm.

»Hi«, sagte er, schluckte den Bissen hinunter und lächelte dann. »Du bist zurückgekommen.«

»Nur, um dich nach Hause zu bringen«, teilte ich ihm streng mit, dabei inspizierte ich den kirschroten Lack auf meinen Zehennägeln, um ihn nicht dauernd anzuschauen.

»Ich nehm, was ich kriegen kann.«

Ich saß stocksteif auf dem Stuhl und hörte zu, wie der Nachrichtensprecher über einen Banküberfall berichtete, während Callum zu Ende aß. Als mir das Schweigen, mit dem er mich aus der Reserve locken wollte, zu viel wurde, fragte ich: »Wie geht es dir?«

»Gut«, erwiderte er prompt. »Ich meine, es stinkt mir schon, dass ich nicht spielen kann.« Jetzt sah ich ihn an, beobachtete, wie er auf seinen über seinem Bauch ruhenden Arm hinunterstarrte. »Ganz zu schweigen von der Reha, die mir wahrscheinlich bevorsteht, wenn dieses Ding runterkommt. Aber ich werde es überleben.«

Mein Schock war geradezu greifbar, verwandelte mein Gesicht in etwas, was ihn lachen ließ, als er zu mir herüberblickte. Ich hatte mit Wut und Frust gerechnet, und das zu Recht. Football war sein Traum. Sein Spiel. Dass ihm dabei ein Strich durch die Rechnung gemacht worden war, wenn auch nur vorübergehend und nicht endgültig, hätte eine ganz andere Reaktion hervorrufen sollen.

Dann fiel mir ein, dass er gestern vollkommen high gewesen war, und ich hob eine Braue. »Kriegst du immer noch Morphium?«

Er nickte. »Aber nur noch eine ganz geringe Dosis. Der Doc sagt, die Schmerzen lassen sich zu Hause mit ein paar starken Schmerzmitteln in den Griff kriegen.«

»Doc«, lachte ich; konnte es nicht verhindern.

Callum hob seine rechte Schulter. »Er ist in Ordnung, und er hat gesagt, ich könnte nach Hause gehen.« Er blickte zu den Papieren auf dem kleinen Tisch neben seinem Bett hinüber.

»Oh.« Ich fühlte mich mies, weil er eine kurze Zeit lang nicht gewusst hatte, wie genau er das bewerkstelligen sollte. Weil ich nicht da gewesen war.

»Ich wollte einen von den Jungs anrufen, aber du bist gekommen, kaum dass er weg war, daher ...« Er nagte an seiner Lippe. »Ich bin so weit, wenn du es bist, Maus.«

Ich schüttelte den Kopf, sagte ihm, ich wäre gleich wieder da, und ging, um mit einer der Krankenschwestern draußen am Tisch zu sprechen. Wenn ich ihn mit nach Hause nahm, wollte ich genau wissen, was er brauchte, damit ich nicht diese nagenden Schuldgefühle empfand, weil ich ihn sich selbst überließ.

Die Schwester von gestern erklärte mir, dass alles, was ich wissen musste, in den Papieren in seinem Zimmer stand.

Mit leicht brennenden Wangen bedankte ich mich knapp bei ihr, dann ging ich den Patienten holen.

• • •

»Sie hat gesagt, du sollst die hier nicht tagsüber nehmen.« Ich nahm die Päckchen vom Couchtisch. »Und ich würde auf sie hören, egal wie große Schmerzen du hast. Du willst die Statistikabschlussprüfung schließlich nicht im Drogenrausch ablegen.«

»Registriert.« Callum machte es sich auf der Couch bequem und zappte sich durch die Fernsehkanäle.

Ich ging in die Küche zurück, räumte die Medikamente für die Nacht weg und achtete nicht auf die Art, wie sich mein Magen zusammenzog, als meine Füße über die vertrauten Böden tappten. Ich hatte nie wirklich die Möglichkeit gehabt, mich hier einzuleben, und mich überkam Wehmut wegen dem, was hätte sein können.

Aber ich hielt mich nicht damit auf, nahm meine Tasche, die ich bei der Tür fallen gelassen hatte, und warf sie mir über die Schulter.

»Hey, warte«, rief Callum.

Ich suchte in der Tasche nach meinen Schlüsseln, dann erinnerte ich mich, sie auf der Küchentheke liegen gelassen zu haben. »Was ist?«, fragte ich abgelenkt, dabei versuchte ich, mein Lippenbalsam in der Tasche zu finden, während ich gleichzeitig nach den Schlüsseln griff.

»Bleib.«

Jeder Teil von mir hielt mitten in der Bewegung inne, und die Luft wich mit einem Pfeifen aus meinen Lungen, als ich die Bitte in dem einen Wort hörte. Auf der kurzen Fahrt nach Hause hatte er kaum etwas zu mir gesagt, sondern nur aus dem Fenster auf die ineinander verschwimmende trockene Winterszenerie geblickt und im Auto gewartet, als ich in den Drugstore gelaufen war, um seine Schmerzmittel zu holen.

Ich räusperte mich, weil ich nicht wollte, dass meine Stimme mich verriet, bevor ich fragte: »Warum?«

Er blickte auf die Jogginghose hinunter, die er im Krankenhaus angezogen hatte, bevor er entlassen worden war. Einer der Jungs hatte ihm seine Sporttasche aus dem Stadion dorthin gebracht. »Ich könnte deine Hilfe brauchen.«

Ich schob die Schlüssel in meine Tasche und ließ diese an meiner Seite herabfallen, sodass sie gegen mein Bein schlug. »Du brauchst gar …«

»Doch.« Er hob den Kopf. Dunkle Haare fielen ihm in die Stirn, als er mit der Hand hindurchfuhr. »Ich muss duschen, und ich weiß nicht, wie ich eine Plastiktüte über dieses … Ding kriegen soll.« Er hob seinen eingegipsten Arm, wobei er leicht zusammenzuckte. »Und sich nur mit einer Hand anzuziehen ist auch nicht so einfach, wie ich gedacht hatte.«

»Callum.«

Mit einem leisen Lachen stand er auf und schwankte leicht. Ich machte eine instinktive Bewegung, aber er lächelte nur und kam zu mir herüber. Seine nackten Füße stellten merkwürdige Dinge mit mir an.

Füße, ernsthaft?

Ich bohrte die Zunge in die Innenseite meiner Wange und wich nicht zurück, als er vor mir stehen blieb und mein Kinn umfasste. »Mir ist klar, dass ich das nicht verdiene, aber wir beide wissen, dass ich ein egoistischer Mistkerl bin, der trotzdem will, was er will.« Braune Augen fesselten mich, suchten darin nach einem Weg hinein. »Bleib bei mir. Bitte.«

Ein zittriger Atemzug wehte über meine Lippen. »Wie lange?«

»Ich würde sagen, für immer, aber ich werde mich mit dieser Woche begnügen.«

»Nein.« Ich entwand mich seinem Griff und rückte meine Tasche zurecht.

Seine Brauen zogen sich zusammen, seine Schultern sackten nach unten.

»Aber vielleicht«, begann ich, dabei versetzte ich mir im Geist einen

Tritt, »kann ich ein paar Tage lang nach dir sehen.« Als seine Lippen sich hoben und diese gefährlichen weißen Zähne freigaben, hob ich eine Hand. »Nur um dir zu helfen, dann bin ich weg.«

Er nickte. »Was immer du willst, Maus.«

Achtunddreißigstes Kapitel

Renee

»Dämlicher, ichbezogener, manipulativer Scheißkerl.« Ich knallte den Föhn auf den Toilettentisch und zuckte zusammen, als Pippa und Toby hinter mir in der Tür erschienen.

»Yeah, Baby. Sag uns, wie du dich wirklich fühlst.«

Pippa gab Toby einen Tritt. Dieser lachte, legte ihr einen Arm um die Schultern und küsste sie auf die Wange, bevor er aus meinem Blickfeld verschwand.

Eine Sekunde später wurde die Apartmenttür geschlossen. »Ich habe nicht gemerkt, dass ihr hier seid.«

»Das könnte daran liegen, dass du, seit du gestern nach Hause gekommen bist, in einer Stimmung warst, die Einmischung von außen nicht zugelassen hat.«

Seufzend zog ich die Bürste durch meine halb getrockneten Haare, gab auf und verstaute den Föhn unter dem Waschbecken. »Ich muss wieder da rübergehen.«

»Du musst?«, fragte Pippa, die mir in mein Schlafzimmer folgte.

Ich funkelte sie finster an, als ich mein Outfit vom Bett nahm und mich dabei fragte, warum es mir eigentlich nicht egal war, was ich trug. Die Antwort war einfach genug. Es war mir noch nie egal gewesen, unabhängig davon, wen ich traf oder wohin ich ging.

»Okay, du musst also.« Belustigung schwang in ihrer Stimme mit. »Und warum?«

Ohne mich daran zu stören, dass Pippa zusah, streifte ich meinen Bademantel ab und zog meinen BH und dann die champagnerfarbene Tunika und die grauen Strumpfhosen an.

»Er braucht bei einigen Dingen Hilfe. Zum Beispiel beim Duschen und Anziehen.«

Sie störte sich nicht an meiner knappen Antwort. »Das ergibt tatsächlich Sinn. Wie kommt er denn damit klar, dass er eine Weile nicht spielen kann?«

Ich zog meine Haare aus dem Kragen meines Kleides und trat zu den verspiegelten Schranktüren, um meine Mascara zu überprüfen, bevor ich etwas beerenfarbenen Lipgloss auftrug. »Gut«, erwiderte ich mit einem leichten Schnauben. »Eigentlich schwer verständlich, aber wie auch immer. Nicht mein Problem.« Ich presste die Lippen zusammen und legte den Lipgloss in meine Kosmetiktasche auf der Kommode zurück.

Pippa lachte.

»Was?« Ich stöhnte, dann murmelte ich hastig: »Sorry, er ist einfach nur ... argh, frustrierend.«

»Er geht dir nach all dieser Zeit immer noch unter die Haut. Kein Grund, sich zu entschuldigen.« Sie richtete sich auf. »Viel Spaß.«

Diese beiden Worte verfolgten mich von unserer Wohnung zu der nebenan. Meine Haut fühlte sich an, als würde die Baumwolle, die sie bedeckte, ihr Juckreiz verursachen, als ich mit dem Fahrstuhl zu der Penthousesuite hochfuhr. Callum hatte mir unten die Tür aufgedrückt, ohne zu fragen, wer ins Haus wollte.

Selbstgefälliges Arschloch.

Die Kabinentüren öffneten sich, gefolgt von denen des Apartments, die Callum in all seiner Pracht zeigten, der nur in Jogginghosen, die so tief auf seinen Hüften saßen, dass mir das Wasser im Mund zusammenlief, vor mir stand.

»Tja«, meinte er gedehnt. »Ich weiß, es wird schwer, aber an deiner Stelle würde ich nicht in meine Nähe kommen, bis ich dieses Meisterwerk der Natur gründlich geschrubbt habe. Ich stinke wie ein Puma.«

Ein Lachen brach aus mir heraus und unterbrach das Blickduell, das ich mit den ausgeprägten Muskeln an seinem Bauch austrug. »Ich werde mein Bestes tun.«

»Braves Mädchen. Ich habe vollstes Vertrauen in dich.« Er rührte sich nicht von der Stelle, sodass mein Arm seinen streifte, als ich mich an ihm vorbeidrängte.

»Dann sollten wir es hinter uns bringen.« Ich ließ meine Tasche fallen, dann suchte ich in einer Schublade in der Küche nach einer Plastiktüte.

»Hab schon alles vorbereitet«, sagte er.

Ich schloss die Schublade, richtete mich auf und fand Klebeband und zwei Tüten auf der Theke.

Er stand atemlos still, als ich seinen Arm einwickelte, und kicherte dann, als ich eine zweite Schicht darüberwickelte und das Ganze überprüfte. »Vielleicht solltest du versuchen, ihn aus der Dusche herauszuhalten, nur vorsichtshalber.«

»Oder vielleicht ...« Ich schmeckte Pfefferminz aus seinem Atem auf den Lippen, als er den Kopf senkte und flüsterte: »Vielleicht solltest du auch mit in die Kabine kommen und jeden Zentimeter von mir schrubben, nur vorsichtshalber.«

Ich tätschelte seinen Bauch, dann schob ich ihn ein Stück zurück und wischte mir die Hand an meinem Kleid ab, als hätte die Berührung seiner glatten, harten Haut sie verbrannt. »Weniger Worte, mehr Taten.«

Ich wartete im Schlafzimmer; saß auf meinen Händen, um sie daran zu hindern, in seinen Sachen herumzukramen, während ich ihn im Bad fluchen und schimpfen hörte. Eine Staubschicht lag auf der Kommode und dem Nachtschränkchen, Flusen und Schmutzpartikel übersäten den Teppich.

Als ein Krachen ertönte, sprang ich vom Bett hoch, riss die Tür auf und fand ihn auf der Bank in der Dusche vor, wo er versuchte, Duschgel auf seinen Luffaschwamm zu quetschen.

Er blickte auf, als ich die Tür der Duschkabine öffnete und ihm Duschgel und Luffa aus der Hand nahm. Wasser spritzte auf, als ich rasch eine gehörige Portion auf den Schwamm drückte. »Das sollte reichen.«

Ich schraubte den Verschluss auf das Duschgel, stellte es auf die Bank und stieg vorsichtig aus der Kabine heraus.

Er saß immer noch da und beobachtete mich mit diesem nervigen schiefen Lächeln, während ich mir Hände und Arm an einem flauschigen Handtuch abtrocknete, so gut es ging. »Muss ich dich über einen Monitor überwachen?«

Er biss sich auf die Lippe und blickte auf seinen sich versteifenden Schwanz, bevor er grinsend aufstand. »Wenn du möchtest.«

Ich verdrehte die Augen, legte ihm das Handtuch griffbereit hin, verließ das Bad und ließ die Tür angelehnt. Als ich das Foto auf dem Nachtschränkchen sah, blieb ich wie angewurzelt stehen, dann löste ich die Füße vom Boden und zwang mich, darauf zuzugehen.

Es war ein Foto von uns. Das vom Tag unserer Hochzeit, wo er, die Stirn auf meine gelegt, auf mich hinunterblickte. Dasselbe Bild, das ich hier zurückgelassen hatte. Absichtlich.

Widersprüchliche Gefühle schnürten meine Kehle zu. Ich wandte mich ab und ging in die Küche zurück, um Vorratsschränke und Kühlschrank zu inspizieren.

Sie waren fast leer. Ich seufzte, und dann klingelte es, gerade als ich Callum aus der Dusche kommen hörte. Er kam den Flur entlang, dabei versuchte er sich ein Handtuch um die Taille zu schlingen.

»Hier.« Ich bedeutete ihm, zu mir zu kommen, damit ich das Handtuch feststecken konnte. Wassertropfen rannen über seine Brust und wurden von dem Stoff aufgefangen. »Ähm.« Ich räusperte mich. »Ich mache auf, und dann gehe ich vielleicht ein paar Lebensmittel einkaufen.«

Callum nickte und drehte sich zum Schlafzimmer, während ich die Gegensprechanlage betätigte. »Wer ist da?«

»Eine Lieferung für einen Mr Callum Welsh.«

Verwirrt löste ich den Finger von dem Knopf, nachdem ich ihn gedrückt hatte, um sie hereinzulassen. Ich öffnete die Apartmenttüren und sah einen Mann einen Stapel Kisten aus dem Fahrstuhl rollen.

Da ich nicht wusste, ob er Essen bestellt hatte oder ob ich unterschreiben musste, fragte ich nur: »Wie viel bekommen Sie?«

Der Mann lachte, hob die Kisten hoch und brachte sie herein. Beim Anblick der raumhohen Fenster pfiff er durch die Zähne, holte Tüten aus den Kisten und stellte sie auf die Theke. »Nicht nötig, Lady. Ist alles schon bezahlt.«

Ohne zu wissen, was ich tun sollte, begann ich Milch, Saft, Eier und Brot wegzuräumen, während der Auslieferer seine Sackkarre zum Fahrstuhl zurückschob.

Oben in einer der Tüten lag eine Notiz, auf der stand: »Wir hoffen, die Missus kümmert sich gut um dich, Kumpel. Wir lassen dich in Ruhe, aber hier ist ein kleiner Freundschaftsbeweis.«

Unterschrieben von Toby, Paul, Ed, Quinn und Burrows.

»Wow.« Callum nahm mir die Notiz ab und hängte sie lachend mit einem Magneten an den Kühlschrank. »Süß von den Arschlöchern.«

»Wirklich süß.« Ich wollte es sarkastisch klingen lassen, konnte es aber nicht.

Callum versuchte mir zu helfen, die Sachen wegzupacken, aber ich scheuchte ihn weg, und er zog sich ins Wohnzimmer zurück, ließ sich auf die Couch fallen und schloss die Augen, als hätte das Duschen viel Energie gekostet.

Nachdem ich die letzten Lebensmittel weggeräumt hatte, sammelte ich die Tüten ein und stapelte sie auf, um sie irgendwo zu verstauen. Dann bemerkte ich das schmutzige Geschirr in der Spüle und platzte heraus: »Wo ist deine Putzfrau abgeblieben?«

»Hmm?« Callum schlug die Augen auf und sah mich an, als ich aus der Küche kam.

»Hier sieht es aus wie im Schweinestall«, erklärte ich, dabei musterte ich die Flecken auf dem Couchtisch, bei denen es sich um getrocknete Milch und Kaffee zu handeln schien.

»Ach so. Ich habe sie gefeuert.«

Ich brauchte nicht zu fragen, warum, ich kannte die Antwort bereits. Stattdessen holte ich mir ein paar feuchte Tücher und wischte den Tisch ab, bevor ich mich an das Geschirr machte.

»Lass das«, sagte Callum.

Als ich nicht darauf einging, kam er in die Küche, drehte das Wasser ab und gab sich alle Mühe, mit einer Hand meine Hände abzutrocknen. »Deswegen habe ich dich nicht gebeten, herzukommen.«

»Warum bin ich dann hier? Du wolltest Hilfe.«

Er hob eine dunkle Braue, während er meine Hand tätschelte, dann zog er mich näher zu sich und ließ das Handtuch fallen, um ein paar Haare von meinem Mund wegzustreichen. »Du weißt, dass das nicht der Grund ist, weswegen ich dich hier haben möchte.«

Tausend Gedanken versuchten sich Gehör zu verschaffen, aber meine Lippen weigerten sich, sich zu bewegen, als er mich allein kraft seiner Augen in seinen Bann schlug.

Sein Telefon klingelte. Ich riss den Blick von ihm los und spülte das Geschirr zu Ende, während er allem Anschein nach mit einem seiner Teamkameraden sprach und mich dabei finster beobachtete.

Sowie ich damit fertig war, ging ich ins Schlafzimmer, holte seine schmutzigen Sachen aus dem Wäschekorb und brachte sie in die neben dem Hauptbadezimmer im Flur gelegene Waschküche.

»Muss Schluss machen«, hörte ich ihn sagen. »Mache ich. Danke, bis später.«

Eine Hand zog an meinem Kleid, während ich in gebückter Haltung seine Wäsche in den Frontlader stopfte. »Maus, fuck. Hör auf damit.«

Er zog mich zurück und bückte sich, um den Rest selber zu erledigen. Als er mit dem Waschmittel kämpfte, entriss ich es ihm und schüttete es in das entsprechende Fach, bevor ich es mit der Hüfte schloss und die Flasche auf das Regal stellte.

»Okay, du hast recht«, schnaubte er und trabte mir den Flur entlang hinterher, als ich ins Bad ging, um das nasse Handtuch aufzuhängen.

»Ernsthaft, lass das, und setz dich zu mir.«

»Das ist keine gute Idee.« Ich ging an ihm vorbei und wieder den Flur hinunter.

»Sagt wer?«

»Sage ich.«

Er lachte leise, woraufhin ich herumfuhr, ihn böse anfunkelte und einen Finger in seine nackte Brust bohrte.

»Hör auf, und Herrgottnochmal.« Ich ließ die Hand sinken. »Zieh dir etwas über.«

»Dafür brauche ich deine Hilfe.«

»Sehr passend, findest du nicht auch?«

Er zuckte mit den Schultern, und ich knurrte leise; hörte ihn erneut lachen, als ich in das Schlafzimmer trat und seine Schubladen aufzog.

Eine Schachtel Kondome begrüßte mich. Ich erstarrte eine Schrecksekunde lang, bevor ich die Schublade zuknallte, zur nächsten überging und ein sauberes Shirt fand.

»Renee«, sagte er hinter mir.

»Nein, ich will nicht.«

»Du weißt doch gar nicht, was ich sagen wollte.«

Ich schüttelte den Kopf; versuchte den Ekel herunterzuschlucken, der sich beim Anblick der Kondome in meiner Magengrube gesammelt hatte. »Ich weiß genug.«

Ich nahm das Shirt und bedeutete ihm, sich nach vorne zu beugen, damit er den Kopf durch den Ausschnitt schieben konnte. Er riss es mir aus der Hand, warf es auf den Boden und drängte mich gegen die Schubladen. »Wie wäre es mit weniger Ausweichen und mehr Reden?«

»Es gibt nichts mehr zu reden.« Meine Stimme klang atemlos, als er über mir aufragte. »Es hat keinen Sinn, Callum. Es ist ... einfach zu viel.«

Er hob mein Kinn an und forschte in meinen Augen. Seine Augen zogen sich vor Schmerz nach unten. »Warum ist dann zwischen uns immer noch so viel?«

»Geschichte.« Ich verschluckte mich fast an dem Wort. »Wir haben eine gemeinsame Geschichte, und das ist es auch, was bleiben muss.«

»Das stimmt nicht, und du weißt das.«

Meine Miene verfinsterte sich. »Lass mich gehen.«

Ein beschwörender Ausdruck trat in seine Augen, und er dämpfte die Stimme zu einem weichen Flüstern. »Ich habe sie nicht benutzt, ich war ...«, er stieß einen warmen Atemzug aus, » ... schon lange nicht mehr imstande, das zu tun.«

»Aber vorher hast du es getan.« Meine Stimme klang fest, obwohl ich Mühe hatte, seinem Blick standzuhalten.

Er schloss die Augen, schüttelte den Kopf und gab ein krächzendes Lachen von sich. »Ich – ich kann noch nicht einmal in Worte fassen, wie gerne ich das ungeschehen machen würde. Alles ungeschehen machen würde, was ich getan habe. Wie sehr ich all das bereue, was ich getan habe, um dich zu verletzen.«

Mein ganzer Körper versteifte sich vor Schock. Von dem Drang erfüllt, mehr zu hören, wartete ich. Wartete und versuchte, den Atem anzuhalten, während heiße Wut in mir aufwallte.

»Es tut mir leid.« Seine Hand umschloss mein Gesicht, sein Daumen lag weich auf meiner Wange. »So verdammt leid. Nichts, was ich sage, kann rechtfertigen, was ich getan habe. Nichts. Aber ich ...«

»Callum«, setzte ich an. Ein Kloß bildete sich in meiner Kehle. Ich musste hier weg. Weg aus seiner Nähe. Aus dem Apartment, das mich mit Was-wäre-wenns verhöhnte. Weg von dem Kummer, der mir aus seinen Augen entgegenleuchtete.

»Nein. Ich habe dich geliebt. Ich liebe dich immer noch. Ich habe nie damit aufgehört.« Da seine Stimme brach, endeten seine nächsten Worte in einem Flüstern. »Dich zu lieben hat mich fast umgebracht, und ich wollte nur, dass es endet.«

»Ich kann das nicht«, stieß ich heiser hervor. »Lass mich bitte gehen.«

Seine Stimme wurde tiefer und härter. »Du hast Angst. Du traust mir nicht, und ich mache dir keinen Vorwurf daraus, aber du kannst es versuchen. Du musst nur damit anfangen, mit mir zu reden, mich wieder in dein Leben lassen.«

Ich schob seine Hand weg. Wut überwog über den in meiner Brust tobenden Schmerz. »Das ist das Problem, Callum, genau das will ich nämlich nicht. Du bist frisch geduscht, und du hast etwas zu essen. Wir sehen uns dann morgen.« Es gelang mir, die Tränen zurückzuhalten, bis ich wieder in Pippas Wohnung war, meine Schlafzimmertür abgeschlossen und die Musik so laut wie möglich gestellt hatte.

Neununddreißigstes Kapitel

Callum

Tiefe Reue ergriff von mir Besitz. Meine Hand zitterte, als ich damit immer wieder durch meine Haare fuhr und auf den Fernseher starrte, bis ich in den frühen Morgenstunden einschlief.

Der Ausdruck in ihren Augen – nackte Furcht, aber die Furcht war nicht ohne Grund da.

Sie wollte nicht über uns sprechen, aber sie wusste auch nicht recht, wie sie mich allein lassen sollte, so sehr sie auch versuchte, es sich nicht anmerken zu lassen.

Ich klang ja nicht gerne wie ein Stück Scheiße, aber na ja, wem wollte ich etwas vormachen? Ich war eines, aber ich kannte auch Renee. Mein Bild von ihr war von dem beeinträchtigt worden, was sie mit Mike getrieben hatte, aber es waren meine eigenen Befürchtungen gewesen, die mich das Schlimmste hatten glauben lassen.

Wenn man mit Leuten aufwuchs, die Lügen mit Geld und beschönigendem Lächeln tarnten, war es leicht, das Schlimmste anzunehmen. Leicht, ein zynischer, von sich eingenommener Mistkerl zu werden.

Als wir mit dem College angefangen hatten, hatte ich sie in aufgewühlte Gewässer geworfen und von ihr erwartet, dass sie es ans Ufer schaffte, während ich mich auf mein eigenes Überleben konzentrierte. Zu sehr darauf fokussiert, was ich wollte, brauchte und tun musste, hatte ich einfach vorausgesetzt, dass sie da war, im Hintergrund existierte.

Aber Renee konnte im Hintergrund nicht überleben. Sie musste nicht im Mittelpunkt stehen, doch sie brauchte ihren Anteil Zeit im Rampenlicht, und das zu Recht.

Unser Scheitern war meine Schuld.

Die Nachmittagssonne warf helle Strahlen über den Holzfußboden; die Staubflocken und zahlreichen Flecken erinnerten mich daran, dass ich wirklich eine neue Putzfrau einstellen sollte.

Mein Bein hüpfte auf und ab, und in meinem Arm brannte ein gnadenloser Schmerz, den ich mit Tabletten vermutlich hätte lindern können. Nur herumzusitzen und über meine eigenen Fehler und Wünsche nachzugrübeln würde mich keinen Schritt weiterbringen.

Eine halbe Stunde später schaltete ich den Staubsauger gerade rechtzeitig aus und entwirrte das Kabel, um die Klingel zu hören. Ich ließ Renee herein, nahm mir viel Zeit, um den Blick über ihre langen Beine in orangefarbenen Jeans und den flauschigen grauen Pullover mit einer weißen Schleife in der Mitte wandern zu lassen, als sie aus dem Fahrstuhl trat.

Ich grinste, als meine Augen ihr Gesicht erreichten. Ihre Wangen schimmerten rosig, als sie mich böse ansah, ihr Meerjungfrauenhaar floss in weichen Wellen um ihr Gesicht und über ihre üppigen Brüste.

»Genug geglotzt?«

Immer noch grinsend biss ich mir auf die Lippe. »Dreh dich um, damit ich die Hinteransicht genießen kann, dann sollte es für ein paar Minuten gut sein. Und du hast Schlüssel, schon vergessen?«

Sie nahm ihre Tasche von der Schulter, ohne auf mich zu achten. Ihr süßer Duft stieg mir in die Nase, als sie an mir vorbeiging. Direkt vor der Küche blieb sie stehen, ihre weißen Chucks quietschten auf dem Boden. »Du saugst Staub?«

Angesichts des Schocks in ihrer Stimme verzog ich die Lippen und schloss die Türen, bevor ich hinter sie trat und ihre Haare sacht zur Seite strich, um meine Lippen über der bloßen Haut zwischen Hals und Schulter schweben zu lassen. »Wundert dich das wirklich so sehr, Maus?«

Meine Stimme, mein ihre Haut streifender Atem verursachten ihr eine Gänsehaut. Sie rückte von mir ab. »Ja, allerdings.«

Ich starrte ihren Rücken an, sah zu, wie sie den Blick durch das Wohnzimmer schweifen ließ. »Nicht nur, dass du das noch nie getan hast – hast du vergessen, dass du dir vor nicht ganz vier Tagen den Arm gebrochen hast?«

»Wie schwierig kann das schon sein?« Das war glatt gelogen, es fiel mir schwer, viele Dinge nur mit einer Hand zu tun. Vor allem, dieses Monster zu benutzen, das mit verheddertem Kabel und umgedrehter Düse vor Renee stand.

Renee seufzte und entwirrte das Kabel.

»Hey, du hast das auch noch nie gemacht.«

Sie warf mir einen Blick zu, der besagte, dass ich null Ahnung hatte, schaltete den Staubsauger ein und brachte die Arbeit wesentlich geschickter zu Ende, als ich es gekonnt hätte.

Ich hätte stundenlang ihr Hinterteil in diesen Jeans betrachten können, während sie sich in der Wohnung zu schaffen machte, aber ich wusste, dass ich lieber etwas Produktives tun sollte, also begann ich Smoothies zuzubereiten.

»Erdbeer und Banane für die Lady.« Ich schob Renee ihr Glas über die Theke hinweg zu, nachdem sie den Staubsauger weggestellt hatte.

Sie musterte erst das Glas, dann mich mit schmalen Augen, dann strich sie sich die Haare aus dem erhitzten Gesicht, ehe sie sich auf den Hocker setzte. »Danke.«

Ich stellte den Mixer in die Spüle und spülte ihn aus. Wie ich ihn richtig sauber bekam, würde ich später herausfinden.

Wenn Renee überrascht war, dass ich mit meinem eigenen Getränk neben ihr Platz nahm, zeigte sie es nicht. Sie gab ein leises Stöhnen von sich, als sie sich die Unterlippe abwischte und das halb leere Glas abstellte. »Himmel, ist das gut.«

Ich verbarg mein selbstzufriedenes Grinsen, indem ich einen herzhaften Schluck nahm, und beobachtete, wie sie den Kühlschrank aus rostfreiem Stahl anstarrte, während sie ihr Glas leerte. »Du bist so still.«

»Ich …« Sie schüttelte den Kopf. »Vergiss es. Du hast vor den Weihnachtsferien eine Nachuntersuchung. Vergiss das nicht.«

»Bestimmt nicht.« Ich kratzte die Stoppeln an meinem Kinn.

Das Geräusch lenkte endlich Renees Aufmerksamkeit auf mich. »Willst du einen Film gucken?«, platzte ich heraus. Ihre Brauen stiegen in die Höhe, und ich fügte hastig hinzu: »Du hast freie Auswahl.«

Ihre Zunge schob sich aus ihrem Mund, stieß gegen den Winkel dieser vollen, festen Lippen. Mein Schwanz wurde steif. »Okay.«

»Ernsthaft?«, fragte ich fünf Minuten später, als Renee einen Film mit dem Titel *Wie ein einziger Tag* aussuchte.

»Du hast gesagt, ich hätte die freie Auswahl.« Sie schleuderte ihre Chucks von sich, machte es sich mit einem Kissen auf dem Schoß am anderen Ende der Couch bequem und schlug die Beine übereinander.

Ich rieb mir mit der Hand über die Augen, dann hörte ich auf zu grollen. Ich war ja froh, dass sie hier war, und wenn ich deshalb eine Liebesgeschichte ertragen musste, würde ich es tun und versuchen, nicht dabei einzuschlafen.

Eine Weile gab ich mir Mühe, sie nur verstohlen zu beobachten, während sie sich den Film anschaute. Die Art, wie sie die Arme bei einer Szene, die sie seufzen ließ, um das Kissen schlang, wie ihre Augen vor Tränen schimmerten und wie sie wieder trocken wurden und leuchteten, wenn sie den Fernseher anlächelte.

»Wusstest du, dass sich deine Augen flaschengrün färben, wenn du sentimental wirst?«

Es war, als hätte sie meine Anwesenheit vergessen. Ihr Kopf kippte mit einem Ruck nach hinten, sie sah mich an, und ihre Augen öffneten sich langsam.

Ich grinste sie an, richtete meine Aufmerksamkeit wieder auf den Film und spürte, wie sie mich ein paar bedeutungsschwangere Sekunden lang anstarrte, bevor sie meinem Beispiel folgte.

Am Ende lachte Renee über meinen Gesichtsausdruck, was den Schluss nahelegte, dass es mir nicht gut genug gelungen war, unbeteiligt zu wirken. »Trottel.« Sie warf ein Kissen nach mir.

Ich fing es auf und räusperte mich. »Wie auch immer.« Sie stand auf, und ich lenkte ein: »Er war ganz gut, schätze ich.«

Sie schnaubte, als sie die Füße in ihre Chucks schieben wollte. »Er war super.«

»So super wie *Sailor Moon*?«

Sie zögerte und drehte sich mit schief gelegtem Kopf zu mir. »Ich weigere mich, zwischen beiden zu wählen, und du kannst mich nicht dazu zwingen.«

Ich hob kapitulierend die Hände. »Okay.« An meiner Lippe nagend fragte ich: »Ich glaube, ein paar Folgen lassen sich finden, willst du sie gucken?«

»*Sailor Moon*?« Sie grinste.

Ich nickte.

»Ich wusste, dass sie dir gefallen haben«, sagte sie. Ich war zwar immer noch kein großer Fan, aber ich hielt den Mund. Alles, um sie dazu zu bringen, noch ein bisschen zu bleiben. »Aber ich sollte jetzt gehen.«

»Du hast bis Donnerstag keine Prüfungen mehr, du kannst also bleiben.«

Renee prustete. »So von dir überzeugt. Und woher weißt du das?«

Ich hatte nicht vor, ihr zu sagen, dass ich Daisy eine Nachricht geschickt und sie gebeten hatte, es über Pippa herauszufinden. »Ich habe meine Mittel und Wege. Setz dich, ich bestelle etwas zu essen.«

Sie zögerte eine halbe Minute, dann ließ sie sich wieder auf die Couch sinken. »Eine Folge.«

Drei Folgen und zwei Portionen vom Chinesen später war Renee halb eingeschlafen, ihr Kopf näherte sich gefährlich meiner Schulter.

»Was sollen wir machen?«, erkundigte sie sich gähnend.

»Weswegen?« Meine auf dem Tisch ruhenden Füße rutschten zur Seite, mein gesunder Arm lag hinter ihrem Kopf auf dem Couchkissen.

»Du weißt schon, wegen der Hochzeit.«

Oh. »Ich weiß es nicht.«

Renee summte vor sich hin und zupfte an einem losen Faden des Kissens. »Wissen sie, dass du dich verletzt hast?«

»Ich habe seit Thanksgiving nicht viel mit meinen Eltern gesprochen, also nein.« Ich stieß vernehmlich den Atem aus und lachte trocken auf. »Wenn ich es Dad erzählt hätte, hätte er mir eine Predigt darüber gehalten, wie gefährlich dieser Sport ist, und den Unfall als Mittel benutzt, um ihn mir auszureden.«

Renee streckte eine Hand aus und entfernte einen Fussel von meiner Pyjamahose. Ihre Hand kam und verschwand. Kam und verschwand. Ich wollte sie wiederhaben. »Ich nehme an, das Praktikum, das du gemacht hast, hat deine Meinung nicht geändert.«

Meine Brust hob sich, als ich schnaubend lachte. »Das Bescheuerte ist, dass er, wenn er mit diesem Scheiß aufhören würde, mich gar nicht umzustimmen brauchte. Über Thanksgiving in seinem Büro mitzuarbeiten, Mitglieder seines Teams kennenzulernen und mit ihnen über die Filiale in Peking zu diskutieren – das war interessant. Die Verantwortung, die Macht, die endlos über ihren Köpfen tickende Uhr, während sie von einem Tag zum nächsten hetzen, ich fand das irgendwie ... faszinierend.«

Renee drehte den Kopf. Unsere Gesichter waren sich nah genug, dass ich mich vorbeugen und meine Lippen auf ihre pressen konnte. »Faszinierend«, murmelte sie. »Mir gefällt das Wort.«

»Maus«, flüsterte ich. »Weißt du, dass mein Herz immer noch hämmert wie nach einem Zehn-Meilen-Lauf, wenn du mich so ansiehst?« Ihre Wimpern flatterten, als ihr Blick über mein Gesicht wanderte. Da mich neuer Mut durchströmte, gab ich zu: »Ich habe alles falsch gemacht, das weiß ich. Aber die Wahrheit lautet, dass ich nicht weiß, wie ich dich dazu bringen kann, mir zu verzeihen, wenn ich ehrlich gesagt noch nicht einmal weiß, ob ich mir je selbst verzeihen werde.«

Tränen schimmerten in ihren Augen, und ich verfluchte jeden Gott, der je existiert hatte, dafür, dass mein linker Arm unbrauchbar war und ich ihn nicht dazu benutzen konnte, um sie zu berühren.

Als würde sie das merken, blinzelte Renee und lächelte sanft, bevor sie sich zurücklehnte und aufstand. »Du solltest deine Eltern anrufen. Auch wenn es oft nicht so aussieht, bist du ihnen sehr wichtig.«

Ich beugte mich vor, als sie zur Tür ging. »Und du? Bin ich dir auch sehr wichtig?«

Da ich nicht dachte, dass sie antworten würde, sank ich in die Couch zurück, doch dann wehte ihre Stimme kaum lauter als ein Flüstern an mein Ohr, bevor die Tür hinter ihr geschlossen wurde. »Darauf kennst du die Antwort schon.«

Vierzigstes Kapitel

Renee

»Ja, Mom.« Ich klappte mein Lehrbuch zu und legte es auf den Stapel neben meinem Bett. »Ich weiß, aber zu viel Braun würde die Elfenbein- und Cremetöne erschlagen.«

Meine Mutter machte mit der Zunge ein klickendes Geräusch, dann seufzte sie. »Du hast absolut recht. Okay, überlass es mir.«

Sie legte auf, noch bevor ich mich verabschieden konnte, und überließ es mir, mein Telefon wie in Trance anzustarren. Es war leichter, gute Miene zu ihren Plänen zu machen, auch wenn ich immer noch irgendwie einen Ausweg aus dieser Hochzeit finden musste.

Meiner Mom und Lucinda war es egal, dass sie erst nächsten August stattfinden sollte. Sie glichen zwei summenden, zielstrebigen Bienen, was dazu führte, dass ich mich elend fühlte, weil ich ihre Pläne zunichtemachen würde. Zumindest redete ich mir das ein.

Während ich noch immer mein Handy anstarrte, kam eine nächste Nachricht durch. Er schien von einem Extrem ins andere zu verfallen. Süßholz, gefolgt von Anzüglichkeiten.

Callum: Renee, Renee, komm zum Spielen rüber.

Meine Lippen krümmten sich zu einem Lächeln, und ich ließ das Telefon fallen. Da ich den größten Teil der Nacht gelernt hatte, entschied ich mich für den legeren Look und zog einen langen schwarzen Cardigan über meine Leggings und das lange gelbe T-Shirt, auf das ich persönlich ein großes R gestickt hatte.

Ich wählte erneut meine Chucks und hoffte inständig, dass Callum Kaffee hatte, denn uns war er ausgegangen, und ich hatte wenig Lust, mich im Bean Stream sehen zu lassen. Das hätte ein aufwendigeres Outfit erfordert, und dazu fehlte mir heute die Energie.

Auf dem Campus zu sein, war interessant gewesen, um es einmal so zu sagen. Größtenteils hatte das Team bezüglich der Entdeckung, dass wir verheiratet waren, dichtgehalten, aber irgendwann musste es ja durchsickern. Und den Seitenblicken auf dem Weg zu meiner letzten Prüfung nach zu urteilen hatte es schon begonnen.

Ich wollte wie immer klingeln, hielt dann aber inne und fischte stattdessen die Schlüssel, die Callum mir vor Monaten geschickt hatte, aus meiner Handtasche. Die, von denen ich so getan hatte, als würde es sie gar nicht geben, während ich sie von einer Tasche in die andere gesteckt hatte, seit ich bei Pippa eingezogen war.

Als ich meinen unordentlichen Haarknoten, die müden Augen und die krumme Haltung im Spiegel der Fahrstuhlkabine betrachtete, fing ich an, mich zu fragen, ob ich selbst der Grund für meine Erschöpfung war.

»Minnie Maus.« Callums Stimme klang heiser, als wäre er gerade eben aufgewacht. »Du hast deine Schlüssel benutzt.«

Ich legte sie zusammen mit meiner Tasche auf die Theke und zog angesichts des Chaos, das er bei seinem Frühstück angerichtet hatte, die Brauen hoch. Auf der Theke war Müsli verstreut, und um seine Schüssel herum hatten sich Milchpfützen gebildet.

»Stimmt was mit deiner rechten Hand nicht?«

Er schnitt eine Grimasse, als er die Bescherung betrachtete. »Nein, aber ich hatte …« Ich wartete, und er seufzte. »Schmerzen.«

Stirnrunzelnd trat ich zu dem Körbchen mit Medikamenten, das ich auf die Mikrowelle gestellt hatte, und inspizierte die Packungen. Er hatte sie kaum angerührt. »Ich habe welche genommen, okay? Jetzt geht es mir gut.«

Ich stellte den Korb weg. »Callum, warum nimmst du sie nicht regelmäßig?« Dann dämmerte es mir. »Du hast Angst.«

Er fuhr mit dem Finger durch etwas Milch auf der Theke und leckte ihn ab. »Und wenn?« Er stand auf und trug seine Schüssel zur Spüle, und ich bemerkte, dass er sein T-Shirt verkehrt herum trug. Mein Gott.

»Du bist mit Schmerzen zur Vorlesung gegangen?«

Er drehte den Wasserhahn auf und spülte die Schüssel aus. »Das waren nicht viele. Meine letzte Prüfung ist morgen.«

Morgen fanden die Abschlussprüfung in Businessmanagement statt, was ich nur wusste, weil Pippa sie auch schrieb. Callum besuchte Vorbereitungskurse für Jura oder hatte das getan, falls sich das geändert hatte. »Du hast zu Businessmanagement gewechselt?«

»Ich mache beides«, gab er zu. »Aber ja, ich habe es als Hauptfach genommen.«

Wow. Sein Dad hatte ihm zwei Optionen vorgegeben, und ich staunte, dass er sich für beide entschieden hatte. Doch nach unserem Gespräch gestern Abend hätte ich vielleicht nicht überrascht sein sollen. Jetzt, wo er einen tieferen Einblick gewonnen hatte, schien er von dem, womit unsere Väter ihren Lebensunterhalt verdienten, ehrlich fasziniert zu sein.

»Okay. Aber trotzdem, wenn du solche Schmerzen hast, nimm deine verdammten Medikamente.«

»Ja, Ma´am.« Er zwinkerte mir zu und schloss die Spülmaschine, nachdem er seine Schüssel und unsere Gläser von gestern Nachmittag hineingestellt hatte.

Ich nahm einen Lappen, wischte die Milch und das Müsli von der Theke, als Callum die Küche verließ, drehte das Wasser ab, nachdem ich mir die Hände gewaschen hatte, und trocknete sie dann an einem Geschirrtuch ab.

Als er nicht zurückkam, suchte ich nach etwas anderem, was ich tun konnte, irgendetwas, was meine Anwesenheit hier erforderlich machen würde, obwohl er anscheinend alleine zurechtkam.

Ich fand ihn im Arbeitszimmer, wo er ein paar Comics auf dem Regal durchsah. »Heilige Scheiße«, keuchte ich, dabei fuhr ich mit dem Finger sacht über die Buchrücken. »Wann hast du das denn gemacht?«

Unzählige Reihen davon standen auf dem Regal, und als ich mich umdrehte, sah ich die Bücher, die ich in Kartons verpackt hier zurückgelassen hatte, jetzt auf dem untersten Regalbrett stehen. Viele hatte ich nicht mitgebracht, nur meine Lieblingsklassiker und Romane, dazu meine Lieblingsausgaben der *Vogue* und verschiedener Modezeitschriften.

»Gefällt es dir?«

Die dunklen Holzregale nahmen die ganze Länge der Wand ein. »Es ist ... unglaublich«, sagte ich atemlos und trat einen Schritt zurück, während mein Blick über die Wände wanderte und auf einem der Comics in limitierter Auflage haften blieb, die ich ihm zu den letzten beiden Weihnachten geschenkt hatte.

»Du hast ...« Ich schniefte, und meine Augen brannten, als ich den bunten, leicht abgenutzten Einband in dem Rahmen an der Wand betrachtete. »Du hast mein Geschenk ja endlich angenommen.«

Callum schob die Hand in die Tasche seiner Jeans und seufzte gequält. »Das hätte ich schon längst tun sollen.«

Wir standen schweigend, fast ohne zu atmen da und starrten das gerahmte Comicbuch an. Dann strichen seine Finger über meine. Ich ließ es zu und duldete sogar, dass sich sein kleiner Finger um meinen schlang.

Es war unglaublich leicht, sich jemanden zum Feind zu machen, ihn abzuschütteln und fallen zu lassen, als hätte er einem nie etwas bedeutet. Aber was es ihn gekostet hatte, die Art von Hass auf mich wieder zu schüren, selbst wenn ich es verdient hatte, konnte ich noch nicht einmal erahnen.

Denn als ich so neben ihm stand, konnte ich mir einfach nicht vorstellen, auch nur einen Schritt in die Zukunft ohne ihn zu tun. Ohne ihm zu verzeihen.

Eine Erkenntnis, bei der ich mich auf ganzer Linie geschlagen gab.

»Wusstest du, dass du deine Oberlippe einen Hauch zur Seite ziehst, wenn du die Stirn runzelst?«

Seine Stimme bohrte sich in meine Brust, und mein Herz begann zu rasen wie ein gefangenes Tier.

Ich entzog ihm lächelnd meine Hand. »Ich habe gar nicht gemerkt, dass ich die Stirn runzelte. Mom würde deswegen der Arsch in Flammen stehen.«

»Wahrscheinlich vor allem, wenn sie dich solche Ausdrücke benutzen hören würde.« Er grinste und stupste mich mit der Nase an. »Zu viel Zeit mit Pippa verdirbt dich.«

»Verderben?«, witzelte ich, dabei sah ich zu ihm hoch.

Seine Augen wurden schmal. »Ich mag das Wort aus deinem Mund.«

»Du magst vieles an meinem Mund«, schoss ich zurück.

Er leckte sich über seine volle Unterlippe und rückte näher an mich heran. »Fordere mich nicht heraus, wenn du nicht ...«

Ich musterte sein sich an seine Brust schmiegendes weißes Shirt und schnitt ihm das Wort ab. »Du trägst dein Shirt verkehrt herum.« Sein Lachen folgte mir, als ich den Raum verließ, dann ertönten seine Schritte hinter mir, und er hielt mich im Flur auf, indem er die Hand auf mein Handgelenk legte. »Hilf mir, es richtig herum anzuziehen. Bitte.«

Ich sah zu, wie er die Schlinge abnahm und auf den Boden warf. »Ich bin sicher, du schaffst das alleine.«

Als er einfach stehen blieb und wartete, verdrehte ich die Augen, hob sein Shirt an und streifte es vorsichtig über seinen eingegipsten Arm.

Er beugte sich vor, schob den Kopf durch den Ausschnitt und wartete geduldig darauf, dass ich es über seinen verletzten Arm zog, bevor er den anderen Arm durch den Ärmel schob. »Er ist schon gebrochen, viel Schaden kannst du also nicht mehr anrichten«, spöttelte er.

»Sei still.«

Lachend schlang er seinen gesunden Arm um meine Taille, und mir blieb der Mund offen stehen, als er flüsterte: »Wusstest du, dass ich, auch wenn du mir wahrscheinlich nicht verzeihst, trotzdem total verrückt nach dir bin und dass ich dich liebe?«

»Callum«, warnte ich, dabei presste ich die Hände gegen seine harten Brustmuskeln.

Sein Mund legte sich auf meinen, seine Lippen öffneten meine, um seiner Zunge Einlass zu verschaffen.

Mein Keuchen wurde erstickt, meine Hände tasteten nach seinem Gesicht und drückten es gegen meines, als würde er sich jeden Moment von mir losmachen. Er schmeckte nach Lucky Charms, nach Pfefferminz und nach ihm. Nur nach ihm. Dem Mann, nach dem ich mich so verzweifelt gesehnt hatte. Er stand direkt vor mir, ich brauchte mir nur zu nehmen, was ich wollte.

Und genau das tat ich. Meine Zunge glitt in seinen Mund, meine Zähne gruben sich sacht in seine Lippen; saugten, erforschten, verlangten nach mehr.

Als sein Telefon klingelte, löste ich meinen Mund von seinem und stolperte gegen die Wand zurück. Er griff nach mir. Hunger brannte in seinem Blick und ging in Wellen von jedem Zentimeter von ihm aus, aber ich schüttelte den Kopf, um den Nebel daraus zu vertreiben. »Du solltest rangehen.«

»Maus«, rief er mir nach und folgte mir in die Küche, wo ich meine Sachen zusammensuchte.

»Alles gut.« Meine Stimme verriet meine Nervosität, als ich mich weigerte, ihn anzusehen. »Ich habe morgen noch eine Prüfung und muss wirklich dringend lernen.«

Seine Stimme wehte hinter mir her, als ich zur Tür hinausrauschte und den Fahrstuhlknopf betätigte. »Du kannst hiervor, vor mir, nicht ewig weglaufen.«

• • •

Die Erinnerung an seinen Mund, seine Zunge, seine Zähne, *ihn* löste in mir zu viele widersprüchliche Gefühle aus, um sie zu einer Einheit zusammenzufassen. Glück kämpfte mit Angst, Zweifel versuchten Erleichterung auszulöschen.

Wie konnte das eine, das man sich so verdammt lange glühend gewünscht hatte, mit einem solchen Gefühl der Unsicherheit verknüpft sein? Vielleicht war ich ja gar nicht in Bezug auf ihn unsicher. Trotz all seiner Fehler wusste ich es. Ich hatte es gespürt, als er gesagt hatte, er würde mich lieben. Ich hatte es die ganze Zeit gewusst, auch wenn er sein Bestes getan hatte, um mir das Gegenteil zu beweisen.

Pippa fluchte draußen im Flur, und ich schob meine Notizen zur Seite, als sie an meiner Schlafzimmertür auftauchte. Sie war erst vor einer halben Stunde gekommen, direkt an meiner geöffneten Tür vorbeigelaufen und hatte sich im Bad eingeschlossen, um zu duschen. »Es tut mir so leid, ich habe ganz vergessen, dir zu sagen, dass ...«

»Pippa«, dröhnte eine Stimme, gleichzeitig wurde an die Wohnungstür geklopft. »Mach auf. Wir haben Schlüssel.«

»Deine Mom hier ist«, beendete ich den Satz für sie.

Pippa zuckte zusammen und band ihre langen braunen Haare hastig zu einem hohen Pferdeschwanz, während sie auf der Stelle joggte. »Ja, und ich habe bei Toby verschlafen. Ich hatte kaum Zeit zu packen.«

»Brauchst du Hilfe?«, fragte ich, als wir hörten, wie die Tür aufgeschlossen wurde.

»Nein, aber vielleicht könntest du sie ablenken.« Ihre Lippe klemmte zwischen ihren Zähnen, in ihren grünen Augen schimmerte Verzweiflung. »Nur fünf Minuten. Dass sie mich über mein plötzlich so schlecht organisiertes Leben ausfragt, hat mir gerade noch gefehlt.«

Mit einem nervösen Lachen stand ich von meinem Bett auf. »Ich werde sehen, was ich tun kann.«

»Danke. Du bist die Beste, und du hast was gut bei mir«, sprudelte sie mit gedämpfter Stimme hervor, bevor sie davonstürmte und sich in ihrem Zimmer einschloss.

Ich überprüfte kurz meine Frisur, zupfte dann meinen Cardigan zurecht und ging in die Diele.

Pippas Mom zog gerade ihre Schuhe aus, und als sie aufblickte, durchzuckte mich eine Erinnerung. »Du musst Pippas Mitbewohnerin sein. Ich bin Terry.« Sie kam eilig auf mich zu, dann zögerte sie und musterte mich neugierig. »Kenne ich dich nicht von irgendwoher?«

»Äh …«

»Verflucht noch mal«, kam es von der Tür, als Bruce, der Hund, den Pippa und ich gerettet hatten, mit hinter ihm herschleifender Leine an uns vorbeiraste. Ein Mann, den ich für Pippas Dad hielt, stieß an der Tür vernehmlich die Luft aus, runzelte die Stirn und ging auf den Hund zu, der vor mir stehen geblieben war. Bruce schnupperte an meinen Beinen und stieß sie mit seiner feuchten Nase an, bevor er sich daranmachte, die Wohnung zu erkunden.

»Ich bin froh, dass es ihm gut zu gehen scheint.« Etwas anderes fiel mir nicht ein, als Pippas Mom Bruce hinterherlief, seine Leine packte und ihn zurückzog.

»Das ist eine Art, es auszudrücken.« Pippas Dad streckte eine Hand aus. »Ich bin Mitch. Und du musst Renee sein.«

»Hi. Ja, die bin ich.« Ich ließ zu, dass er meine Hand in seinem warmen Griff schüttelte. »Ich war an dem Tag dabei, als Pippa diesen Burschen gefunden hat.« Ich blickte auf Bruce hinunter, der neben Terrys Bein saß und gebührend zerknirscht aussah, während sie ihn streng ansah und wegen seines Benehmens ausschimpfte.

»Wo ist sie?«

»Im Bad. Sie kommt sicher gleich. Etwas zu trinken?« Ich deutete den Flur hinunter, und sie folgten mir ins Wohnzimmer. »Eine ziemliche Weltreise, nicht? Die Fahrt von Willomina hierher.«

»Nur ein paar Stunden«, erwiderte Mitch, ließ sich auf die Couch fallen und griff nach der Fernbedienung des Fernsehers.

»Mitch«, fauchte Terry.

Er spähte zu ihr hoch. »Was? Das Spiel läuft schon.«

Terry verdrehte die Augen und leistete mir in der Küche Gesellschaft, als ich Wasser aufsetzte. »Kaffee ist alle, aber wir haben Tee.«

»Das Collegeleben«, meinte Terry, die sich an der Spüle die Hände wusch. »Und wir möchten nichts, danke, Liebes. Wir haben in diesem entzückenden kleinen Café außerhalb der Stadt eine Kleinigkeit gegessen.« Sie trocknete sich die Hände ab, hängte das Handtuch auf und heftete ihre neugierigen Augen auf mich. »Ich könnte schwören, dass ich dich kenne … ah!« Ihre Hand flog zu ihrer Brust, und ein Lächeln zog ihre Lippen fast bis zu den Wangen hoch. »Ja, ich habe euch fotografiert. Oh mein Gott.«

Scheiße. Ich blickte auf den Teebeutel hinunter, den ich gerade in meinen Becher hängte. Der Wasserkocher klickte, und ich goss Wasser dazu. »Fotografiert?«, fragte ich, als wüsste ich nicht, wovon sie redete.

»Komm mir nicht damit. Ihr habt geheiratet. Ich habe draußen auf den Stufen vor Reverend Sanders Kirche ein Bild von euch gemacht.«

Ich spürte, wie mir das Blut aus dem Gesicht wich. Pippas Stimme drang kaum zu mir durch, als sie aus ihrem Zimmer kam und Bruce mit lautstarker Begeisterung begrüßte.

Ich wandte mich an Terry. »Ich bin nicht …«

Sie trat näher und umfasste meine Wangen. »Wie könnte ich dieses Kleid vergessen? Diese Haare oder diese Augen? Du hast ausgesehen wie ein fleischgewordener Traum.« Sie ließ die Hände sinken. »Pippa! Du hast mir nicht erzählt, dass deine Freundin verheiratet ist.«

»Was?«, brüllte Mitch förmlich.

»Um Himmels willen«, entfuhr es Pippa.

Terry fuchtelte mit den Händen, und ich blieb an der Küchentür stehen, weil ich nicht wusste, was ich tun sollte. »Setz dich. Und du hättest das Kleid von diesem Mädchen sehen sollen. Wenn du diesen Jungen heiratest, Pippa, dann bekommst du genau so eines, das verspreche ich dir.«

Mitch warf Terry einen bösen Blick zu, doch sie achtete nicht auf ihn.

Pippa blickte mit hochgezogenen Brauen zu mir herüber. »Wovon zum Teufel redet sie eigentlich?«

Ich blies die Wangen auf und stieß laut den Atem aus. »Lass mich meinen Tee fertig machen, dann erkläre ich es dir.«

Terry klatschte in die Hände und setzte sich neben Mitch auf die Couch.

Pippa kam in die Küche und sah zu, wie ich Milch in meinen Tee rührte. »Du musst es ihnen nicht sagen.«

»Sie war da«, sagte ich, bevor ich lachte. »Wie verrückt ist das denn? Aber es war eindeutig deine Mom, die unsere Hochzeitsfotos gemacht hat.«

Pippa stieß mich leicht an und lächelte, als sie sich zu ihren Eltern gesellte.

Terry benutzte ihre Hände, um ihren Worten Nachdruck zu verleihen, wobei sie Mitch ein paar Hundert Mal fast ins Gesicht geschlagen hätte, während sie mein Kleid und Callums Smoking beschrieb und verkündete, dass sie gedacht hätte, ich könnte vielleicht schwanger sein.

»Also kein Baby?« Sie blickte sich vielsagend in dem Apartment um.

»Nein.« Ich hätte mich fast an meinem Tee verschluckt. »Äh ... das ist eine lange Geschichte.«

»Was für eine andere Geschichte brauchen zwei Leute denn noch, außer dass sie verliebt sind?« Pippa kraulte Bruce, dem die Zunge seitlich aus der Schnauze hing, hinter dem Ohr. »Sie braucht keinen anderen Grund, nur weil sie erst achtzehn war.«

Mitch sah aus, als wäre er anderer Meinung, bewegte aber nur den Kopf von einer Seite zur anderen. »Vermutlich.«

»Auf jeden Fall war das Wetter herrlich. War es nicht Frühling?«

»Sommer«, sagte ich. Im Geist kehrte ich zu diesem Tag zurück, spürte, wie die Sonne vor der Kirche auf meinen Armen brannte. Aber das ließ sich nicht mit dem vergleichen, was ich empfand, als ich meine Zukunft vor mir sah. In diesem Moment und in allen danach war er die Sonne und ich der Mond, dazu verdammt, ihm zu folgen.

Ein Fluch, den ich bis zu meinem letzten Atemzug akzeptiert hätte, ohne zu protestieren.

Ich trank meinen Tee und blinzelte die Untersetzer auf dem Couchtisch an.

»Er ist dann wohl auch hier, nehme ich an?«, fragte Terry und stand von der Couch auf, als Mitch den Fernseher ausschaltete und die Arme über dem Kopf reckte.

»Ja, er ist hier.« Ich stellte meinen Tee ab und folgte ihnen zur Tür.

»Warum lebst du nicht mit ihm zusammen?«

»Ter«, stöhnte Mitch im selben Moment, wo Pippa fluchte.

Terry zuckte mit den Achseln. »Ich bin einfach nur neugierig.«

Mit einem schmallippigen Lächeln sagte ich das Erstbeste und Einzige, das einen Sinn ergeben mochte. »Wir mögen unsere Unabhängigkeit, vor allem, solange wir noch studieren.«

Terry sperrte den Mund auf, dann blinzelte sie. »Verstanden. Okay, gut, es war schön, dich zu sehen. Frohe Weihnachten.« Sie fasste mich bei den Schultern und drückte mir einen schallenden Kuss auf die Wange.

»Euch auch.« Ich winkte Mitch zu, der Pippa, die ihre Taschen holen ging, Bruces Leine abnahm.

»Gute Fahrt.« Ich streichelte Bruce kurz und zog meine Hand blitzschnell zurück, als er sie abschlecken wollte.

»Es tut mir echt leid.« Pippa trug eine Reisetasche zur Tür, durch die ihre Eltern verschwanden. »Aber, hey, wie geht es ihm?«

»Callum? Gut.« Ich blickte zu Boden.

»Renee.«

»Hmm?« Ich klemmte meine Lippen zwischen die Zähne und sah überallhin, nur nicht in Pippas Gesicht.

»Okay, was ist passiert?«

Ich warf den Kopf zurück, und Pippa lachte.

»Was meinst du?«

»Oh mein Gott. Hör auf, und erzähl es mir. Ich muss los, aber ich werde mich nicht von der Stelle rühren, bis du den Mund aufmachst.«

Ich lehnte mich gegen die Wand und knibbelte an meiner Nagelhaut herum. »Er … ich weiß nicht … er versucht es?«

»Mmmhmm.«

Ich hob den Kopf. »Und das ist … na ja, ich weiß nicht, was ich tun soll.«

Pippa packte meine Arme und zwang mich, die Hände still zu halten. »Das ist es doch, was du wolltest, richtig?«

»Ja.«

»Dann nimm dir, was du willst.«

Leicht gesagt. »Aber er hat so viel Mist gebaut. Ich habe so viel Mist gebaut. Es gibt so viel, was wir hinter uns lassen müssen, und was, wenn wir es nicht schaffen?« Ich wusste, dass ich wirres Zeug redete, trotzdem konnte ich nicht damit aufhören.

Pippa ließ die Hände sinken, um nach ihrer Tasche zu greifen. »Du kannst nichts anderes tun als es darauf ankommen zu lassen. Manche Leute verdienen es, in der Vergangenheit festzuhängen, und andere weigern sich, das zu tun. Ich sollte es wissen.« Sie grinste. »Es liegt bei dir, in welche Richtung du von hier aus gehst.«

»Wäre es nicht schön«, grübelte ich, als ich nur die gegenüberliegende Wand anstarrte, »so unberührbar zu sein, wie wir es gerne wären?« Sie senkte die Stimme, und ihre Augen wurden weich, als ich sie ansah. »Du darfst dich ruhig wieder verwundbar machen. Vor allem für die richtigen Menschen.«

Ich stand noch lange, nachdem sich die Tür hinter ihr geschlossen hatte, in der Diele, während ihre Worte im Raum widerhallten.

Dann tappte ich die Diele entlang, machte den Tee noch einmal heiß und ging in mein Zimmer, wo ich mich auf mein Bett setzte und bei Google nach Hildas E-Mail-Adresse suchte.

Einundvierzigstes Kapitel

Callum

Während ich gerade unbeholfen versuchte, mich mit dem Handtuch abzutrocknen, wäre ich beinahe vor Schreck zusammengezuckt, als ich Geräusche aus dem Schlafzimmer hörte. Ich bedeckte mein bestes Stück mit dem Tuch, lief in den Raum und blieb auf dem Teppich stehen.

Wasser tropfte aus meinen Haaren auf meine Wangen, als ich Renee eine der Reisetaschen packen sah, die ich in dem freien Zimmer verstaut hatte.

Die Tasche stand offen auf dem Bett, und sie legte ein Shirt nach dem anderen, Socken, Jeans und Unterhosen hinein, bevor sie endlich den Kopf hob. »Oh, hey.«

»Selber hey.« Ich sah auf das Handtuch hinunter, das meinen Schwanz verdeckte, und fragte dann: »Könntest du mir verraten, was du da machst?«

»Du brauchst nichts zu verstecken.« Sie trat zum Kleiderschrank und kam mit einem schwarzen Wollpullover zurück. Dem, den ich für gewöhnlich zu Familienfesten trug, um meine Mutter zu besänftigen. »Das habe ich alles schon gesehen, und wenn es nach mir geht …«, ein Funkeln trat in ihre Augen, als sie mich unter diesen Waffen, die sie als Wimpern bezeichnete, hervor anlächelte, » … werde ich es zu sehen bekommen, wann immer ich will.«

Ich ließ das Handtuch fallen. Mir fehlten die Worte. »Noch einmal – was geht hier vor?«

»Du bist heute Morgen ein bisschen schwer von Begriff. Ich nehme dich über Weihnachten mit nach Hause.«

»So?«

Sie kam zu mir, hob das Handtuch auf und bedeutete mir, den Kopf zu senken. Ich gehorchte, und sie rieb über meine nassen Haare. »Du hast noch Shampooreste darin.«

»Ich muss mich an diesen einarmigen Scheiß immer noch erst gewöhnen.«

Sie zog das Handtuch weg, tupfte mir Brust und Arme ab, arbeitete sich langsam an meinem Körper hinunter und hielt inne, als ihr Blick auf das auf meinen Oberschenkel tätowierte R fiel. Mein Herz hämmerte. Das flauschige Material und ihr Gesicht so nah bei meinem Schwanz bewirkten, dass er sich aufrichtete und sich fast in ihre Wange bohrte.

»Du willst, dass wir es noch einmal miteinander versuchen, richtig?«, fragte sie.

Ohne zu zögern erwiderte ich: »Fuck, ja, und ob ich das will.«

Sie straffte sich und entfernte die Plastiktüten von meinem Gipsarm. »Gut, dann hör auf, Fragen zu stellen, damit wir dich anziehen können. Die Straßen aus der Stadt heraus werden bald voll sein.«

Ich blickte auf meinen Ständer hinunter und stöhnte, als ich sie grinsen sah. »Bilde dir nicht ein, dass diese Lippen oder sonst ein Teil von mir in die Nähe davon kommen, bevor du es verdient hast. Und jetzt mach voran.«

Heftig blinzelnd leckte ich mir über die Lippen, während ich all das zu verarbeiten versuchte, was sich hier und jetzt abspielte. Mein Herz schlug doppelt so schnell wie sonst, und mein Hirn konnte nicht mithalten.

»Ich liebe dich«, sagte ich, als sie zu mir zurückkam und mir ein Paar Boxershorts hinhielt, damit ich hineinsteigen konnte.

»Ich weiß.«

Ich fragte nicht, wieso sie nicht mit denselben Worten antwortete. Renee war stur, aber wenn sie mich nicht in vieler Hinsicht ebenfalls lieben würde, wäre sie nicht hier.

Sie wich jedem meiner Versuche aus, meine Lippen auf ihre zu drücken, lief im Apartment umher, um die Schmerzmittel und meine Tasche zu holen, und überprüfte dann, ob alle Schalter aus waren.

Ihr Rover parkte draußen am Bordstein, und ich nahm ihr meine Tasche ab, als sie sich bemühte, sie in den Kofferraum zu hieven.

Sie schnaubte, trat aber einen Schritt zurück, als ich sie neben ihr Gepäck stellte, und schloss dann die Tür. Bevor sie sich abwenden konnte, schob ich sie gegen den Wagen, kesselte sie ein und presste die Lippen auf ihre, so wie ich es tun wollte, seit sie vor zwei Tagen aus meinem Apartment marschiert war.

»Ich gehöre zu dir.« Meine Lippen wanderten über ihre Wange, und sie bog den Hals nach hinten. »Von jetzt an für immer. Ich schwöre es.«

Ihre Unterlippe zitterte, als sie blinzelte. Eine Träne rollte über ihre Wange. Ich küsste sie weg, dann grub ich die Hand in ihre Haare, um ihren Mund zu erobern.

»Sieht aus, als würde es jemandem besser gehen«, ertönte Tobys Stimme hinter mir.

Renee quiekte, und ich löste meine Lippen von ihren, spähte über meine Schulter und sah ihn mit den Händen in den Taschen seiner Jeans und zuckenden Lippen dastehen.

Ich hauchte Renee einen Kuss auf die Stirn, trat auf den Bürgersteig und umarmte ihn mit meinem gesunden Arm kurz. »Alles gut.«

»Das sieht man.« Er wackelte mit den Brauen.

Renee lachte, und Toby winkte ihr zu, was sie erwiderte, bevor sie in das Auto stieg und den Motor anließ.

»Ich weiß nicht, ob es noch einen Typen geben könnte, der so glücklich aussieht wie du, obwohl er weiß, dass er erst in der nächsten Saison wieder Football spielen kann, dass muss ich schon sagen.«

»Andere Dinge sind wichtiger.«

Er trat nach ein paar Blättern. »Allerdings. Fahrt ihr nach Hause?«

Ich nickte. Bei dem Wort durchströmte mich eine seltsame Erleichterung. »Ja. Wann fahrt ihr denn?«

»Heute Abend«, entgegnete er. »Ich habe einen Termin, den ich einhalten muss, und dann bin ich weg.«

»Zu Pippas Familie?«

Toby schüttelte den Kopf. »Erst nach Hause zu meinem Dad, und ihre Familie sehen wir dann am Tag nach Weihnachten.«

»Danke übrigens für die Essenslieferung.«

Toby zuckte mit den Schultern und checkte die Zeitanzeige auf seinem Telefon, bevor er es in die Tasche schob. »Scheiße, ich werde zu spät kommen. Sprich nicht mehr davon. Wir sehen uns nächstes Jahr.«

Lachend rief ich ihm einen Abschiedsgruß zu, als er den Bürgersteig hinunterjoggte. Ich sah ihm einen Moment lang nach, dann blickte ich mich auf der Straße um. Die Stille, die sich über Gray Springs gelegt hatte, ließ das Lächeln auf meinem Gesicht verharren, als ich gleichfalls in das Auto stieg. Wo meine Frau mit einem eigenen Lächeln auf mich wartete.

• • •

Das Feuer loderte im Kamin, und Valery und meine Mutter unterhielten sich leise, während sie Champagner tranken. Mein Dad und Damon kamen ins Zimmer, stellten ihre Whiskygläser auf den Tisch und zogen ihre Jacketts aus.

Renees Bein hüpfte auf und ab, und ich beruhigte sie, indem ich eine Hand auf ihren Oberschenkel legte. Als ich auf sie hinunterblickte, lächelte sie angespannt. Ihre Nervosität war verständlich, wenn man bedachte, dass unsere letzten beiden Weihnachten nicht gerade harmonisch verlaufen waren. Aber sie würde bald merken, dass diese zwei Feste genau dort bleiben würden. In der Vergangenheit.

Meine Mom reichte Renee und mir kleine Geschenktüten. Als wir sie öffneten, fanden wir einen Satz Schlüssel darin. »Was?« Renee blickte von den Schlüsseln zu meiner Mutter, die Valery mit einem verstohlenen Lächeln ansah.

Valery kicherte und zwinkerte uns zu. »Für euer eigenes Haus. Da ihr beide bald heiraten werdet, könnt ihr nicht weiterhin den Sommer hier bei uns verbringen oder zu Besuch kommen. Ihr braucht etwas Eigenes.«

Mein Vater warf ein: »Es ist nur eine Ranch mit drei Schlafzimmern ein Stück die Straße hinunter, also freut euch nicht zu früh.«

»Wir sollen uns nicht zu früh freuen?« Renee lachte hell auf. »Das ist ...« Sie blinzelte auf die Schlüssel hinunter und schüttelte den Kopf.

»Fantastisch. Danke«, sagte ich an ihrer Stelle, nickte meinen Eltern zu und lächelte ihre an.

Mein Dad lehnte sich in seinem Sessel zurück und deutete mit seinem Drink auf mich. »Wie lange fällst du aus?«

Ich hatte ihnen von dem gebrochenen Arm erst erzählt, als wir zu Hause angekommen waren, und meine Mutter hatte mich mit Klapsen auf meinen gesunden Arm bestraft, weil ich nichts gesagt hatte. Die Augen meines Vaters hatten sich geweitet, dann sagte er nur, er sei froh, dass nichts Schlimmeres passiert war, bevor er das Thema wechselte.

Ich hob eine Schulter und legte meinen Gipsarm über meinen Magen. »Sie haben gesagt, ein paar Monate mit Gips, dann Physiotherapie. Aber ich überstürze nichts. Ich spiele erst die nächste Saison wieder, damit alles in Ruhe ausheilen kann.«

Damon nickte zustimmend. »Die richtige Einstellung, du willst ja keine bleibenden Schäden riskieren.«

»Stimmt genau.« Meine Mutter grinste mich an. »Okay, Zeit für die restlichen Geschenke.«

Renee nahm meine Schlüssel, legte sie zu ihren in die Tüte und stellte sie neben sich auf die Couch, bevor sie aufstand, um Geschenke für alle zu verteilen.

Ich hatte es dieses Jahr nicht geschafft, für jeden etwas zu besorgen, aber Renee hatte mir auf der Fahrt hierher versichert, dass sie sich wie üblich um alles gekümmert hatte.

Als alle fertig waren, beugte ich mich vor und zog das eine Geschenk, das ich eigenhändig gekauft hatte, aus der Tasche.

»Du sparst natürlich das Beste bis zuletzt auf«, meinte meine Mutter gedehnt, als ich vor Renee stand und dann auf ein Knie sank.

Unsere Mütter schnappten vernehmlich nach Luft, was mir ein Lächeln entlockte, während Renees Augen aus den Höhlen quollen. Ich vermutete, sie waren froh, dass diese Sache auf die richtige Art und Weise ablief – jedenfalls ihrer Ansicht nach.

Was sie nicht wussten – und das war gut so -,war, dass ich es allein für Renee tat. Als Beweis für ein Versprechen, Aufrichtigkeit und die feste Absicht, schlechte Weihnachtserinnerungen gegen den Beginn von guten einzutauschen.

Ich sprach leise; wusste, dass meine Eltern meine Worte vielleicht hörten, wusste aber auch, wie wichtig es war, dass ich sie trotzdem aussprach, und klappte das rote Samtkästchen auf. »Minnie Maus, du bist mein größter Feind, weil du meine größte Liebe bist. Für mich gibt es nur dich, sonst niemanden, und ich bitte dich, dass du, wenn du diesen Ring annimmst und meine Frau wirst, unsere Fehler der Vergangenheit nicht vergisst.« Ich hielt inne und hob eine Hand, um ihr Tränen von den Wangen zu wischen.

Sie schlug meine Hand weg und bedeutete mir, fortzufahren.

Ich kicherte. »Erinnere dich stattdessen daran, damit wir dieselben Fehler nicht noch einmal machen. Du und deine Verzeihung sind alles, was ich brauche, wenn du mir beides schenkst.«

»Ja, ja«, krächzte sie und stieß mir versehentlich das Kästchen aus der Hand, sodass der Ring zu Boden fiel, als sie mein Gesicht umfasste und es mit Küssen bedeckte. Ich ließ mich nach vorne sinken und sie ihre Jas flüstern, während ich leise in ihre Brust lachte. Dann fanden ihre Lippen meine, und ich war mir nicht sicher, aber ich hatte das Gefühl, dass das der Moment war, wo unsere Eltern das Zimmer verließen.

Wir warteten, bis meine Eltern nach Hause gingen, bevor wir uns in ihr Zimmer zurückzogen und die Tür schlossen. Renee packte den Kragen meines Hemdes und zog mich an sich, um die Knöpfe zu öffnen.

Ihre Lippen wanderten zu meinem Hals, mein Diamantring glitzerte an ihrem Finger.

Ich stöhnte, mein Kopf fiel nach hinten, aber ich hatte andere Pläne, daher legte ich ihr eine Hand fest auf die Schulter.

»Warte.« Ich holte tief Luft. »Ich habe etwas vor.«

»Beinhaltet das uns beide in diesem Bett da drüben?«, fragte sie, dabei zeigte sie mit dem Daumen über ihre Schulter. »Wenn ja, weniger reden, mehr ausziehen.«

Ich kicherte, als sie einen Schritt auf mich zutrat, um mich weiter auszuziehen. »Nein. Die Kirmes ist wieder da.«

Sie zog verwirrt die Brauen zusammen. »Die Mitternachtskirmes?«

»Ja.«

Sie wirkte immer noch durcheinander. »Und du willst hingehen?«

Ich griff nach ihrer Hand und zog sie an die Lippen, um sie zu küssen. »Ich denke, es könnte lustig werden. Wer weiß, wann sie wieder stattfindet.«

Wir zogen wärmere, legerere Sachen und unsere Jacken an, bevor wir die kurze Fahrt zum See hinunter antraten.

»Kaufst du mir noch ein Einhorn?«, fragte Renee, als ich auf dem Parkplatz ihre Hand nahm und sie das Auto abschloss.

»Kaufen?« Ich schnaubte spöttisch. »Ich habe dieses Einhorn im Schweiße meines Angesichts ehrlich gewonnen.«

»Mmmhmm.« Sie feixte, und ich zog sie an mich, als sie sagte: »Es ist mir egal, es war dein Wunsch, mir ein Lächeln auf das Gesicht zu zaubern, der gezählt hat.«

Während Leute an uns vorbeigingen und die Winterluft unsere Wangen rosig färbte, küsste ich sie. Die Wärme ihres Mundes und meines eigenen verwandelte das Blut in meinen Adern in Lava.

»Komm«, sagte sie schwer atmend und wich zurück. »Schauen wir mal, wie sehr du dich heute anstrengen musst.«

Wir bahnten uns einen Weg durch die Menge. Die Spiel- und Imbissstände standen an anderen Stellen, als ich es vom letzten Mal her in Erinnerung hatte.

Renee erstarrte vor einem kleinen Zelt, in dem es nach Weihrauch roch. Ich blieb stehen, ging ein Stück zurück und sah dieselbe Frau, die den Leuten die Zukunft vorhersagte, mit einer Thermoskanne in den Händen auf einer Kiste sitzen.

»Ah.« Ihre Lippen zogen sich in die Höhe, ihre Augen glänzten. »Das Schicksal findet immer einen Weg, die verdammten Störfeuerversuche des Universums zu umgehen.«

Als ich auf Renee hinunterblickte, weil ich nicht wusste, ob sie sich diesen Quatsch wirklich anhören wollte oder ob sie Angst hatte, sah ich sie die Frau anlächeln.

»Da haben Sie recht.« Renee schob die Hand in ihre Jackentasche, nahm ein Paar Ohrringe heraus, die Tausende wert waren, und legte sie auf den provisorischen Tisch der Frau.

»W ... was? Sie müssen nichts bezahlen«, stammelte die Frau. Ihre klugen Augen schossen von dem unter den Kerzen funkelnden Gold zu Renees Gesicht. »Sie haben sich noch nicht einmal hingesetzt, um mich in Ihrer Hand lesen zu lassen.«

Renee winkte nur ab. »Aber wenn ich es getan hätte, wäre die Antwort ihr Gewicht in Gold wert gewesen.« Sie zog an meiner Hand, und ich riss den Blick von der Frau los und ging neben ihr her, als wir uns an einer Gruppe lärmender Teenager vorbeischlängelten.

»Sie waren ein Weihnachtsgeschenk vom letzten Jahr, nicht wahr?«

Renee zuckte die Achseln. »Ich habe so viel Schmuck, dass es für mein ganzes Leben reicht. Dieses und das nächste, wenn ich den von meiner Mutter dazurechne. Ich brauche sie nicht.«

»Aber du hast sie geliebt.« Ich runzelte die Stirn, als ich mich daran erinnerte, wie sie sie meiner Mom gezeigt hatte.

»Geliebt.« Sie blieb vor einem Essensstand stehen und inspizierte die Speisekarte. »Andere Dinge sind wichtiger.«

Wir teilten uns beim Weitergehen einen Corndog. Renee bestand darauf, dass ich mich am Rand der Menge hielt, damit niemand gegen meinen Arm stieß. Ein paar bekannte Gesichter veranlassten mich, kurz haltzumachen oder zu winken, aber wir trafen keine alten Freunde.

Wir bogen um die Ecke und steuerten auf denselben Mann zu, bei dem ich Renees letztes Einhorn gewonnen hatte, als sie meine Hand losließ, um auf die im Truck aufgereihten und vom Dach hängenden Stofftiere zuzugehen.

Dann flackerten die Lichter, und mein Pulsschlag beschleunigte sich. Nicht schon wieder dieser Scheiß.

Renee blickte erschrocken über ihre Schulter zu mir, dann erlosch das Licht. Jedes einzelne. Gemurmel, Geflüster und Gekicher wehten durch die Luft, als der Nebel über den Boden waberte. Vom Weg zum Parkplatz erklang ein leiser Schrei, gefolgt von einem Lachen.

»Renee«, rief ich, bekam aber keine Antwort.

Ich holte mein Telefon aus der Tasche und schaltete die Lampe ein.

»He, du ruinierst den Effekt, Mann. Hab ein bisschen Respekt«, zischte irgendein Idiot mit Dreadlocks hinter mir.

Ich warf ihm einen verärgerten Blick zu, dann ließ ich den Lichtstrahl über den Spielstand wandern. Der Besitzer zündete sich gerade eine Zigarette an, als er von ihm erfasst wurde. »Rote Haare?«, fragte er mich. Ich nickte, und er deutete um die Seite seines Trucks herum. »Glaube, ich habe gesehen, wie sie da langgegangen ist.«

»Danke.« Ich ließ die Lampe brennen, achtete nicht auf die dämlichen Clowns, die sich hinter mir durch die Menge drängten, und schlängelte mich zwischen Trucks und Autos hindurch. Dahinter saßen Schausteller an einer kleinen Feuergrube am See und tranken.

Als ich über den mit Grasbüscheln durchsetzten Sand stapfte, hörte ich von den öffentlichen Toiletten her einen Fluch und ein unterdrücktes Quieken und verfiel sofort in einen Laufschritt, ohne auf den Schmerz zu achten, der durch meinen Arm schoss.

» ... musst mir zuhören.«

Ich blieb wie angewurzelt stehen, als ich Mike sah, der Renees Kopf zwischen den Händen hielt und sich über sie beugte.

»An dem Morgen, nachdem du dir die Seele aus dem Leib gespuckt hast, hat dir deine bescheuerte Freundin eine Textnachricht geschickt, dir gedroht und Geld verlangt. Ich habe ihr geantwortet, sie soll sich zum Teufel scheren, bevor ich die Nachricht gelöscht habe, weil ich dachte, sie hätte nichts in der Hand. Schließlich hatten wir ja nichts getan, was ihr einen Grund für Drohungen gegeben hätte.« Mike lachte. »Wie sich herausstellte, hatte sie doch etwas, und ich habe die Gelegenheit beim Schopf gepackt. Es tut mir leid ...«

Etwas Rotes stach mir ins Auge. Eine Clownsmaske lag hinter Mikes in Stiefeln steckenden Füßen auf dem Boden. Ich löste mich aus meiner Schockstarre und setzte mich in Bewegung.

» ... aber du weißt, warum ich es getan habe, und was ich getan habe ist nicht annähernd so schlimm wie das, was er dir angetan hat. Du machst einen Feh ...«

»Ich denke, du bist hier fertig.«

Mike drehte sich um, seine Hände fielen herunter, während Renee zu Boden blickte. Dann lachte er, wobei er mich von Kopf bis Fuß musterte. »Ich glaube nicht, dass du in der Verfassung bist, mir vorzuschreiben, wann ich mit irgendetwas fertig bin.«

»Wirklich?« Ich zog eine Braue hoch und trat einen Schritt vor. »Weil ich mir keine Gedanken über meine Verfassung mache. Überhaupt keine.«

Mikes Nasenflügel bebten. »Ich bin nicht dein Feind, Cal. Ich ... ich mochte sie einfach, okay? Was dir klar war, das weiß ich. Und du hast dir einfach genommen, was du wolltest, ohne dich darum zu kümmern, dass ein anderer schon vorher Interesse hatte. Ich bin hier nicht das Arschloch.«

»Da bin ich anderer Meinung. Du bist hier als Scheißclown verkleidet aufgetaucht, nur um mit ihr zu reden. Verpiss dich, Mike.«

Er holte aus. Ich duckte mich, kicherte, als ich genau da stehen blieb, wo ich war, und er Mühe hatte, das Gleichgewicht wiederzufinden. Er spuckte auf den Boden und schüttelte den Kopf, ehe er einen Schritt zurückwich. »Wir waren Freunde.«

»Bis du diese Scheiße gebaut hast.«

»Aber ihr verzeihst du?«, fragte er ungläubig.

»Ja. Es hat sich herausgestellt, dass sie keine finsteren Pläne verfolgt hat. Sie ist nur in deine mit hineingezogen worden.«

Wir starrten uns mit angespannten Muskeln an; warteten beide darauf, dass der andere etwas sagte oder einen Rückzieher machte. Und während ich ihn ansah, wurde mir klar, dass meine Wut verraucht war. Ich ärgerte mich nur darüber, dass er auf die schlimmstmögliche Weise versuchte, das, was er verbockt hatte, wiedergutzumachen. »Geh nach Hause, Mike. Eines Tages wirst du selbst jemanden finden. Vielleicht erkennst du dann, was für ein erbärmlicher Freund du warst.«

Die Lichter gingen wieder an und betonten Mikes verspannten Kiefer. Zweifellos knirschte er mit den Zähnen. Erst jetzt fiel mir auf, dass Renee nicht mehr da war, und ich fluchte, blickte mich um und versuchte auszumachen, ob sie irgendwo in der Nähe stand und wartete.

»Wo könnte sie hingegangen sein?«, fragte Mike.

»Keine Ahnung«, murmelte ich, dann erhaschte ich in der Ferne, weiter unten am See in der Nähe der Picknicktische zwischen Bäumen und Gärten einen Blick auf rote Haare. Ohne eine Sekunde zu überlegen, kehrte ich Mike den Rücken zu und folgte ihr.

Renee saß auf einem der Tische, und ich trat zu ihr. »Das ist derselbe Tisch, auf dem du mich damals aus lauter Hass gevögelt hast.«

Ich krümmte mich innerlich, als ich darauf hinunterblickte. »So ist es.« Dann seufzte ich. »Was ist passiert?«

Sie stieß vernehmlich die Luft aus; wirkte, als würde sie den Schock der Nacht abschütteln. »Er hat meine Hand genommen, als das Licht ausging, und ich dachte, du wärst das. Ich konnte nicht viel sehen. Als er dann vor den Klos stehen blieb und ich seine Stimme hörte und die Maske sah, die er abnahm …«

Es gab keinen Grund, den Rest auch noch zu erklären. Das sagte ich ihr, und ich versicherte ihr auch, dass ich bei ihr war.

Renee schniefte, und ich griff nach ihr. »Komm her.«

»Du bist nicht sauer?«

Das Mondlicht spiegelte sich in ihren großen, ängstlichen Augen wider, als sie auf meinen Schoß kletterte. »Warum sollte ich?«

Sie runzelte die Stirn, dann schüttelte sie den Kopf. »Es tut mir leid, ich ...«

Ich schnitt ihr mit meinem Mund das Wort ab, fuhr mit den Zähnen über ihre volle Unterlippe. »Zieh deine Leggings aus, mach meine Hose auf, dann heb dein Kleid hoch und setz dich auf mich.«

Renee blickte sich einen Moment lang um, bevor sie tat, was ich ihr gesagt hatte.

Langsam, einen berauschenden Zentimeter nach dem anderen, begann ihre Hitze mich zu umfangen. Mein Kopf fiel nach hinten, meine Hände gruben sich in ihre Haare, und ihre Nägel kratzten über meine Kopfhaut, während sie mich behutsam ganz in sich einführte.

Meine Hand wanderte zu ihrer Hüfte, ich fing ihre Lippen mit meinen ein und hauchte dazwischen: »Ich liebe dich, Maus.«

Ihre Stimme stockte. »Ich liebe dich, Arschloch.«

Kichernd küsste ich jeden Zentimeter ihres Lächelns, dann bewegte ich die Hüften. Renees Beine schlossen sich wie ein Schraubstock um meine Taille, als ich in sie hineinstieß und sie sich auf mir wand.

Unsere Herzen hämmerten gegen unsere Brustkörbe, und nur der Mond war Zeuge, als sie heftig kam und ich jeden wonnevollen Moment auskostete, bevor ich es ihr gleichtat.

Zweiundvierzigstes Kapitel

Renee

Die spätmorgendliche Sonne schickte regenbogenfarbige Lichtstrahlen in mein Zimmer, die von meinem Hochzeitskleid zurückgeworfen wurden. Demselben, das ich genau an diesem Tag vor drei Jahren getragen hatte.

Ich hatte es aus dem Lagerraum geholt, einen Teil der Perlenstickerei erneuert und Bänder unten an das elfenbeinfarbige Oberteil genäht, die über den weißen Spitzenstoff des Kleides fluteten.

Ich lächelte meinem Spiegelbild zu und neigte den Kopf, damit meine Mutter eine weitere Klammer in meine Haare schieben konnte, die in zwei Strängen zurückgestrichen waren, die sich hinter meinem Kopf trafen. »Du hättest dich wirklich für die Hochsteckfrisur entscheiden sollen. Dann hätten wir jetzt nicht so viel Arbeit damit.«

»Außerdem hätte das eleganter gewirkt.« Lucinda blickte in einen anderen Spiegel in der Ecke des Raums. Sie leckte an einem Finger, strich damit über ihr Haar – das sich in einem straffen Knoten über ihrer Kopfhaut spannte – und glättete, was nicht geglättet zu werden brauchte. »Warum hast du das eigentlich so strikt abgelehnt?«

»Weil ich es nicht wollte.« Ich presste die Lippen zusammen und überprüfte dann meine Zähne auf Lippenstiftflecke hin. Ich hatte die Lippen blassrosa geschminkt, ein ganz leichtes Make-up aufgelegt und meine Wimpern besonders betont, sodass meine grünen Augen größer wirkten als je zuvor.

Lucinda kicherte, kramte in ihrer Handtasche und betupfte sich mit etwas Parfüm aus einem kleinen Flakon. »Oh, hier.« Sie hängte sich die Tasche über die Armbeuge, zog den Ausschnitt ihres bodenlangen, hautengen, glitzernden grauen Kleides zurecht und stellte dann ein kleines Kästchen auf den Stuhl hinter meiner Mom. »Wir sehen uns dann unten.« Nach einem in die Luft gehauchten Kuss verließ sie das Zimmer und schloss die Tür leise hinter sich.

»Nervös?«, fragte Mom.

Ich riss den Blick von dem Kästchen los und richtete ihn wieder auf ihr Bild im Spiegel, während sie sich an meinem Kleid zu schaffen machte. »Überhaupt nicht.«

Wollte ich das hier? Nein, nicht unbedingt. Aber nach dem Kummer und der Verzweiflung der Jahre zuvor erschien es mir angemessen. Fast wie eine zweite Chance. Und ich war nicht länger jemand, der sich eine zweite Chance entgehen lassen würde.

»Nun ja ...«, sie seufzte, trat einen Schritt zurück und tippte sich gegen das Kinn, während sie mich von jedem Blickwinkel aus musterte, » ... ich bin jedenfalls froh, dass ihr zwei eure Probleme endlich in den Griff bekommen habt.«

»Wie bitte?«, fragte ich, nicht imstande, die Bestürzung in meiner Stimme zu verbergen.

Mom legte mir die Hände auf die Schultern und begutachtete mich im Spiegel. »Süße, das Einzige, wovon wir nichts wussten, war eure heimliche kleine Hochzeit.« Sie schnalzte mit der Zunge. »Was wir außer Rand und Band geratenen Teenagerhormonen zuschreiben werden.«

Ich schnaubte spöttisch, doch sie winkte nur ab, griff nach dem Kästchen und öffnete es.

Dann kam sie zu mir zurück und befestigte eine mir wohlbekannte Brosche an meinem Kleid. »Von Callum, und Schultern nach hinten. Gott, wo ist denn deine Haltung geblieben?« Sie begluckte mich noch eine Minute, während ich mit aufsteigenden Tränen auf die Brosche hinunterblickte. Dieselbe, die ich bei unserer ersten Hochzeit getragen hatte. Ich zwinkerte heftig, drängte die Tränen zurück. Es kam gar nicht infrage, dass sie mein Make-up ruinierten. »Ich muss die einzige Frau in der Stadt sein, die zwei Mal heiratet, noch bevor sie ihren Collegeabschluss in der Tasche hat.«

»Erfahrung, Honey. Zumindest habt ihr zwei jetzt eine größere Chance, es zu schaffen.«

Wir lachten beide, dann umfasste sie meine Wange, drückte ihre Nase gegen meine und sah mich liebevoll an. »Ich habe abgewartet, ich habe zugeschaut, und ich bin stolz auf dich.«

»Weil ich wie eine verzweifelte Idiotin versucht habe, meinen Mann zurückzugewinnen?«, krächzte ich mit zusammengezogenen Brauen.

Sie hob den Kopf und glättete die Falten mit einem Finger. »Nicht die Stirn runzeln. Und ich bin stolz, weil du eine echte Kämpferin bist. Jemand, der wie Phönix aus der Asche steigt, die er sich selbst geschaffen hat, und nur noch stärker wird.«

»Danke«, würgte ich mühsam heraus.

Sie rieb über meine Oberarme. »Genau wie dein Vater.«

Ich blickte in ihre feuchten Augen, dann schüttelte ich den Kopf. »Vielleicht. Aber ich glaube lieber, dass ich meine guten Seiten von dir habe.« Ich zwinkerte ihr zu.

Mom starrte mich an. Ihre Lippen zitterten, bevor sie sich das Gesicht fächelte. »Oh, sieh nur, was du angerichtet hast.«

Ich lachte noch einmal und wartete, während sie meinen Schleier wieder an seinen Platz rückte.

Jemand klopfte an die Tür. »Sind wir so weit?«

»Kommt rein«, sagte meine Mom.

Die Tür wurde knarrend geöffnet, Pippa, Daisy und Hilda stürmten ins Zimmer und kicherten, als sie die Tür hastig wieder schlossen.

Hilda hatte meine E-Mail fast sofort beantwortet und ihre Telefonnummer geschickt. Wir hatten uns in den letzten Weihnachtsferien auf einen Kaffee getroffen und waren seitdem in Kontakt geblieben.

»Ein paar von den Jungs sind vor Kurzem auch hier hochgekommen«, erklärte Daisy ihr Gekicher.

»Du vergisst, dass wir schon einmal geheiratet haben«, erinnerte ich sie.

»Ich glaube nicht, dass ich das je vergessen werde«, murmelte Daisy, was mir ein Grinsen entlockte.

»Du siehst umwerfend aus.« Hilda kam zu mir herüber. Ihre dunklen Haare waren zu einem Wasserfall aus Locken hinten zusammengebunden. Pippa und Daisy trugen dieselben Frisuren und Kleider. Sie hatten gute Miene zu bösem Spiel gemacht und meine Warnung beherzigt, dass meine Mutter und Lucinda wahrscheinlich ihr Outfit bis hin zu ihrer Unterwäsche kontrollieren würden.

Ihre Kleider waren hellbraun, eher ein schimmerndes Gold, wenn die Sonne darauffiel.

Pippa klappte das Kästchen auf dem Stuhl auf, das die Brosche enthalten hatte, die ich trug. Sie schloss es wieder und trat zu Daisy, die mit den Fingern über die Perlenstickerei an meinem Kleid strich. »Das ist ja ein echtes Kunstwerk. Du hast das gemacht?«

»Ja.« Der Stolz in der Stimme meiner Mutter war nicht zu überhören. »Sie wird einmal die herausragendste Designerin, die die Welt je gesehen hat.«

»Oder vielleicht nur dieser Staat«, fügte ich hinzu; bemüht, mich von ihrer Bemerkung nicht schon wieder aus der Fassung bringen zu lassen. »Was mir auch recht ist.«

»Realistische Ziele, das gefällt mir«, meinte Pippa. »Bereit, den Mann zu heiraten, mit dem du schon verheiratet bist?«

Hilda versuchte, ihr Lachen mit einem Hüsteln zu tarnen, und scheiterte. Meine Mutter klopfte ihr auf den Rücken, dabei schürzte sie ganz offensichtlich über Pippas unverblümte Erinnerung verärgert die Lippen.

»Mehr als bereit«, erwiderte ich.

Zur Antwort lächelten alle, bevor sie mich die Treppe hinunterführten.

• • •

Ich spähte aus dem Fenster der Eingangshalle und sah zu, wie Callums Cousin ihre Großeltern zu Sitzen in der ersten Reihe führte.

Der Countryclub von Trellara war weiß, cremefarben und braun geschmückt. Überall, wo man hinschaute, standen mit frischen Wildblumen gefüllte Kristallvasen, und in jedem Raum funkelten Kronleuchter. Die Zeremonie fand draußen im Garten statt, wo die Stühle mit braunen Satinschleifen verziert und cremiggelbe Blütenblätter zwischen den weißen verstreut waren, die den Weg zum Altar übersäten.

Wo Callum stand, die Hände hinter dem Rücken verschränkt, die Schultern gestrafft und mit einem strahlenden Lächeln auf dem Gesicht, das zahllose Blicke auf sich zog, als er über etwas lachte, was Toby zu ihm gesagt hatte.

Meine Brautjungfern gingen voran, und ich folgte ihnen mit meinem Vater, dessen italienische Schuhe auf dem Marmorfußboden klackten, über den er in einem schicken schwarzen Smoking schritt.

»Du siehst gut aus.«

Seine Zähne blitzten, und seine Augen leuchteten bei seinem Megawattgrinsen auf. »Das sollte ich eigentlich zu dir sagen.« Er räusperte sich und strich ein paar von meinen Locken über meine Schulter. »Ich war wegen dieser Hochzeitsgeschichte streng mit dir.«

Ich verzog die Lippen, wartete aber, als er fortfuhr: »Nicht nur deine Mutter und Lucinda haben sich das hier für dich gewünscht. Glaubst du, ich würde mein einziges Kind heiraten lassen und es vollkommen okay finden, nicht dabei zu sein?«

»Es tut mir leid«, sagte ich und meinte es auch so. Ich fühlte mich schuldig, weil ich die Angelegenheit nie von dieser Warte aus betrachtet hatte.

»Ich denke, wenn man jemanden liebt, darf man egoistisch sein.« Er lächelte immer noch, während seine Augen über mein Gesicht tanzten. »Weswegen ich auch kein schlechtes Gewissen habe, weil du mir meinen Wunsch erfüllst.«

Lachend strahlte ich ihn an.

»Hier.« Er reichte mir ein fadenscheiniges blaues Taschentuch, das er aus seiner Tasche gezogen hatte. »Es hat deinem Großvater und davor seinem Vater gehört. Es ist Tradition, es an jeden Sohn in der Familie Grant weiterzugeben. Damit sie es ihren Bräuten geben, aber ...« Er stieß den Atem aus, » ... du bist alles, was ich mir je erhoffen konnte, und der Teufel soll mich holen, wenn das nicht Grund genug ist, es jetzt dir zu geben. Auch wenn es nutzlos erscheinen mag.«

Meine Finger strichen über den weichen, abgenutzten Stoff in meiner Hand, dann verstaute ich das Tuch in der verborgenen Tasche meines Kleides. »Etwas Altes und etwas Blaues«, flüsterte ich.

»Richtig.« Das Orchester begann zu spielen, und mein Vater hielt mir seinen Arm hin. »Dann wollen wir dich zum zweiten und hoffentlich letzten Mal verheiraten.«

Callums Augen weiteten sich bei meinem Anblick, seine Lippen rieben gegeneinander, und er scharrte leicht mit den Füßen. Ich fragte mich halbherzig, ob er nervös war, aber dann grinste er und zwinkerte mir zu, als ich langsam näher kam und mein Vater mich ihm übergab.

Mit so ruhigen Bewegungen, dass mir meine zitternden Hände fast peinlich waren, nahm Callum etwas von Toby entgegen. Ich sog scharf die Luft ein, als ich sah, dass es sich um die Schleife handelte, die, die ich bei unserer ersten Hochzeit getragen und in seinem Handschuhfach zurückgelassen hatte. »Dreh dich um«, bat er.

Ich gehorchte und schloss die Augen, um zu verhindern, dass Tränen herausrannen, als er behutsam meinen Schleier anhob und sie in meinen Haaren befestigte.

»Sieh mich an.« Seine Stimme klang tief und sanft.

Als ich das tat, grinste er erneut. Nur dass dieses Mal auch in seinen Augen Tränen glänzten, von denen ich wusste, dass er sich weigerte, ihnen freien Lauf zu lassen. Er blinzelte langsam, dann nahm er meine Hände und strich mit den Daumen darüber, um das Zittern zu lindern. »Viel besser.«

Die Standesbeamtin bat uns, ihr nachzusprechen, was wir taten, dabei sahen wir uns in die Augen und hielten uns an der Hand. Um Callums Lippen spielte ein schiefes Lächeln, das ich am liebsten weggeküsst hätte.

Während wir dort standen, schlug die Unglaublichkeit dieses Augenblicks wie eine Welle über mir zusammen.

Selbst wenn jemand einem das Herz in Fetzen gerissen und es als Waffe gegen einen eingesetzt hatte, konnte man denselben Menschen trotzdem noch mit einer Inbrunst lieben, die an Magie grenzte. Und vielleicht war genau das der springende Punkt. Liebe war Magie. Imstande, einen glauben zu machen, dass auch das Unmögliche immer möglich war.

Aber sie allein würde zwei Menschen nicht zusammenhalten, egal wie viel sie füreinander empfanden. Nein, es traf zu, dass Versprechen nur Worte und Liebe nur ein Gefühl waren. Egal wie stark sie sein mochte.

Es waren unsere Handlungen, unsere Erfahrungen und die aus Fehlern in der Vergangenheit gezogenen Lehren, die das, was zerstört war, wieder zu einem leicht verformten, aber trotzdem schönen Stück zusammenklebten.

Und als er »Ich will« sagte, ich die Worte nach ihm wiederholte und wir mit einem benommenen Lächeln Ringe tauschten, wusste ich, dass, falls das zwischen uns erneut zerbrechen würde, das Einzige, was uns davon abhalten konnte, es wieder zu reparieren, wir selbst waren. Und wir hatten schon auf die harte Tour gelernt, nicht zuzulassen, dass irgendjemand sonst sich einmischte.

»Maus«, sagte Callum heiser und hob meine Wange an, damit sich unsere Lippen treffen konnten.

»Jetzt kannst du mich nicht mehr umstimmen«, gab ich zurück und erstickte sein Lachen mit meinem Mund, während Jubelrufe und Musik uns einhüllten.

Nachdem die Fotos gemacht worden waren, setzten wir uns drinnen zu einem dreigängigen Menü hin. Die Reden von meiner Mutter und Valery waren wie vorhergesehen peinlich, kamen aber von Herzen.

»Wenigstens sprechen sie nicht mehr von Prinz und Prinzessin«, flüsterte mir Callum ins Ohr, dabei fütterte er mich mit einem Stück saftigem Erdbeerkäsekuchen.

Ich leckte mir die süße Creme von den Lippen, dann machte ich ein beleidigtes Gesicht. »Aber nur, weil wir bald der König und die Königin sind.«

Er küsste mich, was zu unterlassen ihn trotz aller Gäste ringsum Mühe gekostet hatte, und murmelte: »Wenn ich dich nehme, möchte ich, dass du Schleier und Schuhe anlässt.«

»Aber selbstverständlich.« Ich knabberte an seinen Lippen.

Er schob seinen Stuhl zurück, streckte mir eine Hand hin und führte mich auf die Tanzfläche, als die Geigen eine verlockend weiche Melodie anstimmten.

Mit um ihn geschlungenen Armen legte ich den Kopf an seine Schulter. Seine Arme schlossen sich fester um mich, während wir uns hin und her wiegten. Ich blinzelte; blickte die ganzen Gäste an, die uns beobachteten, sich miteinander unterhielten und alles in sich aufnahmen.

Dies hier war real. Das eine, was wir zu vermeiden versucht hatten und jetzt doch zu schätzen wussten. Die Schönheit im Nachhinein. Das unvorhersehbare Auf und Ab des Schicksals, wenn man denn an so etwas glaubte. Callum flüsterte etwas in die Haare auf meinem Scheitel, auf dem sein Kinn ruhte. »Das war auf eine ganz eigenartige Weise perfekt, findest du nicht?«

»Ja.« Mein Blick fiel auf seine an ihrem Tisch sitzenden Teamkameraden. Burrows ließ die Hüften kreisen und trank unter Pauls Ermutigungen Champagner. Pippa und Daisy, die auf den Tisch zugingen, kamen wegen irgendetwas gar nicht mehr aus dem Lachen heraus.

Früher hätte ich gesagt, Schicksal wäre etwas, was man sich ganz alleine schuf, aber jetzt betrachtete ich es mit ganz anderen Augen. Als größer angelegten Plan, gegen oder für den man kämpfen konnte, aber wenn etwas geschehen sollte, dann würde es das letztendlich auch. Was nicht hieß, dass man nicht dafür arbeiten musste. Es hieß nur, dass man auch dann etwas Hilfe hatte, wenn man am wenigsten damit rechnete.

»Aber das alles ...« Ich schloss die Augen. »Wir wissen beide, dass es nichts auslöscht.« Die Worte strömten leise, aber aufrichtig aus mir heraus. Wenn wir eine Chance haben wollten, der Zukunft gemeinsam entgegenzutreten, dann durften wir wichtige Worte nicht länger in uns verschließen.

»Nein«, stimmte Callum zu. »Aber es ist eine Mahnung.« Er senkte den Kopf, seine Nase glitt über meine Haut, und er drückte direkt neben dem Ohr einen Kuss auf meine Wange. »Daran, dass wir versuchen müssen, unsere Sache gut zu machen, selbst wenn wir auf dem besten Weg sind, Fehler zu machen.«

Epilog

Callum

Zehn Jahre später

»Die Akten für die Konferenz morgen liegen auf Ihrem Schreibtisch.« Penelope schob ihre Brille höher auf den Nasenrücken, als sie den Flur entlanglief, um mich einzuholen.

Ich fuhr mit dem Arm in den Ärmel meines Jacketts, nickte und drückte auf den Fahrstuhlknopf.

»Danke, und die Hilton-Dokumente? Sie haben eine Nachricht hinterlassen, dass sie auf den Abschluss des Transfers warten.«

Penelopes Augen wurden groß. »Äh ... ich erledige das gleich.« Dann hastete sie zu ihrem Schreibtisch zurück, bevor ich sie aufhalten konnte.

Leise lachend trug ich meine Aktentasche in die Fahrstuhlkabine, drückte auf den Knopf für die Tiefgarage und zog mein klingelndes Telefon aus der Tasche.

»Callum Welsh«, meldete ich mich, ohne zu überprüfen, wer mich anrief.

»Sind die Hilton-Dokumente zum Abschluss vorbereitet?«, fragte mein Vater.

Die Lichter meines Rover flammten auf, als ich ihn entriegelte, die Tür öffnete und meine Aktentasche hineinwarf. Die Bluetooth-Verbindung wurde hergestellt, als ich den Motor anließ, und ich bekam gerade noch das Ende des nächsten Satzes meines Vaters mit. » … haben gewartet.«

»Ich weiß, alles in Ordnung. Entspann dich.« Ich schloss meinen Sicherheitsgurt, bevor ich aus der Parkbox und dann aus der Tiefgarage von Welsh Grant Holdings herausfuhr. »Der Ruhestand bekommt dir nicht.«

Damon und mein Vater hatten sich vor vier Jahren aus der Firma zurückgezogen. Nun ja, halb und halb.

»Halber Ruhestand«, erinnerte er mich einmal mehr.

»Hmm.« Ich blickte grinsend durch die Windschutzscheibe und fluchte, als die Dämmerung rasch in die Dunkelheit überging. Ein Blick auf das Armaturenbrett mahnte mich, dass ich zu spät kommen würde, wenn ich mich nicht beeilte. »Spiel mehr Golf, oder nutz die Jacht, die du vor Kurzem unbedingt kaufen musstest. Ich kümmere mich hier um alles.«

Er kicherte.

»Lucys Vorstellung fängt in zwanzig Minuten an«, ertönte die Stimme meiner Mutter im Hintergrund. »Wir sind gleich da. Wo bist du?«

»Auf dem Weg.« Ich hängte ein, bevor sie darüber nörgeln konnte, wie spät ich vielleicht kommen würde. Nicht, wenn es nach mir ging. Meine Tochter war das Ebenbild ihrer Mutter, hatte aber die Einstellung ihres Vaters und zögerte nicht, jemanden spüren zu lassen, wenn sie angefressen war.

Ich fuhr auf die Autobahn und raste sie entlang, bis ich die Abfahrt Trellara sah und sie nahm.

So weit das Auge reichte, besetzten Autos jedes freie Fleckchen vor der privaten Grundschule. Ich fluchte erneut und fuhr zwei Mal um den Block, bevor ich auf der Grasfläche vor der Schule parkte. Mit den Problemen, die ich zweifellos deswegen bekommen würde, konnte ich mich später auseinandersetzen. Ich hatte vor meinem Kind mehr Angst als vor den Lehrern hier.

Mein Telefon vibrierte in meiner Tasche, aber ich achtete nicht darauf, weil ich Renee mit ans Ohr gepresstem eigenem Telefon hinter der Bühne in der Aula hervorspähen sah. Ihre Züge entspannten sich vor Erleichterung, und sie bedeutete mir mit einem Winken, mich zu beeilen.

Ich ging an einer Gruppe von Lehrern und an Eltern vorbei, die überall ihre Plätze einnahmen, und sah mein Mädchen in einer Ecke hinter der Bühne stehen. Sie hatte die Arme vor der Brust verschränkt, die Lippen schmollend verzogen und die roten Haare zu einem hohen Pferdeschwanz gebunden, aus dem Strähnen in ihr geschminktes Gesicht fielen.

»Seit wann schauen Prinzessinnen denn so böse drein?«, fragte ich.

»Daddy!« Lucy drehte sich um und warf sich mit solcher Wucht in meine Arme, dass sie uns beinahe beide zu Boden gerissen hätte.

Ich hob sie lachend auf und küsste ihre rosigen Wangen.

»Du wirst die ganze Schminke verschmieren«, schimpfte sie und schob mich mit einer auf meine Nase gepressten Hand weg.

Ich sah meine Frau an. Sie trug hautenge schwarze Jeans und ein lose fallendes schimmerndes goldenes Top, das sich in dem schwachen Licht kräuselte und eine Schulter freigab.

Sie unterbrach ihr Gespräch mit einer der anderen Mütter, kam zu mir und schlang mir einen Arm um die Taille. Ich beugte mich zu ihr, als sie sich auf die Zehenspitzen stellte, um mich rasch zu küssen. »Hörst du dieses Mädchen?«

Renee grinste, dann machte sie sich an Lucys hellgelbem Tutu und dem roten Trikot zu schaffen.

»Du bist erst fünf«, ermahnte ich Lucy. »Du brauchst noch kein Make-up.«

Sie hielt sechs Finger hoch. »Sechs nächste Woche, das weißt du.«

»Das ist erst nächste Woche, und ich brauche keine Erinnerung daran.« Nach einem weiteren Kuss stellte ich sie wieder auf die Füße.

»Warum nicht?« Sie stemmte die Hände in die Hüften und musterte mich mit ihren grünen Augen forschend. »Man muss dich daran erinnern, damit du es nicht vergisst.«

»Ich bezweifle, dass du es dazu kommen lassen würdest, Süße«, sagte Renee.

Sie lehnte sich gegen mich und küsste mich schnell noch einmal, bevor sie Lucy zusammen mit den anderen kleinen Mädchen und ein paar Jungen zur Bühne dirigierte.

Ich ging in den Zuschauerraum und setzte mich neben Mom und Valery, als Lucys Kindergartenklasse auf die Bühne kam.

»Soll das *Alice im Wunderland* sein?« Mein Dad lehnte sich über Mom, um mich zu fragen.

Mom schob ihn zurück. Ihre Augen klebten an der Bühne, während sie die Show mit ihrem Telefon aufzeichnete. »Schsch.«

Er verdrehte die Augen, und ich zuckte mit den Achseln. Ich hatte keine Ahnung, trotzdem musste ich beim Anblick dieser Kinder, die sich angestrengt bemühten, die Tanzschritte richtig hinzubekommen, unaufhörlich lächeln.

Lucys Gesicht war vor Konzentration angespannt, und sie blickte immer wieder verstohlen zur Seite der Bühne, wo sich Renee wahrscheinlich in den Vorhängen verbarg und versuchte, die Schritte mitzumachen.

Es wäre nicht das erste Mal. Seit Lucy laufen konnte, hatte sie nichts gewollt außer tanzen. Also hatten wir nachgegeben, als sie drei war.

Als sich alle verbeugten, erhoben sich die Zuschauer, um zu klatschen und zu jubeln, während die Kids uns ungläubig lächelnd anschauten. Wir sahen uns noch ein paar Akte an, bevor es mir endlich gelang, mich hinter die Bühne zu schleichen, wo Renee Lucy beim Umziehen half.

»Lucinda Valery Welsh, hör auf damit. Du hast die schönsten Haare, die ich je gesehen habe.«

»Ganz meiner Meinung.« Ich lehnte mich gegen den Türrahmen und sah zu, wie Renee Lucys Locken auskämmte. »Wer hat denn etwas anderes behauptet?«

»Daddy, ein Junge hat sich über meine Haare lustig gemacht.«

Renee versuchte das mit einem Lachen abzutun, verstummte aber, als sie mich mit verkrampften Schultern näher kommen sah. »Ein Junge?«

Lucy nickte. »Ja, Timothy.«

Ich ballte die Fäuste, bis meine Knöchel unter meinen Daumen knackten. »Ist er noch da?«

»Lieber Himmel. Lass das.« Renee warf die Bürste in ihre Tasche, griff nach Lucindas Hand, winkte ein paar anderen Müttern zu und versuchte dann, meine Hand zu nehmen. »Komm, wir gehen.«

»Nicht so hastig«, widersprach ich. »Ich glaube, ich würde diesen Timothy gern einmal kennenlernen.«

Renee hob die Brauen. »Callum«, flüsterte sie, »er ist fünf.«

Ich zuckte mit den Schultern. »Man muss es im Keim ersticken, solange sie klein sind.«

Sie lachte, als sie den Gang hinunterging. »Du musst es ja wissen.«

Lucy löste sich aus ihrem Griff und rannte mit erhobenen Armen auf mich zu. Ich fing sie auf. »Warst du ein Rowdy, Daddy?«

»Nun ja«, wich ich aus. »Das würde ich nicht unbedingt sagen.«

»Er war einer«, unterbrach Renee. »Aber er hat sich entschuldigt.«

Lucy musterte mich eindringlich, als wir in die Aula zu unseren Eltern gingen.

»Du hast entzückend ausgesehen, mein Schatz«, gurrte meine Mutter und nahm mir Lucy aus den Armen.

Mein Vater pikte sie in die Wange. »Wie eine kleine Fee.«

»Ich bin keine Fee. Ich bin eine Prinzessin.«

Valery schnaubte, dann nahm sie Lucy hoch und küsste sie zwei Mal auf jede Wange. »Und was für eine schöne Prinzessin du bist.« Damon bückte sich leicht, um ihrem Beispiel zu folgen, bevor Valery sie wieder auf den Boden stellte.

Renee ergriff erneut ihre Hand. »Zeit, dass du nach Hause kommst und etwas isst.«

»McDonald´s?«, fragte Lucy.

Als Renee sie mit einem strengen Blick maß, drehte sich Lucy zu mir.

Fuck. »Na klar, Prinzessin.«

Renee gab mir einen Klaps auf den Arm, und wir verabschiedeten uns von unseren leise kichernden Eltern.

Ich achtete darauf, dass Lucy auf dem Rücksitz von Renees Auto angeschnallt war, dann fuhr ich alleine zu McDonald´s.

Zwanzig Minuten später bog ich in die Zufahrt der kleinen Ranch ein, die uns unsere Eltern vor Jahren geschenkt hatten. Renee hatte sie im Lauf der Zeit ins Herz geschlossen und hing jetzt sehr daran. Obwohl wir ihr mittlerweile entwachsen waren und genug Geld hatten, um uns etwas zehn Mal Größeres zu leisten, weigerte sie sich hartnäckig.

Die Vorstellung, einen Ort zu verlassen, der nur mit guten Erinnerungen verbunden war, gefiel mir so wenig, dass ich ihr zustimmte. Auch wenn ich mir ständig an im Wohnzimmer und jeder verfügbaren Ecke im Haus verstreutem Spielzeug die Zehen stieß.

Meine Scheinwerfer beleuchteten die Doppelgarage, als ich hineinfuhr und zwischen einem Barbiefahrrad und Renees Range Rover parkte. Sie war auf Weiß umgestiegen, als wir feststellten, dass sie mit Lucy schwanger war. Ich griff nach der Essenstüte, stieg aus und ließ die Aktentasche im Wagen liegen.

Dann ging ich in die Küche, warf die Schlüssel auf die Theke und betrachtete die sich darauf stapelnde Post, während ich Lucys Essen herrichtete. Renees und Lucys aus dem Bad kommendes Lachen ließ mich lächeln, als ich mir Pommes frites in den Mund schob und begann, einige der Briefe zu öffnen.

Rechnungen, Rechnungen, ein Scheck für Renee, weitere Rechnungen. Sie hatte nach dem College ihr Geschäft online gestartet und in Teilzeit bei Welsh Grant Holdings gearbeitet, bis es genug abwarf, um es ihr zu ermöglichen, die besseren Dinge des Lebens zu bezahlen, die sie sich gerne gönnte. Ungeachtet der Tatsache, dass ich damals für die Cowboys gespielt hatte und ihr hätte helfen können. Schöne, starrsinnige Frau.

Meine Footballkarriere hatte drei Saisons gedauert, bevor ich das Handtuch warf, weil mein Dad einen Herzinfarkt erlitten hatte – teils der Grund dafür, dass sie sich entschieden hatten, in den Ruhestand zu gehen. Oder, mein Pech, einfach nur sehr viel kürzer zu treten. Renee hatte nicht lange davor Lucy bekommen, und ich war es ohnehin leid, ständig von ihnen getrennt zu sein. Daher kam ich nach Hause, sowie mein Vertrag auslief, und brannte darauf, mir die Hände schmutzig zu machen und mehr über die Firma zu lernen, bevor ich sie übernahm.

Als ich zu dem letzten Brief kam, verschluckte ich mich fast an dem nächsten Mund voll Pommes frites.

Eine Einladung flatterte auf die Bank.

»Eine Hochzeit?«, fragte Renee, dabei half sie Lucy auf einen Hocker an der Theke. »Von wem?«

Als ich keine Antwort gab, trat sie neben mich und spähte von der Seite darauf. »Oh nein, kommt nicht infrage.«

Wir hatten seit dem College kein Wort von Mike gehört. Bis er am Ende unseres dritten Jahres gedraftet worden war, hatten wir uns toleriert, und das Letzte, was ich erfahren hatte, war, dass seine Karriere beendet war, bevor sie überhaupt in Gang gekommen war, und dass er seiner Mom half, indem er eine Filiale ihrer IT-Firma in einem anderen Staat leitete.

»Er heiratet«, sagte ich.

»Wer?«, fragte Lucy, die mit offenem Mund kaute.

»Ausgerechnet sie, wow.« Renee lachte und wandte sich ab, um ihren Wrap aus der Tüte zu holen.

»Wer?«, fragte Lucy erneut.

»Alexis, sieh an. Das hätte ich nicht erwartet. Sie ist nicht ...« Ich runzelte die Stirn.

»Duckmäuserisch genug für ihn?«, half Renee nach und wischte sich Dressing von der Unterlippe. »Ich glaube, er hat uns bereits bewiesen, dass diese Art Frau nicht sein Typ ist.«

Ich spürte die vertraute Wut in mir aufsteigen, schnappte mir die Einladung und warf sie in den Müll.

»Wer?«, kreischte Lucy.

»Hey«, schalt Renee.

Lucy fuchtelte entnervt mit den Händen. »Dann beantworte die Frage.«

Renee drehte sich zum Fenster, um ihr Lachen zu verbergen. »Ein alter Freund von Daddy«, sagte sie, sowie sie die Fassung zurückgewonnen hatte.

Ich hielt mit dem Auswickeln meines Burgers inne, um ihr einen finsteren Blick zuzuwerfen.

Der Blick, mit dem sie meinen erwiderte, riet mir, es dabei zu belassen.

Na schön.

»Du gehst also hin, Daddy?«

»Nein.«

»Warum nicht?«, wollte Lucy wissen, während sie versuchte, das Spielzeug, das als Beigabe zu dem Menü gehörte, aus seiner Verpackung zu befreien. Renee seufzte, drängte aber nicht, sondern ging um die Theke herum, um sich neben unsere Tochter zu setzen. Sie nahm das Spielzeug, packte es aus und stellte es ihr hin.

Der Anblick der beiden nebeneinander wurde nie zu etwas Alltäglichem für mich. Meine Königin und meine Prinzessin. Der Gedanke, ein zweites Kind in den Bauch meiner Frau zu pflanzen, verlockte mich jede Woche aufs Neue, aber wir hatten schon mit einem alle Hände voll zu tun.

Und das war vermutlich unsere eigene Schuld, weil wir sie so verwöhnten.

»Weil ich nicht will.«

Lucy grinste, wobei sie eine Zahnlücke und halb zerkautes Essen in ihrem Mund zur Schau stellte. »Du bist wirklich gemein, Daddy.«

Renee zog eine Braue hoch. »Er ist nicht gemein.« Sie zwinkerte mir zu. »Er ist auf eine charmante Weise ehrlich.«

Lucy wirkte verwirrt, beschloss dann aber offensichtlich, dass die Sache sie nicht genug interessierte, um weiterzufragen, und widmete sich wieder ihrem Essen.

Renee räumte auf, während ich Lucy zum Zähneputzen und dann ins Bett brachte.

In ihrem Zimmer schmückten die Stickarbeiten, die Renee im Lauf der Jahre angefertigt hatte, die kirschrosa Wände. Ihr Bett war mit knopfäugigen Stofftieren übersät, mit einer Patchworksteppdecke bedeckt und von einem überflüssigen pinkfarbenen Moskitonetz umgeben.

»Wie kannst du schlafen, wenn all diese Burschen dich anstarren?« Ich zog die Decke bis zu ihrem Kinn, und sie rollte sich auf die Seite und legte die Wange auf ihre Hand.

»Weil sie meine Freunde sind.«

»Ist das so?«

Sie versuchte die Augen zu verdrehen. »Ja.« Dann schnappte sie nach Luft und drehte sich um, weil ihr einfiel, dass sie ihre Gutenachtroutine mit ihnen noch nicht absolviert hatte.

Lächelnd beobachtete ich sie dabei.

»Gute Nacht, Fergus, Lilly, Monty, Tiger, Paulette, Stephanie, Dreihorn-Bill ...«

Sie machte eine Pause, um zu gähnen, und ich wartete, bis sie sich wieder hinlegte, bevor ich sagte: »Du hast ausgesehen, als hättest du heute Abend viel Spaß gehabt.«

»Ja«, bestätigte sie. »Ich meine, es ist anstrengend, aber es macht so viel Spaß.«

»Stimmt«, lachte ich.

»Du solltest es auch mal versuchen«, meinte sie, gefolgt von einem weiteren Gähnen. »Ich bin sicher, Mommy würde dich total gern tanzen sehen.«

Ich nickte, ohne diesbezüglich etwas zu versprechen, dann strich ich ihr ihre schönen Haare aus dem Gesicht und gab ihr einen Gutenachtkuss. »Du sagst mir Bescheid, wenn dich dieser Timothy noch einmal ärgert, okay?«

Schon fast im Schlaf murmelte sie: »Klar, Daddy.«

Renee rieb sich mit einem Handtuch die Haarspitzen trocken, als ich in unser Schlafzimmer kam.

»Bereit, mir zu zeigen, wie du tanzt, Baby?«

Ich knöpfte mein Hemd auf und schnaubte. »Du hast es gehört.«

»Yep.« Sie schlang von hinten die Arme um mich und zog mein Hemd vorne auseinander. Ihre Hand glitt über meine Haut, und ich erschauerte fast, als sie flüsterte: »Du weißt, dass ich es liebe, wenn du tanzt.«

Ich streifte mein Hemd ab, drehte mich um, und sie machte sich an meiner Hose zu schaffen. »Jetzt gleich?«

Sie nickte mit zwischen die Zähne gezogenen Lippen, ihre Wimpern flatterten.

»Leg dich aufs Bett.«

Ich zog mich ganz aus und sah zu, wie sie ihren Bademantel abstreifte und jeden exquisiten Zentimeter ihres Körpers entblößte. Ihre nassen Haare hinterließen Tropfen auf unseren weißen Laken, und ich schloss mit einem Stöhnen die Tür, als sie mit einer Hand an ihrem Bauch hinunterstrich und sie zwischen ihre Beine gleiten ließ.

»Welchen Ehemann bekomme ich heute Nacht?«

Ich ging auf das Bett zu. »Den, der will, dass du deine Hand da wegnimmst.«

Ihre Erregung war klar und deutlich in ihren Augen zu lesen, als ich mich über das Bett beugte und unsanft ihre Knie spreizte. Zwar waren wir mittlerweile über den rauen Sex unserer jüngeren Jahre hinaus, was aber nicht hieß, dass wir nicht von Zeit zu Zeit unseren Spaß an ein paar Einzelheiten davon hatten. Eine Tatsache, die ich zwei Monate vor unserer zweiten Hochzeit herausgefunden hatte, als Renee vor Frust über meine zu sanfte Art, sie zu lieben, fast geschrien hätte.

Manchmal wollte sie es auf die sanfte Tour. Manchmal wild und heftig. Aber sie wusste, dass ich sie unabhängig davon, welche Rollen wir spielten, jede Sekunde davon liebte.

Ihre Augen funkelten, und sie war klatschnass, als ich mit einem Finger bis zu ihrem Mittelpunkt hinunterstrich, bevor ich ihn einführte. Sie bäumte sich auf, und ein atemloser Laut erfüllte den Raum.

»Schsch.« Ich zog den Finger zurück, senkte den Kopf und leckte über ihre Spalte, dann stieß ich mit der Zunge in sie hinein. Sie wand sich wie eine jaulende Katze, während ich alles aufsog, was sie mir gab. Als ihre Beine zu zittern begannen und ihr leises Stöhnen sich in heisere Atemzüge verwandelte, setzte ich mich auf. »Dreh dich um, und halt dich an dem Kopfteil fest.«

Ihre Brüste hüpften, als sie sich herumrollte und auf dem Bett hochkroch. Sie hatte das Holz kaum berührt, als ich sie auch schon grob packte und ihr einen Schlag auf ihr nacktes Fleisch versetzte.

»Fuck«, entfuhr es ihr, trotzdem wackelte sie mit ihrem knackigen Po vor meinem pochenden Schwanz, bettelte um mehr.

Mit anzusehen, wie mein Handabdruck auf ihrer Haut erblühte, bewirkte, dass ich mich in Position brachte, weil ich nicht länger warten konnte. Ich grub die Hände in ihre Hüften und drang mit einem heftigen Stoß in sie ein.

Renee keuchte; umklammerte das Kopfteil so fest, dass ihre Knöchel weiß hervortraten.

Als ich sie beobachtete, die Hitze spürte, die mich umgab, beschloss ich, dass ich ihr auf halber Strecke entgegenkommen wollte, und zog sie an mich.

Renee runzelte verwirrt die Stirn, als ich in die Hocke ging, ihren Rücken an meine Brust drückte und ihr Kinn zu mir drehte, um sie zu küssen. »Was ...«

»Ich brauche deinen Mund.« Ich presste die Lippen darauf, während ich nach ihren Brüsten griff und sie knetete, woraufhin sie sich auf mir wiegte.

»Fass dich an«, flüsterte ich in ihren Mund. »Fass dich an, während ich dich vögele.«

Eine ihrer Hände wanderte nach unten, ihre Augen hefteten sich auf meine und verharrten dort, während sie an meinen geöffneten Lippen schwer zu atmen begann.

Schön. Anmutig. Katzenhaft. Stark.

Selbst während der schlechten Zeiten, die wir durchgemacht hatten, war ich für alles, was sie ausmachte, dankbar gewesen. Ihre Entschlossenheit, zu strahlen, selbst wenn sie sauer auf mich war. Ihre Fähigkeit, mir schon Stunden, nachdem ich etwas Unbedachtes gesagt hatte, zu verzeihen.

»Wusstest du, dass ich mich für den glücklichsten Mistkerl unter der Sonne halte, weil du mich liebst, obwohl du jedes Recht hast, mich zu hassen?«

Renee grinste atemlos, während ich fortfuhr, in sie hineinzustoßen. »Ich habe dir doch schon gesagt, dass du mich nicht loswirst.«

»Ich liebe dich.«

Ihre Augen weiteten sich, als sie den Höhepunkt erreichte, und ich kostete jeden Atemzug, jedes Stöhnen, jedes Zusammenziehen ihres Unterleibs aus, bevor ich sie mit meinem Saft füllte.

Meine Feindin, meine Verbündete, meine beste Freundin. Sie war Liebe in ihrer ureigensten Form. Alles, was ich brauchte, von einer vielschichtigen Schleife zusammengehalten.

Einer, von der ich es nie wieder zulassen würde, dass sie sich aufribbelte.

Danksagungen

Mein größter Feind, mein treuester Verbündeter, mein bester Freund. Danke.

Meine Kinder, die beiden Mahnenden, innezuhalten, zu atmen, andere Dinge zu schätzen und eine Weile lang außerhalb meines Kopfes zu leben.

Grub, unser kleiner Welpe. Wenn dieses Buch erscheint, wirst du kein Baby mehr sein. Aber genau wie bei meinen Kindern war es ein Segen für mein strapaziertes Hirn, dich zu einem Teil unserer Familie zu machen.

Meine Freunde, ihr wisst, wer gemeint ist. Meine Liebe zu euch ist grenzenlos, selbst wenn ich für Tage am Stück verschwinde. Danke, dass ihr zu mir und der Art haltet, wie ich diesen verrückten Autorengig handhabe.

Meine Betaleserinnen Marley, Jeannine, Michelle, Serena, Paige und Billie. Danke für eure andauernde Unterstützung und dafür, dass ihr euch Auszeiten von euren turbulenten Leben genommen habt, um durch mein noch unredigiertes Geschreibsel zu waten.

Meine Korrekturleserinnen Allie, Emma und Allison. Vielen Dank für die zusätzlichen Augen und die Hilfe. Ihr Ladys rockt!

Meine Redakteurin Jenny von editing4indies. Ohne dich könnte ich das nicht schaffen.

Stacey von Champagne Book Design. Worte können nicht ausdrücken, wie sehr mich deine Geduld, Hingabe und Professionalität verblüffen. Danke.

Sarah von OkayCreations. Himmel, so viel Talent! Danke für ein weiteres Cover, das ich bis zum Ende meiner Tage lieben werde.

Michelle, danke für alles, was du tust, und dafür, dass du einfach eine verdammt tolle Freundin bist.

Anette, du fantastische Person. Danke für deine Hilfe mit dem ARC-Team.

Nina, du bist unglaublich. Danke!!

Meine frühen Leser, Blogger und die Mitglieder meines Tea Room, DANKE! Ihr Leute sorgt dafür, dass jedes Buch ausgefeilter und besser wird. Ich kann immer noch kaum glauben, was für ein Glück ich habe, Leser wie euch gefunden zu haben.

Und danke auch an dich, lieber Leser. Ob du das Buch nun geliebt oder gehasst hast, danke, dass du mir eine Chance gegeben hast. Du wirst nie ahnen, wie dankbar ich bin.

Hochemotionale College-Romance, die unter die Haut geht!

Band 1

Suddenly Forbidden

ISBN 978-3-95818-459-6

Die erste Liebe vergisst du nie, nicht mal, wenn sie dich vergisst.

Auch als E-Book erhältlich.

forever.ullstein.de

Band 2

Bittersweet Always

ISBN 978-3-95818-448-0

Manche Wunden kann Liebe nicht heilen, aber sie muss es wenigstens versuchen.

Auch als E-Book erhältlich.

forever.ullstein.de

Band 3

Pretty Venom

ISBN 978-3-95818-457-2

Am meisten von allem, hasse ich es, dass ich dich nicht hassen kann

Auch als E-Book erhältlich.

forever.ullstein.de

FOREVER

Die dramatische New-Adult-Serie von USA Today-Bestseller-Autorin Tijan – schmerzhaft schön!

Band 1
Crew
ISBN 978-3-95818-433-6

Noch nie hat Liebe so wehgetan ...
Auch als E-Book erhältlich.

Band 2
Still Crew
ISBN 978-3-95818-446-6

Kann eine Liebe wie die von Bren und Cross in der rauen Welt der Crews bestehen?
Auch als E-Book erhältlich.

Band 3
Crew Love
ISBN 978-3-95818-445-9

Bren steht vor der größten Entscheidung ihres Lebens ...
Auch als E-Book erhältlich.

forever.ullstein.de FOREVER